¡Continuemos!

¡Continuemos!

SEVENTH EDITION

Ana C. Jarvis
Chandler-Gilbert Community College

Raquel Lebredo
California Baptist University

Francisco Mena-Ayllón
University of Redlands

Teleinforme activities prepared by Anny Ewing

Houghton Mifflin Company   **Boston**   **New York**

Publisher: Rolando Hernández

Sponsoring Editor: Amy Baron

Development Manager: Sharla Zwirek

Development Editor: Rafael Burgos-Mirabal

Editorial Assistant: Erin Kern

Project Editor: Amy Johnson

Production/Design Coordinator: Lisa Jelly Smith

Manufacturing Manager: Florence Cadran

Senior Marketing Manager: Tina Crowley Desprez

Cover Painting © Harold Burch/NYC

Printed in the U.S.A.

Library of Congress Control Number: 2001133271

Student Text ISBN: 0-618-22067-4
Instructor's Edition ISBN: 0-618-22072-0

123456789-DOC-06 05 04 03 02

Contents

Preface

¡Continuemos!, Seventh Edition, is a complete, fully integrated college intermediate Spanish program. It is designed to help you perfect your Spanish by offering a comprehensive review and systematic expansion of the basic structures of Spanish commonly taught at the introductory level, while providing numerous opportunities for developing your listening, speaking, reading, and writing skills and cultural competency. Since it is essential to understand the underlying philosophy and organization of the program to use it to your greatest advantage, below we describe the text and other components in detail.

The Student's Text

The organization of this central component of the *¡Continuemos!*, Seventh Edition, program reflects its emphasis on the active use of Spanish for practical communication in context. Each of the text's ten lessons contains the following features.

- Chapter opener: Each lesson begins with a list of the lesson objectives accompanied by a photo that illustrates the lesson's theme. You will find additional preparatory activities in the Student CD-ROM, under **Ante todo.**

- Lesson opening passage, **Dígame**, and **Perspectivas socioculturales:** New vocabulary and structures are first presented in the context of idiomatic Spanish conversations dealing with the high-frequency situation that is the lesson's central theme. The **Dígame** comprehension activity provides immediate reinforcement of the vocabulary and communicative functions presented in the dialogue. **Perspectivas socioculturales** offers an opportunity to discuss cultural aspects highlighted in the opening passage in the context of your own culture. Your instructor might assign additional preconversational activities.

- **Vocabulario** and **Hablemos de todo un poco:** This section lists the new words and expressions introduced in the dialogues. Entries in the **Vocabulario** (including those under **Ampliación**) are to be learned for active use. **Hablemos de todo un poco** is the vocabulary activity section. **Preparación** is a warm-up activity to the conversation topics that follow it.

- **Palabras problemáticas** and **Práctica:** This section focuses on specific lexical items that cause difficulties for native speakers of English. It includes groups of Spanish words with a single English translation, Spanish synonyms with variations in meaning, and false cognates. **Práctica** activities in a variety of formats reinforce the meanings and usage of the **Palabras problemáticas.**

- **¡Ahora escuche!:** Your instructor might decide to carry out this in-class listening comprehension activity.

- **El mundo hispánico:** This section includes a brief essay on the country or region covered in the lesson. The essay is followed by comprehension questions. The activity **Hablemos de su país** provides further discussion opportunities about aspects featured in the essay, but in the context of your own country. **Una tarjeta postal** offers further reading and writing practice on cultural aspects explored in the section. You will find further vocabulary and writing practice related to this section in the Student Website under **El mundo hispánico.**

○ **Estructuras gramaticales** and **Práctica:** Each new grammatical structure featured in the lesson opening passage is explained clearly and concisely in English so that you may use the explanations independently as an out-of-class reference. All explanations are followed by numerous examples of their practical use in natural Spanish. The **¡Atención!** head signals exceptions to the grammar rules presented or instances where knowledge of an English structure may interfere with learning the equivalent Spanish structure. After each explanation, the **Práctica** sections offer immediate reinforcement of new concepts through a variety of structured and communicative activities.

○ **¡Continuemos!:** This section stimulates listening comprehension and meaningful communication by involving you in a wide range of interactive tasks related to the lesson theme. **Una encuesta** employs the results of a student-conducted survey as the basis for a small-group discussion. **¿Comprende Ud.?** is a two-activity listening comprehension section that is correlated to recorded passages in the Student Audio CD.[1] **Hablemos de...** requires you to read and use information gained from authentic documents. **¿Qué dirían ustedes?** provides a series of brief role-play situations. **¡De ustedes depende!** presents a more challenging, open-ended role-play scenario. **Mesa redonda/Debate** supplies a conversation starter on a thought-provoking or controversial issue.

○ **Lecturas periodísticas:** Chosen for their appeal and accessibility, these authentic readings from newspapers and magazines from Spain, Latin America, and the United States expand your cultural knowledge while reinforcing the lesson's themes. To develop your reading skills, **Saber leer** incorporates proven reading strategies that are recycled and built on throughout the textbook. **Para leer y comprender** consists of a list of prereading questions. You will find further vocabulary build-up and reading activities on this material in the Student CD-ROM under **Lecturas periodísticas.** Personalized, open-ended questions (**Desde su mundo**) follow each reading and provide opportunities for you to discuss your own opinions and experiences in relation to the reading topic.

○ **Piense y escriba:** This section introduces one aspect of the writing process per lesson. Toward the last lesson in the program, you will complete your own writing project.

○ **Teleinforme:** These activities are designed to be used with the **Teleinforme** modules of the *¡Continuemos!* Video. You will find additional previewing activities on select clips of each video module in the Student CD-ROM and Website under **Video.**

---

[1] You will find more listening and writing activities in the **¿Comprende Ud.?** material on the Student CD-ROM (under **¿Comprende Ud.?**) and Website (under **Canción**).

● **¿Están listos para el examen?:** These self-tests, which follow Lessons 2, 4, 6, 8, and 10, enable you to review the structures, vocabulary, and culture information of the two preceding lessons. Organized by lesson and by grammatical structure, they allow you to determine quickly what material you have mastered and which concepts you should target for further review. An answer key is provided in Appendix C for immediate verification.

● Reference Materials: The following sections provide useful reference tools throughout the course:

Maps: Colorful maps and national flags of the Spanish-speaking world appear in the **¡Bienvenidos al mundo hispánico!** section of the textbook for quick reference.

Appendices: **Apéndice A** summarizes the rules of Spanish syllabification, the use of accent marks, and the norms of punctuation. Conjugations of high-frequency regular, stem-changing, and irregular Spanish verbs constitute **Apéndice B**. **Apéndice C** is the answer key to the **¿Están listos para el examen?** self-tests.

Vocabularies: Spanish–English and English–Spanish glossaries list all active vocabulary introduced in the **Vocabulario** lists and in the **Estructuras gramaticales** sections. Active vocabulary is identified by the number of the lesson in which the word or phrase first appears. The Spanish–English vocabulary also lists passive vocabulary, which consists of those words glossed by an English equivalent anywhere in the text.

Supplementary Materials

Workbook / Laboratory Manual (in print and online versions)

Each lesson of the *Workbook / Laboratory Manual* is correlated to the corresponding lesson in your textbook and is divided into two sections. The **Actividades para escribir** offers a variety of writing formats, including question-and-answer exercises, dialogue completion, sentence transformation, illustration-based exercises, and crossword puzzles. It also reinforces culture knowledge from the **El mundo hispánico** essay, and ends with a composition assignment. Designed for use with the *¡Continuemos!* Audio Program, the **Actividades para el laboratorio** for each lesson include grammar review exercises, listening-and-speaking exercises, pronunciation practice, and a dictation. Answer keys for the workbook exercises and the laboratory dictations are provided to enable you to monitor your progress independently.

Student Audio CD

To further develop your listening skills, the Seventh Edition includes a Student Audio CD that comes free of charge with the purchase of a new textbook. You will find each lesson opening passage recorded for further listening reinforcement. Following each opening passage is the listening material for the in-text listening activities under **¿Comprende Ud.?** The first activity consists of listening to a relatively fast-paced conversation that integrates the lesson vocabulary, structures, theme, and country or region. An eight-item long true/false comprehension activity follows. The second activity involves listening to a very brief song from the Iberian-American folklore, which illustrates at least one lesson target structure in an authentic context.

Audio Program

The complete Audio Program (on CD or cassettes) to accompany the *¡Continuemos! Workbook / Laboratory Manual* is available for student purchase. Recorded by native speakers, the ten 60-minute audio lessons develop speaking-and-listening comprehension skills through contextualized exercises that reinforce the themes and content of the textbook lessons. Each lesson contains structured grammar exercises; listening-and-speaking and listening-and-writing activities based on realistic simulations of conversations, interviews, newscasts, ads, and editorials; a comprehension check of key vocabulary and idiomatic expressions; pronunciation practice; and a dictation. Answers to all exercises, except for those that require a written response, are provided in the audio lesson.

The *¡Continuemos!* Video

Thematically linked to the lessons in *¡Continuemos!*, this exciting, 60-minute video provides a unique opportunity to develop listening skills and cultural awareness through authentic television footage from countries throughout the Spanish-speaking world. Each of the ten **Teleinforme** video modules is approximately five minutes long. The footage presents diverse images of traditional and contemporary life in Spanish-speaking countries through commercials, interviews, travelogues, TV programs, and reports on art and cooking. The entire *¡Continuemos!* **Video** is available in the Student CD-ROM.

The *¡Continuemos!* Student CD-ROM

Free of charge with the purchase of a new textbook, this new multi-media CD-ROM provides preparatory support and additional practice for select sections of the student text, the student audio, and the video. First, you will find prelesson preparation activities followed by target lesson vocabulary and grammar practice. Second, you will be able to do vocabulary build-up activities based on readings and on listening material. You will be able to practice listening, reading, and writing, and will have the opportunity to reinforce both your writing and listening skills by working on a writing task based on listening material. This CD-ROM includes the entire *¡Continuemos!* **Video** contents, as well as preparatory, previewing activities for select clips in the video and games. You will be able to practice viewing comprehension, speaking, as well as target lesson vocabulary and structures in the context of authentic footage.

The *¡Continuemos!* Student Website (*http://spanish.college.hmco.com/students*)

The significantly enhanced Student Website provides support and additional practice for sections in the Student Text, Student Audio, and Video Program. It includes a diagnostic self quiz on the target lesson structures (**¿Cuánto recuerda?**) as well as a self test (**Compruebe cuánto sabe**) designed to be taken once the **Estructuras gramaticales** section in each lesson has been covered. In addition, it also provides further vocabulary build-up instruction and practice; listening, reading, and writing skill development, and post-conversational writing tasks that reinforce the speaking-writing pair of skills. It also offers support for clips in the *¡Continuemos!* **Video** that consists of viewing comprehension, speaking, and target lesson vocabulary and grammar preparatory practice. You will find web search activities integrated in the writing tasks and electronic flashcards for further practice of vocabulary and verb conjugation.

We would like to hear your comments on *¡Continuemos!*, Seventh Edition, and reactions to it. Reports on your experiences using this program would be of great interest and value to us. Please write to us, care of Houghton Mifflin Company, College Division, 222 Berkeley Street, Boston MA 02116-3764 or e-mail us at college_mod_lang@hmco.com.

Acknowledgments

We wish to express our sincere appreciation to the following colleagues for the many valuable suggestions they offered in their reviews of the Sixth Edition:

Kurt Barnada, *Elizabethtown College*

Kathy Cantrell, *Whitworth College*

Sara Colburn-Alsop, *Butler University*

Antonio J. Jiménez, *University of San Diego*

Lauren Lukkarila, *Clark Atlanta University*

Anne Roswell Porter, *Ohio University*

Lea Ramsdell, *Towson University*

Lynn C. Vogel-Zuiderweg, *Santa Monica College*

Rodney Wiliamson, *University of Ottawa*

We also extend our appreciation to the World Languages Staff of Houghton Mifflin Company, College Division: Roland Hernández, Publisher; Amy Baron, Sponsoring Editor; Tina Crowley Desprez, Senior Marketing Manager; and Rafael Burgos-Mirabal, Development Editor.

Ana C. Jarvis
Raquel Lebredo
Francisco Mena-Ayllón

Argentina

Bolivia

Chile

Colombia

Costa Rica

Cuba

Ecuador

El Salvador

España

Estados Unidos

Guatemala

Honduras

México

Nicaragua

Panamá

Paraguay

Perú

Puerto Rico

República Dominicana

Uruguay

Venezuela

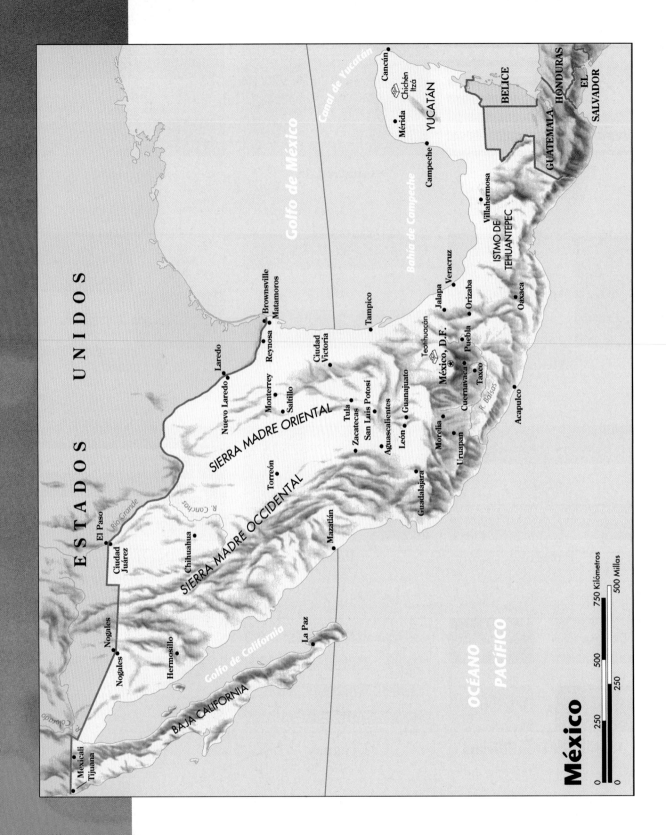

México

ESTADOS UNIDOS

Golfo de México

Canal de Yucatán

Cancún
Chichén Itzá
YUCATÁN
Mérida
Campeche
Bahía de Campeche

BELICE
GUATEMALA
HONDURAS
EL SALVADOR

Villahermosa
ISTMO DE TEHUANTEPEC
Veracruz
Jalapa
Orizaba
Oaxaca
Puebla
Teotihuacán
México, D.F.
Cuernavaca
Taxco
R. Balsas
Acapulco

Brownsville
Matamoros
Reynosa
Tampico
Ciudad Victoria
Nuevo Laredo
Laredo
Monterrey
Saltillo
SIERRA MADRE ORIENTAL
Tula
Zacatecas
San Luis Potosí
Aguascalientes
León
Guanajuato
Morelia
Uruapan
Guadalajara
Torreón
SIERRA MADRE OCCIDENTAL
Mazatlán

El Paso
Ciudad Juárez
Chihuahua
R. Conchos
Rio Grande

Nogales
Nogales
Hermosillo
La Paz
Golfo de California
BAJA CALIFORNIA

Mexicali
Tijuana
R. Colorado

OCÉANO PACÍFICO

0 250 500 750 Kilómetros
0 250 500 Millas

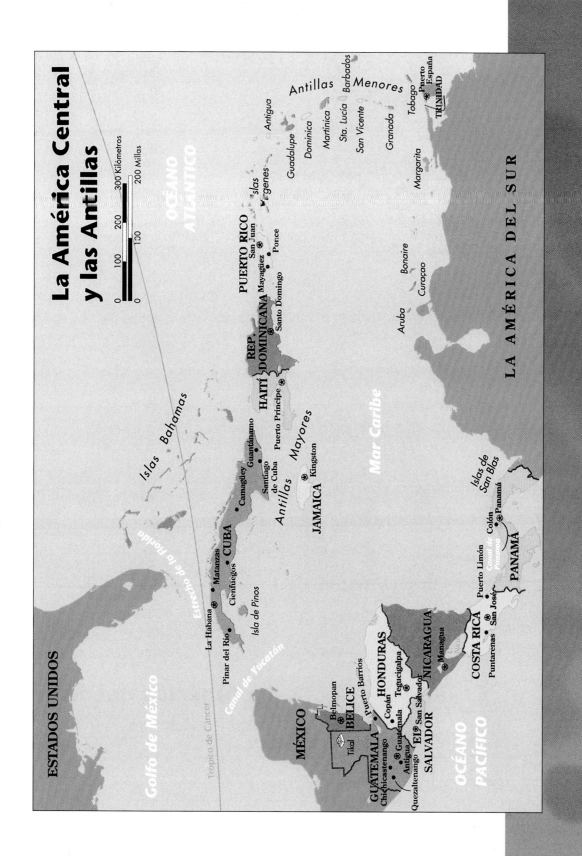

La América Central y las Antillas

ESTADOS UNIDOS

Golfo de México

Trópico de Cancer

Estrecho de la Florida

OCÉANO ATLÁNTICO

Islas Bahamas

Canal de Yucatán

La Habana
Pinar del Río
Matanzas
Cienfuegos
Isla de Pinos
CUBA
Camagüey
Guantánamo
Santiago de Cuba

JAMAICA
Kingston

Antillas Mayores

Mar Caribe

Puerto Príncipe
HAITÍ
REP. DOMINICANA
Santo Domingo
Mayagüez
Ponce
San Juan
PUERTO RICO

slas rgenes

Antigua
Guadalupe
Dominica
Martinica
Sta. Lucía
San Vicente
Granada

Antillas Menores

Barbados
Tobago
Puerto España
TRINIDAD

Margarita

Aruba
Curaçao
Bonaire

LA AMÉRICA DEL SUR

MÉXICO

Belmopan
BELICE
Puerto Barrios
Tikal
GUATEMALA
Chichicastenango
Antigua
Guatemala
Quezaltenango
SALVADOR
El San Salvador
Copán
HONDURAS
Tegucigalpa
NICARAGUA
Managua

OCÉANO PACÍFICO

COSTA RICA
Puntarenas
San José
Puerto Limón
Panamá
Colón
Canal de Panamá
PANAMÁ
Islas de San Blas

0   100   200   300 Kilómetros
0   100   200 Millas

xix

Mar Caribe

Barranquilla
Cartagena
Maracaibo
Caracas
TRINIDAD
Puerto España

VENEZUELA

Medellín

COLOMBIA

Georgetown
GUYANA
Paramaribo
Cayena

Bogotá

SURINAM
GUAYANA
FRAN.

Cali

R. Orinoco

Ecuador

Quito
ECUADOR

R. Negro

Belem

R. Amazonas

Guayaquil

Iquitos

Manaus

R. Madeira

BRASIL

Recife

PERU

Machu Picchu

Lima
Cuzco

Arequipa
Lago Titicaca
La Paz

Brasilia

Salvador

BOLIVIA

Arica
Iquique
Sucre

R. Paraguay

Belo Horizonte

Antofagasta

Salta

PARAGUAY

São Paulo
Rio de Janeiro
Santos

Trópico de Capricornio

OCÉANO
PACÍFICO

CHILE

CORDILLERA DE LOS ANDES

Tucumán

Asunción

R. Paraná

Córdoba
Rosario

R. Uruguay

Pôrto Alegre

Valparaíso
Santiago
Mendoza
Buenos Aires
La Plata

URUGUAY
Montevideo

OCÉANO
ATLÁNTICO

Concepción

ARGENTINA

Río de la Plata

Bahía
Blanca

Puerto Montt

La América del Sur

0   500   1000   1500 Kilómetros

0   500   1000 Millas

Estrecho de
Magallanes

Islas Malvinas

Punta Arenas

Tierra del
Fuego
Cabo de Hornos

CORDILLERA DE LOS ANDES

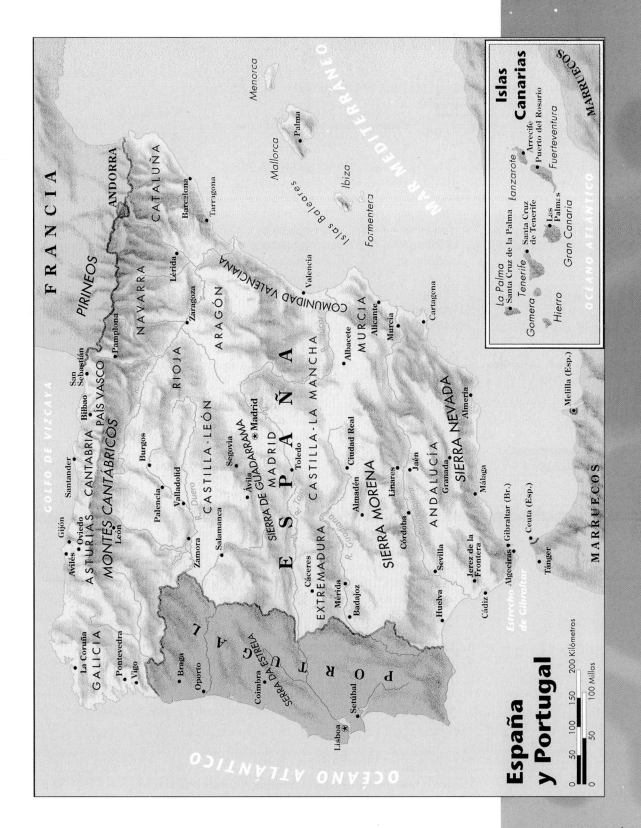

España y Portugal

FRANCIA

ANDORRA

PIRINEOS

NAVARRA

CATALUÑA

Lérida • Barcelona • Tarragona

San Sebastián
Pamplona •
Bilbao •
PAÍS VASCO

GOLFO DE VIZCAYA

Santander •
CANTABRIA
MONTES CANTÁBRICOS

ASTURIAS
Gijón •
Oviedo •
Avilés •

La Coruña •
Pontevedra •
Vigo •
GALICIA

Braga •
Oporto •

SERRA DA ESTRELA
Coimbra •

P O R T U G A L

Lisboa ✱
Setúbal •

OCÉANO ATLÁNTICO

Zamora •
León •
Palencia •
Burgos •

RIOJA

Zaragoza •

ARAGÓN

Valladolid •
R. Duero
CASTILLA-LEÓN
Salamanca •

Segovia •
Ávila •
SIERRA DE GUADARRAMA
✷ Madrid
MADRID

E S P A Ñ A

Valencia •
COMUNIDAD VALENCIANA

CASTILLA-LA MANCHA

Toledo •
R. Tajo

Ciudad Real •

EXTREMADURA

Cáceres •
Mérida •
Badajoz •

Almadén •
SIERRA MORENA
Córdoba •

R. Guadiana

R. Guadalquivir

Linares •
Jaén •
ANDALUCÍA
Granada •
Sevilla •
Huelva •

Jerez de la Frontera •
Cádiz •

MURCIA
Albacete •
Alicante •
Murcia •
Cartagena •

SIERRA NEVADA
Almería •
Málaga •

Algeciras • Gibraltar (Br.)
Estrecho de Gibraltar

Ceuta (Esp.)
Tánger •

MARRUECOS

Melilla (Esp.)

MAR MEDITERRÁNEO

Menorca

Palma •
Mallorca

Ibiza

Islas Baleares

Formentera

200 Kilómetros
150
100
50
0
100 Millas
50
0

Islas Canarias

La Palma
Santa Cruz de la Palma
Gomera
Hierro

Lanzarote
Arrecife
Tenerife
Santa Cruz de Tenerife
Puerto del Rosario
Fuerteventura
Las Palmas
Gran Canaria

MARRUECOS

OCÉANO ATLÁNTICO

Países de habla hispana

País	Capital	Nacionalidad
España	Madrid	español(a)
México	México, D.F.[1]	mexicano(a)
Cuba	La Habana	cubano(a)
República Dominicana	Santo Domingo	dominicano(a)
Puerto Rico	San Juan	puertorriqueño(a)
Guatemala	Guatemala	guatemalteco(a)
Honduras	Tegucigalpa	hondureño(a)
El Salvador	San Salvador	salvadoreño(a)
Nicaragua	Managua	nicaragüense
Costa Rica	San José	costarricense
Panamá	Panamá	panameño(a)
Venezuela	Caracas	venezolano(a)
Colombia	Bogotá	colombiano(a)
Ecuador	Quito	ecuatoriano(a)
Perú	Lima	peruano(a)
Bolivia	La Paz	boliviano(a)
Chile	Santiago	chileno(a)
Paraguay	Asunción	paraguayo(a)
Argentina	Buenos Aires	argentino(a)
Uruguay	Montevideo	uruguayo(a)

 En Brasil se habla portugués.[2]
La capital es Brasilia y la nacionalidad es brasileño(a).

¿Cuánto sabe usted sobre el mundo hispánico?

1. ¿Cuál es la capital de España?
2. ¿Qué ciudades importantes hay en el sur de España?
3. ¿Cuáles son los límites de España?
4. ¿Qué separa a España de Francia? ¿y a España de Marruecos?
5. ¿Dónde están las Islas Baleares?
6. ¿Qué ciudades están cerca del Golfo de Vizcaya?
7. ¿Qué ciudades están sobre el Mar Mediterráneo?
8. ¿Qué países de habla hispana son islas?
9. ¿Cuál de estas islas es la más grande y cuál es la más pequeña?
10. ¿En qué países sudamericanos no se habla español?
11. ¿Qué países de Sudamérica no tienen salida al mar?
12. ¿Cuál es la nacionalidad de una persona de Santiago? ¿De San José?

---

[1] Distrito Federal

[2] Tampoco se habla español en Guayana, Surinam y Guayana Francesa.

13. ¿Cuál es la capital de Uruguay? ¿De Paraguay?
14. ¿Con qué países limita Colombia?
15. ¿Con qué países sudamericanos no limita Brasil?
16. ¿Cuáles son los países de Centroamérica?
17. ¿Qué islas están al sureste de Argentina?
18. ¿Qué cordillera (*mountain range*) separa a Argentina de Chile?
19. ¿Con qué países limita México?
20. ¿Qué famoso canal une el Océano Atlántico con el Océano Pacífico?

¡Continuemos!

Sobre las relaciones familiares

OBJETIVOS

Temas para la comunicación

Las relaciones humanas

Estructuras

1. El presente de indicativo
2. El presente progresivo
3. La **a** personal
4. Formas pronominales en función de complemento directo
5. Formas pronominales en función de complemento indirecto
6. Construcciones reflexivas

Regiones y países

España

Lectura

¿Eres un papá de medio tiempo?

Estrategias de lectura

Un autor debe conocer a su público

Estrategias de redacción

¿Para quién escribimos?

Un matrimonio, conversando y desayunando.

Sobre las relaciones familiares

CD-ROM STUDENT AUDIO

For preparation, do the **Ante todo** activities found on the CD-ROM.

Ana María Hernández es española, pero ahora vive en Nueva York con su esposo Tyler Robinson, que es norteamericano. Los dos son estudiantes y trabajan medio día.

Ahora están sentados en la cocina de su pequeño apartamento, conversando y bebiendo café.

ANA MARÍA —Le voy a escribir a mi abuela. Tengo que decirle que a lo mejor vamos a Madrid en mayo. Ella está un poco enferma y se va a poner contenta si recibe buenas noticias de su nieta favorita.

TYLER —*(Se ríe)* ¡Qué vanidosa eres! ¿Cómo sabes que tú eres su nieta favorita?

ANA MARÍA —*(Se ríe también)* ¡Es lo que ella me dice siempre! Pero les dice lo mismo a mis hermanos y a mis primos. La verdad es que ella nos mima a todos.

TYLER —Yo creo que los malcría. Pero ése es el papel de las abuelas españolas, ¿no? Oye, en mayo tenemos la reunión familiar con todos mis parientes. Va a ser en California este año.

ANA MARÍA —Ésa es una costumbre típicamente americana, ¿no? Nosotros no hacemos eso en España, y creo que los latinoamericanos tampoco lo hacen...

TYLER —Bueno, eso es porque ustedes se mantienen en contacto de una manera u otra. Yo tengo primos a quienes apenas conozco... ¡Ah! También tenemos una boda en Nueva Jersey. Mi tía Mary se casa el dos de mayo.

ANA MARÍA —¿Tu tía Mary? Ella es viuda, ¿no? Y tiene unos sesenta años...

TYLER —Sí, pero aquí la gente mayor se casa... Muchos prefieren no vivir solos...

ANA MARÍA —Pero tienen a toda su familia.

TYLER —No necesariamente. Muchas veces sus hijos viven muy lejos y no los ven a menudo. Entonces el círculo de amigos es muy importante en su vida.

ANA MARÍA —Pues yo no estoy de acuerdo con ese estilo de vida. Tú y yo vamos a tener un par de hijos que van a vivir aquí, cerca de nosotros.

TYLER —*(Bromeando)* ¿Y si nos divorciamos? ¿Quién se queda con los niños?

ANA MARÍA —Ellos van a preferir a su mamá, por supuesto... Además, tú y yo nos llevamos muy bien, de manera que no va a haber divorcio.

Ana María y Tyler siguen hablando un rato y después él se levanta para irse a trabajar y ella se prepara para escribir varias cartas. Hoy se siente un poco nostálgica y piensa que cada vez extraña más a su familia. Piensa que un día de éstos va a tomar un avión a Madrid y va a ir a visitar a sus padres y a sus hermanos... , a su abuela, a sus tíos y a sus primos... , a sus padrinos... Se sirve otra taza de café y empieza a escribir.

Dígame

En parejas, contesten las siguientes preguntas basadas en el diálogo.

1. ¿Cuál es la nacionalidad de Ana María? ¿Y la de su esposo?
2. ¿Dónde están sentados? ¿Qué están haciendo?
3. ¿Ana María y Tyler trabajan o estudian?
4. Según Ana María, ¿cómo se va a poner su abuela si recibe noticias de ella?
5. Según Ana María, su abuela los mima a todos. ¿Y según Tyler?
6. ¿Qué van a tener Tyler y sus parientes en mayo? ¿Dónde va a ser?
7. Según Tyler, ¿por qué no tienen los hispanos reuniones familiares?
8. ¿Quién se casa en mayo? ¿Dónde va a ser la boda?
9. Según Ana María, ¿cuántos hijos van a tener ellos y dónde van a vivir?
10. Según Ana María, ¿por qué no va a haber divorcio?
11. ¿Cómo se siente Ana María y qué piensa?
12. ¿Qué va a hacer ella un día de éstos? ¿Qué hace ahora?

Perspectivas socioculturales

INSTRUCTOR WEBSITE

Your instructor may assign the preconversational support activities found in **Perspectivas socioculturales**.

Muchos aspectos sobre la familia varían entre las diferentes culturas. Haga lo siguiente:

a. Lea los temas de conversación que aparecen a continuación y escoja uno de ellos.
b. Durante unos cinco minutos, converse con dos compañeros sobre el tema seleccionado.
c. Participe con el resto de la clase en la discusión del tema cuando su profesor(a) se lo indique.

Temas de conversación

1. **Reuniones familiares.** ¿Celebra su familia reuniones familiares? ¿Y las familias de sus amigos? ¿Cómo las celebran?
2. **Padres e hijos.** ¿Viven sus padres cerca o lejos de donde vive Ud.? ¿Qué ventajas y qué desventajas tiene su situación?
3. **Los ancianos.** ¿Hay ancianos en su familia o conoce usted a algunos de su comunidad? ¿Viven con parientes, cerca de amigos o en alguna comunidad para ancianos?

Vocabulario

Nombres

la boda   wedding
el círculo   circle
la costumbre   custom, habit
la gente mayor   older people
la manera, el modo   way
la noticia   piece of news, news item
el padrino[1]   godfather
el papel   role
el (la) pariente   relative
la reunión   reunion, meeting
la vida   life

Verbos

bromear   to kid, to joke
casarse (con)   to get married
divorciarse   to get a divorce
extrañar, echar de menos   to miss, to be homesick for
malcriar   to spoil
mimar   to pamper
reírse[2]   to laugh
sentirse (e → ie)   to feel
tomar   to take

Adjetivos

nostálgico(a)   homesick
vanidoso(a)   vain, conceited
varios(as)   several

Otras palabras y expresiones

a lo mejor, quizá(s), tal vez   perhaps, maybe
a menudo, frecuentemente   often, frequently
además   besides
apenas   barely, hardly
de manera (modo) que   so
estar de acuerdo   to agree
llevarse bien   to get along
lo mismo   the same thing
lo que   what, that which
mantenerse en contacto   to keep in touch
no va a haber   there's not going to be
ponerse contento(a)   to be (become) happy
por supuesto, claro, naturalmente   of course, naturally
quedarse con   to keep
sobre   about
trabajar medio día   to work part time
un día de éstos   one of these days
un par de   a couple of
un poco   a little
un rato   a while
unos(as)   about (*before a number*)

Ampliación

Para hablar de estados de ánimo

aburrido(a)   bored
alegre, contento(a)   happy, glad
de buen (mal) humor   in a good (bad) mood

deprimido(a)   depressed
enojado(a), enfadado(a)   angry
entusiasmado(a)   enthused, excited
frustrado(a)   frustrated
nervioso(a)   nervous

---

[1] **la madrina**   godmother
[2] Present indicative: **me río, te ríes, se ríe, nos reímos, os reís, se ríen**

preocupado(a) worried
tranquilo(a) calm, tranquil
triste sad

Para hablar de la personalidad

amable kind, polite
amistoso(a) friendly
comprensivo(a) understanding
egoísta selfish
generoso(a) generous
haragán(-ana), perezoso(a) lazy
mandón(-ona) bossy
materialista materialistic
optimista optimistic
pesimista pessimistic
realista realistic
tacaño(a) cheap, stingy
trabajador(a) hard-working

Para hablar de las relaciones interpersonales

abrazar, dar un abrazo to hug, to give a hug
amar, querer (e → ie) to love
besar, dar un beso to kiss, to give a kiss
caerle bien a uno to like
caerle mal a uno to dislike
el cariño, el amor love
comprometido(a) engaged
cuidar to take care of
dar consejos to give advice
meterse to meddle
obedecer (yo obedezco) to obey
el (la) prometido(a) fiancé(e)
respetar to respect

CD-ROM
Go to **Vocabulario** for additional vocabulary practice.

Hablando de todo un poco

Preparación Encuentre en la columna B las respuestas a las preguntas de la columna A (las listas continúan en la página siguiente).

A

1. ¿Eva está comprometida con Luis?
2. ¿Por qué te cae mal Toto?
3. ¿El papel de la abuela es malcriar a los niños?
4. ¿Pepe está bromeando?
5. ¿Echas de menos a tu padrino?
6. ¿Tú te mantienes en contacto con Ada?
7. ¿Cómo se siente Alina?
8. ¿Fernando es haragán?
9. ¿Olga está contenta?
10. ¿Por qué estás enojada con Elsa?
11. ¿Beatriz es mandona?
12. ¿Tu esposo quiere quedarse con el dinero?
13. ¿Tú visitas a tu abuelo a menudo?
14. ¿Pablo es vanidoso?
15. ¿Tú siempre le cuentas tus problemas a tu hermana?

B

a. Sí, lo extraño mucho.
b. Porque ella dice que tengo malas costumbres.
c. Sí, pero yo no estoy de acuerdo. Yo quiero devolverlo.
d. No, porque ella y yo no nos llevamos bien.
e. No, pero a lo mejor vamos a verlo un día de éstos.
f. Sí, y además me cuida mucho.
g. Sí, lo que pasa es que se cree muy guapo.
h. Sí, por eso nos estamos riendo.
i. Sí. ¡Es que él es muy amistoso!
j. Sí, la boda es en abril.
k. Sí, porque no tienen nada que hacer.
l. Sí, porque ella es muy comprensiva.
m. Porque se mete en todo.
n. Sí, ella siempre está de buen humor.
o. ¡No! ¡Es muy trabajador!

16. ¿Los niños están aburridos?
17. ¿Beto tiene muchos amigos?
18. ¿Tu tía te da consejos?

p. Frustrada y un poco deprimida
q. Sí, siempre está dando órdenes.
r. No, mimarlos.

En grupos de tres o cuatro, hagan lo siguiente.

A. **¿Qué tal están?**

1. Digan si están aburridos(as) o entusiasmados(as), contentos(as) o tristes y por qué.
2. Digan si están deprimidos(as), frustrados(as), preocupados(as) o nerviosos(as) y por qué.
3. Digan si están de buen humor o de mal humor y por qué.
4. Digan si están enojados(as) con alguien (¿con quién? ¿por qué?)
5. Si alguna persona del grupo tiene un problema, los demás (*the others*) tienen que decirle qué puede hacer.

B. **Normas culturales.**   ¿En qué circunstancias hacen ustedes lo siguiente?

1. darle un abrazo a un(a) amigo(a)
2. darle un beso a su mamá (a su papá)
3. dar consejos
4. meterse en la vida de alguien
5. cuidar a alguien (¿a quién?)
6. respetar a alguien (¿a quién?)
7. obedecer a alguien (¿a quién?)

C. **¿Qué le dicen?**   Túrnense usted y un(a) compañero(a) para hacer comentarios apropiados que describan la personalidad de cada persona, de acuerdo a las descripciones dadas.

MODELO: a un primo que siempre dice que él es muy guapo
¡Qué vanidoso eres! o *¡Eres muy vanidoso!*

1. a una amiga que trabaja mucho
2. a una hermana que siempre piensa que todo le va a salir bien
3. a un amigo que tiene mucho dinero, pero siempre lleva a su novia a restaurantes baratos
4. a una prima que nunca quiere trabajar
5. a un tío que siempre ayuda a la gente con dinero y tiempo
6. a una prima que siempre le dice a todo el mundo lo que debe hacer
7. a un primo que sólo piensa en sí mismo (*himself*)
8. a una hermana que siempre trata de comprender a sus amigos
9. a una amiga que sólo sale con hombres que tienen mucho dinero
10. a un primo que siempre piensa que todo le va a salir mal

D. **Parientes y amigos.**   Describan a sus parientes y amigos, indicando sus virtudes y sus defectos. Digan cómo son ustedes. Digan qué tipos de personas les caen bien y qué tipos de personas les caen mal.

Palabras problemáticas

A. **Tomar, coger, agarrar** y **llevar** como equivalentes de *to take*

- **Tomar, coger** y **agarrar** son sinónimos cuando se usan para expresar *to take hold of* o *to seize*. En algunos países (Chile, Paraguay, México y Argentina) **coger** se considera una palabra ofensiva y sólo se usan **tomar** y **agarrar**.

  Ana María **toma (coge, agarra)** la pluma y escribe.

- **Llevar** se usa para expresar la idea de *to take* (*someone or something to another location*).

  Yo quiero **llevar** a mi padrino a la reunión.

- **Tomar** también se usa como equivalente de *to take* con respecto a las asignaturas, los medios de transporte y las medicinas.

  Mi prometido está **tomando** una clase de italiano.

  Mi abuela va a **tomar** el avión.

  ¿Por qué no **tomas** la medicina si no te sientes bien?

B. **Saber** y **conocer** como equivalentes de *to know*

- **Saber** quiere decir *to know* (*a fact*) o *to know by heart*. Seguido de un infinitivo significa *to know how* (*to do something*).

  Yo **sé** que mis parientes van a asistir a la boda.

  Mi nieto **sabe** el poema de memoria.

  Mi sobrina no **sabe** nadar.

- **Conocer** significa *to be familiar* o *to be acquainted with* (*a person, a thing, a place, or a work of art*). El verbo **conocer** nunca va seguido de un infinitivo.

  Yo tengo primos a quienes apenas **conozco.**

  ¿Tú **conoces** Nueva York?

  Nosotros **conocemos** los poemas del poeta español Antonio Machado.

C. **Pedir** y **preguntar** como equivalentes de *to ask*

- **Pedir** significa *to ask for* o *to request* (*something*).

  Yo nunca le **pido** dinero a mi madrina.

- **Preguntar** quiere decir *to ask* (*a question*) o *to inquire*. Cuando se usa con la preposición **por** quiere decir *to ask about* (*someone*).

  Le voy a **preguntar** a mi padrino si piensa divorciarse de su esposa.

  Marisol siempre me **pregunta por** ti. ¡Te extraña mucho!

Práctica

Complete los siguientes diálogos y luego represéntelos (*enact them*) con un(a) compañero(a).

1. —¿Tú _____ a Teresa?

   —Sí, ella y yo estamos _____ varias clases juntos.

   —¿_____ su número de teléfono?

   —No, no lo _____.

   —La quiero _____ al cine esta noche. Le voy a _____ si quiere ir conmigo.

   —¿Tienes dinero?

   —No, se lo voy a _____ a mi tío.

2. —¿_____ la dirección de Ana?

   —Sí, la _____ de memoria. (_____ una pluma y escribe la dirección.)

   —¿Dónde queda esta calle? Yo no _____ bien la ciudad.

   —Yo te puedo _____ en mi coche.

   —¡Muchas gracias! Yo no tengo coche y no _____ conducir.

Your instructor may carry out the ¡**Ahora escuche!** listening activity found in the **Answers to Text Exercises**.

¡Ahora escuche!

Se leerá dos veces una carta de Ana María a su abuela. Se harán aseveraciones sobre la carta. En una hoja (*sheet*) escriba los números de uno a diez e indique si cada aseveración es verdadera (V) o falsa (F).

El mundo hispánico

España en el corazón

STUDENT WEBSITE
Go to **El mundo hispánico** for prereading and vocabulary activities.

Ana María

Se dice que España es un continente en miniatura por su gran diversidad geográfica y cultural, y eso es verdad. Con una superficie de 506.000 kilómetros cuadrados[1] y una población de unos cuarenta millones de habitantes, tiene una increíble variedad de culturas, y no podemos decir que, conociendo una o dos regiones, tenemos una buena idea de lo que es España.

Yo soy de Madrid, la capital de España y, como todo madrileño, estoy enamorada de mi ciudad que, con sus parques, centros culturales, museos, plazas, monumentos y grandes hoteles y restaurantes, es visitada por miles de turistas todos los años. Pero conozco muchas otras ciudades que también tienen mucho que ofrecer. Una de mis favoritas es Barcelona, que está al noreste°, en la costa del Medi-   northeast
terráneo. Allí tengo muchos amigos que siempre

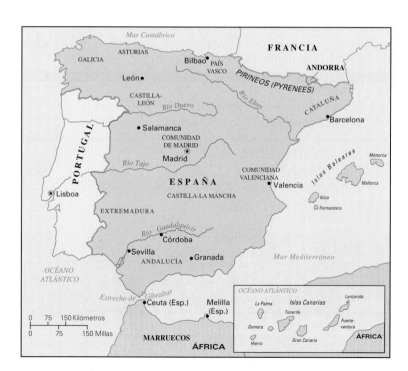

---

[1] Unas 195.000 millas cuadradas

tratan de enseñarme a hablar catalán, el otro idioma que se habla en Cataluña. Barcelona, la segunda ciudad en importancia, es un centro industrial, vibrante y moderno, y algunos de sus edificios están considerados maravillas arquitectónicas. Los más admirados son los diseñados por el arquitecto Gaudí.

En el sur, Granada, Sevilla y Córdoba, con su influencia mora° en la arquitec-   Moorish
tura y en la música, son verdaderas joyas. Al oeste está Salamanca, que tiene una de las universidades más antiguas de Europa. Al norte, la hermosa ciudad de Bilbao, la capital del País Vasco, situada junto al Mar Cantábrico.

¿Se nota que estoy muy orgullosa de mi país? ¡Ah! Debo decirles que España ocupa, por su desarrollo, el número once entre los 175 países del mundo, según el Informe mundial del desarrollo humano, publicado por la Organización de las Naciones Unidas.

Los millones de turistas que visitan España todos los años no sólo van en busca de playas, de sol, de paisajes naturales y de la excepcional calidad y variedad de su comida y de sus vinos. Van también a admirar sus museos, a conocer de cerca su historia, a visitar la cuna de pintores como Velázquez, Goya, Dalí y Picasso; de músicos como Albéniz, Falla y Casals, y de escritores como Cervantes, Machado y García Lorca.

En la página anterior tienen un mapa de España que les permite ver exactamente dónde está ubicado este hermoso país, así como sus regiones y las islas que son parte del territorio español.

Sobre España

En parejas, túrnense para contestar las siguientes preguntas.

1. ¿Cuáles son los límites de España al norte, al sur, al este y al oeste?
2. ¿Qué islas pertenecen a España?
3. ¿Cuál es la superficie de España? ¿Y la población?
4. ¿Cuáles son algunas de las atracciones de Madrid? ¿Tiene importancia el turismo en esta ciudad?
5. ¿Qué idioma hablan en Barcelona (Cataluña), además del castellano?
6. ¿Cuáles son las tres ciudades más importantes del sur de España? ¿Qué influencia se ve allí?
7. ¿Qué sabemos de la Universidad de Salamanca?
8. ¿Sobre qué mar está situada la ciudad de Bilbao?
9. Entre los países del mundo, ¿qué lugar ocupa España en cuanto a su desarrollo?
10. ¿Qué nombres sobresalen (*stand out*) en el mundo del arte?

Hablemos de su país

INSTRUCTOR WEBSITE
STUDENT WEBSITE
Your instructor may assign the preconversational activities in **Hablemos...** (under **Hablemos de su país**). Go to **Hablemos de su país** (under **...y escribamos**) for postconversational web search and writing activities.

En el mapa aparecen las diversas regiones de España. Reúnase con otro(a) compañero(a) y conteste lo siguiente: ¿Qué regiones hay en su país? ¿Qué elementos (geográficos, sociales, culturales o históricos) las distinguen?

Luego cada pareja compartirá las respuestas con toda la clase. ¿Hay diferencias de opinión sobre cuáles son las regiones y sobre los elementos que las distinguen?

Una tarjeta postal

Esta es una tarjeta postal de Cindy, una amiga norteamericana de Ana María, que está viajando por España.

Querida Ana María:

Lo estoy pasando muy bien aquí, en este país maravilloso. Ahora estoy en Granada, que es una ciudad increíble. De aquí voy a ir a Madrid, a Toledo y a Barcelona. Después quiero visitar las Islas Baleares y también las Islas Canarias, que están a unas doce millas de África, pero pertenecen a España, cosa que yo no sabía. En abril pienso volver a Sevilla para ver la feria. ¡Quiero quedarme en España!

Un abrazo,

Cindy

P.D. ¡Estoy conduciendo un Seat!

Después de leer la tarjeta

1. ¿Cindy se está divirtiendo en España?
2. ¿Le gusta Granada? ¿Qué otras ciudades piensa visitar?
3. ¿A qué distancia de África están las Islas Canarias?
4. ¿Cómo sabemos que a Cindy le encanta España?
5. ¿Cindy está conduciendo un coche americano?

ESPAÑA

Estructuras gramaticales

1 El presente de indicativo[1]

A Verbos de conjugación irregular

● The following verbs are irregular in the present indicative tense.

Infinitive	Present Indicative
ser	soy, eres, es, somos, sois, son
estar	estoy, estás, está, estamos, estáis, están
dar	doy, das, da, damos, dais, dan
ir	voy, vas, va, vamos, vais, van
tener	tengo, tienes, tiene, tenemos, tenéis, tienen
venir	vengo, vienes, viene, venimos, venís, vienen
oír (*to hear*)	oigo, oyes, oye, oímos, oís, oyen

atención

Verbs ending in **-tener** are conjugated exactly like the verb **tener**. All verbs ending in **-venir** are conjugated exactly like the verb **venir**.

mantener   *to maintain, to support*   **convenir**   *to be convenient, to suit*
detener   *to stop, to detain*   **intervenir**   *to intervene*
entretener   *to entertain*

—¿Alberto gana un buen sueldo?   *"Does Alberto earn a good salary?"*
—Sí, y **mantiene** a todos sus hermanos.   *"Yes, and he supports all his brothers."*

—¿Tú **intervienes** en los problemas de   *"Do you intervene in your son's problems?"*
tu hijo?

—No, yo nunca **intervengo** en sus   *"No, I never intervene in his problems."*
problemas.

Práctica

Entreviste a un(a) compañero(a), usando las siguientes preguntas.

1. ¿Quién eres?
2. ¿Quiénes son tus padres?
3. ¿De dónde son ustedes?
4. ¿Tienen tú y tu familia reuniones familiares?
5. ¿Vienen a visitarte tus parientes? ¿Vienen a menudo?
6. ¿Tú intervienes en los problemas de tu familia?
7. ¿Tú siempre estás de acuerdo con tus padres?
8. ¿Te mantienes en contacto con todos tus parientes?

---

[1] Please review the conjugations of regular **-ar**, **-er**, and **-ir** verbs in **Apéndice B**.

9. ¿Tú le das un abrazo a tu mejor amigo(a) cuando lo (la) ves?
10. ¿Adónde van tú y tu familia de vacaciones? ¿Tienen vacaciones todos los años?

B Verbos irregulares en la primera persona

⦿ Many Spanish verbs are irregular in the present tense only in the first person singular. Most verbs ending in a vowel plus **-cer** or **-cir** add a **z** before the **c**.

Common irregular verbs		*Verbs ending in a vowel + -cer or -cir*	
hacer	yo **hago**	conocer	yo **conozco**
poner	yo **pongo**	reconocer (*to recognize;*	yo **reconozco**
salir	yo **salgo**	to admit)	
valer (*to be worth*)	yo **valgo**	ofrecer	yo **ofrezco**
traer	yo **traigo**	agradecer (*to thank*)	yo **agradezco**
caer	yo **caigo**	obedecer (*to obey*)	yo **obedezco**
ver	yo **veo**	parecer (*to seem*)	yo **parezco**
saber	yo **sé**	conducir	yo **conduzco**
caber	yo **quepo**	traducir	yo **traduzco**

—¿Tú trabajas los domingos?   *"Do you work on Sundays?"*
—No, yo no **hago** nada los domingos.   *"No, I don't do anything on Sundays.*
    Generalmente **salgo** con mis amigos.   *I generally go out with my friends."*
—¿Quién conduce cuando sales con   *"Who drives when you go out with your*
    tus amigos?   *friends?"*
—Siempre **conduzco** yo.   *"I always drive."*

atención

Verbs ending in **-hacer**, **-poner**, and **-parecer** are conjugated exactly like those verbs.

rehacer	*to remake, redo*	**proponer**	*to propose*	**desaparecer**	*to disappear*
suponer	*to suppose*	**aparecer**	*to appear*	**imponer**	*to impose*

—¿Dónde está tu primo?   *"Where's your cousin?"*
—No sé, pero **supongo** que está en casa   *"I don't know, but I suppose he's at his*
    de su madrina.   *godmother's house."*
—¿Qué haces tú cuando viene tu suegra?   *"What do you do when your mother-in-*
     law comes?"
—¡**Desaparezco**!   *"I disappear!"*

Práctica

CD-ROM
Go to **Estructuras gramaticales** for additional practice.

A. Termine las siguientes oraciones según su propia experiencia. Compare sus respuestas con las de un(a) compañero(a).

1. Yo siempre desaparezco cuando...
2. Yo reconozco que...
3. Yo siempre (nunca) obedezco...
4. Yo les agradezco a mis padres...
5. Yo conozco...
6. Yo sé...
7. Yo nunca veo...
8. Yo supongo que...

B. Lea el siguiente párrafo y vuelva a escribirlo en la primera persona de singular, cambiando las palabras en cursiva (*italic*) según sus propias circunstancias.

Olga es una chica muy popular. Conoce a todos los estudiantes de la Facultad y todos dicen que ella vale mucho, porque es muy inteligente.

Los viernes y sábados sale con *sus amigos* (nunca dice que no a una invitación), pero los domingos *no hace nada;* desaparece de la ciudad y no aparece hasta el lunes por la mañana. Generalmente va *con su familia a la montaña.*

Trabaja en una oficina, donde traduce cartas y documentos. Como no tiene mucho tiempo para estudiar en su casa, a veces trae sus libros a la oficina.

Olga *conduce un coche muy bonito* y tiene *bastante* dinero; *todos los meses* pone dinero en el banco para poder *salir de viaje en las vacaciones.* Ella reconoce que es *una chica de mucha suerte.*

C. Hable con un(a) compañero(a) sobre lo siguiente.

1. la hora en que ustedes salen de su casa por la mañana
2. las cosas que ustedes traen cuando viajan
3. las personas a quienes ustedes ven todos los días
4. algunos parientes a quienes ustedes apenas conocen
5. si hacen ejercicio todos los días y por cuánto tiempo
6. si conducen o no; si conducen rápido; qué tipo de coche conducen

C El presente de indicativo de verbos con cambios en la raíz

● Certain verbs undergo a stem change in the present indicative, as follows:

preferir (e → ie)

prefiero	preferimos
prefieres	preferís
prefiere	prefieren

poder (o → ue)

puedo	podemos
puedes	podéis
puede	pueden

pedir (e → i)

pido	pedimos
pides	pedís
pide	piden

● Notice that the stem change does not occur in **nosotros** and **vosotros**.

Other stem-changing verbs

	-ar	-er	-ir
e → ie	cerrar	querer	mentir (*to lie*)
	comenzar	encender (*to light*)[1]	sugerir
	empezar	perder	sentir
	pensar	entender	advertir (*to warn*)
	confesar		
	despertar		
	negar (*to deny*)		

[1] **Encender** tambien significa *to turn on* cuando se habla de la luz, el radio y el televisor.

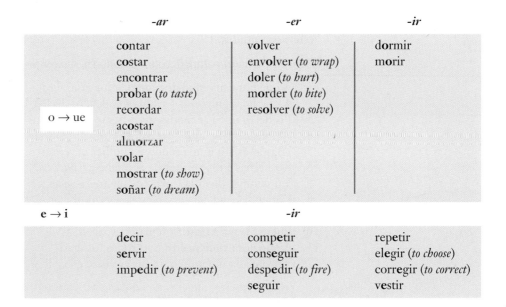

	-ar	*-er*	*-ir*
o → ue	contar	volver	dormir
	costar	envolver (*to wrap*)	morir
	encontrar	doler (*to hurt*)	
	probar (*to taste*)	morder (*to bite*)	
	recordar	resolver (*to solve*)	
	acostar		
	almorzar		
	volar		
	mostrar (*to show*)		
	soñar (*to dream*)		

e → i		*-ir*	
	decir	competir	repetir
	servir	conseguir	elegir (*to choose*)
	impedir (*to prevent*)	despedir (*to fire*)	corregir (*to correct*)
		seguir	vestir

CD-ROM
Go to **Estructuras gramaticales** for additional practice.

Práctica

A. **Mirando la tele.** A estos anuncios y noticias de un programa de televisión les faltan los verbos. Póngaselos usted, usando el presente de indicativo de los verbos que aparecen en cada lista. Usted y sus compañeros serán los locutores (*announcers*) y cada uno leerá un anuncio.

competir   costar   servir   almorzar

1. Todo _____ menos en el restaurante El Sombrero. Usted _____ por sólo cinco dólares. Nosotros _____ el mejor pollo frito de la ciudad. Ningún otro restaurante _____ con el nuestro en precios ni en servicios.

morir   encender   encontrar   sugerir

2. Si usted _____ la luz y _____ cucarachas (*roaches*) en la cocina, debe usar nuestro producto Anticucarachas. En dos minutos, todas las cucarachas _____. Yo le _____ no esperar un día más.

tener   confesar   recordar   contar   repetir

3. ¿_____ ustedes a la famosa Lolita Vargas? Rosa Barreto nos _____ lo que está pasando en la vida de la famosa actriz. Lolita _____ que _____ un nuevo amor y _____ que éste es el verdadero (otra vez).

morder   perder   impedir   despertar

4. ¡Importante! Un agente de policía _____ un robo en la tienda Libertad. Un perro rabioso _____ a dos personas en un parque. El gobernador Francisco Acosta _____ las elecciones. Un hombre _____ después de estar en coma por seis meses. Film a las once.

B. Ahora, en parejas, escriban dos noticias y dos anuncios originales, usando los verbos aprendidos.

C. Entreviste a un(a) compañero(a), usando las siguientes preguntas.

1. ¿A qué hora sirven el desayuno en tu casa?
2. ¿A qué hora empiezas a trabajar todos los días?
3. ¿Prefieres trabajar medio día o tiempo completo?
4. ¿Almuerzas con amigos o con tu familia? ¿Dónde almuerzas? ¿A qué hora?
5. ¿Piensas asistir a una reunión familiar el verano próximo?
6. ¿Recuerdas a tus amigos de la infancia (*childhood*)?
7. ¿Tú siempre dices la verdad o mientes a veces?
8. ¿Entiendes una conversación en español?
9. ¿Tú consigues periódicos en español?
10. ¿Puedes venir a clase la semana próxima?
11. ¿A qué hora vuelves a tu casa todos los días?
12. ¿Tú vuelas a menudo o prefieres viajar en coche?

2 El presente progresivo

A Formas del gerundio[1]

○ To form the present participle (the *-ing* form in English) of regular verbs, the following endings are used:

-ar *verbs:* -ando		-er *and* -ir *verbs:* -iendo	
		correr	corriendo
mimar	mimando		
		escribir	escribiendo

○ The following verbs have irregular forms.

1. -er and -ir verbs whose stems end in a vowel use the ending **-yendo** instead of **-iendo.**

le**er**:	le**yendo**	o**ír**:	o**yendo**
ca**er**:	ca**yendo**	hu**ir** (*to flee*):	hu**yendo**

2. -ir stem-changing verbs change the **e** to **i** and the **o** to **u**:

m**e**ntir:	m**i**ntiendo	d**o**rmir:	d**u**rmiendo
s**e**rvir:	s**i**rviendo	m**o**rir:	m**u**riendo

---

[1] The **gerundio** (**-ando** and **-iendo** forms) is the Spanish equivalent of the English present participle (*-ing* form).

3. Other irregular forms are:

decir: **diciendo**   ir: **yendo**[1]
poder: **pudiendo**   venir: **viniendo**[1]

B Formas y uso del presente progresivo

○ The most commonly used present progressive construction in Spanish is formed with the present tense of the verb **estar** and the **gerundio** of the main verb.

—¿Qué **está haciendo** el Sr. Paz?   *"What is Mr. Paz doing?"*
—**Está hablando** con su sobrino.   *"He's talking with his nephew."*

○ In Spanish, the present progressive indicates an action that is in progress.

—¿Qué **estás leyendo**?   *"What are you reading?"*
—**Estoy leyendo** una carta de mi   *"I'm reading a letter from my great-*
  bisabuelo.   *grandfather."*

atención

The present progressive is never used in Spanish to indicate a future action, as it is in English; the present tense is used instead.

Mañana **salgo** para Bilbao.   *I'm leaving for Bilbao tomorrow.*

The present progressive tense describes temporary actions. Extended or repeated actions are usually described in the present tense.

Mis abuelos **viven** en Sevilla.   *My grandparents live in Sevilla.*

C El gerundio con los verbos *seguir* y *continuar*

○ **Continuar** or **seguir** + *the present participle* (**gerundio**) may be used in Spanish to indicate an action that started in the past and is still taking place at a given time.

—¿Todavía estás estudiando francés?   *"Are you still studying French?"*
—Sí, yo **continúo estudiando,** pero   *"Yes, I continue (keep on) studying, but*
  no aprendo mucho.   *I'm not learning much."*
—¿**Sigues estudiando** en la   *"Are you still studying at the university?"*
  universidad?
—No, porque tengo problemas   *"No, because I have financial problems."*
  económicos.

---

[1] These are hardly ever used in the present progressive. The present indicative is used instead:
¿Adónde vas? = Where are you going?

 **atención**   **Continuar** and **seguir** are *never* followed by the infinitive, as they are in English.

Ellos   **siguen estudiando**   informática.

They   ***continue to study***   *computer science.*

Notice that **seguir** and **continuar** are synonymous in this context.

Ellos **siguen (continúan) estudiando**.

Práctica

CD-ROM
Go to **Estructuras gramaticales** for additional practice.

A. Usted y sus amigos están en casa de sus padres. Usando el presente progresivo y los elementos dados, diga lo que está haciendo cada persona. Añada (*Add*) las palabras que sean necesarias.

    1. yo / leer / una carta
    2. Marcelo / dormir / su cuarto
    3. Alicia / poner / libros / escritorio
    4. Rosalía / servir / el desayuno
    5. Ana y Luis / pedir / información / Salamanca
    6. Ernesto / decir / debemos / llamar / abuelos
    7. Silvia / hacer / ejercicio
    8. Ramiro / escribir / carta

B. Entreviste a un(a) compañero(a), usando las siguientes preguntas. Use **seguir** o **continuar** + gerundio en sus respuestas.

    1. ¿Todavía vives en la misma ciudad?
    2. ¿Todavía trabajas en el mismo lugar?
    3. ¿Todavía estudias en la biblioteca?
    4. ¿Todavía planeas ir de vacaciones?
    5. ¿Todavía tienes problemas económicos?

C. En parejas, hagan una lista de lo que está ocurriendo en la clase en este momento, usando los verbos **leer, estudiar, hablar, mirar, hacer, charlar** (*to chat*) y **escribir.**

3 La *a* personal[1]

  ● The personal **a** has no equivalent in English. It is used in Spanish before a direct object noun that refers to a specific person or persons.

—Yo no veo **a** todos mis amigos   *"I don't see all my friends on Saturdays."*
  los sábados.
—¿**A** quiénes ves?   *"Whom do you see?"*
—**A** Julio y **a** Teresa.[2]   *"Julio and Teresa."*

---

[1] Review the concept of the direct object on page 20.

[2] If there are two or more direct objects, the personal **a** is used before each: Llaman **a** Julio y **a** Teresa.

—¿**A** cuál de las chicas conoces?   *"Which one of the girls do you know?"*
—**A** ésa que está allí.   *"That one over there."*

—¿Qué hace Carlos en la universidad   *"What's Carlos doing at the university so*
   tan temprano?   *early?"*
—Espera **a**[1] la Sra. Reyes.   *"He's waiting for Mrs. Reyes."*

◉ The personal **a** is also used when the direct object is **quien(es)** or is an indefinite expression such as **alguien** or **nadie**.

—¿Necesitas ver **a** alguien?   *"Do you need to see anybody?"*
—No, no necesito ver **a** nadie.   *"No, I don't need to see anyone."*

◉ The personal **a** is used when an animal or an inanimate object is personified.

—¿Adónde vas?   *"Where are you going?"*
—Voy a llevar **a** mi perrito al
   veterinario porque el pobre   *"I'm going to take my puppy to the vet*
   está enfermo.   *because the poor thing is sick."*

—En España tenemos las montañas   *"In Spain we have the most beautiful*
   más hermosas.   *mountains."*
—Para ti, España es el mejor lugar   *"For you, Spain is the best place in the*
   del mundo.   *world."*
—Es que yo amo mucho **a** mi país.   *"Well, I love my country very much."*

◉ The personal **a** is not used when the direct object refers to a thing, to an unspecified person, or after the verb **tener**.

—¡Hola! ¿Qué haces aquí?   *"Hi! What are you doing here?"*
—Espero un taxi.   *"I'm waiting for a taxi."*

—¿Qué necesitas?   *"What do you need?"*
—Necesito un secretario.   *"I need a secretary."*

—¿Tiene Ud. hijos?   *"Do you have children?"*
—Sí, tengo cuatro hijos.   *"Yes, I have four sons."*

Práctica

CD-ROM
Go to **Estructuras gramaticales** for additional practice.

A. En parejas, lean los siguientes diálogos usando la **a** en los casos en que se necesita.

1. —¿_____ quién esperas?
   —No espero _____ nadie. Estoy esperando _____ el ómnibus.
2. —¿Cuántos hijos tienes?
   —Tengo _____ dos hijos: Luis y Mario; pero no veo _____ Luis muy frecuentemente.
3. —¿_____ cuál de los chicos prefieres? ¿_____ ése o _____ aquél?
   —Prefiero _____ aquél.

---

[1] If the personal **a** is followed by the article **el**, the contraction **al** is formed: Espera **al** Sr. Reyes.

4. —¿Vas a visitar _____ tus padres en Madrid?
    —Sí, y vamos a ir todos a visitar _____ el Museo del Prado.
5. —¿Qué necesitan Uds.?
    —Necesitamos _____ una recepcionista.

B. Entreviste a un(a) compañero(a), usando las siguientes preguntas.

1. ¿A qué parientes ves frecuentemente?
2. ¿Tienes hermanos? ¿Cuántos?
3. ¿Conoces a los padres de tu mejor amigo(a)?
4. ¿A quién quieres mucho? ¿A quién mimas? ¿Malcrías a alguien?
5. ¿Visitas a alguien los domingos?
6. ¿Visitas los museos de arte a veces?
7. ¿Extrañas a alguien?
8. Tú estás muy ocupado(a). ¿Necesitas una secretaria?
9. Si te invitan a una fiesta, ¿a quién llevas, generalmente?
10. ¿Llamas a tus amigos todos los días?

4 Formas pronominales en función de complemento directo

A El complemento directo de la oración

- The direct object is the object that directly receives the action of the verb.

    S   V   D.O.
    Él compra **el libro.**

- In the sentence above, the subject **Él** performs the action expressed by the verb, while **el libro,** the direct object, is directly affected by the action of the verb. The direct object of a sentence may be either a person or a thing. It can be easily identified by saying the subject and verb and then asking the question *what?* or *whom?*

    Él compra **el libro.**   *He is buying **what?***
    Alicia mira **a Luis.**   *Alicia is looking at **whom?***

B Formas de los pronombres de complemento directo

- The direct object pronouns replace nouns used as direct objects.

	Singular		*Plural*
me	*me*	**nos**	*us*
te	*you* (familiar)	**os**	*you* (**vosotros** form)
lo	*you* (m.), *him, it* (m.)	**los**	*you* (m.), *them* (m.)
la	*you* (f.), *her, it* (f.)	**las**	*you* (f.), *them* (f.)

C Posición de los pronombres personales usados como complemento directo

● In Spanish, direct object pronouns are placed *before* a conjugated verb. They are attached to the end of an infinitive or a present participle **(gerundio).**

—¿**Me** llamas este fin de semana?   *"Will you call me this weekend?"*
—No, no[1] **te** llamo.   *"No, I won't call you."*

—No tenemos tiempo de terminar**lo**.   *"We don't have time to finish it."*
—Sí, haciéndo**lo**[2] entre los dos,   *"Yes, (by) doing it between the two (of us),*
    lo terminamos sin problema.   *we'll finish it without (any) problem."*

● If a conjugated verb and an infinitive or a present participle are used in the same sentence or clause, the direct object pronouns may either be placed before the conjugated verb or attached to the infinitive or present participle.

—¿Cuándo **los** quieres ver?   *"When do you want to see them?"*
—Quiero ver**los** mañana.   *"I want to see them tomorrow."*

—¿Dónde está el periódico?   *"Where is the paper? Are you reading it?"*
  ¿Estás leyéndo**lo**[2]?
—No, no **lo** estoy leyendo.   *"No, I'm not reading it."*

● The verbs **saber, decir, pedir,** and **preguntar** generally take a direct object. If the sentence does not have one, the pronoun **lo** must be added to complete the idea. **Lo** is also added to **ser** and **estar.**

—Ana extraña a sus amigos y a   *"Ana misses her friends and her*
  sus parientes.   *relatives."*
—Sí, **lo** sé.   *"Yes, I know."*

—No sé el número de teléfono de Olga.   *"I don't know Olga's phone number."*
—Puedes preguntar**lo**...   *"You can ask . . ."*

—Él es muy perezoso, ¿verdad?   *"He's very lazy, isn't he?"*
—Sí, **lo** es.   *"Yes, he is."*

—¿Carlos está muy enfadado?   *"Is Carlos very angry?"*
—Sí, **lo** está.   *"Yes, he is."*

Práctica

CD-ROM
Go to **Estructuras gramaticales** for additional practice.

A. Usando el verbo **necesitar**, termine las siguientes oraciones apropiadamente.

MODELO: Yo voy a llevar los libros a casa de Ana porque ella _____.
                *Yo voy a llevar los libros a casa de Ana porque ella **los** necesita.*

---

[1] In a negative sentence, the word **no** is placed before the pronoun.

[2] Note that an accent is required on present participles that have attached direct object pronouns. The accent is placed on the **a** or **e** of the participle ending to maintain the original stress: *Estoy mirándola* or *Sigue diciéndolo.*

1. Yo voy a ir a casa de tía Amanda porque ella _____.
2. Las enfermeras van a ir al consultorio del Dr. Torres porque él _____.
3. Tú tienes que ir a la escuela porque el maestro _____.
4. Roberto piensa ir a la casa de sus abuelos porque ellos _____.
5. Nosotros vamos a ir a la oficina de la Srta. Rojas porque ella _____.
6. Yo voy a traer la maleta porque sé que tú _____.

B. Pepe y su hermana Ada están conversando en un restaurante de Madrid. Agregue Ud. (*Add*) los pronombres de complemento directo que faltan.

PEPE   —¿Tienes los cheques de viajero?

ADA   —Sí, aquí _____ tengo. Oye, ¿a qué hora vas a llamar a mamá por teléfono?

PEPE   —_____ voy a llamar a las dos. Papá dice que quiere llevar _____ a todos al parque del Retiro esta tarde.

ADA   —Yo quiero invitar a Marcelo y a su hermana.

PEPE   —_____ puedes invitar, si quieres, pero ellos ya _____ conocen.

ADA   —Pero Marcelo va a venir porque _____ quiere ver a mí...

PEPE   —Bueno... Marcelo _____ quiere ver a ti y su hermana _____ quiere ver a mí...

C. Imagínese que Ud. y un(a) compañero(a) están planeando una fiesta en su casa. Túrnense (*Take turns*) para contestar las siguientes preguntas usando siempre pronombres de complemento directo.

1. ¿Tú puedes invitar a todos nuestros amigos?
2. ¿Tú vas a comprar las bebidas?
3. ¿Quieres usar mi radiocasetera?
4. ¿Vas a traer las cintas?
5. ¿Vas a llamar al profesor (a la profesora) de español?
6. ¿Me necesitas para limpiar la casa antes de la fiesta?
7. ¿Puedes llevarnos a casa después de la fiesta?
8. ¿Tienes tu auto aquí?

5 Formas pronominales en función de complemento indirecto

◉ In addition to the direct object, the verb of a sentence may take an indirect object.

| D.O.   I.O. | D.O.   I.O. |
Él **le** da **el libro a María.**   *He gives **the book to María.***

An indirect object describes *to whom* or *for whom* an action is done. In Spanish, an indirect object pronoun can be used in place of an indirect object. The indirect object pronoun includes the meaning *to* or *for*: **Yo les mando los libros (a los estudiantes).**

A Formas y posición

○ The forms of the indirect object pronouns are as follows:

	Singular		*Plural*
me	*(to, for) me*	**nos**	*(to, for) us*
te	*(to, for) you* (familiar)	**os**	*(to, for) you* (**vosotros** form)
le	*(to, for) you, him, her, it*	**les**	*(to, for) you, them*

○ Like direct object pronouns, indirect object pronouns are usually placed before a conjugated verb.

—¿Qué **te** dice tu hermana en la carta? *"What does your sister say (to you) in the letter?"*

—**Me** dice que no va a haber boda. *"She tells me there isn't going to be a wedding."*

○ When a conjugated verb is followed by an infinitive or a present participle the indirect object pronoun may either be placed in front of the conjugated verb or be attached to the infinitive or present participle.

Le voy a traer   una maleta. ⎱
    Voy a traer**le**   una maleta. ⎰ *I'm going to bring him a suitcase.*

Les está leyendo   la noticia. ⎱
    Está leyéndo**les**[1] la noticia. ⎰ *She is reading the news item to them.*

○ The third person singular and plural pronouns **le** and **les** are used for both masculine and feminine forms.

—¿Qué **le** vas a traer a él? *"What are you going to bring (for) him?"*
—Voy a traer**le** un libro. *"I'm going to bring him a book."*
—¿Y a Rosa? *"And to Rosa?"*
—**Le** voy a traer una revista. *"I'm going to bring her a magazine."*

○ If the meaning of the pronouns **le** or **les** is ambiguous, the preposition **a** + *personal pronoun or noun* may be used for clarification.

Le doy la carta.   (¿**a quién**?)   *I'm giving the letter . . . (**to whom?**)*

Le doy la carta ⎰ **a Ud.**
             a él.
             a ella.
             a María.

---

[1] Note that an accent is required on present participles that have attached direct object pronouns. The accent is placed on the **a** or **e** of the participle ending to maintain the original stress: *Estoy mirándola* or *Sigue diciéndolo.*

○ The prepositional phrase **a** + *personal pronoun* may be used for emphasis even when it is not needed for clarification.

Ella quiere dar**me** el dinero **a mí**.   *She wants to give the money to me (and to no one else).*

 Prepositional phrases with **a** are not substitutes for the indirect object pronouns. The prepositional phrase is optional, but the indirect object pronouns must always be used.

B Otros usos de las formas pronominales de complemento indirecto

○ Remember that in Spanish the definite article, not the possessive adjective, is used when referring to parts of the body or articles of clothing (including shoes and jewelry). The indirect object pronoun is used in such sentences to indicate the possessor.

—¿Quién **te** corta el pelo?   *"Who cuts your hair?"*
—Alberto.   *"Alberto."*

—¿Qué vestido quieres poner**le** a   *"Which dress do you want to put on the*
la niña?   *girl?"*
—Quiero poner**le** el vestido rosado. *"I want to put her pink dress on her."*

CD-ROM
Go to **Estructuras gramaticales** for additional practice.

Práctica

A. En parejas, hablen de las cosas que cada uno va a traerles a los siguientes parientes en la próxima reunión familiar, y por qué. Sigan el modelo.

MODELO: A mi papá...
          A mi papá le voy a traer una maleta porque la que él tiene es muy vieja.

1. A mi padrino...
2. A mis dos tías...
3. A ti...
4. A mis hermanos...

B. Entreviste a un(a) compañero(a), usando las siguientes preguntas.

1. ¿A quiénes piensas mandarles mensajes electrónicos hoy o mañana? ¿Qué les vas a decir? ¿Les vas a dar buenas noticias?
2. ¿Qué les vas a comprar a tus padres para su aniversario?
3. ¿Tus padres te dan o te prestan dinero a veces?
4. ¿A quién le cuentas tus problemas?
5. ¿Tú les das consejos a tus amigos?
6. ¿Tú le hablas a alguien sobre tu vida? ¿A quién?

C. Imagínese que Ud. está en una fiesta y oye fragmentos de conversaciones. Siempre oye las preguntas, pero nunca oye las respuestas. ¿Qué cree Ud. que contesta cada persona? Complete los diálogos y represéntelos con un(a) compañero(a) usando los pronombres de complemento indirecto en sus respuestas.

1. ANA   —Jorge, ¿qué te dice tía Susana de mí?
   JORGE   —_____

2. TERESA   —¿Qué me vas a regalar para mi cumpleaños?
   RAFAEL   —_____

3. MARÍA   —Elena, ¿qué vestido le vas a poner a tu hija mañana, el rojo o el azul?
   ELENA   —_____

4. LUIS   —¿Cuánto dinero vas a darles a los nietos?
   ROSA   —_____
   LUIS   —Pero eso es mucho dinero...

5. ROBERTO   —¿En qué idioma les hablan a Uds. sus abuelos?
   MONIQUE   —_____

6. MARCOS   —Olga, ¿qué le vas a comprar a tu madrina?
   OLGA   —_____

Ahora piensen en otras conversaciones breves que se oyen en la fiesta. Escriban dos más y represéntenlas.

6 Construcciones reflexivas

Usos y formas

⊙ A verb is reflexive when the subject performs and receives the action of the verb. In Spanish, most transitive verbs[1] may be used as reflexive verbs. The use of the reflexive construction is much more common in Spanish than in English.

⊙ When a Spanish verb is used reflexively, the following reflexive pronouns must be used.

Singular		*Plural*	
me	*myself*	**nos**	*ourselves*
te	*yourself* (**tú** form)	**os**	*yourselves* (**vosotros** form)
se	*yourself* (**Ud.** form) *himself* *herself*	**se**	*yourselves* (**Uds.** form) *themselves*

⊙ Note that, except for the third person **se**, the reflexive pronouns have the same forms as the direct and indirect object pronouns.

⊙ The following chart outlines the reflexive forms of **vestirse:** *to dress (oneself), to get dressed.*

---

[1] Remember that transitive verbs require a direct object to complete the action of the verb: *Luis compró **una casa.*** Without **una casa,** the sentence would have no meaning.

vestirse (e → i)

Yo **me visto.**	*I dress (myself). I get dressed.*
Tú **te vistes.**	*You (fam. sing.) dress (yourself). You get dressed.*
Ud. **se viste.**	*You (form. sing.) dress (yourself). You get dressed.*
Él **se viste.**	*He dresses (himself). He gets dressed.*
Ella **se viste.**	*She dresses (herself). She gets dressed.*
Nosotros **nos vestimos.**	*We dress (ourselves). We get dressed.*
Vosotros **os vestís.**	*You (fam. pl.) dress (yourselves). You get dressed.*
Uds. **se visten.**	*You (form. pl.) dress (yourselves). You get dressed.*
Ellos **se visten.**	*They (m.) dress (themselves). They get dressed.*
Ellas **se visten.**	*They (f.) dress (themselves). They get dressed.*

Yo no **me levanto** muy temprano
porque los niños no **se despiertan**
hasta las ocho.

*I don't get up very early because the
children don't wake up until eight.*

○ Reflexive pronouns function as either direct or indirect objects; they occupy the same position in a sentence that object pronouns do.

D.O.
Yo **me** lavo.

I.O.   D.O.
Yo **me** lavo **las manos.**

I.O. D.O.
Yo **me las** lavo.
   (R.P.)

○ When a reflexive pronoun is used with a direct object pronoun, the reflexive pronoun always precedes the direct object pronoun.

—Tienes que lavarte las manos.
—Yo siempre **me las** lavo.

"You have to wash your hands."
"I always wash them."

atención   Note that the reflexive pronouns always agree with the subject.

○ Some verbs change meaning when they are used reflexively.

acostar	*to put to bed*	**acostarse**[1]	*to go to bed*
dormir	*to sleep*	**dormirse**	*to fall asleep*
levantar	*to raise, to lift*	**levantarse**	*to get up*
llamar	*to call*	**llamarse**	*to be named*
llevar	*to take*	**llevarse**	*to carry off*
probar (o → ue)	*to taste, to try*	**probarse (o → ue)**	*to try on*
poner	*to put, to place*	**ponerse**	*to put on*
quitar	*to take away*	**quitarse**	*to take off*

---

[1] When a verb is reflexive, the infinitive always ends in **-se**.

ir   *to go*   **irse**   *to leave, to go away*
parecer   *to seem, to appear*   **parecerse**   *to look like*
sentar   *to seat*   **sentarse**   *to sit down*

—¿Quieres **acostarte** ahora?   *"Do you want to go to bed now?"*
—Sí, pero primero quiero   *"Yes, but first I want to put the children*
  acostar a los niños.   *to bed."*

○ Some verbs are always used with a reflexive construction.

acordarse (o → ue) (de)   *to remember*   **burlarse (de)**   *to make fun of*
arrepentirse (e → ie) (de)   *to regret, to repent*   **quejarse (de)**   *to complain*
arrodillarse   *to kneel down*   **suicidarse**   *to commit suicide*
atreverse (a)   *to dare*

The use of reflexive pronouns does not necessarily mean that the action is reflexive:

Los estudiantes **se quejan** del profesor.
The students complain about the professor (not about themselves).

CD-ROM
Go to **Estructuras gramaticales** for additional practice.

Práctica

A. En parejas, lean los siguientes diálogos usando el presente de indicativo de los verbos de la lista.

acordarse	bañarse	arrodillarse	sentarse	acostarse
olvidarse	burlarse	levantarse	quejarse	lavarse

1. —¿A qué hora _____ tú generalmente?
   —_____ a las seis de la mañana y _____ a las once de la noche.
2. —La Sra. Ruiz _____ de los niños todos los días.
   —Es que ellos siempre _____ de su hijito porque él no sabe nadar.
3. —¿Uds. _____ por la mañana?
   —Sí, _____ y _____ la cabeza.
4. —Para rezar (*to pray*), ¿tú generalmente _____ o _____?
   —Me arrodillo.
5. —¡Qué cabeza tienes! Nunca _____ de traer el libro.
   —Es verdad. Todos los días _____ de traerlo.

B. Conteste las siguientes preguntas, seleccionando el verbo reflexivo o el no reflexivo, según corresponda.

1. ¿Qué hacen Uds. cuando tienen mucho sueño? (acostar, acostarse)
2. Si le duelen los pies, ¿qué puede hacer Ud. con los zapatos? (quitar, quitarse)
3. Para saber si la comida está picante (*spicy*) o no, ¿qué hacen Uds.? (probar, probarse)
4. Si Ud. es muy similar a su padre, ¿qué le dice la gente? (parecer, parecerse)
5. ¿Qué debe hacer Ud. por la noche para no estar cansado(a) al día siguiente? (dormir, dormirse)

6. ¿Qué hace el profesor cuando termina la clase? (ir, irse)
7. Antes de comprar una chaqueta, ¿qué hace Ud.? (probar, probarse)
8. Si hace mucho frío, ¿qué hace Ud. con el abrigo? (poner, ponerse)
9. ¿Qué hace Ud. si la clase es muy aburrida? (dormir, dormirse)
10. ¿Qué hacen Uds. después de despertarse? (levantar, levantarse)

C. Use su imaginación y construcciones reflexivas para decir lo que hacen las siguientes personas, según la información dada.

1. Son las seis de la mañana. Yo...
2. En el baño, mi padre...
3. Frente al espejo, mi hermana...
4. En el probador (*fitting room*), tú...
5. Cuando tenemos frío, nosotros...
6. En el restaurante, después de pagar la cuenta, ellos...
7. Cuando vuelvo a mi casa y me duelen los pies, yo...
8. Cuando el servicio en el restaurante es malo, Uds...
9. Cuando tú rezas...
10. A las once de la noche, nosotros...

STUDENT WEBSITE
Do the **Compruebe cuánto sabe** self test after finishing this **Estructuras gramaticales** section.

Summary of Personal Pronouns

Subject	Direct object	Indirect object	Reflexive	Object of preposition
yo	me	me	me	mí
tú	te	te	te	ti
usted (*f.*)	la			usted (*f.*)
usted (*m.*)	lo	le	se	usted (*m.*)
él	lo			él
ella	la			ella
nosotros(as)	nos	nos	nos	nosotros(as)
vosotros(as)	os	os	os	vosotros(as)
ustedes (*f.*)	las			ustedes (*f.*)
ustedes (*m.*)	los	les	se	ustedes (*m.*)
ellos	los			ellos
ellas	las			ellas

atención   With the preposition **con, conmigo** and **contigo** are used.

¡CONTINUEMOS!

Una encuesta

Entreviste a sus compañeros de clase para tratar de identificar a aquellas personas que...

1. ...se ponen contentos cuando ven a sus parientes.
2. ...son un poco vanidosos.
3. ...no se llevan bien con algunos de sus parientes.
4. ...se mantienen en contacto con sus parientes.
5. ...asisten a reuniones familiares.
6. ...se sirven una taza de café antes de ir a trabajar.
7. ...son un poco haraganes.
8. ...se sienten nostálgicos o echan de menos a alguien.
9. ...generalmente están de acuerdo con sus padres.
10. ...son amistosos.
11. ...se sienten un poco frustrados a veces.
12. ...piensan viajar a España un día de éstos.

Ahora divídanse en grupos de tres o cuatro y discutan el resultado de la encuesta.

  ¿Comprende Ud.?

CD-ROM   STUDENT WEBSITE
Go to **De escuchar...a escribir** (in **¿Comprende Ud.?**) on the CD-ROM for activities related to the conversation, and go to **Canción** on the website for activities related to the song.

1. Escuche la siguiente conversación entre Ana María y Tyler durante su viaje por España. El objetivo de la actividad es el de escuchar una conversación a velocidad natural. No se preocupe de entenderlo todo, pues esto no se espera de Ud. Después de escuchar la conversación dos veces, Ud. oirá varias aseveraciones. En una hoja, escribe los números de uno a ocho e indique si cada aseveración es verdadera o falsa.

2. Luego escuche la canción y trate de aprenderla.

Hablemos de una invitación de boda

En parejas, fíjense en esta invitación de boda y contesten las preguntas.

El ingeniero Juan Carlos Peña Sandoval y su esposa
doña María Isabel Juncal Ordóñez
tienen el placer de anunciar el matrimonio de su hija

María Luz Peña Juncal
con
Luis Fernando Arias Calderón,

hijo del arquitecto Gustavo Antonio Arias Acosta
y doña Carmen Anabel Calderón Reyes.

La boda se celebrará en la
Iglesia de Los Ángeles
el día 10 de junio de 2003, a las seis de la tarde.

Inmediatamente después de la ceremonia, habrá
una recepción con cena en el

Hotel Villa Magna

Esperamos tener el honor de su presencia en este dichoso día.

---

1. ¿Cuál es la profesión del padre de la novia? ¿Y la del padre del novio?
2. ¿Cuál es el apellido paterno de María Luz? ¿Y el materno?
3. ¿La boda va a ser civil o religiosa? ¿Cómo lo sabemos?
4. ¿En qué fecha y a qué hora se celebrará la boda?
5. ¿Dónde va a ser la recepción? ¿Qué van a servir en la recepción?
6. ¿Cómo sabe la persona que recibe esta invitación que está invitada a la recepción?

¿Qué dirían ustedes?

Imagínense que Ud. y un(a) compañero(a) se encuentran en las siguientes situaciones. ¿Qué va a decir cada uno?

1. Uds. están encargados(as) de planear una reunión familiar. Digan dónde y cuándo va a ser, quiénes van a estar allí, qué actividades van a tener y cuánto tiempo va a durar (*last*).
2. Uds. hablan de las diferencias que existen entre mimar y malcriar a los niños, y de cuál debe ser el papel de los abuelos en la crianza (*upbringing*) de los niños.
3. Uds. hablan de la mejor edad para casarse, dando las razones, y también de las ventajas y desventajas de casarse cuando uno es una persona mayor.

¡De ustedes depende!

Una chica española va a venir al estado donde Uds. viven. En grupos de dos o tres, hablen de las cosas que ella debe saber (incluyendo algunas costumbres) para que su estadía sea agradable. Hagan una lista de las cosas que Uds. quieren preguntarle a ella sobre las costumbres de los españoles en cuanto a sus parientes y amigos.

Mesa redonda

Formen grupos de cuatro o cinco estudiantes y hablen de las ventajas y de las desventajas de vivir con sus padres mientras asisten a la universidad. Hablen también sobre la idea de vivir muy cerca de los parientes políticos (*in-laws*).

Lecturas periodísticas

Saber leer   Un autor debe conocer a su público

CD-ROM
Go to **Lecturas periodísticas** for additional prereading and vocabulary activities.

Cuando leemos, debemos tener presente (*keep in mind*) que el escritor o la escritora de un texto siempre desea comunicarse con algún lector (*reader*). Este "lector" es su público. Échele una mirada rápida (*Scan*) al siguiente artículo y conteste la pregunta: ¿A quiénes se dirige la autora? Es decir, ¿cuál es su público?

Para leer y comprender

Al leer el artículo detalladamente, busque las respuestas a las siguientes preguntas.

1. Según la autora, ¿qué es indispensable durante las dos primeras etapas de la infancia?
2. En la actualidad, ¿qué tienen que hacer muchos padres?
3. ¿Cuánto tiempo pasan muchos padres lejos del hogar?
4. En cuanto a las personas que pueden cuidar de los niños mientras los padres trabajan, ¿cuáles son las tres posibilidades?
5. Generalmente, ¿qué se establece entre un niño y un abuelo que quiere cuidarlo? ¿A quiénes gratifica esta situación?
6. Al seleccionar una niñera, ¿qué se debe tener en cuenta?

7. ¿Cómo deben ser los grupos de niños en una guardería? ¿Qué debe tener cada grupo?
8. ¿Qué es conveniente hacer de vez en cuando?
9. Si un papá se siente culpable de tener que dejar a su bebé en una guardería, ¿qué debe hacer? ¿Qué implica la educación de un hijo?
10. ¿Cuáles son los momentos clave en los que el papá o la mamá debe estar presente? ¿Qué pueden hacer los padres los fines de semana?
11. ¿Qué pasa si los padres tienen un horario que no pueden modificar?
12. Según la autora, ¿qué es mucho más importante para el niño que una hora de sueño?

¿Eres un papá de medio tiempo?

Pautas° para educar a los chicos cuando mamá y papá trabajan fuera de casa. Las obligaciones. Los horarios. La culpa°. Los límites.

Guidelines
guilt

Especialmente en las dos primeras etapas de la infancia... la presencia física de los padres es indispensable para la crianza de los hijos...

Después de pasar unas horas en la guardería, esta niñita vuelve a casa con sus padres.

Especialmente en las dos primeras etapas° de la infancia (es decir, desde recién nacidos hasta los cinco años), la presencia física de los padres es indispensable para la crianza° de los hijos, pero los tiempos que corren° te obligan a trabajar todo el día fuera de casa. Sea por el desarrollo de una vocación o por el equilibrio de la economía familiar, hoy tanto papá como mamá pasan entre 8 y 10 o más horas lejos del hogar°.

¿Con quién dejo a mi hijo?

Hay que ser realista. Sólo caben tres posibilidades: un familiar, una guardería° o una niñera°.

Los abuelos

No hay nada mejor que un abuelo con ganas de° cuidar a su nieto. En la mayoría de los casos se establece una relación mágica que no sólo gratifica al niño sino° también al adulto.

La niñera

Con respecto a una niñera, tienes que seleccionar a alguien tierna y agradable. Además, es fundamental tener referencias.

La guardería

En una guardería, los grupos de niños dobon oor roduoidoo y dobon ootar divididos por edad. Cada grupo debe tener una maestra fija.

De vez en cuando°, es conveniente visitar el lugar de forma sorpresiva para poder observar cómo funciona.

¿Qué hago para no sentirme culpable?

Puedes empezar por comprender y aceptar las razones que te llevan a dejar a tu bebé en manos de otro. La educación de un hijo implica responsabilidad, no culpas.

Pero está todo el día con otra persona...

Hay momentos clave° en los que mamá o papá deben estar presentes. Por la mañana, cuando se despierta, y por la noche, cuando se va a dormir. Es importante darle cariño y prestarle atención y también aprovechar° los fines de semana para dedicárselos al niño.

¿Tengo que adaptarme a sus horarios o mi hijo tiene que adaptarse a los míos?

Si estás sujeto a un horario que no puedes modificar, de alguna manera el niño va a tener que seguir tu ritmo. Un nene° está acostumbrado a dormirse a las nueve de la noche; comparte° con su mamá el baño, la cena y los juegos°. Pero quizás su papá no llega a casa hasta después de las diez. Entonces el padre no ve nunca al hijo y el hijo no ve nunca al padre. Debes ser flexible y comprender que una hora con mamá y papá es mucho más importante que una hora de sueño°.

Adaptado de la revista digital *Papá y mamá* (Argentina)

---

stages
raising
los... the way things are nowadays
home
nursery / nanny
con... willing
but

De... Once in a while
key

---

take advantage of
little child
he shares
games
sleep

Desde su mundo

1. ¿Tiene Ud. o alguien que Ud. conoce algunos de los problemas que se discuten en este artículo? ¿Cuáles?
2. ¿Está Ud. de acuerdo con las soluciones que ofrece la autora? ¿Por qué?
3. Algunas madres prefieren quedarse en casa con sus hijos pequeños y no trabajar. ¿Qué piensa Ud. de esta idea?

piense y escriba   ¿Para quién escribimos?

Antes de escribir, es muy importante tener claro para quiénes vamos a escribir. Por ejemplo, es muy distinto escribir una composición para un examen final que escribirle una carta a su novio(a).

Aquí le asignamos a Ud. un público que Ud. ya conoce: desea escribir un artículo breve (*brief*) sobre el tema general de las relaciones humanas. Lo va a publicar en alguna revista estudiantil de su universidad. ¡Sea imaginativo(a)! Haga lo siguiente:

1. Escoja (*Choose*) un tema que quiere presentarle a ese público. Por ejemplo, "mis amigos", "mis tres parientes favoritos", "una reunión de Acción de Gracias (*Thanksgiving*)", "mi vida sentimental", etc.
2. Genere (*Generate*) una lista de subtemas teniendo en cuenta (*keeping in mind*) lo que desea comunicarle a su público sobre el tema. De la lista generada, escoja tres. Por ejemplo, tres posibles subtemas para discutir el tema de "mis amigos" pueden ser:
   a. mi mejor amigo(a)
   b. otros amigos y amigas
   c. lo que nos gusta hacer juntos(as)

   Escriba aquí su tema: _____.

   Ahora, en *a* a *e* abajo, genere cinco subtemas en los que puede discutir el tema escogido:
   a. _____.
   b. _____.
   c. _____.
   d. _____.
   e. _____.

3. Escoja tres. Desarrolle (*Develop*) cada uno de los tres subtemas escogidos en un párrafo distinto (*separate*).
4. Escriba una introducción a los tres párrafos.
5. Resuma o concluya.

MUSEO THYSSEN-BORNEMISZA
PASEO DEL PRADO, 8. 28014 MADRID. TEL.(91) 420 39 44

Pepe Vega y su mundo

Teleinforme

Las tres escenas que siguen son fragmentos de una serie popular de la televisión española de los 1990, Una hija más, *en la que vemos las interacciones de la familia Sánchez: Demetrio y Ángeles, los padres; los hijos Júnior y Dani, y la empleada Nati.*

Preparación

Relaciones interpersonales.   Piense en las relaciones que Ud. tiene con algunos parientes y con otras personas. Conteste las siguientes preguntas para cada una de las relaciones interpersonales que aparecen en el esquema (*table*) presentado abajo:

Persona	1. ¿Cómo lo/la llama?	2. ¿Con qué gesto la saluda o se despide de ésta?
a. su madre o su padre		
b. su hermano(a)		
c. su abuelo(a)		
d. su mejor amigo(a)		
e. su profesor(a) de español		
f. el (la) director(a) del banco		

1. ¿Cómo llama Ud. a esta persona? ¿Por su nombre (como *Sandy*)? ¿Por un nombre familiar (como *Nana*)? ¿Por su título y apellido (como *Mrs. Kelly*)? ¿Por un título (como *Sir*)? etc.
2. Cuando Ud. saluda o se despide de esta persona, ¿qué hace Ud.? ¿La abraza (*hug*)? ¿Le da la mano (*shake hands*)? ¿Le da un beso (*kiss*)? ¿Le toca el brazo o el hombro? etc.

Comprensión

STUDENT WEBSITE
Go to **Video** for further previewing, vocabulary, and structure practice on this clip.

Saludos   0:00–1:41

Demetrio ha invitado a una vieja amiga de su pueblo, Blanca Peláez, a cenar en su casa. Ángeles ha invitado a Paco, el párroco (*parrish priest*) de su iglesia, a participar también en la cena de la familia. En esta parte vamos a ver cómo interaccionan los varios participantes de la escena.

A. Observaciones culturales

1. Vea el video *sin el sonido*. En la columna 1 del esquema, señale cómo se saludan las personas indicadas: ponga **B** si se dan un beso, **BB** si se dan dos besos, **M** si se dan la mano, **T** si se tocan el brazo, **TT** si se tocan los dos brazos o **N** si no hay un saludo de tipo físico.
2. Basándose en la manera en que se saludan, diga si Ud. cree que se conocen o no las personas indicadas. Ponga **sí** o **no** en la columna 2 del esquema.

Las personas	*¿Cómo se saludan?*	*¿Se conocen?*	*¿Tú o Ud.?*	*¿Qué dicen?*
MODELO:	M	no	tú	"Y **tú** el párroco"
Demetrio ↔ Paco				
a. Paco ↔ Ángeles				
b. Paco ↔ Dani				
c. Demetrio ↔ Blanca				
d. Ángeles ↔ Blanca				
e. Dani ↔ Blanca				
f. Blanca ↔ Dani				
g. Blanca ↔ Paco				
h. Paco ↔ Blanca				

3. Ahora vea el video *con el sonido* y observe quiénes se tratan de **tú** y quiénes de **Ud.** Indique sus observaciones en la columna 3 del esquema. En la columna 4, anote la frase en que oye la forma **tú** o **Ud.**
4. ¿Notó Ud. alguna interacción inesperada (*unexpected*)? Explique cuál y por qué.

CD-ROM
Go to **Video** for further previewing, vocabulary, and structure practice on this clip.

Madres e hijos   1:43–3:15

En esta escena vamos a conocer a Júnior, el hijo mayor de Demetrio y de Ángeles, y a Dani, su hermano menor. Están en el garaje de la casa, donde Ángeles los encuentra y les recuerda que es hora de irse a la escuela. Note la interacción entre hermanos y también la de cada uno de los hijos con su madre.

B. ¿Quién dice qué?   Mire la escena e indique cuáles de los participantes se dicen lo siguiente: Júnior **(J)**, Dani **(D)** o Ángeles **(A)**.

> MODELO: D ↔ J ¡Ayúdame a levantarme! / Pesas demasiado.

1. _____ Tengo paros cardíacos. / Tú estás loco, enano.
2. _____ ¡Eres un cerdo y un egoísta! / ¡Déjame en paz de una vez!
3. _____ Llegarás tarde al autobús del cole. Tendrás que ir a patitas.
4. _____ Necesito la casa para la reunión del viaje de fin de curso. / Ay, lo siento... es imposible.
5. _____ ¡Ya he citado a todos mis compañeros! / Bueno, pues anula la cita.
6. _____ Supongo que habrá más gente con casa entre tus compañeros... Vamos, digo yo. / Vale, un beso.

La abuela: madre y suegra   3:17–5:01

Ha llegado la abuela a casa de los Sánchez. Aquí vemos a la abuela, que viene a confesarles un problema a Demetrio y a Ángeles.

CD-ROM
You will also find this clip under **Video**.

C. ¿Verdadera o falsa?   Indique si las siguientes aseveraciones son verdaderas **(V)** o falsas **(F).** Si son falsas, corríjalas.

1. _____ Ángeles y Demetrio duermen cuando alguien llama a la puerta.
2. _____ La abuela es sonámbula, es decir, camina y habla mientras está dormida.
3. _____ La abuela tiene remordimientos porque recibe ilegalmente la pensión de su esposo.
4. _____ Demetrio sugiere que la abuela alegue (*alleges*) que está senil.
5. _____ Ángeles no quiere ayudar a la abuela.
6. _____ La abuela no quiere ser una carga (*burden*) para nadie.
7. _____ La abuela piensa venir a vivir con Ángeles y Demetrio.
8. _____ Ángeles y Demetrio piensan que es una idea estupenda.

Ampliación

Análisis de la familia.   Haga una de las siguientes comparaciones:

1. Escoja a dos parejas de la familia Sánchez, por ejemplo la de Júnior y Dani, o la de Demetrio y Dani. Describa la relación de cada pareja: ¿Cómo se tratan? ¿Qué diferencias hay en su manera de relacionarse? ¿Cómo explica Ud. las diferencias?
2. Escoja a dos personas de la familia Sánchez y compare su relación con la de alguna pareja parecida en su propia familia. Por ejemplo, la relación de Ángeles y Júnior con la de Ud. y su madre. ¿Hay diferencias en la manera de relacionarse? ¿Hay semejanzas? ¿Puede Ud. hacer alguna generalización comparando a la familia Sánchez con su familia?

LECCIÓN 2

Sistemas educativos

Dos estudiantes conversan frente a la biblioteca de la UNAM, en la ciudad de México.

Sistemas educativos

CD-ROM STUDENT AUDIO

For preparation, do the **Ante todo** activities found on the CD-ROM.

Ayer fue el primer día para matricularse y Noemí, una chica de Guadalajara, México, fue a hablar con un consejero sobre su programa de estudios en la Universidad de California y le preguntó qué clases debía tomar.

CONSEJERO —Veo que su especialización es administración de empresas.

NOEMÍ —Bueno, no estoy segura, pero creo que sí. ¿Qué asignaturas tengo que tomar este semestre?

CONSEJERO —Lo mejor es tomar todos los requisitos generales primero.

NOEMÍ —Yo tomé matemáticas, biología, psicología y una clase de informática el semestre pasado.

CONSEJERO —Este semestre puede tomar algún curso electivo: arte o educación física, por ejemplo.

NOEMÍ —No sé. Necesito una clase de química y una de física, y no quiero tomar demasiadas unidades porque tengo una beca y necesito mantener un buen promedio.

Después de hablar con su consejero, Noemí almorzó con su amigo Steve en la cafetería de la universidad. Steve leyó el horario de clases de Noemí y lo encontró muy difícil.

STEVE —¿Vas a tomar física y química juntas? Por lo visto eres muy lista. Oye, ¿existen muchas diferencias entre el sistema universitario de México y el de aquí?

NOEMÍ —¡Ya lo creo! Por ejemplo, en mi país no tenemos cursos electivos. Tampoco existen los requisitos generales, porque los estudiantes los toman en la escuela secundaria.

STEVE —Entonces, ¿en la universidad, toman solamente las materias propias de sus respectivas carreras?

NOEMÍ —Sí, por eso cuando yo estaba en la escuela secundaria, tenía que estudiar muchísimo para sacar buenas notas.

STEVE —Pues las mías eran malísimas porque nunca estudiaba. Oye, ¿cuántos años deben estudiar Uds. en la universidad para obtener un título de ingeniero, por ejemplo?

NOEMÍ —Por lo regular, unos cinco años en la facultad de ingeniería. ¿Tú quieres ser ingeniero?

STEVE —A lo mejor... Un amigo mío, que es de Paraguay, dice que la asistencia no es obligatoria allí.

NOEMÍ —Bueno, en Paraguay, como en muchos otros países, hay estudiantes que no asisten a clases. Algunos viven lejos de la universidad o trabajan durante las horas de clases; otros simplemente prefieren estudiar por su cuenta. Solamente van a la universidad a tomar el examen de mitad de curso y el examen final.

STEVE —¡Qué buena idea! Ese sistema me gusta más que el nuestro.

NOEMÍ —Bueno... tiene sus ventajas, pero necesitas ser disciplinado. Oye, ¿vas a la conferencia de la Dra. Reyes?

STEVE —Yo no sabía que había una conferencia. Nadie me lo dijo. ¿Dónde es?

NOEMÍ —Es en el aula número cien, donde tenemos las reuniones del club de francés. Empieza a las ocho. ¿Por qué no vamos juntos?

STEVE —Bueno, paso por ti a las siete y media, a más tardar. ¿Sigues viviendo en la residencia universitaria?

NOEMÍ —Sí, pero esta vez tienes que ser puntual porque no podemos llegar tarde. La puntualidad es muy importante para mí. ¡Ah!, necesito tu libro de francés, ¿me lo puedes prestar?

STEVE —Sí, te lo doy esta noche.

NOEMÍ —Bueno, quedamos en que vienes a las siete y media.

Dígame

En parejas, lean estas aseveraciones basadas en los diálogos, y decidan si son verdaderas o no y por qué.

1. Noemí tuvo que hablar con un consejero antes de matricularse.
2. Noemí no sabe nada de computadoras.
3. Noemí no necesita ninguna clase.
4. Las notas son importantes para Noemí.
5. El sistema educativo de México es muy similar al de los Estados Unidos.
6. Los estudiantes paraguayos deben asistir a clase todos los días.
7. Steve prefiere el sistema educativo de los países hispanos.
8. Noemí quiere ir a la conferencia con Steve.
9. Noemí vive en un apartamento.
10. Noemí necesita el libro de Steve, pero él no se lo puede prestar.

Perspectivas socioculturales

INSTRUCTOR WEBSITE
Your instructor may assign the preconversational support activities found in **Perspectivas socioculturales.**

Noemí le comenta a Steve que hay diferencias entre el sistema de educación mexicano y el norteamericano. Haga lo siguiente:

a. Lea los temas de conversación que aparecen a continuación y escoja uno de ellos.
b. Durante unos cinco minutos, cambie opiniones (o converse) con dos compañeros sobre el tema seleccionado.
c. Participe con el resto de la clase en la discusión del tema cuando su profesor(a) se lo indique.

Temas de conversación

1. **La secundaria.** Durante la secundaria, ¿tomó Ud. requisitos generales que ya no tiene que tomar en la universidad?
2. **La universidad.** En un semestre, ¿puede matricularse solamente en cursos de su especialización? ¿Qué ventajas y qué desventajas presenta su situación?
3. **La carrera.** ¿Va a necesitar realizar estudios de postgrado (*graduate studies*) para ejercer (*practice*) la carrera que desea seguir hoy?

Vocabulario

Nombres

la administración de empresas business administration

la asignatura, la materia subject (*in a school*)

la asistencia attendance

el aula, el salón de clase classroom

la beca scholarship

la carrera career, course of study

la conferencia lecture

el (la) consejero(a) advisor, counselor

el curso class, course of study

la educación física physical education

la escuela secundaria secondary school (*junior high school and high school*)

la especialización major

el examen de mitad (mediados) de curso, el examen parcial mid-term examination

la facultad school, college (*division within a university*)

el horario de clases class schedule

la informática, la computación computer science

el (la) ingeniero(a) engineer

la nota grade

el país country (*nation*)

el programa de estudios study program

el promedio grade point average

la química chemistry

el requisito requirement

la residencia universitaria dormitory

la reunión, la junta (*Mex.*) meeting

el título degree

la ventaja advantage

Verbos

asistir a to attend

existir to exist

mantener (*conj. like* **tener**) to maintain, to keep

matricularse to register

sacar to get (*a grade*)

tratar de to try to

Adjetivos

demasiados(as) too many

educativo(a) educational, related to education

juntos(as) together

listo(a) smart

malísimo(a) extremely bad

obligatorio(a) mandatory

propio(a) related, own

universitario(a) university, college

Otras palabras y expresiones

a más tardar at the latest

creo que sí (no) I (don't) think so

entre between

esta vez this time

llegar tarde (temprano) to be late (early)

lo mejor the best thing

muchísimo a lot, a great deal

pasar por (alguien) to pick (someone) up

por ejemplo for example

por lo regular as a rule

por lo visto apparently

por su cuenta on their own

ser puntual to be punctual

¡Ya lo creo! I'll say!

Ampliación

Algunas facultades

facultad de arquitectura school of architecture

facultad de ciencias económicas (comerciales) school of business administration

facultad de derecho law school

facultad de educación school of education

facultad de filosofía y letras school of humanities

facultad de ingeniería school of engineering

facultad de medicina medical school

facultad de odontología dental school

Algunas profesiones

el (la) abogado(a) lawyer

el (la) analista de sistemas systems analyst

el (la) bibliotecario(a) librarian

el (la) contador(a) público(a) certified public accountant

el (la) dentista dentist

el (la) enfermero(a) nurse

el (la) farmacéutico(a) pharmacist

el (la) maestro(a) teacher

el (la) médico(a) medical doctor

el (la) programador(a) programmer

el (la) psicólogo(a) psychologist

el (la) trabajador(a) social social worker

el (la) veterinario(a) veterinarian

Otras palabras y expresiones relacionadas con el tema

la escuela primaria (elemental) grade school, elementary school

la escuela tecnológica technical school

ingresar en to enter (*e.g., a university*)

la matrícula tuition

el profesorado faculty

el (la) rector(a) president (*of a university*)

la solicitud application

la universidad estatal state university

la universidad privada private university

el (la) universitario(a) college student

CD-ROM

Go to **Vocabulario** for additional vocabulary practice.

Hablando de todo un poco

Preparación Complete lo siguiente, usando el vocabulario de la Lección 2.

1. La _____ de Marcos es administración de _____, pero una de sus _____ favoritas es la _____, porque le gusta trabajar con computadoras.

2. Tatiana habló con su _____ sobre su programa de _____. Tiene que tomar química, porque es un _____.

3. Fernando tiene el _____ de clases porque tiene que _____ para el semestre próximo mañana a más _____.

4. Celia terminó la _____ secundaria el año pasado con un _____ de 3,5. Ahora va a _____ a la universidad y va a vivir en la residencia _____.

5. Sergio no sacó muy buenas _____ el semestre pasado porque no estudió mucho. Este semestre piensa ser puntual y no llegar _____ a clase. No va a asistir a una universidad _____ porque no tiene mucho dinero y perdió la _____. Piensa ingresar en una universidad _____.

6. Marina quiere estudiar por su _____, pero la _____ a clase es obligatoria.

7. Los cuatro hermanos tienen ideas muy diferentes. Armando quiere ser dentista, de modo que va a asistir a la facultad de _____ Carlos quiere ser maestro en una escuela _____, de modo que va a asistir a la facultad de _____. Daniel piensa asistir a la facultad de filosofía y _____ y Esteban piensa ingresar en la facultad de _____ porque quiere ser abogado.

8. El profesor Vega está en el _____ de clase, escribiendo en la pizarra. Por lo _____ es muy temprano, porque no hay ningún estudiante en el _____. Por lo _____ los estudiantes empiezan a llegar a las ocho.

9. Eva va a ingresar en la facultad de ciencias _____ porque quiere ser _____ pública. Su papá es analista de _____ y su mamá es _____ social.

10. Tengo que estudiar _____ porque mañana tengo un examen de _____ de curso, pero primero tengo que ir a mi clase de educación _____.

En grupos de tres o cuatro hagan lo siguiente.

A. **Su programa de estudio.**   Digan las materias que están tomando, los requisitos que ya tomaron, los que necesitan y los cursos electivos que piensan tomar.

B. **La carrera.**   Describan la carrera que piensan seguir: la facultad o el departamento en que deben seguirla, si van a trabajar en el campo (*field*) mientras estudian, si asisten a conferencias o reuniones sobre la misma, etc.

C. **Las profesiones.**   Hablen sobre las profesiones de algunos de sus parientes, amigos y de otras personas que Uds. conocen.

Palabras problemáticas

A. **Tiempo, vez** y **hora** como equivalentes de *time*

- **Tiempo** equivale a *time* cuando nos referimos al período o duración de algo.

  Por lo visto ella no quiere estar aquí mucho **tiempo.**

- **Vez** equivale a *time* cuando se habla de series.

  Por lo regular voy a clase dos **veces** por semana.

- **Hora** equivale a *time* cuando se habla de un momento del día o de una actividad específica.

  Es **hora** de cenar.
  El rector no puede ir a las ocho porque a esa **hora** está ocupado.

B. **Estar de acuerdo, ponerse de acuerdo** y **quedar en**

- **Estar de acuerdo** significa **ser de la misma opinión.**

  El profesorado no **está de acuerdo** con lo que dice la Dra. Reyes.

- **Ponerse de acuerdo** equivale a *to come to an understanding.*

  Los dos hablaban a la vez, y no podían **ponerse de acuerdo.**

- **Quedar en** significa *to agree to do something.*

  Quedamos en que esta vez vienes a las siete.

Práctica

Entreviste a un(a) compañero(a) usando las siguientes preguntas.

1. ¿A qué hora empiezas a estudiar?
2. ¿Tienes tiempo para ir a una conferencia hoy?
3. ¿Cuántas veces por semana vas a la biblioteca?
4. A la hora del almuerzo, ¿estás en la universidad o en tu casa?
5. ¿Tú siempre estás de acuerdo con tus profesores?
6. ¿Tú quedaste en verte con algún compañero de clase este fin de semana?

Your instructor may carry out the **¡Ahora escuche!** listening activity found in the **Answers to Text Exercises**.

¡Ahora escuche!

Se leerá dos veces una breve narración sobre el problema de Roberto, un muchacho chileno que estudia en la Universidad de Tejas. Se harán aseveraciones sobre la narración. En una hoja (*sheet*) escriba los números de uno a diez e indique si cada aseveración es verdadera (V) o falsa (F).

ARTE MEXICANO

ARTESANIA FINA
Visítanos en Cuauhtémoc No. 37
Zihuatanejo, Gro. México

El mundo hispánico

México lindo y querido

Noemí

Así comienza una canción popular en la que se muestra el cariño que sentimos los mexicanos por nuestra tierra°. México, uno de los países más grandes del mundo hispano, es una tierra de contrastes naturales. Hay regiones de altas montañas, de desiertos, de valles fértiles y de selvas tropicales.

Hoy en día°, la economía de México es una de las más pujantes° del mundo hispano. Entre sus fuentes de riqueza están la exportación de petróleo°, de plata, de oro y de cobre. Otra fuente de ingreso es el turismo: sus hermosas playas —Cancún, Puerto Vallarta y Acapulco, entre otras— son visitadas por millones de turistas, principalmente norteamericanos.

México es famoso también por su diversidad social, por su artesanía y por sus ruinas arqueológicas. Son muy conocidas las ruinas de Teotihuacán, cerca de la Ciudad de México, donde encontramos las pirámides del Sol y de la Luna. En la península de Yucatán están las ruinas mayas de Chichén Itzá y las de Tulum. Sociedades indígenas como la maya conservan hoy su lengua y sus tradiciones.

land

Hoy... Nowadays
vigorous
oil

STUDENT WEBSITE
Go to **El mundo hispánico** for prereading and vocabulary activities.

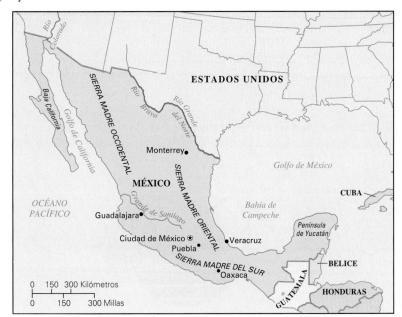

La capital del país, la Ciudad de México, es posiblemente la más poblada del mundo. Allí viven unos 24 millones de personas. En el centro, cerca del Zócalo o plaza principal, coexisten testimonios arquitectónicos de la capital prehispánica azteca con edificios coloniales monumentales como la Catedral Metropolitana y el Palacio Nacional de México. Los mariachis son conocidos en todo el mundo hispano y, para muchos, ellos son la representación de México. En la pintura se destacan° **se...** stand out Diego Rivera, Clemente Orozco y Alfaro Siqueiros. En la literatura tenemos escritores como Carlos Fuentes, Octavio Paz y Mariano Azuela que dan a conocer nuestra historia, y nuestras costumbres y tradiciones. En la página anterior tienen un mapa de mi México. Espero que pronto lo visiten.

Sobre México

En parejas túrnense para contestar las siguientes preguntas.

1. ¿Cuáles son los límites de México al norte, al sur, al este y al oeste?
2. ¿Por qué es México una tierra de contrastes naturales?
3. ¿Qué exporta México?
4. ¿Qué sabe Ud. del turismo en México?
5. ¿Dónde están las pirámides del Sol y de la Luna?
6. ¿Qué ruinas famosas hay en Yucatán?
7. ¿Qué conservan los grupos indígenas de México?
8. ¿Cuál es la población de la Ciudad de México?
9. ¿Qué grupos musicales son representativos de México?
10. ¿Quiénes son Carlos Fuentes, Octavio Paz y Mariano Azuela?

Hablemos de su país

Noemí nos dice que México es muy conocido por sus mariachis. Reúnase con otro(a) compañero(a) y conteste lo siguiente: ¿Qué géneros (*genres*) de música y qué cantantes de los Estados Unidos son famosos en el mundo?

Luego cada pareja compartirá las respuestas con toda la clase. ¿Hay diferencias de opinión?

Una tarjeta postal

Imagínese que Ud. y un(a) compañero(a) están viajando por México. Envíenles una tarjeta postal a sus compañeros de clase, describiendo sus impresiones.

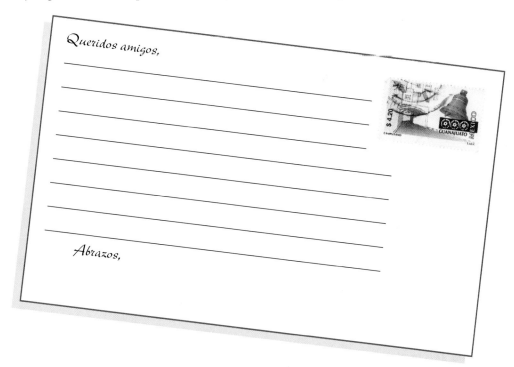

Queridos amigos,

_____

_____

_____

_____

_____

_____

Abrazos,

Estructuras gramaticales

1   Usos de los verbos **ser** y **estar**

- Both **ser** and **estar** correspond to the English verb *to be*, but they are *not* interchangeable.

A   Usos del verbo *ser*[1]

- **Ser** identifies people, places, or things.

—¿Quién **es** ese muchacho?   *"Who is that young man?"*
—**Es** José Luis Vargas Peña.   *"It's José Luis Vargas Peña."*

—¿Cuáles **son** tus ciudades favoritas?   *"What are your favorite cities?"*
—Guadalajara y Cancún.   *"Guadalajara and Cancún."*

---

[1] The use of **ser** in the passive voice will be studied in **Lección 10**.

—¿Qué **es** esto?   *"What is this?"*
—**Es** mi programa de estudios.   *"It's my study program."*

◉ With adjectives, it describes essential qualities such as color, size, shape, nationality, religion, and profession or trade.

—¿Cómo **es** tu casa nueva?   *"What is your new house like?"*
—**Es** grande y muy cómoda.   *"It's big and very comfortable."*

—Juan y Eva **son** farmacéuticos,   *"Juan and Eva are pharmacists, aren't
   ¿no?   they?"*
—No, él **es** arquitecto y ella **es** *"No, he's an architect and she's an
   ingeniera.   engineer."*

—¿**Son** colombianos?   *"Are they Colombian?"*
—Creo que sí.   *"I think so."*

◉ With the preposition **de**, it indicates origin, possession, relationship, and the material that things are made of.

—¿De dónde **es** Juan?   *"Where is Juan from?"*
—**Es** de Quito.   *"He is from Quito."*

—¿Roberto **es** el hermano de Daniel? *"Is Roberto Daniel's brother?"*
—No, **es** su primo.   *"No, he is his cousin."*

—¿De quién **es** el reloj?   *"Whose watch is this?"*
—**Es** de la mamá de Antonio.   *"It's Antonio's mother's."*
—¿**Es** de oro?   *"Is it (made) of gold?"*
—No, **es** de plata.   *"No, it's (made) of silver."*

◉ It is used to express the time and the date.

—¿Qué hora **es**?   *"What time is it?"*
—**Son** las diez y media.   *"It's ten-thirty."*

—¿Qué fecha **es** hoy?   *"What's the date today?"*
—Hoy **es** el cuatro de abril.   *"Today is April fourth."*

◉ It is used in impersonal expressions.

—¿Tenemos la reunión hoy?   *"Shall we have the meeting today?"*
—No, **es mejor** tenerla mañana.   *"No, it's better to have it tomorrow."*

—¿**Es necesario** asistir a clase?   *"Is it necessary to attend class?"*
—¡Ya lo creo!   *"I'll say!"*

◉ With the preposition **para**, it indicates for whom or what something is destined.

—¿Para quién **son** estos regalos?   *"Whom are these gifts for?"*
—**Son** para ti.   *"They're for you."*

—¿Para qué **es** este libro?   *"What is this book for?"*
—**Es** para aprender inglés.   *"It's for learning English."*

○ It is used to indicate where an event is taking place, when *to be* is the equivalent of *to take place.*

—¿Dónde **es** la conferencia?   *"Where does the lecture take place?"*
—**Es** en el aula 222.   *"It's in (class)room 222."*

—¿Dónde **es** la fiesta?   *"Where's the party?"*
—**Es** en mi casa.   *"It's at my house."*

B Usos del verbo *estar*

○ **Estar** is used to indicate location of a person, place, or thing.

—¿Dónde **está** tu hermano?   *"Where is your brother?"*
—**Está** en el banco.   *"He's at the bank."*

○ With adjectives, it indicates a current condition or state.

—¿Cómo **está** Antonia hoy?   *"How's Antonia today?"*
—**Está** mucho mejor, pero **está**   *"She's much better, but she's very tired."*
muy cansada.

○ With personal reactions, it describes what is perceived through the senses—that is, how a person or thing seems, looks, tastes, or feels.

—¿Te gusta la sopa?   *"Do you like the soup?"*
—¡Sí, **está** muy rica!   *"Yes, it's very tasty!"*

○ With the past participle, it indicates the state or condition resulting from a previous action. In this case, the past participle is used as an adjective and agrees with the subject in gender and number.

—¿No puedes leer las cartas?   *"Can't you read the letters?"*
—No, **están** escritas en italiano.   *"No, they're written in Italian."*

○ *To be alive* or *to be dead* are considered states or conditions that are expressed using **estar**.

—¿**Está** vivo?   *"Is he alive?"*
—No, **está** muerto.   *"No, he is dead."*

○ It is used with the present participle forms **-ando** and **-iendo** in the progressive tenses.

—¿Qué **estás haciendo**?   *"What are you doing?"*
—**Estoy haciendo** la tarea.   *"I'm doing the homework."*

○ It is also used in many idiomatic expressions:

1. **estar de acuerdo**   *to agree*

   Ella dice que necesito un título, pero yo no **estoy de acuerdo**.

2. **estar de buen (mal) humor**   *to be in a good (bad) mood*

   Hoy **estoy de buen humor** porque no hay clases.

3. **estar de vacaciones**   *to be on vacation*

Mis padres **están de vacaciones** en Acapulco.

4. **estar en cama**   *to be sick in bed*

Mi hermano **está en cama**. Tiene fiebre.

5. **estar de viaje**   *to be (away) on a trip*

Mis suegros **están de viaje** por Sudamérica.

6. **estar de vuelta**   *to be back*

Los chicos van a tratar de **estar de vuelta** esta noche.

C Adjetivos que cambian de significado

○ Some adjectives change meaning depending on whether they are used with **ser** or **estar**. Here are some of them:

	With **ser**	*With* **estar**
aburrido(a)	*boring*	*bored*
verde	*green (color)*	*green (not ripe)*
malo(a)	*bad*	*sick*
listo(a)	*smart, clever*	*ready*

Los estudiantes **están aburridos**. Eso es porque el profesor **es** muy **aburrido**.

Estas manzanas no **están verdes**. **Son** manzanas **verdes**.

Rosa no puede ir a la reunión porque todavía **está mala**. Tiene mucha fiebre.

No quiero ir a ver a ese médico porque dicen que **es** muy **malo**.

¿Estás lista? Ya son las cuatro.

Mi hijo **es** muy **listo**. Es el más inteligente de la clase.

○ Notice that, used with **ser**, these adjectives express an essential quality or a permanent condition. Used with **estar** they express a state or a current, transitory condition.

Práctica

CD-ROM
Go to **Estructuras gramaticales** for additional practice.

A. Forme oraciones con las siguientes palabras o frases usando **ser** o **estar** según corresponda. Añada (*Add*) todos los elementos necesarios, siguiendo el modelo.

MODELO: mesa / metal
La mesa es de metal.

1. la clase de biología / a las ocho
2. vestido / rayón
3. Rodolfo / muy bajo
4. Elsa / de mal humor
5. mochila / en la residencia universitaria
6. mi hermana / ingeniera
7. mejor / asistir a clase
8. Elena / de viaje

9. profesor / corrigiendo los exámenes
10. quién / esa chica
11. la estudiante / de Yucatán
12. de acuerdo / con mis padres
13. concierto / mañana
14. mañana / ocho de diciembre
15. pobre gato / muerto
16. mis padres / de vuelta
17. Marta / inteligente
18. dónde / la reunión
19. puertas / abiertas
20. Teresa / muy joven

B. Complete el siguiente párrafo usando las formas correctas del presente de **ser** o **estar**, según corresponda.

_____ las cinco de la tarde y Alicia y Fernando _____ conversando en un café de la Alameda. Alicia _____ una muchacha inteligente y simpática. _____ ingeniera y ahora _____ trabajando para una compañía norteamericana. Fernando _____ moreno, alto y muy guapo. Los chicos _____ muy buenos amigos. Alicia _____ argentina y Fernando _____ de Venezuela, pero ahora los dos _____ viviendo en México.

Hoy Alicia _____ de muy buen humor porque su familia _____ de vuelta de un viaje a España, y dentro de unos días comienzan sus vacaciones. Escuchemos lo que _____ diciendo.

FERNANDO —Oye, hoy _____ más bonita que nunca. Esta noche sales con Nicolás, ¿verdad?

ALICIA —¡Ay, no! El pobre _____ muy aburrido y además no _____ muy listo.

FERNANDO —Pero, ¿no _____ tu novio?

ALICIA —¿_____ loco? Para mí lo más importante en un hombre _____ la inteligencia, y él no tiene ninguna.

FERNANDO —¡Qué mala _____ (tú)! Siempre te _____ riendo del pobre chico.

ALICIA —Yo no _____ mala; _____ sincera. Oye, ¿dónde _____ la fiesta de Nora?

FERNANDO —_____ en el hotel Veracruz. ¿Vamos juntos? Paso por ti a las ocho.

ALICIA —¡Buena idea! A las ocho en punto _____ lista.

C. Entreviste a un(a) compañero(a) usando las siguientes preguntas.

1. ¿Cómo estás? ¿Estás de mal humor a veces?
2. ¿Cuándo es tu cumpleaños?
3. ¿A qué horas son tus clases?
4. ¿Adónde vas cuando estás de vacaciones?
5. ¿Cómo son tus padres? ¿De dónde son?
6. ¿Qué crees que está haciendo tu padre (madre) en este momento?
7. ¿A qué hora tienes que estar de vuelta en tu casa hoy?
8. ¿La ventana de tu cuarto está abierta o cerrada?

D. En parejas, y teniendo en cuenta los usos de **ser** y **estar**, preparen cinco preguntas para hacérselas a su profesor(a).

2 Adjetivos y pronombres posesivos

A Adjetivos posesivos

○ The forms of the possessive adjectives are as follows:

Singular	*Plural*	
mi	mis	*my*
tu	tus	*your* (familiar)
su	sus	*your* (formal), *his, her, its*
nuestro(a)	nuestros(as)	*our*
vuestro(a)	vuestros(as)	*your* (familiar)
su	sus	*your* (formal), *their*

○ Possessive adjectives always precede the nouns they introduce. They agree in number and gender with the nouns they modify, not with the possessor(s).

Yo tengo dos hermanas.   **Mis** hermanas viven en Veracruz con mis padres.

Ellas tienen un amigo.   **Su** amigo es de Guadalajara.

○ **Nuestro** and **vuestro** are the only possessive adjectives that have feminine endings. The others have the same endings for both genders.

nuestro profesor   **mi** profesor
nuestra profesora   **mi** profesora
Nosotros tenemos una casa.   **Nuestra** casa está en la calle Quinta.

○ In Spanish, unlike in English, a possessive adjective must be repeated before each noun it modifies.

Mi madre y **mi** padre son de Yucatán.   *My mother and father are from Yucatán.*

○ Since **su** and **sus** have several meanings, the forms **de él, de ella, de Ud., de Uds., de ellas,** and **de ellos** may be substituted for **su** or **sus** for clarification.

his father $\begin{cases} \textbf{su padre} \\ \textbf{el padre de él} \end{cases}$

Práctica

CD-ROM
Go to **Estructuras gramaticales** for additional practice.

A. En parejas, lean los siguientes diálogos usando los adjetivos posesivos correspondientes.

1. —¿De dónde son _____ profesores, Paco?
   —_____ profesores son de San Miguel de Allende.

2. —¿Dónde viven Uds.?
   —_____ casa queda en la calle Olmos. ¿En qué calle queda _____ casa, señora?
   —_____ casa queda en la avenida Magnolia.

3. —Nosotros no tenemos _____ libros. ¿Tú sabes dónde están?
   —Sí, están en _____ escritorio, Pedro.

B. Entreviste a un(a) compañero(a) usando las siguientes preguntas.

1. ¿Sabes mi nombre? (Si la respuesta es negativa, dé su nombre.)
2. ¿Cuál es tu materia favorita?
3. ¿Cuál es tu promedio?
4. ¿Dónde vive tu mejor amigo(a)?
5. ¿Conoces a la familia de él (de ella)?
6. ¿Cuáles son las actividades preferidas de Uds.?

B Pronombres posesivos

○ The forms of the possessive pronouns are as follows:

Masculine			Feminine		
Singular	*Plural*		*Singular*	*Plural*	
(el) { **mío** **tuyo** **suyo** **nuestro** **vuestro** **suyo**	(los) { **míos** **tuyos** **suyos** **nuestros** **vuestros** **suyos**		(la) { **mía** **tuya** **suya** **nuestra** **vuestra** **suya**	(las) { **mías** **tuyas** **suyas** **nuestras** **vuestras** **suyas**	*mine* *yours* (familiar) *his, hers, yours* (formal) *ours* *yours* (**vosotros** form) *theirs, yours* (formal)

○ Possessive pronouns agree in gender and number with the nouns they replace, that is, with the thing possessed, and they are generally preceded by a definite article.

—No encuentro mis libros.   *"I can't find my books."*
—Si quieres, puedes usar **los míos.**   *"If you want to, you may use mine."*

—Éstas son mis plumas.
  ¿Dónde están **las suyas**?   *"These are my pens. Where are yours?"*
—**Las nuestras** están en la mesa.   *"Ours are on the table."*

—Mis padres son de México.   *"My parents are from Mexico."*
—**Los míos** también.   *"Mine are too."*

○ Since the third-person forms of the possessive (**el suyo, la suya, los suyos, las suyas**) may be ambiguous, they are often replaced by the following:

el de
la de
los de
las de
{
Ud.
él
ella
Uds.
ellos
ellas

—¿De quién es este diccionario?
—Es el suyo.
—¡Ah! Es el diccionario **de ellas.** (*clarified*)
—Sí, es **el de ellas.**

○ After the verb **ser**, the article is usually omitted if one merely wants to express possession.

—¿De quién son estos libros?   *"Whose books are these?"*
—Son **míos.**   *"They are mine."*

○ The definite article is used with the possessive pronoun after **ser** to express *the one that belongs to* (*me, you, him, etc.*).

—Estos libros son **los míos.**   *"These books are mine (the ones that belong*
¿Cuáles son **los tuyos**?   *to me). Which ones are yours (the ones*
                                         that belong to you)?"

—Los libros que están sobre   *"The books that are on the table are mine*
la mesa son **los míos.**   *(the ones that belong to me)."*

Práctica

CD-ROM
Go to **Estructuras gramaticales** for additional practice.

A. En parejas, lean los siguientes diálogos. Escojan el pronombre posesivo que corresponda para completar cada uno.

el mío	el tuyo	la suya	la nuestra
las mías	las tuyas	las suyas	los nuestros

1. —La casa de los García está en la calle Paz. ¿Dónde está la de Uds.?
   —_____ está en la calle 25 de Mayo.

2. —Marta está muy contenta con su profesora.
   —¿Sí? Alberto no está muy contento con _____.

3. —Mi horario de clases está aquí. ¿Dónde está _____, Eva?
   —_____ está en mi casa.

4. —Mis hijas están en casa. ¿Dónde están las de Marisol?
   —_____ están en casa también.

5. —¿Cuántas cartas hay?
   —Hay cuatro cartas, dos para ti y dos para mí. Yo tengo _____ y _____ están en tu cuarto.

6. —Estos vestidos son de Oaxaca. ¿De dónde son los vestidos de Uds.?
   —_____ son de Puebla.

B. Entreviste a un(a) compañero(a), usando las siguientes preguntas.

1. Mi casa queda en la calle... ¿Dónde queda la tuya?
2. Mi padre es de... ¿De dónde es el tuyo?
3. Mis profesores son muy buenos. ¿Cómo son los tuyos?

4. Nuestros amigos son de México. ¿De dónde son los amigos de Uds.?

5. Mi amiga tiene todos los libros que necesita. ¿Tu amiga tiene los de ella?

3 Pronombres de complementos directo e indirecto usados juntos

A Usos y posición

- When a direct and an indirect object pronoun are used together, the indirect object pronoun always precedes the direct object pronoun.

  I.O. D.O.

  Ella **me los** compra.

- The indirect object pronouns **le** and **les** change to **se** when used with the direct object pronouns **lo, los, la,** and **las.**

  D.O.   I.O.

  Le digo la verdad [a mi padre].   ~~Le~~   **la** digo.

  Se   **la** digo.

  D.O.   I.O.

  Les leo el poema [a los niños].   ~~Les~~   **lo** leo.

  Se   **lo** leo.

atención In the preceding examples, the meaning of **se** may be ambiguous, since it may refer to **Ud., él, ella, Uds., ellos,** or **ellas.** The following prepositional phrases may be added for clarification.

Ella **se** los compra $\begin{cases} \text{a Ud.} \\ \text{a él.} \\ \text{a ella.} \\ \text{a Uds.} \\ \text{a ellos.} \\ \text{a ellas.} \\ \text{a Roberto.} \\ \text{a los niños.} \end{cases}$

- When two object pronouns are used together, the following combinations are possible.

  me $\begin{cases} \text{lo, la,} \\ \text{los, las} \end{cases}$ te $\begin{cases} \text{lo, la,} \\ \text{los, las} \end{cases}$ se $\begin{cases} \text{lo, la,} \\ \text{los, las} \end{cases}$ nos $\begin{cases} \text{lo, la,} \\ \text{los, las} \end{cases}$

- Both object pronouns must always appear together, either *before* the conjugated verb or *after* the infinitive or the present participle. In the latter case, they are always attached to the infinitive or the present participle and a written accent mark must be added on the stressed syllable.

—¿Quién te trajo los exámenes?   *"Who brought you the tests?"*
—**Me los** trajo Alfredo.   *"Alfredo brought them to me."*

—¿A quién quieres regalarle ese libro?   *"To whom do you want to give that book?"*
—Quiero regalár**selo** a Diego.   *"I want to give it to Diego."*
—¿Por qué **se lo** quieres regalar a él?   *"Why do you want to give it to him?"*
—Porque es su cumpleaños.   *"Because it is his birthday."*

—¿No le vas a escribir la carta   *"Aren't you going to write the letter to*
  a Sergio?   *Sergio?"*
—Estoy escribiéndo**sela.**   *"I'm writing it to him."*

CD-ROM
Go to **Estructuras gramaticales** for additional practice.

Práctica

A. Felipe siempre le hace muchas promesas a todo el mundo, pero no cumple (*doesn't keep*) ninguna. Complete Ud. lo siguiente diciendo todo lo que probablemente no va a hacer.

MODELO: A Juan le promete mandarle un diccionario.
          No se lo va a mandar.

1. A Eva le promete comprarle unos zapatos.
2. A mí me promete darme unos cuadernos.
3. A Uds. les promete traerles un reloj de pared.
4. A nosotros nos promete traernos una cámara fotográfica.
5. A ti te promete enviarte un libro de poemas.
6. A mis primas les promete regalarles unas plumas.
7. A Roberto le promete mandarle unas revistas.
8. A Teresa y a Carmen les promete traerles unos libros.

B. ¿Qué dicen Ud. y las siguientes personas en cada una de las siguientes circunstancias? Complete lo siguiente usando pronombres de complementos directo e indirecto.

MODELO: Mi mamá y yo estamos en una librería y yo veo un libro que me gusta. Mi mamá _____.
      Mi mamá me lo compra.

1. Yo compro un vestido para regalárselo a mi mamá y no me gusta envolver regalos. La empleada _____.
2. Mi mejor amiga quiere comprar algo y no tiene el dinero que necesita. Yo _____.
3. No tenemos tiempo para terminar los exámenes, pero la profesora dice que tenemos que entregarlos. Nosotros _____.
4. Yo tengo una mochila que no uso. Tú la necesitas. Yo _____.
5. Mi compañero(a) de cuarto y yo necesitamos unos libros que están en la casa de mi amiga. La llamamos por teléfono a su casa. Mi amiga _____.

6. Yo estoy en una tienda con mi mejor amiga y a ella le gusta una blusa que hay allí. Es su cumpleaños. Yo _____.

C. Imagínese que Ud. y un(a) compañero(a) de cuarto van a irse de vacaciones y necesitan la ayuda de varias personas durante su ausencia. Indique quién va a hacer qué. Use los pronombres de complementos directo e indirecto.

MODELO: ¿Quién va a darle la comida al gato?
Se la va a dar mi mamá.
(o: *Mi mamá va a dársela.*)

1. ¿Quién va a limpiarles el apartamento?
2. ¿Quién va a cuidarle las plantas a Ud.?
3. ¿Quién va a recogerles el correo?
4. ¿Quién va a darle la comida al perro?
5. ¿Quién me va a abrir la puerta a mí si yo quiero dormir en el cuarto de Uds.?

B Usos especiales

○ With the verbs **decir, pedir, saber, preguntar,** and **prometer,** the direct object pronoun **lo** is used with the indirect object pronoun to complete the idea of the sentence when a direct object noun is not present. Note how this is implied rather than stated in the English examples that follow.

—Oye, el libro es malísimo.   *"Listen, the book is very bad."*
—¿**Se lo** digo a Roberto?   *"Shall I tell (it to) Roberto?"*
—No, ya **lo** sabe.   *"No, he already knows (it)."*

—Yo no tengo dinero para ir al cine.   *"I don't have (any) money to go to the movies."*
—¿Por qué no **se lo** pides **a**   *"Why don't you ask your dad (for it)?"*
tu papá?
—Buena idea. ¿Sabes si Julio   *"Good idea. Do you know if Julio is coming*
viene con nosotros?   *with us?"*
—No, pero puedo preguntár**selo**   *"No, but I can ask him (that)."*
a él.

Práctica

CD-ROM
Go to **Estructuras gramaticales** for additional practice.

Entreviste a un(a) compañero(a), usando las siguientes preguntas.

1. Si no entiendes algo de gramática, ¿a quién se lo preguntas?
2. Si necesitas dinero para comprar libros, ¿a quién se lo pides?
3. ¿Prometes ayudarme con la tarea de español?
4. Si vas a tener una fiesta en tu casa, ¿se lo dices a todos tus amigos?
5. Yo necesito dinero para matricularme; ¿a quién puedo pedírselo?

4 Usos y omisiones de los artículos definidos e indefinidos

A Usos y omisiones del artículo definido

○ The definite article is used more frequently in Spanish than it is in English.

The definite article is used:	*The definite article is not used:*
1. With abstract nouns: **La asistencia** es obligatoria.	
2. With nouns used in a general sense: **El café** tiene cafeína.	
3. With parts of the body and articles of clothing instead of the possessive adjective: Me duele **la cabeza.** Me pongo **los zapatos.**	When possession is emphasized to avoid ambiguity, the possessive adjective is used instead: **Mis** ojos son azules. **Tu** sombrero es muy elegante.
4. With the adjectives **pasado** and **próximo:** Terminamos **el próximo** año.	
5. With titles such as **señor, doctor,** etc., when talking about a third person: **La señora** Soto es analista de sistemas.	In direct address: Buenos días, **doctora** Soto.
6. With names of languages: **El español** es fácil.	Directly after the verbs **hablar** and **estar** or the prepositions **en** and **de:** **Hablo** español. **Escribo en** inglés.
7. With seasons of the year, days of the week, dates of the month, and time of day: Vengo **los lunes a las cinco.**	With the days of the week, after the verb **ser** in the expressions **hoy es, mañana es,** etc.: Hoy **es lunes;** mañana **es martes.**
8. To avoid repeating a noun: Los hijos de Ana y **los** de Eva estudian juntos.	

CD-ROM
Go to **Estructuras gramaticales** for additional practice.

Práctica

Lisa Smith tiene que escribirle a una amiga mexicana, pero no está muy segura de cuándo debe usar el artículo definido. Ayúdela Ud., y ponga los artículos donde sea necesario. Después lea la carta para ver si quedó bien.

24 de septiembre del 2002

Querida Sandra:

Hoy es _____ viernes, y como _____ viernes yo no tengo clases, tengo tiempo para escribirte. Tengo muchas cosas que contarte. Como ves, te estoy escribiendo en _____ español. Mi profesora de español, _____ Dra. Torres, dice que estoy progresando mucho. En realidad, _____ español no es muy difícil.

_____ domingo pasado, David y yo fuimos a comer a un restaurante mexicano.¡Qué buena es _____ comida de Uds., sobre todo _____ tamales verdes!

Este fin de _____ semana pienso ir a Nueva York. Voy a pasar _____ sábado en la casa de Anita y _____ domingo en _____ de Mary. _____ otoño en Boston es hermoso. ¿Por qué no vienes a verme _____ mes próximo? Así puedes hablar _____ inglés con mis amigos, para practicarlo. No debes olvidar que, para aprender una lengua, _____ práctica es lo más importante.

Bueno, te dejo porque me duele un poco _____ cabeza y quiero descansar.

Un abrazo,

Lisa

B Usos y omisiones del artículo indefinido

○ The indefinite article is used less frequently in Spanish than in English.

The indefinite article is not used:	*The indefinite article is used:*
1. Before unmodified nouns of profession, religion, nationality, or political party: Roberto es **ingeniero.** Marta es **mexicana,** pero no es **católica.** ¿Ud. es **republicano** o **demócrata?**	When the noun is modified by an adjective: Roberto es **un buen ingeniero.**
2. With nouns in general, when the idea of quantity is not emphasized: ¿Tienes **novia?** Yo nunca uso **sombrero.**	When the idea of quantity or a particular object (or objects) is emphasized: Tengo **un** sombrero azul.
3. With the adjectives **cien(to), mil, otro, medio, tal,** and **cierto:** El abrigo cuesta **mil** dólares. Necesitamos **otro** contador. Esperé **media** hora.	
4. After the words **de** and **como,** when they mean *as:* Él trabaja **de (como)** secretario.	

CD-ROM
Go to **Estructuras gramaticales** for additional practice.

Práctica

A. Conteste las preguntas para recrear una conversación escuchada en un restaurante. Use la información que aparece entre paréntesis, prestando atención al uso u omisión del artículo indefinido. Siga el modelo.

MODELO: ¿Qué buscan Uds.? (apartamento)
Buscamos apartamento.

1. ¿Qué es tu papá?   (abogado)
2. ¿Qué es tu hermano?   (actor / muy famoso)

3. ¿De qué nacionalidad es?   (americano)
4. ¿Es republicano?   (no / demócrata / fanático)
5. ¿De qué religión es?   (católico)
6. ¿Qué profesión tiene tu hermana? (trabajar / bibliotecaria)
7. ¿Qué quieres beber?   (media / botella / vino)
8. ¿Cuánto cuesta el vino aquí?   (cien / pesos)
9. ¿Quieres pedir alguna otra cosa? (Sí / otro / plato de sopa)
10. Oye, ¿dónde está tu sombrero?   (no usar / sombrero)

B. En parejas, preparen ocho preguntas para hacérselas a su profesor(a). Recuerden los usos y omisiones de los artículos definidos e indefinidos.

Pregúntenle sobre lo siguiente:

1. sus ideas sobre la educación
2. lo que piensa hacer el verano próximo
3. los días que trabaja
4. la hora en que viene a trabajar
5. el color de sus ojos
6. si es americano(a) o no
7. su afiliación política
8. su religión

5   El pretérito

A   El pasado en español

○ There are two simple past tenses in Spanish: the preterit and the imperfect. Each tense expresses a distinct way of viewing a past action. The preterit narrates in the past and refers to a completed action in the past. The imperfect describes in the past; it also refers to a customary, repeated, or continued action in the past, without indicating the beginning or the end of the action.

B   Formas de los pretéritos regulares

○ The preterit of regular verbs is formed as follows.

-ar *verbs*	-er *and* -ir *verbs*	
hablar	*comer*	*vivir*
hablé	comí	viví
hablaste	comiste	viviste
habló	comió	vivió
hablamos	comimos	vivimos
hablasteis	comisteis	vivisteis
hablaron	comieron	vivieron

○ Note that the endings for **-er** and **-ir** verbs are the same.

○ Verbs of the **-ar** and **-er** groups that are stem-changing in the present indicative are regular in the preterit.

C Usos del pretérito

- The preterit is used to refer to actions or states that the speaker views as completed in the past.

—¿**Compraste** algo ayer?   *"Did you buy anything yesterday?"*
—Sí, **compré** unas blusas.   *"Yes, I bought some blouses."*

—¿A qué hora **volviste** a casa?   *"At what time did you return home?"*
—**Volví** a las dos.   *"I returned at two."*

- It is also used to sum up a past action or a physical or mental condition or state in the past that is viewed as completed.

—¿Por qué no **asististe** a las clases ayer? *"Why didn't you attend classes yesterday?"*
—Porque me **dolió** la cabeza todo el día.   *"Because my head ached all day long."*

—¿Es verdad que Daniel viene la   *"Is it true that Daniel is coming next
semana próxima?   week?"*
—Sí. Nos **alegramos** mucho   *"Yes. We were very happy when we got the
cuando **recibimos** la noticia.   news."*

Práctica

CD-ROM
Go to **Estructuras gramaticales** for additional practice.

A. Diga Ud. lo que pasó ayer.

Ayer yo _____ en la biblioteca hasta las tres. Después _____ a casa y _____ una ensalada y _____ un vaso de leche. Mi compañera de cuarto y yo _____ televisión y después ella _____ por teléfono a sus padres y yo _____ unas cartas. Por lo general yo preparo la cena, pero anoche la _____ Gloria porque por fin _____ a cocinar. Después de cenar nos _____ unos amigos. Gloria _____ con ellos hasta muy tarde, porque a ellos les encanta conversar. Yo _____ a la biblioteca para seguir estudiando.

B. Converse con un(a) compañero(a). Háganse preguntas sobre lo que hicieron (*what you did*) ayer, anteayer y la semana pasada usando los verbos de la lista.

trabajar	aprender	salir	escribir
estudiar	volver	ver	comer
visitar	lavar	recibir	asistir

D Verbos irregulares en el pretérito

- The verbs **ser, ir,** and **dar** are irregular in the preterit.

ser	*ir*	*dar*
fui	fui	di
fuiste	fuiste	diste
fue	fue	dio
fuimos	fuimos	dimos
fuisteis	fuisteis	disteis
fueron	fueron	dieron

● **Ser** and **ir** have the same forms in the preterit. The meaning is made clear by the context of each sentence.

Anoche Rosa **fue** al cine con Miguel.   (**ir**)

Last night Rosa went to the movies with Miguel.

George Washington **fue** el primer presidente.   (**ser**)

George Washington was the first president.

● The following verbs have irregular stems and endings in the preterit.

tener[1]	tuv–		
estar	estuv–		
andar	anduv–		
poder	pud–		
poner[1]	pus–	-e	-imos
saber	sup–	-iste	-isteis
caber	cup–	-o	-ieron
hacer[1]	hic–		
venir[1]	vin–		
querer	quis–		
decir[1]	dij–		
traer[1]	traj–	-e	-imos
conducir	conduj–	-iste	-isteis
traducir	traduj–	-o	-eron
producir	produj–		

—¿Qué **hiciste** ayer?
—Fui al cine. ¿Y tú?
—Yo **estuve** en la universidad.

"What did you do yesterday?"
"I went to the movies. And you?"
"I was at the university."

atención

The stress in the first person singular and the third person singular forms of the preterit of these verbs is different from that in the respective forms of the preterit of regular verbs. In regular verbs the stress is on the verb ending, while in irregular verbs the stress is on the verb stem. Compare:

	Irregular verbs	Regular verbs
1st person singular	pude	hablé, comí
3rd person singular	tuvo	compró, vivió

● The **c** changes to **z** in the third person singular of the verb **hacer** to maintain the soft sound of the **c: él hizo**.

● All the verbs in the fourth group in the chart above (**decir, traer,** etc.) omit the **i** in the third person plural ending.

—¿Quién **trajo** el coche?
—Lo **trajeron** mis padres.

"Who brought the car?"
"My parents brought it."

---

[1] Verbs of the **tener, poner, hacer, venir, decir,** and **traer** families conjugate exactly as their respective root verbs. Examples of these are **mantener** and **contener; componer** and **reponer; rehacer** and **deshacer; convenir** and **prevenir; predecir** and **bendecir; distraer** and **atraer**.

CD-ROM
Go to **Estructuras gramati-cales** for additional practice.

The preterit of **hay** (impersonal form of **haber**) is **hubo** (*there was, there were*).

Anoche **hubo** una fiesta.   *Last night there was a party.*

Práctica

A. Entreviste a un(a) compañero(a) usando las siguientes preguntas.

    1. ¿A qué hora viniste a la universidad hoy?
    2. ¿Condujiste tu coche a la universidad?
    3. ¿Trajiste el libro de español a la clase?
    4. ¿Pudieron tú y tus compañeros terminar la tarea anoche?
    5. ¿Le diste la tarea al profesor (a la profesora) al comenzar la clase?
    6. ¿Fueron tú y un(a) amigo(a) a la biblioteca ayer?
    7. ¿Tuviste que trabajar ayer?
    8. ¿Dónde estuvieron tú y tus amigos anoche?
    9. ¿Qué hiciste por la noche?
    10. ¿Hubo una fiesta en la universidad el fin de semana pasado?

B. Termine las siguientes oraciones en forma original. Use los verbos que están en cursiva (*italic*).

    1. Hoy el veterinario no *tiene* que trabajar, pero anoche...
    2. Ahora los chicos *están* en clase, pero ayer no...
    3. Hoy *andas* por el centro, pero ayer...
    4. Hoy Ud. *quiere* ir a la fiesta, pero anoche no...
    5. Hoy *dices* que no, pero ayer...
    6. Hoy *conducimos* a la universidad, pero ayer...
    7. Hoy *vienen* en ómnibus, pero ayer...
    8. Hoy *traen* los discos y ayer...
    9. Hoy *traduzco* del español al inglés y ayer...
    10. Este año *soy* estudiante del profesor Soto, pero el año pasado...

C. En parejas, preparen seis preguntas para su profesor(a) sobre las cosas que él (ella) hizo ayer, la semana pasada, etc.

E Verbos de cambios ortográficos

- **c → qu** (before **é**). Verbs ending in **-car** change the **c** to **qu** before the final **-é** of the first person singular of the preterit[1]: **buscar—busqué**.

- **g → gu** (before **é**). Verbs ending in **-gar** change the **g** to **gu** before the final **-é** of the first person singular of the preterit[1]: **pagar—pagué**.

- **z → c** (before **é**). Verbs ending in **-zar** change the **z** to **c** before the final **é** of the first person singular of the preterit[1]: **empezar—empecé**.

-car *verbs*		-gar *verbs*		-zar *verbs*	
sa**car**	yo sa**qué**	lle**gar**	yo lle**gué**	empe**zar**	yo empe**cé**
to**car**	yo to**qué**	ju**gar**	yo ju**gué**	comen**zar**	yo comen**cé**
bus**car**	yo bus**qué**	pa**gar**	yo pa**gué**	almor**zar**	yo almor**cé**

---
[1] This change is made to maintain the same sound through the conjugation.

—¿Tocaste en el concierto anoche?　　*"Did you play in the concert last night?"*
—Sí, **toqué.** ¿No me oíste?　　*"Yes, I played. Didn't you hear me?"*
—No, porque **llegué** tarde.　　*"No, because I arrived late."*

—¿Cuándo empezaste a estudiar en　　*"When did you start studying at the school of*
la escuela tecnológica?　　*technology?"*
—**Empecé** cuando tenía quince años.　　*"I started when I was fifteen years old."*

○ **gu → gü** (before **é**). Verbs ending in **-guar** change the **gu** to **gü** before the final **-é** of the first person singular of the preterit. Examples of this kind of verb are **averiguar** (*to find out, to guess*): **averigüé,** and **atestiguar** (*to attest, to testify*): **atestigüé.**[1]

○ Verbs whose stem ends in a vowel (**a, e, o, u**) change the unaccented **i** of the preterit ending to **y** in the third persons singular and plural.

Infinitive	Third person singular	Third person plural
leer	leyó	leyeron
creer	creyó	creyeron
caer	cayó	cayeron
oír	oyó	oyeron
construir	construyó	construyeron
sustituir	sustituyó	sustituyeron
contribuir	contribuyó	contribuyeron
huir	huyó	huyeron

—Dice Aníbal que anoche **huyeron**　　*"Aníbal says that ten criminals escaped last*
diez criminales.　　*night."*
—¿Lo **oyó** en la radio?　　*"Did he hear it on the radio?"*
—No, lo **leyó** en el periódico.　　*"No, he read it in the paper."*

CD-ROM
Go to **Estructuras gramaticales** for additional practice.

Práctica

En parejas lean los siguientes diálogos y complétenlos usando el pretérito de los verbos que aparecen entre paréntesis.

1. —Ayer (yo) _____ (sacar) las entradas para el teatro; _____ (pagar) diez euros por cada entrada. ¿Qué hiciste tú?
　—_____ (Buscar) un regalo para Marité, pero no encontré nada.

2. —¿Con cuánto _____ (contribuir) ellos para la Cruz Roja?
　—Con 500 euros. ¿No lo _____ (leer) Ud. en el periódico?

3. —¿Arrestaron al ladrón (*thief*)?
　—No, _____ (huir) cuando _____ (oír) a los policías.

---

[1] This change is made to maintain the same sound through the conjugation. It is discussed further in **Apéndice B,** under **Verbos de cambios ortográficos,** number 3.

4. —¿A qué hora empezaste a tocar el piano?
   —_____ (Empezar) a las nueve y _____ (tocar) hasta las doce.
5. —¿Almorzaste con Adela?
   —No, _____ (almorzar) solo porque _____ (llegar) tarde.

F Verbos que cambian en la raíz

- All -ir verbs that are stem-changing in the present tense change the e to i and the o to u in the third persons singular and plural of the preterit.

e → i		o → u	
pedir	pidió, pidieron	dormir	durmió, durmieron
servir	sirvió, sirvieron	morir	murió, murieron
conseguir	consiguió, consiguieron		
elegir	eligió, eligieron		
repetir	repitió, repitieron		

- Other verbs that use the e → i conjugation are advertir, competir, and mentir.

—¿Qué **pidieron** los chicos en el restaurante?

"What did the children order at the restaurant?"

—Tomás **pidió** sopa y pescado y Teresa **pidió** bistec.

"Tomás ordered soup and fish and Teresa ordered steak."

—¿Cómo **durmieron** Uds. anoche?

"How did you sleep last night?"

—Yo dormí bien, pero Carlos no **durmió** nada.

"I slept well, but Carlos didn't sleep at all."

Práctica

CD-ROM
Go to **Estructuras gramaticales** for additional practice.

A. Complete los siguientes diálogos usando el pretérito de los verbos de la lista que aparece arriba.

1. —¿Cómo _____ Ud. anoche, señora?
   —_____ muy bien, gracias.
2. —¿Qué _____ Uds. en el restaurante?
   —Yo _____ enchiladas y mi esposo _____ tamales.
3. —¿Dónde _____ Ud. esa revista?
   —La _____ en una librería.
4. —¿Cuál de los anillos _____ su hija?
   —El de oro.
5. —¿Hubo un accidente?
   —Sí, pero no _____ nadie.
6. —¿Qué _____ Uds. en la fiesta?
   —_____ sándwiches y cerveza.
7. —¿Cuántas veces _____ la profesora la pregunta?
   —La _____ tres veces.

B. Entreviste a un(a) compañero(a) de clase utilizando la información dada. Use los verbos en el pretérito y la forma **Ud.** Siga el modelo.

MODELO: empezar a estudiar español   (cuándo)
—*¿Cuándo empezó Ud. a estudiar español?*
—*Empecé a estudiar español el año pasado.*

1. comenzar a estudiar en esta universidad   (cuándo)
2. leer libros el semestre pasado   (qué)
3. elegir esta clase   (por qué)
4. llegar a la universidad hoy   (a qué hora)
5. sacar un libro de la biblioteca   (cuándo)
6. pagar por su libro de español   (cuánto)
7. pedir en la cafetería   (qué)
8. servir en la última fiesta que dio   (qué)
9. dormir anoche   (cuántas horas)

C. En parejas, hablen de lo que Uds. hicieron la semana pasada...

... con su familia   ... en la universidad
... con sus amigos   ... en el trabajo
... en la clase de español

6   El imperfecto

A   Formas del imperfecto

○ The imperfect of regular verbs is formed as follows.

-ar *verbs*	-er *and* -ir *verbs*	
jugar	*tener*	*vivir*
jug**aba**	ten**ía**	viv**ía**
jug**abas**	ten**ías**	viv**ías**
jug**aba**	ten**ía**	viv**ía**
jug**ábamos**	ten**íamos**	viv**íamos**
jug**abais**	ten**íais**	viv**íais**
jug**aban**	ten**ían**	viv**ían**

○ Note that the endings for **-er** and **-ir** verbs are the same, and that there is a written accent mark on the **i.**

○ There are only three irregular verbs in the imperfect.

ser	*ir*	*ver*
era	iba	veía
eras	ibas	veías
era	iba	veía
éramos	íbamos	veíamos
erais	ibais	veíais
eran	iban	veían

B Usos del imperfecto

○ The imperfect tense in Spanish is equivalent to these three forms in English depending on the context.

Yo **jugaba** al tenis.
$$\begin{cases} \textit{I used to (would) play tennis.} \\ \textit{I was playing tennis.} \\ \textit{I played tennis (several times).} \end{cases}$$

The imperfect tense is used:

○ To refer to habitual or repeated actions in the past, with no reference to when they began or ended.

Cuando **vivía** en México, **iba** al cine   *When I lived in Mexico, I would go to the*
   todos los sábados.   *movies every Saturday.*
Veíamos a nuestros amigos dos   *We used to see our friends twice a week.*
   veces por semana.

Práctica

CD-ROM
Go to **Estructuras gramaticales** for additional practice.

A. Entreviste a un(a) compañero(a) de clase usando las siguientes preguntas y dos preguntas originales.

1. ¿Dónde vivías cuando eras niño(a)?
2. ¿A qué escuela ibas? ¿Estudiabas mucho?
3. ¿Qué hacías en la escuela?
4. ¿Tomabas clases de educación física?
5. ¿Qué hacías los fines de semana?
6. ¿Adónde ibas de vacaciones? ¿Con quién?
7. ¿Quién era tu mejor amigo(a)? ¿Cómo era?
8. ¿Veías a tus abuelos a menudo?
9. ¿Cuál era tu programa de televisión favorito?
10. ¿Qué querías ser?

B. Esto es lo que estas personas **hacen ahora,** pero, ¿qué **hacían cuando** eran jóvenes? Use su imaginación y dígalo.

MODELO: Ahora María trabaja mucho...
          Ahora María trabaja mucho, pero cuando era joven trabajaba poco.

1. Ahora José vive en Boston...
2. Ahora nosotros somos demócratas...
3. Ahora ellos no comen mucho...
4. Ahora tú tienes mucho dinero...
5. Ahora no ves a tus amigos frecuentemente...
6. Ahora yo no voy mucho al cine...
7. Ahora nosotros hablamos español...
8. Ahora Ud. vuelve a su casa muy temprano...
9. Ahora ellos van a clase todos los días...
10. Ahora Uds. viajan mucho...

STUDENT WEBSITE
Do the **Compruebe cuánto sabe** self test after finishing this **Estructuras gramaticales** section.

C. En grupos de tres hablen de lo que Uds. hacían cuando eran niños...

... en la escuela   ... con sus amigos
... durante las vacaciones   ... con sus padres

¡CONTINUEMOS!

Una encuesta

Entreviste a sus compañeros de clase para tratar de identificar a aquellas personas que...

1. ... están tomando por lo menos tres requisitos generales.
2. ... tienen una beca.
3. ... están tomando por lo menos dos cursos electivos. ¿Cuáles?
4. ... ya saben exactamente qué carrera van a estudiar. ¿Cuál es?
5. ... prefieren no asistir a clase y estudiar por su cuenta.
6. ... prefieren no tener exámenes ni notas.
7. ... mantienen un promedio de "A" en todas sus clases.
8. ... toman más de doce unidades.
9. ... piensan estudiar esta noche.
10. ... siempre son puntuales.

Ahora divídanse en grupos de tres o cuatro y discutan el resultado de la encuesta.

  ## ¿Comprende Ud.?

CD-ROM   STUDENT WEBSITE
Go to **De escuchar...a escribir** (in **¿Comprende Ud.?**) on the CD-ROM for activities related to the conversation, and go to **Canción** on the website for activities related to the song.

1. Escuche la siguiente conversación entre Sergio y Lucía, dos estudiantes latinoamericanos que estudian en la Universidad de California. El objetivo de la actividad es el de escuchar una conversación a velocidad natural. No se preocupe de entenderlo todo, pues esto no se espera de Ud. Después de escuchar la conversación dos veces, Ud. oirá varias aseveraciones. En una hoja, escriba los números de uno a ocho e indique si cada aseveración es verdadera o falsa.

2. Luego escuche la canción y trate de aprenderla.

Hablemos de carreras

En parejas, fíjense en (*notice*) este anuncio y contesten las siguientes preguntas.

1. ¿Cuáles son las ventajas de asistir al Centro de Orientación Pre-Universitaria Andrés Bello?
2. Según el anuncio, ¿qué porcentaje de los alumnos resultan aplazados (*fail*) en el primer semestre?
3. ¿Ofrece el centro cursos especiales para los estudiantes que desean ingresar en la facultad de medicina o en la facultad de filosofía y letras?

4. ¿Dónde queda el centro?
5. ¿A qué número se debe llamar para obtener información acerca de los cursos?
6. ¿Hasta qué día están abiertas las inscripciones?

¿Qué dirían ustedes... ?

Imagínense que Ud. y un(a) compañero(a) se encuentran en las siguientes situaciones. ¿Qué va a decir cada uno?

1. Alguien los (las) invita para ir al cine esta noche y Uds. tienen un examen mañana.
2. Un latinoamericano necesita información sobre el sistema educativo de Estados Unidos.
3. Uds. quieren explicarles a unos amigos algunas cosas sobre el sistema educativo de México.
4. Uds. quieren invitar a un(a) amigo(a) a ir a una conferencia con Uds. Esa persona dice que está ocupada, y Uds. tratan de convencerla de que es mejor ir a la conferencia.

¡De ustedes depende!

Una estudiante latinoamericana va a asistir a la universidad donde Uds. estudian. Ud. y un(a) compañero(a), denle la información que ella necesita con respecto a lo siguiente.

1. días de matrícula
2. cuánto debe pagar por la matrícula
3. cuándo empiezan y terminan las clases
4. requisitos que debe tomar
5. posibilidades de obtener ayuda financiera (*financial aid*)
6. programas especiales
7. clubes y organizaciones
8. lugares donde puede vivir

Mesa redonda

Formen grupos de cuatro o cinco estudiantes y hablen de los problemas de la educación en Estados Unidos, sugiriendo posibles soluciones. Hagan una lista de los problemas y otra de las soluciones. Seleccionen un líder de cada grupo que informe al resto de la clase sobre las ideas discutidas en los grupos.

Lecturas periodísticas

Saber leer El propósito del escritor

CD-ROM
Go to **Lecturas periodísticas** for additional prereading and vocabulary activities.

Relacionada con la pregunta de para quién escribe el escritor, está la pregunta de cuál es el propósito del escritor. El propósito de una noticia o de un artículo de prensa (*press*) es, por lo general, el de informar al público acerca de algún suceso (*event*) o de algún tema. El breve reportaje que presentamos a continuación se publicó en uno de los periódicos españoles de mayor circulación, *El País*, en su versión digital (*online*).

Lea el primer párrafo (la introducción) y conteste lo siguiente: ¿Sobre qué tema nos desea informar el (la) reportero(a)? Es decir, ¿de qué relación entre los campos (*fields*) de la tecnología y de la educación nos va a informar?

Para leer y comprender

Al leer el artículo, decida si las siguientes aseveraciones son verdaderas (V) o falsas (F).

1. La mayoría de los profesores están de acuerdo en que se deben introducir las nuevas tecnologías en los centros escolares.
2. Los estudiantes tienen acceso a mucha información a través de la Red.
3. Según los expertos no es necesario introducir el Internet[1] dentro de las clases.
4. Solamente algunas escuelas y universidades necesitan tener acceso al Internet.

---

[1] *Internet* can be used with or without an article, often depending on the country.

5. Muy pocos profesores participaron en el I Congreso Internacional de Educared.
6. Según Jesús Beltrán toda la tecnología no es suficiente si los profesores y los estudiantes no saben qué hacer con ella.
7. Los profesores no tienen ningún problema en utilizar la nueva tecnología dentro de las clases.
8. El tipo de clase que se puede diseñar va a variar mucho con el uso de Internet.
9. No es necesario que Internet se introduzca en todas las clases.
10. Cada clase debe tener un computador conectado al Internet.

La Red° entra en la educación

Los profesionales piden programas para introducir Internet en el aula y para formar al profesorado. La preocupación por introducir las nuevas tecnologías con fines pedagógicos en los centros escolares es prácticamente unánime entre el profesorado. La urgencia por encontrar una respuesta sobre cómo se puede llevar a cabo° obedece a que la Red se ha metido en la educación, sin darle a ésta tiempo a

reaccionar, a través° de la multitud de información a la que tienen acceso los alumnos a través de ella.

Los expertos aseguran que es necesario introducir Internet en las clases para poder desarrollar° una nueva pedagogía adaptada a esta herramienta°. Un gran programa de formación al que tengan fácil acceso todas las escuelas y universidades españolas es otro de los requisitos que mencionaron la semana pasada los

profesores en el I Congreso Internacional de Educared, organizado por la Fundación Encuentro y la Fundación Telefónica y en el que participaron más de 1.600 profesores de toda España.

El catedrático de Psicología, Jesús Beltrán, advirtió que "toda la tecnología, y especialmente Internet, tiene un gran poder, pero no es más que un instrumento, y lo importante es qué sabe hacer el profesorado o el alumno con él". Domingo Gallego, de la Universidad Nacional de Educación a Distancia, habló del panorama actual y de los problemas con los que se enfrentan°. Éstas son dos de sus principales conclusiones:

—**Práctica educativa.** El diseño de la nueva pedagogía se debe hacer desde la práctica educativa. La información de Internet, la conexión entre aulas de diferentes escuelas en tiempo real y el uso de videoconferencias en las propias pantallas° del ordenador° son algunas de las herramientas que cambiarán el papel del profesor y del alumno, su relación y el tipo de clase que se puede enseñar.

net
llevar... carry out

a... through
develop
tool

se... face
screen
computer

Los expertos aseguran que es necesario introducir Internet en las clases para poder desarrollar una nueva pedagogía adaptada a esta herramienta.

Tres estudiantes universitarios en una clase de cibernética.

—**Internet en el aula**. Internet se debe introducir en cada clase. No es suficiente que la Red se use sólo para que los alumnos naveguen por ella un par de veces a la semana.

Sólo si se introduce en las clases se utilizará con fines pedagógicos. Esto requiere un esfuerzo° por parte de las administraciones de hacer un análisis de cada centro y

proporcionar° un ordenador conectado a Internet en cada clase.

Adaptado de *El País Digital* (España)

_____
effort

_____
furnish

Desde su mundo

1. En la universidad donde Ud. estudia, ¿ofrecen clases a distancia?
2. En su universidad, ¿hay ordenadores conectados a Internet en cada clase?

Piense y escriba   ¿Cuál es su propósito como escritor?

Antes de escribir, debe tener claro el propósito de su comunicación.

Hoy se lo asignamos: Ud. es el (la) director(a) de admisiones de su universidad y va a entrevistar a un(a) joven que termina la escuela secundaria este año y espera matricularse en la universidad en septiembre. Les va a presentar un breve informe sobre el (la) joven a los miembros (*members*) del comité de admisiones.

1. Haga una lista de cinco o seis preguntas que Ud. va a hacerle al (a la) candidato(a).
2. Entreviste a un(a) compañero(a).
3. Considerando la información de la entrevista: ¿cuál es la idea principal que desea co-municar en su informe?
4. Analice u organice la información de la entrevista bajo dos o tres subtemas. Desarrolle cada subtema en un párrafo distinto, siempre teniendo en cuenta la idea principal.
5. Concluya o resuma.

Pepe Vega y su mundo

Teleinforme

Desde la primaria y la secundaria hasta la universidad, la educación formal ocupa gran parte de nuestras vidas. En el video para esta lección, veremos primero aspectos de la transición de la secundaria a la universidad y luego, aspectos de la transición al mundo del trabajo.

Preparación

¿Secundaria, universidad, trabajo o tiempo libre?   Clasifique las siguientes actividades y expresiones según pertenezcan al mundo de la secundaria (**S**), de la universidad (**U**), del trabajo (**T**) o del tiempo libre (**L**).

____ 1. aprender idiomas
____ 2. archivos (*filing*)
____ 3. el ballet clásico
____ 4. el club social
____ 5. las computadoras
____ 6. la contabilidad (*accounting*)
____ 7. enseñar
____ 8. la equitación
____ 9. escoger clases
____ 10. escribir a máquina (*to type*)
____ 11. el esquí acuático
____ 12. el golf
____ 13. hablar francés
____ 14. hacer ejercicios aeróbicos
____ 15. hacer *windsurf*

____ 16. la informática
____ 17. la meditación trascendental
____ 18. la preparatoria
____ 19. la publicidad (*advertising*)
____ 20. la química
____ 21. las matemáticas
____ 22. los estudiantes
____ 23. practicar ala delta (*hang-gliding*)
____ 24. los profesores
____ 25. el (la) secretario(a)
____ 26. ser actriz
____ 27. la taquigrafía (*shorthand*)
____ 28. el tratamiento de textos (*word processing*)

Comprensión

STUDENT WEBSITE
Go to **Video** for further previewing, vocabulary, and structure practice on this clip.

Conversaciones con estudiantes de San Diego State University, parte 1   5:03–6:49

Estas dos entrevistas son fragmentos del programa *Somos*, una serie de conversaciones con estudiantes latinos de San Diego State University. Aquí las dos jóvenes hablan de sus experiencias como estudiantes mexicoamericanas en California y de la transición académica y cultural entre el colegio y la universidad.

A. **¿Qué aprendió Ud.?**   Después de oír cada conversación, conteste las preguntas correspondientes que aparecen a continuación.

1. **Teresa habla de UBAC.** ¿Que significa UBAC? ¿A quiénes ayuda UBAC en San Diego State University? ¿Qué tipo de ayuda da?

2. **Guillermina les da algunos consejos a los profesores de la universidad para que puedan ofrecer un mejor servicio a los estudiantes**

chicanos o mexicoamericanos. Según Guillermina, ¿qué hacen muchos profesores? Según ella, ¿cómo son los estudiantes latinos? Según ella, ¿qué más deberían hacer los profesores?

En la Agencia Supersonic   6:51–9:09

Las chicas de hoy en día es un programa de comedia producido por la estación nacional de España, la TVE o Televisión Española. Charo y Nuri son dos jóvenes que quieren conseguir trabajo como actrices en Madrid. En este episodio, Nuri busca trabajo para ganarse la vida mientras consigue otro trabajo como actriz. Aquí la vemos en la agencia de colocación Supersonic.

B. ¿Quién menciona qué? Vea el video y preste atención a las actividades o habilidades que menciona Chuni, la representante de la Agencia Supersonic; las que menciona Nuri, la solicitante rubia (*blond applicant*), y las que menciona Charo, la amiga de Nuri. De la lista en la sección de **Preparación,** ¿cuáles menciona Nuri, cuáles menciona Chuni y cuáles menciona Charo? Escríbalas en tres columnas:

Nuri	*Chuni*	*Charo*

C. En su opinión...

1. ¿Qué tipo de preparación tiene Nuri?
2. ¿Qué tipo de preparación busca Chuni?
3. ¿Qué tipo de trabajo sería apropiado para Nuri?

Ampliación

Consejos.   Un(a) estudiante universitario(a) desea reunirse con su consejero(a) para hablar sobre una de las siguientes situaciones.

a. Va a asistir a un programa en una universidad mexicana.
b. Pronto termina la carrera universitaria y busca su primer trabajo.

En parejas, preparen la representación de un diálogo. ¿Qué problemas o cuestiones se plantea el (la) estudiante? ¿Qué orientación y soluciones propone el (la) consejero(a)?

Lecciones 1 y 2

Tome este examen para ver cuánto ha aprendido. Las respuestas correctas aparecen en el **Apéndice C.**

Lección 1

A El presente de indicativo

Complete las siguientes oraciones usando el presente de indicativo de los verbos que aparecen entre paréntesis.

1. Yo _____ (desaparecer) el sábado y no _____ (aparecer) hasta el domingo. Los martes no _____ (salir) de mi casa.
2. ¿Tú nunca _____ (recordar) lo que _____ (soñar)?
3. Yo _____ (saber) que ellos _____ (almorzar) en la cafetería y _____ (volver) a su casa a las dos. Yo los _____ (ver) todos los días.
4. Cuando el profesor _____ (corregir) los exámenes, siempre _____ (sugerir) algo.
5. Yo _____ (reconocer) que yo lo _____ (traducir) todo al español.
6. Ella les _____ (advertir) que ese perro _____ (morder).
7. Nosotros nunca _____ (entender) lo que el profesor _____ (decir).
8. Yo les _____ (decir) que yo no _____ (caber) aquí.
9. Yo _____ (hacer) la tarea, _____ (poner) los libros en el coche y _____ (ir) a la universidad. Siempre _____ (conducir) el coche de mi papá.
10. Las clases _____ (empezar) en agosto y _____ (terminar) en enero.
11. Él no _____ (negar) que no le gusta bromear. _____ (Confesar) que es muy serio.
12. Ellos _____ (decir) que el señor Leyva _____ (despedir) a los empleados sin motivo. Yo _____ (pensar) que eso está muy mal.

B El presente progresivo

Complete las siguientes oraciones con el equivalente español de las palabras que aparecen entre paréntesis.

1. Roberto _____ español. (*continues to study*)
2. Carlos _____ a sus parientes. (*is visiting*)
3. Ellos _____ en la escuela secundaria. (*continue to teach*)
4. Ella le _____ dinero a su padrino. (*is asking for*)
5. ¿Qué _____ tú ahora? (*are doing*)
6. Yo _____ la comida. (*am serving*)
7. Nosotros _____ sobre la reunión familiar. (*continue to talk*)
8. Arturo _____ la carta de su abuela. (*is reading*)

C La **a** personal

Complete las siguientes oraciones, usando el equivalente español de las palabras que aparecen entre paréntesis.

1. Yo echo de menos _____. (*my parents*)
2. Voy a llevar _____ al veterinario. (*my dog*)
3. No necesitamos ver _____. (*anybody*)
4. Busco _____. (*a secretary*)
5. Voy a llamar _____ y _____. (*my sister-in-law / my mother-in-law*)

D Formas pronominales en función de complemento directo

Conteste las siguientes preguntas en forma afirmativa, reemplazando las palabras en cursiva por los pronombres de complemento directo correspondientes.

1. ¿Conoces *a esas personas que están en la sala?*
2. ¿Hay *agencias de viaje* aquí?
3. ¿*Me* llamas mañana? (Use la forma *tú*)
4. ¿Tus padres *te* visitan todos los días?
5. ¿Tú tienes *los libros* de Marcela?
6. ¿Sabes *que él tiene tu tarjeta de crédito?*
7. ¿Mi abuela *los* conoce *a ustedes?*
8. ¿Pueden ustedes hacer *ese trabajo* hoy?

E Formas pronominales en función de complemento indirecto

Complete las siguientes oraciones, usando el equivalente español de las palabras que aparecen entre paréntesis.

1. Tengo que _____ las noticias. (*give them*)
2. Yo siempre _____ los libros que él necesita. (*buy him*)
3. Ella _____ todas las semanas. (*writes to me*)
4. ¿Tú puedes _____ las revistas? (*send us*)
5. ¿Tus amigos _____ en español? (*speak to you*)
6. Yo siempre _____ la verdad. (*tell her*)
7. ¿Ellos pueden _____ los documentos que usted necesita? (*bring you*)
8. Yo tengo que _____ cien dólares. (*lend her*)

F Construcciones reflexivas

Conteste las siguientes preguntas, usando la información dada entre paréntesis.

1. ¿Qué haces tú por la mañana? (bañarse y vestirse)
2. ¿Qué piensan hacer ustedes? (acostarse temprano)

3. ¿Qué hacen tus tíos en el verano?   (irse de vacaciones)
4. ¿Qué hacen tus compañeros cuando tienen exámenes?   (quejarse)
5. ¿Qué dicen de mí?   (parecerse a tu padre)
6. ¿Qué hacen tú y Luis todos los viernes?   (encontrarse en el café)
7. ¿Qué haces antes de comprar un par de zapatos?   (probárselos)
8. ¿Qué va a hacer ahora?   (lavarsc la cabcza)

G   ¿Recuerda el vocabulario?

Circule la palabra o frase que no pertenence al grupo.

1. manera   modo   papel
2. bromear   malcriar   mimar
3. casarse   sentirse   divorciarse
4. a lo mejor   apenas   tal vez
5. por supuesto   naturalmente   además
6. enojado   enfadado   triste
7. mandón   amistoso   amable
8. amistoso   egoísta   comprensivo
9. deprimido   alegre   contento
10. afecto   cariño   círculo
11. amar   querer   extrañar
12. abrazar   cuidar   besar
13. frustrado   nervioso   de buen humor
14. obedecer   tomar   respetar

H   Cultura

Circule la información correcta.

1. España tiene una población de unos (15, 40, 5) millones de habitantes.
2. Barcelona está en la costa del (Pacífico, Mediterráneo, Atlántico).
3. Córdoba, Sevilla y Granada están en el (sur, norte, oeste) de España.
4. Una de las universidades más antiguas de Europa está en (Bilbao, Madrid, Salamanca).

Lección 2

A   Usos de los verbos **ser** y **estar**

Complete las siguientes oraciones, usando **ser** o **estar,** según corresponda.

1. ¿De quién _____ este libro? ¡_____ muy interesante!
2. Estos relojes _____ de plata.
3. Los profesores _____ de vacaciones, pero los consejeros _____ en la universidad.

4. La biblioteca _____ abierta, pero los bancos _____ cerrados.
5. Elsa sabe mucho; _____ muy lista.
6. ¿Quién _____ ese hombre que _____ hablando con Teresa? ¡_____ una persona muy aburrida!
7. Ricardo _____ enfermo. _____ muy aburrido porque no tiene nada que hacer.
8. ¿Dónde _____ la conferencia? ¿Qué hora _____? Yo ya _____ lista para salir.
9. Mi abuelo _____ en cama porque _____ malo. Creo que tiene pulmonía.
10. ¿Para quién _____ el horario de clases?
11. David _____ mexicano, pero no _____ de la Ciudad de México.
12. _____ mejor tomar todos los requisitos primero.
13. No debes comer esas manzanas; _____ verdes.
14. ¡Mmm! Yo _____ comiendo tamales verdes. ¡_____ deliciosos!

B Adjetivos posesivos

Conteste las siguientes preguntas usando en sus respuestas los adjetivos posesivos correspondientes y las palabras que aparecen entre paréntesis.

1. ¿Dónde están los horarios de clases de ustedes?   (en el bolso de mano)
2. ¿De dónde son tus padres?   (de Oaxaca)
3. ¿De dónde es el título del profesor?   (de la Universidad de Guadalajara)
4. ¿Dónde está mi examen?   (en el escritorio)
5. ¿Quién es una buena amiga tuya?   (Amalia)

C Pronombres posesivos

Conteste las siguientes preguntas usando en sus respuestas los pronombres posesivos correspondientes y las palabras que aparecen entre paréntesis.

1. Mis clases son difíciles. ¿Y las tuyas?   (fáciles)
2. Mi abuelo es de Guadalajara. ¿De dónde es el tuyo?   (de Chihuahua)
3. Yo tengo tus libros. ¿Tú tienes los míos?   (no)
4. Nuestro profesor es muy simpático. ¿Y el de ustedes?   (muy simpático también)
5. Mis clases son por la mañana. ¿Cuándo son las de tus amigos?   (por la tarde)

D Pronombres de complementos directo e indirecto usados juntos

Conteste las siguientes preguntas en forma afirmativa, sustituyendo las palabras en cursiva por los pronombres correspondientes.

1. ¿Puedes comprarme *ese diccionario?* (Use la forma *tú*)
2. ¿Les pides *los horarios* a las chicas?
3. ¿Tu papá te da *el dinero que necesitas?*
4. ¿Piensas comprarle *esas plumas* a tu hermano?
5. ¿El profesor les va a dar a ustedes *las notas* hoy?

E Usos y omisiones de los artículos definidos e indefinidos

Complete las siguientes oraciones usando el equivalente español de las palabras que aparecen entre paréntesis.

1. _____ dice que _____ es muy importante   (*Dr. Vega / education*)
2. Mi composición tiene _____ palabras, y la composición de Eva tiene solamente _____.   (*a thousand / a hundred*)
3. Mi hijo es _____. Es _____.   (*a doctor / an excellent doctor*)
4. _____ tiene clases _____ lunes _____ siete.   (*Miss Peña / on / at*)
5. Necesito _____ trabajo porque tengo problemas económicos.   (*another*)
6. _____ nunca usa _____.   (*Mrs. Soto / a hat*)

F El pretérito

Cambie las siguientes oraciones al pretérito.

1. Ellos compran los libros y los traen a la universidad.
2. Piden enchiladas y no las comen. Se las dan a su papá.
3. Ella lo sabe, pero no dice nada.
4. Nosotros vamos al cine porque no tenemos que trabajar.
5. Yo llego a las ocho, pero no comienzo a trabajar hasta las nueve.
6. Yo toco las canciones que ellos eligen.
7. Yo le hablo, pero ella no me oye.
8. Yo no quepo en el coche y por eso no voy.
9. Yo vengo y les doy el dinero, pero ellos no compran nada.
10. Ellos leen el artículo, pero yo no puedo leerlo.
11. Teresa vuelve a su casa a las diez y se acuesta en seguida.
12. Carlos va al teatro. Ellas prefieren quedarse en su casa.

G El imperfecto

Complete las siguientes oraciones, usando el imperfecto de los verbos de la lista.

comprar   ir   ser   hacer   hablar   prestar   ver   salir   asistir

1. Elsa siempre me _____ sus discos compactos.
2. En esa época yo _____ a la universidad.
3. Yo siempre _____ a la casa de ellos, pero nunca _____ a sus abuelos.
4. Ella _____ las cintas para mí.
5. ¿No me dijiste que _____ frío? ¿Dónde está tu abrigo?
6. _____ las seis cuando él llegó al club.
7. Andrés _____ muy bien el inglés.
8. Ellos _____ de su casa cuando sonó el teléfono.

H ¿Recuerda el vocabulario?

Complete las siguientes oraciones usando palabras y expresiones de la **Lección 2.**

1. Elena no asiste a clases. Ella estudia por su _____.
2. La asistencia a clases es _____ en esta universidad.
3. Juan está estudiando la _____ de médico.
4. Yo no pago matrícula porque tengo una _____.
5. Por lo _____ Elvira es muy lista. En todas sus clases _____ un _____ de "A".
6. El examen de _____ de _____ es el doce de marzo.
7. La conferencia empieza a las ocho a más _____.
8. ¿Puedes prestarme tu programa de _____?
9. Voy a preguntarle a mi _____ qué materias debo tomar.
10. Raúl siempre llega tarde. No es nada _____.
11. Eva quiere ser abogada. Estudia en la _____ de _____.
12. Ana vive en la _____ universitaria.
13. Voy a _____ de terminar el trabajo.
14. Luis es _____ público, Carlos es _____ de sistemas y Elvira es _____ social.
15. La avenida Olmos está _____ las calles Quinta y Magnolia.

I Cultura

Circule la información correcta.

1. México exporta oro, plata y (cobre, automóviles, azúcar).
2. Las ruinas de Teotihuacán están cerca de (Guadalajara, la Ciudad de México, Ensenada.)
3. Diego Rivera es famoso en (la música, el cine, la pintura) de México.
4. Octavio Paz es un gran (actor, escritor, ex presidente) mexicano.

Los deportes y las actividades al aire libre

Cuatro amigos, gozando de una caminata.

Los deportes y las actividades al aire libre

CD-ROM STUDENT AUDIO

For preparation, do the **Ante todo** activities found on the CD-ROM.

Pablo Villalobos es un muchacho peruano, pero hace un año que está estudiando en Santiago, la capital de Chile. Tiene muchos amigos en la universidad y uno de ellos, Rafael Vargas, le sirve de guía muchas veces.

Esta semana no hay clases y Pablo y Rafael están sentados en un café al aire libre leyendo el periódico y comentando la página deportiva mientras toman café.

RAFAEL —Ganó nuestro equipo favorito. ¿Fuiste al estadio a ver el partido? Yo no fui porque no pude conseguir entradas.

PABLO —No, yo también me lo perdí. Quería ir con Sergio, pero tuve que estudiar.

RAFAEL —¿Sabías que Pedro Benítez ganó la pelea anoche? ¡Es el mejor boxeador del país!

PABLO —No me gusta el boxeo. En realidad el único deporte que realmente me interesa es el fútbol.

RAFAEL —A mí también. Cuando yo era chico pasaba horas en la calle jugando al fútbol. Oye, ¿fuiste a patinar con Paco ayer?

PABLO —No, él se fue a Portillo a esquiar. Me dijo que quería mejorar su estilo.

RAFAEL —¿Qué estilo? La última vez que esquiamos juntos por poco se mata.

PABLO —(*Se ríe*) Pero tienes que darte cuenta de que Paco se cree un gran atleta y de que le encanta esquiar.

RAFAEL —Pues para mí, lo mejor es ir a acampar. Hace dos semanas fui con unos amigos y nos divertimos mucho. Rubén fue con nosotros.

PABLO —Sí, a él le encantan las actividades al aire libre: pescar, montar a caballo, escalar montañas, bucear . . .

Página Deportiva

Tenis

Patricia Serna nueva campeona
Ayer la tenista Patricia Serna obtuvo una gran victoria sobre Marisa Beltrán. Con este triunfo quedó clasificada como una de las tres mejores tenistas del mundo.

Fútbol

Fénix ganó 5–3
El domingo pasado el Club Fénix ganó el partido contra los Leones 5 a 3. A pesar de que en el primer tiempo dos de sus jugadores se lastimaron, en el segundo tiempo pudo marcar dos goles más, ganando el partido.

Básquetbol

México le ganó a España
El partido de baloncesto celebrado ayer en el Estadio Metropolitano fue muy reñido. El equipo de la Ciudad de México venció al equipo español por 82 a 80. El entrenador del equipo español estaba furioso y comentó que la próxima vez, su equipo iba a ser el campeón.

RAFAEL —Sí, ayer me dijo que necesitaba mi tienda de campaña y mi caña de pescar para este fin de semana.

PABLO —Ah, ¿fuiste a ver el partido de tenis anteayer?

RAFAEL —No, porque me dolía mucho la espalda y preferí quedarme en casa.

PABLO —(*Bromeando*) Es que tú eres un enclenque.

RAFAEL —Eso no es verdad. Oye, aquí vienen las chicas que conocimos en la fiesta de Olga. Vamos a hablar con ellas . . .

Dígame

En parejas, contesten las siguientes preguntas basadas en el diálogo.

1. ¿Dónde estudia Pablo? ¿Quién le sirve de guía muchas veces?
2. ¿Qué sección del periódico están leyendo Pablo y Rafael?
3. ¿Por qué no fue Rafael a ver el partido? ¿Y Pablo?
4. ¿Qué opinión tiene Rafael de Pedro Benítez?
5. En realidad, ¿cuál es el único deporte que le interesa a Pablo?
6. ¿Qué hacía Rafael cuando era chico?
7. ¿Adónde fue Rafael con sus amigos hace dos semanas? ¿Quién fue con ellos?
8. ¿Qué actividades al aire libre le gustan a Rubén?
9. ¿Por qué no fue Rafael al partido de tenis anteayer? ¿Qué prefirió hacer?
10. ¿Dónde conocieron Rafael y Pablo a las chicas?
11. ¿Quién es la nueva campeona de tenis? ¿A quién le ganó?
12. ¿Quién ganó el partido de fútbol el domingo pasado? ¿Qué pasó en el primer tiempo?

Perspectivas socioculturales

INSTRUCTOR WEBSITE
Your instructor may assign the preconversational support activities found in **Perspectivas socioculturales**.

Hay deportes que son característicos de ciertas culturas. Algunos de éstos se crearon en una cultura particular y luego fueron adoptados por otras. El *jaialai*, por ejemplo, es un deporte que se originó en el País Vasco y que hoy en día se practica en muchas partes del mundo.

Haga lo siguiente:

a. Lea los temas de conversación que aparecen a continuación y escoja uno de ellos.
b. Durante unos cinco minutos, cambie opiniones (o converse) con dos compañeros sobre el tema seleccionado.
c. Participe con el resto de la clase en la discusión del tema cuando su profesor(a) se lo indique.

Temas de conversación

1. **Deportes autóctonos del mundo.** ¿Qué deportes se originaron en su cultura? ¿Qué deportes de su cultura se practican en otras partes del mundo?
2. **Fútbol (balompié o *soccer*) y fútbol americano.** ¿Cuáles son las diferencias que distinguen al balompié del fútbol americano?
3. **La importancia del deporte.** Hable sobre la importancia que tiene el deporte en su sociedad.

Vocabulario

Nombres

el (la) atleta athlete
el baloncesto, el básquetbol
  basketball
el (la) boxeador(a) boxer
el boxeo boxing
el (la) campeón(-ona) champion
la caña de pescar fishing rod
el deporte sport
el (la) enclenque sickly person
el (la) entrenador(a) trainer, coach
el equipo team
el estadio stadium
el fútbol, el balompié soccer
el (la) jugador(a) player
la montaña mountain
la página page
el partido game, match
la pelea fight
la tienda de campaña tent
la vez time (*in a series*)

Verbos

acampar to camp
bucear to go scuba diving
comentar to comment
escalar to climb
esquiar to ski
ganar to win
lastimar(se) to hurt (oneself)

marcar to score (*in sports*)
mejorar to improve
patinar to skate
perderse (e→ie) (algo) to miss out
  on (something)
pescar to fish, to catch a fish
quedarse to stay, to remain
servir (e→i) (de) to serve (as)
vencer to defeat

Adjetivos

deportivo(a) related to sports
reñido(a) close (*in a game*)
sentado(a) seated

Otras palabras y expresiones

a pesar de que in spite of
al aire libre outdoor(s)
darse cuenta de to realize
en realidad in fact
la última vez the last time
montar a caballo to ride on
  horseback
por poco se mata he almost killed
  him(her)self
primer (segundo) tiempo first
  (second) half (*in a game*)
sacar (conseguir) entradas to buy
  (get) tickets

Ampliación

Otras palabras relacionadas con los deportes

el (la) aficionado(a) fan
el árbitro umpire
el bate bat
el béisbol baseball
el campeonato championship
la carrera race

la carrera de autos auto race
la carrera de caballos horse race
empatar to tie (*a score*)
el esquí acuático water skiing
el fútbol americano football
la gimnasia gymnastics
el (la) gimnasta gymnast
el guante de pelota baseball glove

el **hipódromo**   race track
los **Juegos Olímpicos, las**
   Olimpiadas   Olympic Games
la **lucha libre**   wrestling
el (la) **nadador(a)**   swimmer

nadar   to swim
la **natación**   swimming
la **pelota**   ball
la **raqueta**   racket

CD-ROM
Go to **Vocabulario** for additional vocabulary practice.

Hablando de todo un poco

Preparación   **Complete lo siguiente, usando el vocabulario de la Lección 3.**

1. Voy al estadio a jugar béisbol. Necesito un _____ y un _____ de pelota.
2. Ellos van al _____ para ver las _____ de caballos.
3. El _____ de fútbol fue muy _____. Los equipos _____ tres a tres.
4. No me gusta la natación porque no soy buena _____. Prefiero practicar el _____ acuático y bucear.
5. Raúl Valdés ganó el _____ de lucha _____. Él es el nuevo campeón y la _____ Marisa Rivas es la _____ de gimnasia.
6. Voy a acampar cerca de un lago. Necesito una _____ de campaña y una _____ de pescar.
7. Mi equipo ganó el _____ de baloncesto; a _____ de que dos de los _____ se lastimaron en el segundo _____.
8. Anoche me _____ la pelea de _____ porque no pude _____ entradas.
9. A Marta le encantan las _____ al aire _____. Sobre todo le gusta _____ montañas, pero la última _____ que lo hizo por _____ se mata.
10. Siempre leo la _____ deportiva porque me interesan mucho los _____. Algún día espero poder ir a ver los Juegos _____.
11. El entrenador de José Díaz, el _____ que perdió la pelea anoche, comentó que José necesita _____ su estilo para poder vencer.
12. Los aficionados no se _____ cuenta del problema que el árbitro tuvo con el atleta que _____ el gol.
13. Me gusta _____ a caballo, _____ en la nieve, patinar y _____ en la piscina.
14. En _____ Elsa va a quedarse aquí porque nos quiere _____ de guía.

En grupos de tres o cuatro, hagan lo siguiente.

A. **Deportes.**   Conversen sobre los deportes que Uds. consideran violentos, los que encuentran interesantes o entretenidos y los que les parecen aburridos. Expliquen por qué.

B. **Campamento de verano.**   Uds. están encargados de organizar las actividades que se van a realizar en un campamento de verano. Digan qué actividades van a incluir y qué van a necesitar para cada una de ellas.

C. **Preguntas.**   Preparen por lo menos ocho preguntas sobre deportes para hacérselas a su profesor(a). Utilicen el vocabulario que acaban de aprender.

Palabras problemáticas

A. **Perderse, perder, faltar a** y **echar de menos** como equivalentes de *to miss*

- **Perderse (algo)** significa **no tener el placer (de hacer algo).**

  ¿No viste el partido? ¡No sabes lo que **te perdiste**!

- **Perder,** cuando se refiere a un medio de transporte, significa **no llegar a tiempo para tomarlo.**

  Perdí el tren de las diez, y ahora debo esperar otro.

- **Faltar a** significa **no asistir.**

  Ayer **falté a** clase porque estaba enferma.

- **Echar de menos (extrañar)** significa **sentir la ausencia de.**

  Cuando estoy de viaje, **echo de menos** a mi familia.

B. **Darse cuenta de** y **realizar**

- **Darse cuenta de** significa **notar, comprender;** equivale al inglés *to realize.*

  Yo no **me di cuenta de** que era tan tarde.

- **Realizar** significa **efectuar** o **ejecutar** una acción y equivale al inglés *to do, to accomplish.*

  La Cruz Roja **realiza** una gran labor.

atención Notice that **realizar** and *to realize* are not cognates.

Práctica

Complete los siguientes diálogos y luego represéntelos con un(a) compañero(a).

1. —¿Vas a volver a tu país?
   —Sí, porque _____ a mi familia.
2. —¿Tú _____ a las prácticas de balompié la semana pasada?
   —Sí, porque estuve enfermo.
3. —¿Viste los Juegos Olímpicos en la tele anoche?
   —No, _____.
4. —¿Uds. _____ el avión ayer?
   —Sí, llegamos tarde al aeropuerto a pesar de que salimos de casa temprano.
5. —¿David está en Chile trabajando con el Cuerpo de Paz?
   —Sí, y esa organización _____ una gran labor.
6. —¿Por qué no vinieron Uds. antes?
   —No _____ de que era tan tarde.

Your instructor may carry out the **¡Ahora escuche!** listening activity found in the **Answers to Text Exercises**.

¡Ahora escuche!

Se leerá dos veces una breve narración sobre Carlos y Eduardo, dos jóvenes aficionados a los deportes. Se harán aseveraciones sobre la narración. En una hoja escriba los números de uno a diez e indique si cada aseveración es verdadera (V) o falsa (F).

El mundo hispánico

Rafael Vargas

¡Vivan Chile, Perú y Ecuador!

A ver... ¿qué puedo decirles de Chile? Como saben es un país largo y estrecho° situado entre los Andes y el océano Pacífico. Aunque es el más largo de los países sudamericanos, con una extensión de más de 4.300 kms de norte a sur, solamente tiene unos 200 kms de ancho°. El clima es muy variado y es muy posible pasar, en un mismo día, del calor de la costa al frío de la montaña.

    Mi país es una de las naciones latinoamericanas de mayor desarrollo° industrial. Exporta minerales, especialmente cobre, pero también es uno de los exportadores más importantes de frutas y, ¿quiénes tienen los mejores vinos del mundo? ¡Los chilenos!

    Yo nací en Santiago, la capital, una ciudad moderna de más de cinco millones de habitantes. Si vienen a mi ciudad pueden visitar museos interesantísimos como el Museo Precolombino, que tiene artefactos de las culturas indígenas. También pueden pasear por el Parque de Artesanos y comprar objetos de artesanía y escuchar música. Si les gusta esquiar, Portillo y Farellones los esperan a pocos kilómetros de Santiago.

    Uno de los centros turísticos más importantes del mundo es Viña del Mar, donde se celebra el famoso Festival Internacional de la Canción.

    Siguiendo viaje hacia el norte no deben dejar de visitar Perú, empezando con Lima, su capital, una ciudad de gran belleza y valor histórico. Cuzco, la antigua capital de los incas, es fascinante, y desde allí un viaje en tren los va a llevar a las famosas ruinas de Machu Picchu.

narrow

width

development

STUDENT WEBSITE
Go to **El mundo hispánico** for prereading and vocabulary activities.

Otro país andino digno de verse° es Ecuador. Quito, su capital, es una de las ciudades más antiguas del hemisferio occidental y está situada casi directamente en la línea del ecuador. Si les interesa la ecología pueden visitar las islas Galápagos, que deben° su nombre a las enormes tortugas° que allí viven.

Aquí tienen dos mapas que incluyen estos países.

digno... worth seeing

owe
tortoises

Sobre Chile, Perú y Ecuador

En parejas, túrnense para contestar las siguientes preguntas.

1. ¿Cuáles son los límites de Chile al norte, al sur, al este y al oeste? ¿Qué aspecto tiene el país en un mapa?
2. ¿Qué exporta Chile? ¿Qué dice Rafael de los vinos chilenos?
3. ¿Qué lugares interesantes se pueden visitar en Santiago?
4. ¿Qué se puede hacer en Portillo y Farellones?
5. ¿Qué ciudad debemos visitar si queremos asistir al Festival de la Canción?
6. ¿Cuál es la capital de Perú? ¿Cómo es?
7. ¿Qué otra ciudad importante podemos visitar? ¿Qué encontramos cerca de allí?
8. ¿Qué sabe Ud. de la capital de Ecuador? ¿Dónde está situada?
9. ¿Qué islas están cerca de Ecuador? ¿A qué deben su nombre estas islas?

Hablemos de su país

Reúnase con otro(a) compañero(a) y conteste lo siguiente: ¿Qué actividades al aire libre
son propias del lugar de donde es Ud.?

Luego cada pareja compartirá las respuestas con toda la clase. Establezcan si las actividades
al aire libre varían según los lugares de origen de los miembros de la clase.

Una tarjeta postal

Ésta es una tarjeta postal que Pablo le envía a Rafael desde Ecuador.

Estimado amigo:
Estoy en Quito, con sus calles inclinadas
y estrechas, donde uno tiene la sensación
de estar en el siglo XVI. Ayer visité el
monumento en la mitad del mundo, situado
en la latitud 0°. ¡Tenía un pie en el hemisferio norte y el otro en el hemisferio sur!
Mañana salgo para Guayaquil.

   Saludos,

   Pablo

Después de leer la tarjeta

1. ¿Cómo son algunas de las calles de Quito?
2. ¿Qué sensación tiene Pablo?
3. ¿En qué latitud está situado el monumento en la mitad del mundo?
4. ¿Qué ciudad va a visitar Pablo mañana?

Estructuras gramaticales

STUDENT WEBSITE
Do the **¿Cuánto recuerda?**
pretest to check what you already know on the topics
covered in this **Estructuras
gramaticales** section.

1 Verbos que requieren una construcción especial

A *Gustar*

○ The verb **gustar** means *to like* (literally, *to be pleasing* or *to appeal to*). As shown in the following examples, **gustar** is used with indirect object pronouns.

I.O.	Verb	Subject	Subject	Verb	D.O.
Me	gusta	**esa pelota.**	*I*	*like*	*that ball.*
			Subject	Verb	I.O.
			That ball	*appeals*	*to me.*

○ In Spanish, the person who does the liking is the indirect object, and the thing or person liked is the subject.

○ Two forms of **gustar** are used most often: the third person singular **gusta** (**gustó, gustaba,** etc.) if the subject is singular, or the third person plural **gustan** (**gustaron, gustaban,** etc.) if the subject is plural.

*Indirect object
pronouns*

—¿**Te gustó** el partido?   *"Did you like the game?"*
—Sí, **me gustó** mucho.   *"Yes, I liked it a lot."*

○ The preposition **a** is used with a noun or a pronoun to clarify the meaning or to emphasize the indirect object pronoun.

—**A Juan** no **le** gusta ese atleta.   *"Juan doesn't like that athlete."*
—Pues yo no estoy de acuerdo.   *"Well, I don't agree. I like him very much."*
  A mí me gusta mucho.

—**Me** gustan mucho estos bates.   *"I like these bats very much."*
—**A nosotros nos** gustan más   *"We like the other ones better."*
  los otros.

atención   The word **mucho** is placed immediately after **gustar.** The equivalent in Spanish of *to like . . . better* is **gustar más... .**

CD-ROM
Go to **Estructuras gramati-cales** for additional practice.

Práctica

A. Vuelva a escribir las siguientes oraciones, sustituyendo **preferir** por **gustar más.** Haga todos los cambios necesarios. Siga el modelo.

MODELO: Yo prefiero ir a un partido de tenis.
A mí me gusta más ir a un partido de tenis.

1. Ellos prefieren el baloncesto.
2. David dice que Ud. prefiere el fútbol.
3. La mayoría de la gente prefiere montar a caballo.
4. Yo prefiero pescar.
5. ¿Tú prefieres esquiar?
6. Yo prefiero la natación.
7. El entrenador prefiere practicar los viernes.
8. Nosotros preferimos acampar.
9. Daniel prefiere la lucha libre.
10. ¿Tú prefieres esos guantes de pelota?
11. Ellos prefieren escalar montañas.
12. Rafael prefiere bucear.

B. Esta actividad tiene dos partes: en la primera, diga lo que les gusta hacer a estas personas; en la segunda, diga qué cosas les gusta(n).

1. Los fines de semana
a mi papá	a mis amigos
a mí	a nosotros
a ti	a Ud.

2. Éstas son las comidas, las bebidas, la ropa, los lugares, etc., que nos/les gusta(n):
a mí	a mis parientes
a mi mamá	a Ud.
a ti	a Uds.
a nosotros	a mi novio(a)

C. En parejas, imagínense que van a pasar el fin de semana juntos(as). Planeen varias actividades, haciéndose preguntas sobre lo que les gusta y lo que no les gusta. Expliquen el porque de sus preferencias, usando expresiones como **me gusta(n) mucho...** y **me gusta(n) más...**

B Verbos con construcciones similares a *gustar*

○ The following frequently used verbs have the same construction as **gustar.** Note the use of the indirect object pronouns.

1. **doler**   *to hurt*

—¡**Me duele** mucho la espalda!   *"My back hurts a lot!"*
—¿Por qué no tomas una aspirina?   *"Why don't you take an aspirin?"*

2. **faltar**   *to be lacking, to need*

—¿Cuánto **te falta** para poder comprar las entradas?
—**Me faltan** veinte dólares.

"How much do you need to be able to buy the tickets?"
"I need twenty dollars."

3. **quedar**   *to have (something) left*

—Quiero comprar la pelota. ¿Cuánto dinero **nos queda**?
—Solamente **nos quedan** diez dólares.

"I want to buy the ball. How much money do we have left?"
"We only have ten dollars left."

4. **encantar**   *to love (literally, to delight)*

—Hoy hay un partido de béisbol. ¿Vamos?
—Sí, **me encanta** el béisbol.

"There's a baseball game today. Shall we go?"
"Yes, I love baseball."

Práctica

CD-ROM
Go to **Estructuras gramaticales** for additional practice.

Complete los siguientes diálogos usando los verbos de la lista en la forma correcta. Luego represéntenlos en parejas.

encantar   faltar   doler   quedar   gustar

1. —¿Quieres jugar al tenis?
   —No, _____ mucho la espalda.

2. —¿Por qué no vas a las carreras de autos?
   —Porque no _____.

3. ¿A Marcelo le gusta el esquí acuático?
   —Sí, ¡_____!

4. —Necesitamos una tienda de campaña, pero sólo _____ treinta dólares y la tienda de campaña que queremos cuesta cien dólares. _____ setenta dólares.
   —Bueno, puedes usar tu tarjeta de crédito.

2 El pretérito contrastado con el imperfecto

Principios generales

○ The difference between the preterit and the imperfect may be visualized in the following way:

The wavy line representing the imperfect shows an action or event taking place over a period of time in the past. There is no reference as to when the action began or ended. The vertical line representing the preterit shows an action or event completed in the past.

○ In many instances, the choice between the imperfect and the preterit depends on how the speaker views the action or the event. The following table summarizes some of the most important uses of both tenses.

Imperfect	*Preterit*
1. Describes past actions in the process of happening, with no reference to their beginning or end. ¿Viste a Ana cuando **ibas** para el estadio?	1. Reports past actions or events that the speaker views as finished and completed, regardless of how long they lasted. Anoche él **jugó** al béisbol.
2. Describes a physical, mental, or emotional condition or characteristic in the past. No fui porque **estaba** enferma. **Era** delgada y **tenía** el pelo largo.	2. Sums up a condition or a physical or mental state, viewed as completed. **Estuve** enfermo toda la noche.
3. Refers to repeated or habitual actions in the past. Siempre **íbamos** con Ana.	
4. Describes or sets the stage in the past. **Hacía** frío y **llovía** cuando salí.	
5. Expresses time in the past. **Eran** las once cuando llegué.	
6. Is used in indirect discourse. Ella dijo que no **sabía** nadar.	
7. Describes age in the past. Ella **tenía** seis años.	

Práctica

CD-ROM
Go to **Estructuras gramaticales** for additional practice.

A. En parejas, lean cuidadosamente el diálogo de esta lección y busquen ejemplos del uso del pretérito y del uso del imperfecto. Den las razones por las cuales se usa uno u otro tiempo.

B. Complete el siguiente diálogo usando el pretérito o el imperfecto de los verbos que aparecen entre paréntesis. Después de completarlo, represéntelo en voz alta con un(a) compañero(a).

VÍCTOR   —¡Oye! ¿Qué hora _____ (ser) cuando tú _____ (llegar) anoche?

ANDRÉS   —_____ (Ser) las doce y media. Gloria y yo _____ (ir) a un partido de fútbol. ¿Qué _____ (hacer) tú ayer?

VÍCTOR   —Como el día _____ (estar) muy hermoso y _____ (hacer) calor, Rita y yo _____ (ir) a la playa, pero _____ (volver) temprano porque ella _____ (decir) que le _____ (doler) mucho la cabeza.

ANDRÉS   —Ayer a eso de las cuatro _____ (venir) a buscarte un muchacho.
_____ (Decir) que _____ (llamarse) John Taylor.

VÍCTOR   —¿John Taylor...? No sé quién es... ¿Cómo _____ (ser)?

ANDRÉS   —_____ (Ser) rubio, de estatura mediana y _____ (tener) unos
veinticinco años... _____ (Hablar) muy bien el español.

VÍCTOR   —¡Ah, ya recuerdo! Cuando yo _____ (estar) en la escuela secundaria, él y yo muchas veces _____ (jugar) al baloncesto y él siempre _____ (ganar).

ANDRÉS   —Él _____ (decir) que _____ (ir) a volver el sábado por la tarde.

VÍCTOR   —Oye, ¿tú _____ (ver) a Marta en el partido de fútbol?

ANDRÉS   —Sólo por un momento. ¿Tú y Rita no _____ (ir) al estadio anoche?

VÍCTOR   —No, porque la pobre Rita _____ (estar) enferma toda la noche.

C. En parejas, completen cada oración de acuerdo con sus propias experiencias.

1. Cuando mis padres eran jóvenes...
2. Cuando era niño(a)...
3. Yo tenía ocho años cuando...
4. Mi mejor amigo(a) y yo...
5. En 1999, yo...
6. Mi primer(a) novio(a) era...
7. Cuando yo estaba en la escuela secundaria...
8. El verano pasado, mis amigos y yo...
9. Decidí estudiar en esta universidad porque...
10. Un día no pude asistir a clase porque...
11. La semana pasada, mi profesor(a)...
12. Yo le dije a mi profesor(a) que...
13. Ayer, cuando yo venía a la universidad...
14. Anoche mis amigos y yo...

D. En parejas, escojan a algún personaje famoso (jugador, atleta, etc.) y preparen
de diez a quince preguntas para hacerle una entrevista sobre su niñez y su juventud (*youth*).

3 Verbos que cambian de significado en el pretérito

○ Certain Spanish verbs have special English equivalents when used in the preterit
tense. Contrast the English equivalents of **conocer, poder, querer,** and **saber**
when these verbs are used in the imperfect and preterit tenses.

Imperfect		Preterit	
yo **conocía**	*I knew*	yo **conocí**	*I met*
yo **podía**	*I was able* (*capable*)	yo **pude**	*I managed, succeeded*
yo no **quería**	*I didn't want to*	yo no **quise**	*I refused*
yo **sabía**	*I knew*	yo **supe**	*I found out, learned*

—¿Tú no **conocías** al árbitro?   *"Didn't you know the umpire?"*
—No, lo **conocí** anoche.   *"No, I met him last night."*

—Por fin **pude** aprender a escalar
montañas.

"*I finally managed to learn to climb
mountains.*"

—Al principio yo tampoco **podía**
hacerlo, pero no es tan difícil.

"*At first I couldn't do it either, but it is not
so difficult.*"

—Elena **no quiso** ir al hipódromo.
Se quedó en casa.

"*Elena refused to go to the race track. She
stayed home.*"

—Yo tampoco **quería** ir, pero al fin fui.

"*I didn't want to go either, but in the end
I went.*"

—¿**Sabías** que teníamos un partido
de fútbol hoy?

"*Did you know we were having a soccer
match today?*"

—No, lo **supe** esta mañana.

"*No, I found out this morning.*"

Práctica

CD-ROM
Go to **Estructuras gramaticales** for additional practice.

A. Complete lo siguiente con el pretérito o el imperfecto de los verbos estudiados, según corresponda.

1. —¿Por qué no fuiste a la pelea de boxeo?
   —No _____ ir porque tuve que trabajar.
   —Yo no _____ que tú trabajabas por la noche.
   —Y Julio, ¿fue?
   —No, él no _____ ir. Prefirió quedarse en casa.
2. —Ayer _____ que Daniel se casó.
   —Sí, se casó con Nora. Él la _____ la última vez que estuvo en Madrid.
   —Ah, yo no _____ que ella era de Madrid.
3. —¿Llamaste a Sofía?
   —Sí, _____ invitarla a las carreras de caballos, pero (nosotros) no _____ ir porque ella no se sentía bien.
4. —¿Ud. _____ a Carmen?
   —Sí, la _____ en el hipódromo la semana pasada.
5. —¡Tú nadas muy bien!
   —Pues cuando empecé la clase no _____ nada...

B. En parejas, háganse las siguientes preguntas.

1. ¿Conocías al profesor (a la profesora) antes de tomar esta clase?
2. ¿Cuándo lo (la) conociste?
3. ¿Sabías español antes de tomar esta clase?
4. ¿Podías hablar español cuando eras niño(a)?
5. ¿Cuándo supiste quién iba a ser tu profesor(a) de español?
6. ¿Pudiste terminar la tarea antes de venir?
7. Yo no quería venir hoy a clase. ¿Tú querías venir a clase hoy?
8. La última vez que no viniste a clase, ¿no pudiste o no quisiste venir?

4 Los pronombres relativos

● Relative pronouns are used to combine and *relate* two sentences that have a common element, usually a noun or pronoun.

A El pronombre relativo *que*

common element

¿Dónde están **los bates?**   ¿Trajiste **los bates?**

R.P.

¿Dónde están los bates **que** trajiste?

○ Notice that the relative pronoun **que** not only helps combine the two sentences, but also replaces the common element (**los bates**)[1] in the second sentence.

common element

¿Cómo se llama **el boxeador?**   **El boxeador** ganó la pelea.

R.P.

¿Cómo se llama el boxeador **que** ganó la pelea?

○ The relative pronoun **que** is invariable, and it is used for both persons and things. It is the Spanish equivalent of *that, which,* or *who.* Unlike its English equivalent, the Spanish **que** is never omitted.

B El pronombre relativo *quien* (*quienes*)

—¿El nadador **con quien**   *"Is the swimmer with whom you were*
  hablabas es americano?   *speaking an American?"*
—No, es extranjero.   *"No, he's a foreigner."*

—¿Quiénes son esos jugadores?   *"Who are those players?"*
—Son los jugadores **de quienes**   *"They're the players about whom José spoke*
  te habló José.   *to you."*

○ The relative pronoun **quien** is only used with persons.

○ The plural of **quien** is **quienes. Quien** does not change for gender, only for number.

○ **Quien** is generally used after prepositions: for example, **con quien, de quienes.**

○ **Quien** is the Spanish equivalent of *whom, that,* or *who.*

○ In written Spanish, **quien** may be used instead of **que** for *who* if the relative pronoun introduces a statement between commas. Compare:

Ésa es la señora **que** compró la casa.   *That is the woman who bought the house.*
Esa señora, **quien** compró la casa,   *That woman, who bought the house, is a*
  es una mujer riquísima.   *very rich woman.*

C El pronombre relativo *cuyo*

○ The relative possessive **cuyo(-a, -os, -as)** means *whose.* It agrees in gender and number with the noun that follows it, *not* with the possessor.

Anita, **cuyos padres** por poco se matan en el accidente, fue a verlos.

---

[1]The common element appears in the main clause. This element is called the *antecedent* of the relative pronoun that introduces the subordinate clause, because it is the noun or the pronoun to which the relative pronoun refers.

atención

In a question, the interrogative *whose?* is expressed by **¿de quién(es)...?**

¿De quién es esa caña de pescar?

CD-ROM
Go to **Estructuras gramaticales** for additional practice.

Práctica

A. Jorge y Esteban son compañeros de cuarto en la universidad, pero casi nunca se ven. Cuando no pueden hablarse, se escriben notas. Ésta es una nota que Jorge le dejó a Esteban esta mañana. Complétela, usando los pronombres relativos correspondientes.

Esteban:

El señor a _____ llamamos ayer va a venir a las tres para arreglar el refrigerador. ¿Vas a estar en casa? La chica _____ discos usamos en la fiesta llamó esta mañana. Los necesita para la fiesta _____ ella va a dar esta noche. ¿De _____ son las dos cintas de Gloria Estefan _____ están en la mesa? Alberto y yo comimos los sándwiches _____ preparaste para tu almuerzo. ¡Lo siento!

   ¡Ah! La chica con _____ fuiste a esquiar quiere que la llames y la muchacha _____ fue con nosotros al hipódromo quiere verte hoy.

Jorge

B. Use su imaginación para escribir la nota que Esteban le escribiría (*would write*) a Jorge, en respuesta a la suya. Cuéntele lo que pasó mientras (*while*) él no estaba.

5 Expresiones de tiempo con *hacer*

○ The expression **hace** + *period of time* + **que** + *verb in the present indicative* is used in Spanish to refer to an action that started in the past and is still going on. It is equivalent to the use of the present perfect or the present perfect progressive + *period of time* in English.

> **Hace + dos horas + que + los aficionados están aquí.**
> *The fans have been here for two hours.*

—¿Cuánto tiempo **hace que juegas** en ese equipo?   *"How long have you been playing on that team?"*

—**Hace tres años que juego** allí.   *"I've been playing there for three years."*

—¿Cuánto tiempo **hace que esperan** al entrenador?   *"How long have you been waiting for the coach?"*

—**Hace media hora que lo esperamos**. No sé si va a venir.   *"We've been waiting for him for a half hour. I don't know if he's going to come."*

○ The expression **hacía** + *period of time* + **que** + *verb in the imperfect* is used to refer to an action that started in the past and was still going on when another action took place.

> **Hacía + dos meses + que + vivía aquí cuando murió.**
> *He had been living here for two months when he died.*

—¿Cuánto tiempo **hacía que el**
campeón estaba aquí cuando
yo llegué?

"How long had the champion been here
when I arrived?"

—**Hacía solamente diez minutos**
que estaba aquí.

"He had only been here for ten minutes."

○ The expression **hace** + *period of time* + **que** + *verb in the preterit* is used to refer to
the time elapsed since a given action took place. In this construction, **hace** is
equivalent to *ago* in English.

> **Hace + dos horas + que + llegué** al estadio.
> *I arrived at the stadium two hours ago.*

—¿Ese gimnasta todavía está
practicando?

"That gymnast is still practicing?"

—¡Sí! ¡Y **hace tres horas que**
empezó!

"Yes! And he started three hours ago!"

—¿Cuándo terminaron la carrera?

"When did they finish the race?"

—**Terminaron hace cinco minutos.**

"They finished five minutes ago."

atención

In all of these constructions, if **hace** is placed after the verb, the word **que** is omitted.

Llegó a los Estados Unidos **hace** un año.   *He arrived in the United States a year ago.*

CD-ROM
Go to **Estructuras gramati-**
cales for additional practice.

Práctica

A. Vuelva a escribir lo siguiente, indicando el tiempo transcurrido (*elapsed*) entre
los diferentes sucesos (*events*). Siga el modelo.

MODELO: Estamos en el año 2004. / Vivo en California desde (*since*) 1989.
    Hace quince años que vivo en California.

1. Estamos en agosto. / Tomo clases de natación desde febrero.
2. Son las cinco de la tarde. / Estamos en el estadio desde las dos de la tarde.
3. Hoy es viernes. / Yo no veo a mi entrenador desde el lunes.
4. Estamos en abril. / No juego al fútbol desde enero.
5. Son las tres y veinte. / Los jugadores están aquí desde las tres.
6. Son las nueve. / Ellos están nadando desde las ocho y media.
7. Estamos en el año 2004. / Practico gimnasia desde el año 2002.
8. Son las nueve de la noche. / No como desde las nueve de la mañana.

B. Escriba oraciones usando la información dada y la construcción **hacía... que**.
Siga el modelo.

MODELO: tres años / ellos / trabajar allí / conocerse
    Hacía tres años que ellos trabajaban allí cuando se conocieron.

1. dos horas / ellas / hablar / deportes / yo / llegar
2. cuatro días / ella / estar / Quito / enfermarse
3. veinte minutos / Uds. / comentar / juego / yo / llamarlos
4. una hora / el gimnasta / practicar / él / lastimarse

5. media hora / ellos / jugar / empatar

6. quince minutos / nosotros / jugar / marcar / un gol

C. Entreviste a un(a) compañero(a) de clase sobre lo siguiente. Usen construcciones con **hace** y dé alguna información personal. Siga el modelo.

MODELO: graduarse de la escuela secundaria
E1: —*¿Cuánto tiempo hace que te graduaste de la escuela secundaria?*
E2: —*Hace dos años que me gradué de la escuela secundaria. Mi familia vivía en Omaha en esa época.*

STUDENT WEBSITE
Do the **Compruebe cuánto sabe** self test after finishing this **Estructuras gramaticales** section.

1. casarse sus abuelos
2. nacer sus padres
3. aprender a leer
4. aprender a montar en bicicleta

5. graduarse de la escuela primaria
6. empezar a estudiar en la universidad
7. enamorarse (*to fall in love*) por primera vez

¡CONTINUEMOS!

Una encuesta

Entreviste a sus compañeros de clase para tratar de identificar a aquellas personas que...

1. ...leen la página deportiva todos los días.
2. ...vieron un partido de fútbol (básquetbol, béisbol) la semana pasada.
3. ...prefieren ir al estadio en vez de ver los partidos en televisión.
4. ...van a ver las peleas de boxeo.
5. ...fueron a patinar la semana pasada.
6. ...saben esquiar.
7. ...tienen tiendas de campaña.
8. ...fueron a pescar el verano pasado.
9. ...saben montar a caballo.
10. ...son aficionados a la lucha libre.
11. ...no pueden estar sentadas mucho rato.
12. ...conocen a una persona enclenque.

Y ahora discutan el resultado de la encuesta con el resto de la clase.

¿Comprende Ud.?

CD-ROM STUDENT WEBSITE
Go to **De escuchar...a escribir** (in **¿Comprende Ud.?**) on the CD-ROM for activities related to the conversation, and go to **Canción** on the website for activities related to the song.

1. Paco, el amigo de los chicos que dialogan al inicio de esta lección, está en Portillo, Chile. Escuche la siguiente conversación entre Paco y Rocío, una chica que conoció en el hotel. El objetivo de la actividad es el de escuchar una conversación a velocidad natural. No se preocupe de entenderlo todo, pues esto no se espera de Ud. Después de escuchar la conversación dos veces, Ud. oirá varias aseveraciones. En una hoja, escriba los números de uno a ocho e indique si cada aseveración es verdadera o falsa.

2. Luego escuche la canción y trate de aprenderla.

Hablemos de deportes

En parejas, fíjense en este anuncio y contesten las siguientes preguntas.

Julio-Agosto

Inglés en Verano

Viviendo el Inglés en plena actividad

En España

- Deportes náuticos • Equitación • Informática
- Artes plásticas • Piscinas • Tenis • Golf
- Actividades culturales. Todo ello en magníficas instalaciones en plena naturaleza

Izarra
International College
Residencial o externos. De 8 a 16 años.

Estepona
(Málaga) Residencial o externos. De 8 a 16 años.

En Inglaterra
Residencial. Desde 8 años.
Jóvenes y adultos.

Cursos intensivos en convivencia con chicos y chicas ingleses de la misma edad.

- Deportes náuticos
- Dry ski • Equitación
- Esgrima • Tenis
- Karts • Moto cross
- Excursiones • Cursos para familias

1. ¿En qué estación del año se ofrecen estos cursos?
2. Si una persona de cuarenta años quiere tomar parte en este programa, ¿dónde lo van a aceptar?
3. Además de los deportes, ¿qué otras clases se ofrecen en España?
4. ¿Qué clases ofrecen en Inglaterra que no ofrecen en España?
5. Si una persona quiere tomar los cursos en España, pero no quiere vivir en la escuela, ¿puede hacerlo? ¿Cómo lo saben?

¿Qué dirían ustedes?

Imagínese que Ud. y un(a) compañero(a) se encuentran en las siguientes situaciones. ¿Qué va a decir cada uno?

1. Un amigo de Uds. no pudo ver un partido de fútbol. Cuéntenle lo que pasó.
2. Uds. quieren ir a ver un partido de básquetbol y un(a) amigo(a) no quiere ir. Traten de convencerlo(a) para que vaya con Uds.
3. Uds. están hablando con unos amigos de los eventos deportivos más importantes de la semana.

¡De ustedes depende!

El club de español va a publicar su propio periódico y Ud. y un(a) compañero(a) están a cargo de la sección deportiva. Discutan cuáles son las noticias que van a publicar este mes y lo que van a escribir sobre ellas.

¡Debate!

La clase se va a dividir en dos grupos de acuerdo con la opinión de cada estudiante sobre lo que son unas "vacaciones perfectas". Cada grupo va a hablar de las ventajas de sus vacaciones "ideales" y va a tratar de convencer a los miembros del otro grupo.

1. Unas vacaciones en las que acampamos en la playa, en el bosque o en la montaña, y participamos en toda clase de actividades al aire libre.
2. Unas vacaciones en las que visitamos una ciudad muy interesante, nos hospedamos en buenos hoteles y participamos en todas las actividades típicas de una gran ciudad.

Lecturas periodísticas

Saber leer La lectura *no es pasiva*

CD-ROM
Go to **Lecturas periodísticas** for additional prereading and vocabulary activities.

La lectura requiere la participación **activa** del lector. Para leer activamente, un lector debe asegurarse de tener sus objetivos muy claros antes de leer. Establecidos (*Having established*) los objetivos, hay que definir **estrategias** para alcanzarlos (*attain them*).

Antes de leer la siguiente lectura periodística, considere dos objetivos importantes: conocer en qué consiste la actividad de *trekking*, y practicar y desarrollar sus destrezas (*skills*) de lectura en español. Ahora piense en una o dos estrategias que le van a ayudar a alcanzar estos objetivos. Dos estrategias posibles son: (1) leer primero las preguntas para anticipar la información que debe buscar y (2) echarle una mirada rápida (*skim and scan*) al artículo para tener en mente un contexto general al leer. Antes de leer, ¡ponga en práctica las estrategias que Ud. escogió!

Para leer y comprender

Al leer el artículo detalladamente, busque las respuestas a las siguientes preguntas.

1. ¿Cómo se puede definir la palabra *trekking*?
2. ¿Qué requieren los *trekkings* y por qué?
3. ¿Cómo se orientan los *trekkers*?
4. Señale algunos aspectos que es necesario tener en cuenta al planear un *trekking*.
5. ¿Qué conocimientos debe tener el guía?
6. Nombre algunas de las cosas que debe llevar un(a) *trekker*.
7. ¿Con qué ayuda cuentan los *trekkers* para cargar el equipo?

Caminando hasta el fin del mundo

¿Qué es el trekking*?*

El uso de este anglicismo es mundialmente conocido entre° los aventureros. Es hacer una larga caminata° en lugares lejanos, en contacto con la naturaleza y con culturas remotas. Durante días los *trekkers* se internan en los lugares más fascinantes del mundo: selvas°, desiertos, sierras, altas montañas, los helados reinos° del Ártico y de la Antártida.

Estas expediciones requieren una minuciosa planeación y rigurosa preparación física y mental, ya que° durante días los aventureros se encuentran aislados del resto del mundo, a muchas horas y kilómetros de estaciones de radio, hospitales, carreteras, aeropuertos, en fin, de los servicios y las comodidades° de las grandes civilizaciones. Caminan durante días orientándose con brújula° y mapas, soportando las inclemencias del tiempo y afrontando° los peligros de la naturaleza.

El *trekking* no es extremadamente peligroso, ni está reservado para verdaderos locos de la aventura, pero éste tiene que estar planeado perfectamente tomando en cuenta° el terreno, la época° del año, las condiciones climáticas, los peligros y posibles accidentes, el sistema de carga°, la comida y los puntos de interés de la zona.

Generalmente va un guía especializado en aventura que es el encargado de darle confianza y seguridad al grupo. Está preparado en primeros auxilios° y conoce perfectamente el terreno de acción, así como las plantas, los animales, los poblados° y los paisajes más bellos y espectaculares de la ruta.

La planeación de cada *trekking* debe hacerse cuidadosamente. Cada integrante tiene que cargar° todo su equipo, por lo que es muy importante no cargar cosas innecesarias. Hay que llevar botas cómodas y ligeras°, ropa adecuada, una buena mochila°, un botiquín°, dos cantimploras°, comida energética, cuchillo de campo°, un impermeable, una bolsa de dormir y, si se lleva equipo fotográfico, cargar sólo lo indispensable. Cada *trekking* exige° distinto equipo y herramientas°.

Por lo general, se alquilan animales como mulas, caballos o yaks para cargar el equipo, según el lugar donde se elige ir, o se contratan porteadores° que ayudan con el equipo.

Si Ud. decide ir en un *trekking* va a tener la oportunidad de descubrir y proteger los rincones° más bellos y lejanos de nuestro planeta y de vivir una aventura inolvidable.

Adaptado de la revista *Escala* (México)

> *El trekking no es extremadamente peligroso, ni está reservado para verdaderos locos de la aventura...*

Perú: Un grupo de turistas disfruta de la vista de los majestuosos Andes.

---

among	facing
hike	**tomando**... keeping in mind
forests	
kingdoms	time
ya... since	
comforts	
compass	

loading	**cuchillo**... pocketknife
primeros... first aid	demands
villages	tools
carry	bearers
light	
backpack	
first aid kit / canteens	

corners

Desde su mundo

1. ¿Qué lugares de su país recomienda Ud. para un *trekking*?
2. ¿A Ud. y a sus amigos les gusta la idea de hacer *trekking*? ¿Por qué o por qué no?

Piense y escriba   Generar ideas

STUDENT WEBSITE

CD-ROM

Go to ...**y escriba-mos** (in **Hablemos de su país**) on the student website and **De escuchar... a escribir** (in **¿Comprende Ud.?**) on the CD-ROM for additional writing practice.

Recuerde las estrategias que Ud. aprendió a utilizar en las **Lecciones 1** y **2** para generar ideas sobre lo que Ud. quiere comunicar.

Hoy le asignamos el siguiente tipo de escrito: un diálogo entre una persona a quien le encantan las actividades al aire libre y una que las odia. Antes de empezar a escribir el diálogo, haga una lista de todas las actividades al aire libre que Ud. conoce, para generar posibles ideas. Puede utilizar como modelo el diálogo entre Pablo Villalobos y Rafael Vargas, que está al inicio de la lección.

Pepe Vega y su mundo

bolsa... sleeping bag

Teleinforme

Los deportes se pueden practicar en grupo o individualmente, para competir o sólo por el placer (pleasure) de llevar a cabo la actividad. Aquí vamos a ver dos actividades muy distintas, pero que tienen algunos aspectos en común: el fútbol, el deporte más popular de todo el mundo hispánico, y el rafting, una actividad al aire libre muy emocionante.

Preparación

Clasifique las siguientes expresiones según pertenezcan al mundo del fútbol (**F**), del *rafting* (**R**) o ¡de los dos (**FR**)! Explique brevemente la clasificación de diez de las expresiones.

____ 1. la alineación (*line-up*)
____ 2. la balsa inflable (*inflatable raft*)
____ 3. el cañón (*canyon*)
____ 4. el capitán (la capitana)
____ 5. el casco (*helmet*)
____ 6. el (la) centrocampista (*halfback*)
____ 7. el chaleco salvavidas (*life jacket*)
____ 8. clasificarse
____ 9. correr
____10. la defensa
____11. el entrenamiento (*training*)
____12. el equipo (*team; equipment*)
____13. el estadio
____14. la estrategia
____15. expulsado(a)
____16. el gol

____17. el guía
____18. el hule (*rubber*)
____19. el (la) jugador(a)
____20. maniobrar
____21. los obstáculos
____22. el partido
____23. los pedazos de árboles
____24. los pies
____25. los rápidos [de] clase 3
____26. remar (*to row*)
____27. el río
____28. río abajo (*downstream*)
____29. la selección
____30. la tarjeta amarilla (*yellow card*)
____31. la tarjeta roja
____32. la victoria

Comprensión

STUDENT WEBSITE
Go to **Video** for further previewing, vocabulary, and structure practice on this clip.

Partido de fútbol España-Rumanía   9:11–11:56

En este reportaje de la Televisión Española (RTVE) vamos a oír las opiniones de varias personas sobre un importante partido de fútbol entre España y Rumanía. España espera quedar en la clasificación final para la Eurocopa de Naciones y Rumanía espera conservar su orgullo (*pride*) nacional y deportivo.

A. ¿Qué oye Ud.?   Mientras ve el video por primera vez, marque las expresiones de la lista en la sección de **Preparación** que Ud. oye o ve en el reportaje sobre el partido de fútbol España-Rumanía.

B. **¿Cuánto entiende Ud.?**   Vea el video por segunda vez y conteste las siguientes preguntas según lo que Ud. entienda.

1. Según este reportaje, ¿quién va a ganar el partido probablemente?
2. ¿En qué lugar está el equipo rumano: en primero o en último lugar?
3. ¿Cuáles de estos nombres corresponden a jugadores del equipo español: Filipescu, Kikó, López, Luis Enrique, Manjarín, Nadal, Pizzi, Popesku?
4. ¿En qué ciudad se entrenan los jugadores: en Madrid, en Londres o en Leeds?
5. ¿Qué va a ocurrir si España gana este partido?
6. ¿Por qué están enfadados los jugadores rumanos?
7. ¿Les falta motivación a los jugadores rumanos?

Rafting en el Río Pacuare   11:58–15:11

CD-ROM
Go to **Video** for further previewing, vocabulary, and structure practice on this clip.

En este episodio del programa *De paseo* de Costa Rica, conocemos al Sr. Rafael Gallo, presidente de la Compañía Ríos Tropicales. Rafael nos habla de la popularidad, la técnica y lo divertido del *rafting* en los ríos de Costa Rica.

C. **¿Qué oye Ud.?**   Mientras ve el video por primera vez, marque las expresiones de la lista en la sección de **Preparación** que Ud. oye en el programa sobre el *rafting* en el Río Pacuare.

D. **¿Cuánto entiende Ud.?**   Indique si las siguientes oraciones son verdaderas (**V**) o falsas (**F**). Si son falsas, corríjalas.

1. _____ El *rafting* es el deporte de correr.
2. _____ Se usan balsas de hule inflables para hacer el *rafting*.
3. _____ Cualquier persona puede manejar y maniobrar la balsa sin la ayuda de un guía.
4. _____ El Río Corobicí es un río muy tranquilo.
5. _____ Se puede llevar niños o personas de edad avanzada en un río de clase 1 ó 2.
6. _____ Hacer *rafting* en el Río Reventazón es poco emocionante.
7. _____ En un río de clase 3, es el guía el que lleva el control de la balsa y el que debe maniobrarla.
8. _____ Para practicar *rafting* en los ríos de clase 4 o de clase 5 se necesita bastante experiencia.
9. _____ El Pacuare tiene rápidos de clase 1 y de clase 2.
10. _____ Lo más importante del deporte de *rafting* es prestarles atención a las corrientes y al agua.
11. _____ Sólo los niños deben llevar el chaleco salvavidas.
12. _____ Los participantes tienen que sentarse con los pies hacia río abajo.

Ampliación

¡**Debate!**   Con un(a) compañero(a) prepare un debate o una presentación sobre uno de los siguientes temas.

1. actividad de competencia vs. actividad que no es de competencia
2. actividad de equipo vs. actividad individual
3. actividad organizada vs. actividad poco estructurada

Dé ejemplos de cada tipo de actividad. ¿Qué tienen en común? ¿Cuáles son las diferencias importantes? ¿Quiénes son los participantes? ¿Cuál es la estructura de la actividad? ¿Qué equipo es necesario para llevarla a cabo? ¿Cuáles son las ventajas y desventajas de cada tipo de actividad?

Costumbres y tradiciones

Una celebración, al estilo sevillano.

Costumbres y tradiciones

CD-ROM   STUDENT AUDIO

For preparation, do the **Ante todo** activities found on the CD-ROM.

María Isabel, una chica paraguaya, le escribe una carta a su amiga Kathy, que es de Colorado, para contarle de sus planes para la visita de Kathy a Asunción.

1° de noviembre del 2003

Querida Kathy:

Ojalá que ya estés mejor y no tengamos que cambiar nuestros planes para tu viaje. Ahora tengo mucho trabajo, pero espero poder terminar todos mis proyectos y estar libre durante el mes de diciembre.

Hoy se celebra aquí el Día de todos los Santos, de modo que esta mañana fui a misa. Mañana es el Día de los Muertos y vamos a ir al cementerio a llevar flores a la tumba de mi abuela. ¿Recuerdas que cuando estuvimos en México vimos que allá llevan flores, velas y comida y que pasan la noche en el cementerio? ¡Eso es más interesante que lo que hacemos aquí!

Tú piensas llegar a Asunción el 28 de noviembre, ¿verdad? Ése es el Día de los Inocentes¹. Te advierto que Gustavo, mi hermano menor, tiene preparadas varias bromas para ti, que es lo que la gente hace aquí ese día.

El 8 de diciembre queremos llevarte a un pueblo cercano a Asunción, que se llama Caacupé, donde se celebra el Día de la Virgen de Caacupé, que es la santa patrona de Paraguay. ¡Vas a poder tomar parte en una procesión!

Tenemos muchos planes para celebrar la Navidad. El 24, el Día de Nochebuena, vas a disfrutar de una cena típicamente paraguaya: lechón asado, pollo y la famosa sopa paraguaya, que no es sopa, sino una especie de pan de maíz. Después vamos a ir a ver los pesebres y a la medianoche, a la Misa del Gallo. No vas a tener una Navidad blanca, porque aquí estamos en pleno verano y hace mucho calor.

El día 31, después de la cena aquí, en casa, vamos a ir todos a un club, al baile de fin de año. A las doce de la noche vamos a brindar con sidra y vamos a ver muchos fuegos artificiales.

Es una lástima que no puedas quedarte hasta el 6 de enero –el Día de los Reyes Magos– que es cuando los niños de por aquí reciben regalos.

Necesito saber el número de tu vuelo para poder ir por ti al aeropuerto. También dime por cuánto tiempo piensas quedarte.

Espero que me escribas pronto. ¡No veo la hora de verte!

Cariños,

María Isabel

P.D. A fines de marzo voy a Bolivia para asistir a una conferencia. ¿Quieres ir conmigo? ¡Tu horóscopo dice que debes viajar más!

---

¹ A day on which people play practical jokes on each other, as we do on April Fool's Day.

Dígame

En parejas, contesten las siguientes preguntas basadas en la carta.

1. ¿En qué mes desea María Isabel que vaya Kathy a Asunción?
2. ¿Qué se celebra en Paraguay el 1° de noviembre? ¿Qué hizo María Isabel por la mañana?
3. ¿Adónde va a ir María Isabel mañana? ¿Por qué? ¿Qué va a llevar al cementerio?
4. ¿Gustavo es mayor o menor que María Isabel? ¿Qué tiene preparado Gustavo y por qué?
5. ¿Adónde van a llevar a Kathy el 8 de diciembre? ¿Qué se celebra allí? ¿Qué va a poder hacer Kathy?
6. ¿Qué se celebra el 24 de diciembre? ¿De qué va a disfrutar Kathy?
7. ¿Qué van a hacer después de cenar? ¿Adónde van a ir a la medianoche?
8. ¿Qué tiempo hace en Paraguay en diciembre?
9. ¿Qué van a hacer el 31 de diciembre?
10. ¿Qué se celebra el 6 de enero? ¿Qué reciben los niños?
11. ¿Qué necesita saber María Isabel y para qué?
12. ¿Qué país va a visitar María Isabel? ¿Cuándo? ¿Qué va a hacer allí?

Perspectivas socioculturales

Las celebraciones varían entre las diferentes culturas. Haga lo siguiente:

INSTRUCTOR WEBSITE
Your instructor may assign the preconversational support activities found in **Perspectivas socioculturales**.

1. Durante unos cinco minutos, converse con dos compañeros sobre el siguiente tema: **¿Cuáles son las principales celebraciones de su cultura?**
2. Participe con el resto de la clase en la discusión del tema cuando su profesor(a) se lo indique.

Vocabulario

Nombres
la broma   practical joke
el cementerio   cemetery
el fin de año   New Year's Eve
la flor   flower
los fuegos artificiales   fireworks
la gente   people
el maíz   corn
la misa   mass
la Misa del Gallo   Midnight Mass
la Nochebuena   Christmas Eve

el pesebre, el nacimiento   manger, nativity scene
los Reyes Magos   the Three Wise Men
el (la) santo(a)   saint
el (la) santo(a) patrón(-ona)   patron saint
la sidra[1]   cider
la tumba   grave
la vela   candle

[1] An alcoholic cider often served in Spanish-speaking countries instead of champagne

Verbos

brindar   to toast
cambiar   to change
disfrutar (de)   to enjoy
pasar   to spend (*time*)

Adjetivos

cercano(a)   nearby
libre   free
querido(a)   dear

Otras palabras y expresiones

a fines de   at the end of

dime   tell me
en pleno verano   in the middle of the summer
es una lástima   it's a pity
no ver la hora de...   not to be able to wait to . . .
por aquí   around here
pronto   soon
sino   but (in the sense of *on the contrary*)
tomar parte en   to take part in
una especie de   a kind of

Ampliación

Algunas celebraciones

Año Nuevo   New Year's Day
los Carnavales   Mardi Gras
Día de Acción de Gracias   Thanksgiving
Día de las Brujas   Halloween
Día de los Enamorados   Valentine's Day
Día de Canadá   Canada Day
Día de la Independencia   Independence Day
Día de la Madre   Mother's Day
Día de Pascua Florida   Easter
Día del Padre   Father's Day
Día del Trabajo   Labor Day
La Semana Santa   Holy Week
Víspera de Año Nuevo (Fin de Año)   New Year's Eve

Palabras relacionadas con las supersticiones

el amuleto   amulet
la bruja   witch
la brujería   witchcraft
el diablo, el demonio   devil, demon
la herradura   horseshoe
la magia negra   black magic
el (la) mago(a)   magician
el mal de ojo   evil eye
la pata de conejo   rabbit's foot
los signos del zodíaco   zodiac signs
el trébol de cuatro hojas   four-leaf clover

CD-ROM
Go to **Vocabulario** for additional vocabulary practice.

Hablando de todo un poco

Preparación   Encuentre en la columna B las respuestas a las preguntas de la columna A (las listas continúan en la página siguiente).

A	B
1. ¿Vas al cementerio a llevar flores y velas?	a. El 6 de enero.
	b. Sí, y tomé parte en la procesión.

2. ¿Con qué vas a brindar la
   Víspera de Año Nuevo?

3. ¿Vio él los fuegos artificiales?

4. ¿Qué hiciste tú el día de
   Nochebuena?

5. ¿Cuándo se celebra el Día
   de Reyes?

6. ¿Van a viajar Uds. a fines de julio?

7. ¿Qué es la sopa paraguaya?

8. ¿Vas a ir a visitar a tus padres?

9. ¿Ester es supersticiosa?

10. ¿La gente de por aquí cree en
    las brujas?

11. ¿Fuiste a la fiesta del santo patrón?

12. ¿Dónde pasaron Uds. el Día
    de los Enamorados?

13. ¿Tienes un amuleto?

14. ¿Piensas cambiar tus planes
    de viaje?

15. ¿Cuál es otro nombre para
    el diablo?

16. ¿Te dijo que era un mago
    famoso?

c. Sí, y es una lástima, pero no estoy libre.

d. Sí, y también en la magia negra.

e. Sí, siempre tiene una pata de conejo,
   una herradura y un trébol de cuatro
   hojas.

f. Sí, para la tumba de mi abuela.

g. Demonio.

h. Sí, el Día de la Independencia.

i. Con sidra.

j. Fuimos a un restaurante cercano y
   disfrutamos de una cena excelente.

k. Es un pan de maíz.

l. Fui a ver los pesebres y después a la
   Misa del Gallo.

m. Sí, pero era una broma.

n. Sí, para evitar el mal de ojo y la brujería.

o. Sí, queremos ir en pleno verano.

p. Sí, muy pronto. No veo la hora de
   estar con ellos.

En grupos de tres o cuatro, hagan lo siguiente.

A. El calendario de fiestas.

1. Digan qué se celebra en las siguientes fechas.
   a. el 1 de enero
   b. el 14 de febrero
   c. el segundo domingo de mayo
   d. el tercer domingo de junio
   e. el 1 de julio
   f. el 4 de julio
   g. el primer lunes de septiembre
   h. el 31 de octubre
   i. el cuarto jueves de noviembre
   j. el 24 de diciembre
   k. el 31 de diciembre

2. Ahora hablen sobre las distintas celebraciones que hay durante el año.
   ¿Qué hacen ustedes y su familia en esos días? ¿Quiénes toman parte en
   esas actividades? ¿Tienen ustedes algunas costumbres y tradiciones
   especiales?

B. **Supersticiones.**   Hablen sobre las supersticiones que mucha gente tiene.
   ¿Creen ustedes en ellas o no?

Palabras problemáticas

A. **Pensar, pensar (de), pensar (en)** como equivalentes de *to think (of)*

- **Pensar** se usa en los siguientes casos:

  1. Cuando se quiere expresar un proceso mental.

     ¡El problema que tienes tú es que no **piensas**!

  2. Cuando se habla de planear algo.

     El sábado **piensan** ir a una fiesta de Fin de Año.

- **Pensar (de)** es el equivalente en español de *to think (about)* cuando se pide opinión.

  ¿Qué **piensas** tú **de** las supersticiones?

- **Pensar (en)** se usa sólo para indicar un proceso mental, y no para expresar opinión.

  Estoy **pensando en** mi viaje a Bolivia.

B. **Obra** y **trabajo** como equivalentes de *work*

- **Obra** se utiliza principalmente para referirse a un trabajo de tipo artístico o intelectual.

  El profesor de arte nos habló de la **obra** de Picasso.

- **Trabajo** equivale a *work* como sinónimo de *task*.

  No puedo ir al cementerio contigo porque tengo mucho **trabajo**.

C. **Personas, gente** y **pueblo** como equivalentes de *people*

- **Personas** es el equivalente en español de la palabra *people* cuando se refiere a los individuos de un grupo. Puede referirse a un número determinado o indeterminado de individuos.

  Cinco **personas** solicitaron el trabajo.
  Algunas **personas** llegaron muy temprano a la fiesta.

- **Gente**[1] equivale a *people* cuando se usa como nombre colectivo de un grupo. No se usa con números o con las palabras **algunas** y **varias.**

  La **gente** se preocupa demasiado por el dinero.

- **Pueblo** equivale a *people* cuando se refiere a las personas de una misma nacionalidad.

  El **pueblo** paraguayo va a elegir un nuevo presidente.

---

[1] **Gente** is usually used in the singular: La gente **está** asustada. *People are frightened.*

Práctica

Entreviste a un(a) compañero(a), usando las siguientes preguntas.

1. ¿Tienes mucho trabajo esta semana?
2. ¿Qué piensas hacer este fin de semana?
3. ¿En qué estás pensando en este momento?
4. Cuando tienes que decidir algo importante, ¿lo piensas mucho?
5. ¿Tú sabes cuántas personas hay en esta clase?
6. ¿Tú conoces la obra de algún escritor hispanoamericano?
7. ¿Qué piensa la gente del presidente?
8. ¿Qué crees tú que es lo más importante para el pueblo americano?

Your instructor may carry out the **¡Ahora escuche!** listening activity found in the **Answers to Text Exercises**.

¡Ahora escuche!

Se leerá dos veces una breve narración sobre Carlos y Amanda, una pareja de novios que vive en La Paz, Bolivia. Se harán aseveraciones sobre la narración. En una hoja escriba los números de uno a diez e indique si cada aseveración es verdadera (V) o falsa (F).

El mundo hispánico

En el corazón de Sudamérica: Paraguay y Bolivia

María Isabel

Paraguay es pequeño, pero hospitalario y acogedor°. Como Bolivia, no tiene salida al mar, de modo que los ríos son las principales vías de comunicación del país. Sobre el río Paraná se construyó la represa° de Itaipú, la planta hidroeléctrica más grande del mundo. La presa que retiene las aguas del Paraná es tan alta como un edificio de sesenta pisos y tiene una longitud de cinco millas.

Si vienen a visitar mi país, no deben dejar de ver las famosas cataratas° de Iguazú que en guaraní, el segundo idioma de los paraguayos, significa "agua grande". Debido a° su espléndida belleza°, Paraguay fue escogido como escenario de la película *La misión*, filmada en las ruinas jesuíticas, que datan del siglo XVII.

welcoming

dam

falls

Debido... Due to

beauty

STUDENT WEBSITE
Go to **El mundo hispánico** for prereading and vocabulary activities.

La música paraguaya, así como su artesanía, es una mezcla° de las culturas española y guaraní. Los turistas quedan fascinados con las polcas y las guaranias, y llevan de recuerdo los exquisitos manteles de ñandutí, un tipo de encaje° que sólo se encuentra en Paraguay.

    mixture

    lace

La capital, Asunción, es también el puerto principal del país. Aquí, los edificios altos y modernos se mezclan armoniosamente con las casas coloniales, con sus patios donde florecen jazmines y madreselvas°.

    honeysuckle

Al noroeste de Paraguay está Bolivia, un país de superlativos. Tiene, entre otras cosas, el lago navegable más alto del mundo —el Titicaca— de belleza espectacular, el aeropuerto más alto, la capital más alta y una de las ruinas más antiguas. Bolivia se conoce también por tener dos capitales: La Paz, que hoy día es la capital de facto, y Sucre, donde tiene sede el poder judicial.

Espero que algún día puedan visitar Paraguay y Bolivia, nuestro país vecino°. Mientras tanto, fíjense en el mapa, que les deja ver dónde están situados.

    neighboring

Sobre Paraguay y Bolivia

En parejas, túrnense para contestar las siguientes preguntas.

1. ¿Cuáles son los límites de Paraguay al norte, al sur, al este y al oeste?
2. ¿Cuáles son los dos países sudamericanos que no tienen salida al mar?
3. ¿Qué sabe usted de la represa de Itaipú?
4. ¿Cómo es la presa que retiene las aguas del río Paraná?

5. ¿Qué cataratas podemos visitar si vamos a Paraguay?
6. ¿Qué famosa película se filmó en Paraguay? ¿Por qué escogieron Paraguay para filmarla?
7. ¿Qué influencias se ven en la música y en la artesanía paraguayas?
8. ¿Qué sabe usted de Asunción? ¿Cómo son los edificios?
9. ¿Cuáles son los "superlativos" que caracterizan a Bolivia?
10. ¿Cuáles son las dos capitales de Bolivia? ¿En qué se distingue cada una?

Hablemos de su país

INSTRUCTOR WEBSITE
STUDENT WEBSITE
Your instructor may assign the preconversational activities in **Hablemos…** (under **Hablemos de su país**). Go to **Hablemos de su país** (under **…y escribamos)** for postconversational web search and writing activities.

El ensayo hace referencia a la riqueza cultural de Paraguay, específicamente en cuanto a idiomas, música y artesanía. Reúnase con otro(a) compañero(a) para contestar una de las siguientes preguntas: ¿Qué idiomas se hablan en su país o región? ¿Se puede decir que la música de su país mezcla elementos de diferentes culturas? ¿Con qué tipos de artesanía se quedan fascinados los turistas que visitan su país?

Luego cada pareja compartirá las respuestas con toda la clase. ¿Hay algún consenso acerca de las respuestas?

Una tarjeta postal

Imagínese que Ud. y un(a) compañero(a) están viajando por Paraguay. Envíenles una tarjeta postal a sus compañeros de clase, describiendo sus impresiones.

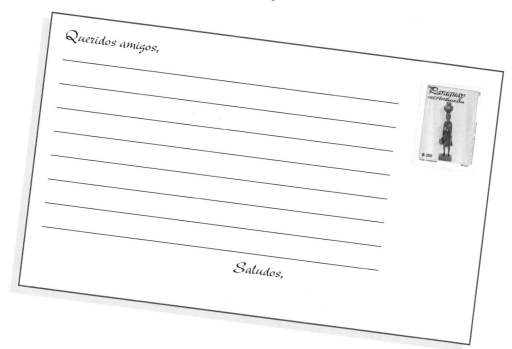

Estructuras gramaticales

STUDENT WEBSITE
Do the ¿Cuánto recuerda?
pretest to check what you already know on the topics
covered in this Estructuras
gramaticales section.

1 Comparativos de igualdad y de desigualdad

A Comparativos de igualdad

○ Comparisons of equality of nouns, adjectives, adverbs, and verbs in Spanish use the adjectives **tanto(-a, -os, -as)** or the adverbs **tan, tanto + como,** as follows:

When comparing nouns	When comparing adjectives or adverbs	When comparing verbs
tanto (dinero) (*as much*) tanta (plata) tantos (libros) (*as many*) tantas (plumas) } + como	tan (*as*) { bonita tarde } + como	bebo **tanto** (*as much*) } + como

—¡Tengo mucho trabajo!   *"I have a lot of work!"*

—Yo tengo **tanto trabajo como** tú y no me quejo.   *"I have as much work as you (do) and I don't complain."*

—Tú compras muchas flores.   *"You buy a lot of flowers."*

—Sí, pero no compro **tantas flores como** tú.   *"Yes, but I don't buy as many flowers as you (do)."*

—Jaime no es puntual. Siempre llega tarde.   *"Jaime is not punctual. He's always late."*

—Es verdad. No es **tan puntual como** nosotros.   *"It's true. He's not as punctual as we are."*

—Ahora no camino **tan rápido como** antes.   *"These days I don't walk as fast as I used to (before)."*

—Es verdad...   *"That's true . . ."*

—Cada vez que haces algo, te quejas.   *"Every time you do something, you complain."*

—Tú te quejas **tanto como** yo, y nunca haces nada.   *"You complain as much as I (do) and you never do anything."*

B Comparativos de desigualdad

○ In Spanish, comparisons of inequality of most adjectives, adverbs, and nouns are formed by placing **más** or **menos** before the adjective, adverb, or noun. *Than* is expressed by **que.** Use the following formula.

más (*more*) o menos (*less*)	+	adjetivo adverbio nombre	+	que (*than*)

—El pesebre de Marta es muy
   grande.

"Marta's nativity scene is very big."

—Sí, es mucho **más grande que**
   el nuestro.

"Yes, it's much bigger than ours."

○ When a comparison of inequality includes a numerical expression, the preposition **de** is used as the equivalent of *than*.

—¿Por qué no compras esas velas?

"Why don't you buy those candles?"

—Porque cuestan **más de quince**
   dólares y a mí me quedan **menos**
   de doce.

*"Because they cost more than fifteen dollars
   and I have less than twelve left."*

atención

Más que (*only*) is used in negative sentences when referring to an exact or maximum amount.

—¿Por qué no me das una foto de
   tu hijo?

*"Why don't you give me a picture of your
   son?"*

—No puedo, porque no tengo
   más que una.

"I can't, because I have only one."

C El superlativo

○ The superlative of adjectives is formed by placing the definite article before the person or thing being compared.

el la los las	+ **nombre** +	**mas** (*most*) o + adjetivo (**de**) **menos** (*least*)

El Aconcagua es **la** montaña
   más alta de las Américas.

*Mt. Aconcagua is the highest mountain in
   the Americas.*

atención

In the example above, note that the Spanish equivalent of *in* is **de.**

—Estas flores cuestan demasiado.

"These flowers cost too much."

—¡Pues son **las menos caras**[1] que
   tienen aquí!

*"Well, they're the least expensive ones they
   have here!"*

—Elena no es muy inteligente,
   ¿verdad?

"Elena isn't very intelligent, right?"

—Al contrario, es **la más**
   inteligente[1] de la clase.

*"On the contrary, she's the most intelligent
   in the class."*

○ The Spanish absolute superlative is equivalent to *extremely* or *very* before an adjective in English. This superlative may be expressed by modifying the adjective with an adverb (**muy, sumamente, extremadamente**) or by adding the suffix **-ísimo(-a, -os, -as)** to the adjective.

---

[1] The noun may be omitted because it is understood.

muy mala	mal**ísima**
sumamente difícil	dific**ilísimo**
extremadamente rico	ri**quísimo**[1]
extremadamente largo	lar**guísimo**[2]

atención   If the word ends in a vowel, the vowel is dropped before adding the suffix **-ísimo(a)**.

—¿No te parece que estos
cuadros son muy caros?
—Sí, son **carísimos**, pero me
gustan.

*"Don't you think that these paintings are
very expensive?"*
*"Yes, they are extremely expensive, but I like
them."*

D Adjetivos y adverbios con comparativos y superlativos irregulares

○ The following adjectives and adverbs have irregular comparative and superlative forms in Spanish.

Adjectives	Adverbs	Comparative	Superlative
bueno	bien	**mejor**	el (la) **mejor**[3]
malo	mal	**peor**	el (la) **peor**[3]
grande		**mayor**	el (la) **mayor**
pequeño		**menor**	el (la) **menor**

○ When the adjectives **grande** and **pequeño** refer to size, the regular forms are generally used.

—¿Tu casa es **más pequeña que**
la mía?
—No... yo creo que es **más grande**.

"Is your house smaller than mine?"

"No . . . I think it's bigger."

○ When these adjectives refer to age, the irregular forms are used.

—Felipe es **mayor** que tú, ¿no?
—No, es **menor.** Yo tengo dos
años más que él.

"Felipe is older than you, isn't he?"
*"No, he's younger. I am two years older than
he is."*

○ When **bueno** and **malo** refer to a person's character the regular forms are used.

—Diana no es muy buena...
—Al contrario, es **la más buena**
de la familia.

"Diana is not very kind . . ."
*"On the contrary, she is the nicest in the
family."*

---

[1] Words ending in **-ca** or **-co** change the **c** to **qu** before adding the suffix **-ísimo(a)** to maintain the hard **c** sound.

[2] Words ending in **-ga** or **-go** change the **g** to **gu** before adding the suffix **-ísimo(a)** to maintain the hard **g** sound.

[3] The adjectives **mejor** and **peor** are placed before the noun: *Ella es mi **mejor** amiga.*

CD-ROM
Go to **Estructuras gramati-cales** for additional practice.

Práctica

A. Aquí van a encontrar ustedes información sobre Andrés. Establezcan comparaciones de igualdad o desigualdad entre él y ustedes, según corresponda.

Andrés:

1. ...es sumamente simpático.
2. ...tiene muchísimos planes para el sábado próximo.
3. ...gana tres mil dólares al mes.
4. ...tiene cuatro hermanas.
5. ...trabaja ocho horas al día.
6. ...habla español perfectamente.
7. ...tiene muchísima paciencia.
8. ...bebe mucho café.
9. ...tiene treinta años.
10. ...mide seis pies, cuatro pulgadas.
11. ...escribe muy bien.
12. ...vive en una casa que tiene seis dormitorios y es muy grande.

B. Escriba el superlativo absoluto de los siguientes adjetivos y adverbios y después úselos para describir a personas que ustedes conocen, a lugares, cosas o clases que están tomando.

MODELOS: *Mi novia es inteligentísima.*
San Diego es una ciudad hermosísima.

1. simpático
2. fácil
3. feo
4. guapo
5. pequeño
6. difícil
7. malo
8. grande
9. alto
10. bueno

C. En parejas, lean cuidadosamente la siguiente información, y establezcan comparaciones entre los siguientes elementos.

1. Mario tiene una "A" en español, José tiene una "C" y Juan una "F".
2. Sergio tiene veinte años, Oscar tiene veintiséis y Daniel tiene quince.
3. La casa de Elena tiene tres cuartos, la casa de Marta tiene cinco cuartos y la casa de Marité tiene siete cuartos.
4. La casa de Eva costó $200.000 y la casa de Luis costó $350.000.
5. El hotel Miramar es bueno, el hotel El Azteca es muy bueno y el hotel Santander es excelente.

D. En parejas, hablen de su familia, estableciendo comparaciones entre ustedes y los varios miembros de su familia.

2 Usos de las preposiciones **por** y **para**

A La preposición *por*

The preposition **por** is used to express the following concepts:

- Period of time during which an action takes place (*during*, *in*, *for*)

  Estuvimos en Asunción **por** cuatro semanas.
  Vamos a ir a misa mañana **por** la mañana.

- Means, manner, and unit of measure (*by*, *for*, *per*)

  Le hablé **por** teléfono.
  Vinieron **por**[1] avión.
  Me pagan veinte dólares **por** hora.

- Cause or motive of an action (*because of*, *on account of*, *on behalf of*)

  No pudieron venir **por** la lluvia.
  Lo hice **por** ellos.

- *in search of*, *for*, or *to get*

  Fueron **por** el médico.
  Paso **por** ti a las ocho.

- *in exchange for*

  Pagué cien dólares **por** las velas.

- Motion or approximate location (*through*, *around*, *along*, *by*)

  Él huyó **por** la ventana.
  Caminamos **por** la avenida Magnolia.

- With an infinitive, to refer to an unfinished state (*yet*)

  El trabajo está **por** hacer.

- The passive voice (*by*)

  Este libro fue escrito **por** Mark Twain.

- *for*; in the expression *to (mis)take for*

  Habla tan bien el inglés que la **toman por** norteamericana.

B La preposición *para*

The preposition **para** is used to express the following concepts:

- Destination

  A las ocho salí **para** el cementerio.

- Direction in time, often meaning *by* or *for* a certain time or date

  Necesito los amuletos **para** el sábado.

---

[1] The preposition **en** is also used to refer to means of transportation.

- Whom or what something is for

  Estos amuletos son **para** los muchachos.

- *in order to*

  Necesitamos dinero **para** comprar la sidra.

- Comparison (*by the standard of, considering*)

  Elenita es muy alta **para** su edad.

- Objective or goal

  Carlos estudia **para** ingeniero.

Práctica

CD-ROM
Go to **Estructuras gramaticales** for additional practice.

A. Complete los siguiente mini diálogos, usando **por** o **para**, según corresponda. Después, represéntelos con un(a) compañero(a).

1. —¿Vas a estar en México _____ dos meses? ¿Cuándo vuelves?
   —Tengo que estar de vuelta _____ el quince de agosto.
   —¿_____ matricularte en la universidad?
   —Sí. Oye, ¿tú puedes ir _____ mí al aeropuerto?
   —Sí. ¡No hay problema!
2. —¿Vas a viajar _____ avión?
   —No, yo prefiero viajar _____ tren.
   —¿Cuánto pagaste _____ el pasaje?
   —Quinientos dólares; pero... _____ un viaje a Texas no es caro.
3. —¿Cuándo salen _____ California?
   —Mañana _____ la mañana.
   —¿Compraste muchas cosas?
   —Sí, tengo regalos _____ todos mis sobrinos y _____ mi primo Jorge.
   —¿Él sigue estudiando en la universidad?
   —Sí, estudia _____ médico.

B. En parejas, planeen un viaje. Decidan qué van a hacer con respecto a lo siguiente. Usen **por** o **para** según sea necesario.

1. lugar que van a visitar
2. medio de transporte
3. razones del viaje
4. tiempo que van a estar allí
5. lo que Uds. van a pagar
6. fecha en que Uds. tienen que estar de vuelta

C *Por* y *para* en expresiones idiomáticas

- The following idiomatic expressions use **por.**

por aquí	*around here, this way*	**por eso**	*for that reason, that's why*
por completo	*completely*	**por fin**	*at last, finally*
por desgracia	*unfortunately*	**por lo menos**	*at least*
por ejemplo	*for example*	**por suerte**	*luckily, fortunately*

—¿Terminaste tu trabajo **por completo?**

"*Did you finish your work completely?*"

—**Por desgracia** no, pero, **por suerte,** es para el viernes.

"*Unfortunately, no, but fortunately, it's due Friday.*"

○ The following idiomatic expressions use **para.**

para siempre   *forever*
¿para qué?   *what for?*
para eso   *for that* (used sarcastically or contemptuously)
no ser para tanto   *not to be that important, not to be such a big deal*
sin qué ni para qué   *without rhyme or reason*

—Papá estaba furioso conmigo **sin qué ni para qué...**

"*Dad was furious with me, without rhyme or reason . . .*"

—Es que no compraste el maíz.

"*Well, you didn't buy the corn.*"

—¡No era **para tanto!**

"*It wasn't that important!*"

—Me llevó a ver los fuegos artificiales.

"*He took me to see the fireworks.*"

—¿Y **para eso** te pusiste un vestido tan elegante?

"*And for that you wore such an elegant dress?*"

Práctica

CD-ROM
Go to **Estructuras gramaticales** for additional practice.

A. En parejas, reaccionen a lo siguiente, usando las expresiones con **por** o **para** según corresponda.

1. Hubo un accidente. No tuvieron que llevar a nadie al hospital.
2. Estaba furioso porque le hicimos una broma.
3. Ana se puso un vestido muy elegante y su novio la llevó al parque.
4. Me encanta Asunción. Quiero quedarme a vivir aquí.
5. No vamos a estar allí por menos de un mes.
6. Él va a comprar unos amuletos. No sé para qué los necesita.
7. Voy a hablar de comidas típicas de Paraguay: sopa paraguaya, lechón asado...
8. En esta región, nadie cree en la brujería.

B. En parejas, túrnense para leer la siguiente historia, llenando los espacios en blanco con las preposiciones **por** o **para,** según corresponda.

Helen y John planean irse de vacaciones. _____ fin, después de mucho pensarlo, deciden viajar _____ Sudamérica. Piensan estar allí _____ tres meses y van a viajar _____ avión y _____ tren. Van a salir _____ Paraguay el día 10 de junio y piensan estar de vuelta _____ mediados de agosto. _____ suerte este año John va a tener dos meses de vacaciones.

El viaje va a costarles mucho dinero. Van a pagar _____ él casi tres mil dólares, y _____ desgracia eso no incluye más que los pasajes y el hotel. John piensa que en esos países van a tomar a Helen _____ sudamericana porque ella habla muy bien el español, pero ella no lo cree. John no habla español y _____ eso Helen se preocupa un poco _____ él.

Helen se olvidó _____ completo de que _____ estar en Sudamérica tanto tiempo, va a necesitar dejar a alguien en su tienda. Cuando van a comprar los billetes, se da cuenta del problema y dice que va a tener que cancelar el viaje. John no está de acuerdo con ella y le dice que no es _____ tanto porque su hermana puede trabajar en la tienda.

3 El modo subjuntivo

A Introducción

◉ In Spanish, the indicative mood is used to describe events that are factual and definite. The subjunctive mood is used to refer to events or conditions that are subjective in relation to the speaker's reality or experience. Because expressions of volition, emotion, doubt, denial, and unreality all represent reactions to the speaker's perception of reality, they are followed in Spanish by the subjunctive.

◉ The Spanish subjunctive is most often used in subordinate or dependent clauses, which are introduced by **que.** The subjunctive is also used in English, although not as often as in Spanish. Consider the following sentence:

*I suggest that he **arrive** tomorrow.*

◉ The expression that requires the use of the subjunctive is the main clause, *I suggest.* The subjunctive appears in the subordinate clause, *that he arrive tomorrow.* The subjunctive mood is used because the expressed action is not real; it is only what is *suggested* that he do.

B Formas del presente de subjuntivo

Verbos regulares

◉ To form the present subjunctive of regular verbs, the following endings are added to the stem of the first person singular of the present indicative.

-ar *verbs*	-er *verbs*	-ir *verbs*
habl**e**	aprend**a**	recib**a**
habl**es**	aprend**as**	recib**as**
habl**e**	aprend**a**	recib**a**
habl**emos**	aprend**amos**	recib**amos**
habl**éis**	aprend**áis**	recib**áis**
habl**en**	aprend**an**	recib**an**

◉ If the verb is irregular in the first person singular of the present indicative, this irregularity is maintained in all other persons of the present subjunctive.

Verb	First person singular (present indicative)	Stem	First person singular (present subjunctive)
conocer	conozco	**conozc-**	**conozca**
traer	traigo	**traig-**	**traiga**
caber	quepo	**quep-**	**quepa**
decir	digo	**dig-**	**diga**
hacer	hago	**hag-**	**haga**
venir	vengo	**veng-**	**venga**
poner	pongo	**pong-**	**ponga**
ver	veo	**ve-**	**vea**

atención

Verbs ending in **-car, -gar,** and **-zar** change the **c** to **qu,** the **g** to **gu,** and the **z** to **c** before **e** in the present subjunctive:

tocar → **toque**   llegar → **llegue**   rezar → **rece**

CD-ROM
Go to **Estructuras gramaticales** for additional practice.

Práctica

Dé las formas del presente de subjuntivo de los siguientes verbos, según los sujetos indicados.

1. (que) yo: traer, dividir, conocer, correr, hablar, sacar
2. (que) tú: mantener, conservar, decidir, comer, venir, llegar
3. (que) Ana: hablar, ver, aprender, abrir, caber, empezar
4. (que) tú y yo: dedicar, decir, beber, recibir, volver, pagar
5. (que) ellos: hacer, insistir, temer, poner, viajar, tocar

El subjuntivo de los verbos de cambios radicales

○ The **-ar** and **-er** verbs maintain the basic pattern of the present indicative; they change the **e** to **ie** and the **o** to **ue.**

	e → ie			o → ue	
	cerrar	*to close*		**renovar**	*to renew*
-ar	c**ie**rre	cerremos		ren**ue**ve	renovemos
verbs	c**ie**rres	cerréis		ren**ue**ves	renovéis
	c**ie**rre	c**ie**rren		ren**ue**ve	ren**ue**ven

	perder	*to lose*		**volver**	*to return*
-er	p**ie**rda	perdamos		v**ue**lva	volvamos
verbs	p**ie**rdas	perdáis		v**ue**lvas	volváis
	p**ie**rda	p**ie**rdan		v**ue**lva	v**ue**lvan

○ The **-ir** verbs that change the **e** to **ie** and the **o** to **ue** in the present indicative change the **e** to **i** and the **o** to **u** in the first and second person plural of the present subjunctive.

e → ie		o → ue	
sentir *to feel*		**morir** *to die*	
sienta	sintamos	muera	muramos
sientas	sintáis	mueras	muráis
sienta	sientan	muera	mueran

○ The **-ir** verbs that change the **e** to **i** in the present indicative maintain this change in all persons of the present subjunctive.

e → i	
pedir *to request*	
pida	pidamos
pidas	pidáis
pida	pidan

Verbos irregulares

○ The following verbs are irregular in the present subjunctive.

dar	dé, des, dé, demos, deis, den
estar	esté, estés, esté, estemos, estéis, estén
saber	sepa, sepas, sepa, sepamos, sepáis, sepan
ser	sea, seas, sea, seamos, seáis, sean
ir	vaya, vayas, vaya, vayamos, vayáis, vayan

atención

The present subjunctive of **hay** (impersonal form of **haber**) is **haya.**

CD-ROM
Go to **Estructuras gramaticales** for additional practice.

Práctica

Dé la forma correspondiente del presente de subjuntivo, siguiendo el modelo; añada además una palabra o expresión que complete la idea.

MODELO: yo   abrir   (*que*) *yo abra la puerta*

Sujeto	*Infinitivo*	*Sujeto*	*Infinitivo*
1. nosotros	pedir	6. Uds.	mentir
2. Estela	poder	7. nosotras	dormir
3. tú	ir	8. tú y yo	dar
4. ellos	saber	9. Ana y Eva	servir
5. Ud.	empezar	10. Roberto	estar

4 El subjuntivo con verbos o expresiones de voluntad o deseo

A Con verbos que expresan voluntad o deseo

⊙ All impositions of will, as well as indirect or implied commands, require the subjunctive in subordinate clauses. The subject in the main clause must be different from the subject in the subordinate clause.

	Main Clause			Subordinate Clause	
Mi	madre	quiere		yo	**cambie** mis planes.
My	*mother*	*wants*	**que**	*me*	*to change my plans.*

⊙ If there is no change in subject, the infinitive is used.

Mi madre quiere **cambiar sus planes.**   *My mother wants to change her plans.*

⊙ Some verbs of volition are:

querer	**pedir (e → i)**
desear	**sugerir (e → ie)**
mandar	**aconsejar** (*to advise*)
exigir (*to demand*)[1]	**necesitar**
insistir (en)	**rogar (o → ue)** (*to beg, to plead*)
decir	**recomendar (e → ie)**

—Ella **quiere que tú pases** la Semana Santa aquí.   *"She wants you to spend Holy Week here."*

—Yo no puedo venir hasta mayo.   *"I can't come until May."*

—Yo **les**[2] **sugiero a Uds. que tomen** parte en la procesión.   *"I suggest that you take part in the procession."*

—¡Buena idea!   *"Good idea!"*

⊙ Either the subjunctive or the infinitive may be used with the verbs **prohibir** (*to forbid*), **mandar, ordenar** (*to order*), and **permitir** (*to allow*).

Les **prohíbo hablar** de eso.
Les **prohíbo que hablen** de eso. }   *I forbid you to speak about that.*

No les **permiten aterrizar** aquí.
No les **permiten que aterricen** aquí. }   *They don't allow them to land here.*

Le **ordeno salir.**
Le **ordeno que salga.** }   *I order you to get out.*

Me **van a mandar traerlo.**
Me **van a mandar que lo traiga.** }   *They are going to order me to bring it.*

---

[1] The spelling change for this verb is discussed under **"Verbos de cambios ortográficos,"** number 2, in **Apéndice B.**

[2] The indirect object pronoun is used with the verbs **sugerir, pedir, permitir,** and **decir** when they are followed by a subordinate clause.

CD-ROM
Go to **Estructuras gramati-cales** for additional practice.

Práctica

A. En parejas, lean los siguientes diálogos, usando el presente de subjuntivo o el infinitivo de los verbos dados.

1. —Quiero _____ (dar) una fiesta de carnaval.
   —¡Buena idea! Te sugiero que _____ (invitar) a todos tus compañeros de clase.
2. —Los chicos quieren _____ (ir) a ver los fuegos artificiales.
   —Yo creo que los padres les van a prohibir que _____ (ir) solos.
3. —¿Qué nos aconsejas que _____ (hacer) mañana?
   —Les sugiero que _____ (visitar) las cataratas.
4. —Tienes que decirles a tus amigos que _____ (venir) a fines de mes.
   —No puedo, porque mi supervisor insiste en que yo _____ (trabajar) todos los fines de semana.
5. —Yo necesito _____ (cambiar) mis planes. Tengo que regresar a La Paz el domingo.
   —Te ruego que _____ (quedarse) unos días más.
6. —Mis padres me prohíben _____ (salir) con Gustavo.
   —¡Pero te permiten que _____ (salir) con Juan Carlos!
   —¡Me ordenan _____ (salir) con él! ¡Juan Carlos es el hijo de sus mejores amigos!

B. Ud. y su compañero(a) son personas que siempre encuentran soluciones para todo y por eso sus amigos los consultan. ¿Qué sugieren, recomiendan o aconsejan Uds. en cuanto a los siguientes problemas?

1. Los niños están libres mañana y no sé adónde llevarlos.
2. Necesito un coche y no tengo dinero.
3. Mis amigos quieren ir al cine el sábado pero tienen que trabajar.
4. Me duele mucho la cabeza.
5. Me ofrecen un puesto en París y yo no hablo francés.
6. Mi novio(a) y yo queremos ir a la playa el sábado, pero tenemos un examen muy difícil el lunes.
7. Me estoy muriendo de hambre y no tengo tiempo de cocinar.
8. Yo tengo planes para el sábado, pero mis parientes van a venir a visitarme.
9. Mi mamá quiere que vaya a misa con ella, pero yo tengo que terminar un proyecto.
10. El papá de Amalia le prohíbe que salga con Sergio, y ella quiere salir con él.
11. Tenemos que ir por nuestros amigos al aeropuerto y no tenemos coche.
12. Mi mamá va a preparar lechón asado y sopa paraguaya y yo estoy a dieta.

B Con expresiones impersonales que indican voluntad o deseo

○ The subjunctive is used after certain impersonal expressions that indicate will or volition when the verb in the subordinate clause has a stated subject. The most common expressions follow:

es conveniente (conviene)	*it is advisable*	**es necesario**	*it is necessary*
es importante (importa)	*it is important*	**es preferible**	*it is preferable*
es mejor	*it is better*	**es urgente (urge)**	*it is urgent*

—**Es importante** que **celebremos** el Día de Acción de Gracias con nuestra familia.

"It is important that we celebrate Thanksgiving with our family."

—Sí, **es necesario** que **estemos** juntos.

"Yes, it's necessary that we be together."

○ When the subject of a sentence is neither expressed nor implied, the above expressions are followed by an infinitive.

—¿Qué **es necesario hacer** para tener buena suerte?

"What is necessary to do to have good luck?"

—**Es necesario encontrar** un trébol de cuatro hojas.

"It's necessary to find a four-leaf clover."

Práctica

CD-ROM
Go to **Estructuras gramaticales** for additional practice.

Entreviste a un(a) compañero(a), usando las siguientes preguntas.

1. ¿Qué es importante que hagamos cuando tengamos un día libre? ¿Descansar o invitar a un(a) amigo(a) a pasar el día con nosotros? ¿Por qué?
2. ¿Es mejor ir a cenar con un par de amigos o dar una fiesta e invitar a todo el mundo? ¿Por qué?
3. ¿Tú crees que es preferible que viajemos a un país extranjero o que vayamos a una ciudad de los Estados Unidos? ¿Por qué?
4. ¿Es preferible tomarse unas vacaciones cortas cada tres meses o tomarse vacaciones largas una vez al año? ¿Por qué?
5. ¿Es conveniente viajar durante la temporada de verano o conviene viajar cuando hay pocos turistas? ¿Por qué?
6. ¿Urge que vayamos por nuestros amigos al aeropuerto o es mejor que ellos tomen un taxi?

5   El subjuntivo con verbos o expresiones impersonales de emoción

A   Con verbos de emoción

○ In Spanish, the subjunctive is always used in the subordinate clause when the verb in the main clause expresses any kind of emotion, such as happiness, pity, hope, surprise, fear, and so forth.

○ Some common verbs that express emotion are:

alegrarse (de)	**sentir**
esperar	**sorprenderse (de)**
lamentar	**temer**

Main Clause	Subordinate Clause
(Yo) espero	que **(Elena) pueda** ir al cine.

Main Clause	Subordinate Clause
(Él) teme	que **(nosotros) no podamos** ir al cine.

○ The subject of the subordinate clause must be different from that of the main clause for the subjunctive to be used. If there is no change of subject, the infinitive is used.

(Yo) espero poder ir al cine.   *I hope to be able to go to the movies.*
(Ella) teme no **poder ir** al cine.   *She is afraid she won't be able to go to the movies.*

—¿Cuánto nos van a dar ellos para la fiesta de Navidad?   *"How much are they going to give us for the Christmas party?"*
—**Espero** que nos **den** unos cincuenta dólares.   *"I hope they give us about fifty dollars."*
—**Temo** que no **puedan** darnos tanto.   *"I'm afraid they can't give us that much."*

B Expresiones impersonales que denotan emoción

○ When an expression denotes emotion in the main clause of a sentence, the subjunctive is required in the subordinate clause if it contains a subject that is either expressed or implicit. The most common expressions are:

es de esperar   *it's to be hoped*   **es (una) lástima**   *it's a pity*
es lamentable   *it's regrettable*   **ojalá**   *it's to be hoped, if only . . .*
es sorprendente   *it's surprising*   **es una suerte**   *it's lucky*

—**Es una lástima** que Jorge no **pueda** ir con nosotros a la Misa del Gallo.   *"It's a pity that Jorge can't go with us to Midnight Mass."*
—**Ojalá** que Alberto **esté** libre y **pueda** ir.   *"It's to be hoped that Alberto is free and can go."*

Práctica

CD-ROM
Go to **Estructuras gramaticales** for additional practice.

A. En parejas, lean los siguientes diálogos usando el subjuntivo o el infinitivo de los verbos dados.

1. —Espero que tú _____ (ir) al gimnasio con nosotros.
   —Siento no _____ (poder) ir hoy, pero espero que nosotros _____ (salir) juntos mañana.
2. —Es una lástima que mi hija no _____ (saber) tocar el piano.
   —Es verdad. Ojalá que Emilia le _____ (dar) clases este verano.
3. —Es de esperar que mis amigos _____ (estar) listos a las ocho.
   —Temo que no _____ (poder) estar listos a esa hora.
4. —Me alegro de _____ (estar) aquí con ustedes.
   —Siento que mis padres no _____ (estar) aquí también.
5. —Víctor nos va a llevar a la casa de Hugo.
   —Es una suerte que él _____ (saber) su dirección.

B. Usando cada una de las expresiones impersonales de la página 129, ¿qué diría Ud. en estas situaciones?

1. Dicen que mañana va a llover. Ud. quiere ir a la playa.
2. Ud. necesita un empleo. Su tío es presidente de una compañía.
3. Ud. quiere llevar a su amiga al cine, pero ella está muy enferma.
4. Le ofrecen un coche muy barato, pero Ud. no tiene suficiente dinero.
5. Su sobrino tiene menos de un año y ya sabe nadar perfectamente.
6. Hoy es lunes. Ud. no estudió la lección y el profesor muchas veces da exámenes los lunes.

C. Use su imaginación y complete las siguientes frases de forma original. Compare sus respuestas con las de un(a) compañero(a).

1. Es sorprendente que...
2. Es lamentable que...
3. Me alegro de que...
4. Ojalá que...
5. Temo que...
6. Es de esperar que...
7. Lamento que...
8. Es una suerte que...
9. Es una lástima que...
10. Espero que...

D. **Nuestra gente.**   Complete el siguiente diálogo, usando los verbos entre paréntesis en el subjuntivo o el infinitivo, según corresponda.

En el programa de radio Nuestra gente *entrevistan al Sr. Manuel Peña, director de un programa de ayuda a las minorías de origen hispano.*

PERIODISTA   —Yo quiero que Ud. nos _____ (dar) los datos necesarios para informar al público sobre la labor que realiza su organización.

SR. PEÑA   —Sí, es importante que los miembros de los grupos minoritarios _____ (saber) cuáles son las ventajas que ofrece nuestro programa.

PERIODISTA   —Primero quiero que _____ (hablarnos) de las clases de inglés para adultos.

SR. PEÑA   —Ofrecemos clases nocturnas de inglés, y conviene _____ (señalar—*to point out*) que son gratis. Estoy seguro de que muchas personas van a asistir a ellas. Queremos _____ (ayudarlos) también a conseguir empleo.

PERIODISTA   —Es necesario que _____ (haber) programas similares en otras ciudades. Y ahora, Sr. Peña, quiero que _____ (aclararnos) algunos puntos sobre la ayuda legal que ofrece el programa.

SR. PEÑA   —Yo no puedo darle mucha información sobre esto. Le sugiero que _____ (hablar) con nuestro abogado y que _____ (hacerle) la misma pregunta.

PERIODISTA   —Yo sé que nuestros oyentes (*listeners*) van a _____ (tener) muchas preguntas para Ud. Señoras y señores, si desean _____ (preguntarle) algo al Sr. Peña, les aconsejo que _____ (llamarnos) ahora. El número es 813–4392.

SR. PEÑA   —Ojalá que las personas interesadas _____ (comunicarse) con nosotros.

PERIODISTA   —Es de esperar que así _____ (ser).

Ahora represente el diálogo con un(a) compañero(a). Escriban dos preguntas que los oyentes pueden hacerle al Sr. Peña.

E. **La carta de Maité.**   Ayer llegó a su casa la siguiente carta de su amiga Maité. Responda a su carta por escrito, expresando alegría, temor, sorpresa u otras emociones en respuesta a sus noticias, y añada algunas recomendaciones.

Queridos amigos:

Espero que todos estén bien. ¡Cuántas noticias tengo para Uds.!

Mario, mi esposo, está muy enfermo y está en el hospital. Estoy muy preocupada por él. Mis hijos están más o menos bien. Teresa y nuestro vecino Jorge, que se odiaban, se van a casar. Por desgracia, Olga y Raúl se van a divorciar. José está tratando de encontrar trabajo, pero no tiene suerte; Alina, en cambio, acaba de conseguir un puesto muy bueno.

Ayer hablé con Carlos y Adela y me dijeron que piensan visitarlos a Uds. este verano. ¡Ojalá que yo pueda acompañarlos!

Un beso de

Maité

STUDENT WEBSITE
Do the **Compruebe cuánto sabe** self test after finishing this **Estructuras gramaticales** section.

¡CONTINUEMOS!

Una encuesta

Entreviste a sus compañeros de clase para tratar de identificar a aquellas personas que...

1. ...creen que romper un espejo trae mala suerte.
2. ...creen que un trébol de cuatro hojas o una pata de conejo traen buena suerte.
3. ...nunca pasan por debajo de una escalera (*ladder*).
4. ...leen su horóscopo todos los días.
5. ...evitan viajar el viernes 13.
6. ...vieron alguna vez una procesión.
7. ...fueron alguna vez a la Misa del Gallo.
8. ...son del mismo signo que el profesor (la profesora). ¿Cuál es?
9. ...van a veces al cementerio a llevar flores.
10. ...hacen bromas el primero de abril.
11. ...brindan con champán el 31 de diciembre.
12. ...van a ver los fuegos artificiales el 4 de julio.

Y ahora, discuta el resultado de la encuesta con el resto de la clase.

¿Comprende Ud.?

CD-ROM   STUDENT WEBSITE
Go to **De escuchar...a escribir** (in **¿Comprende Ud.?**) on the CD-ROM for activities related to the conversation, and go to **Canción** on the website for activities related to the song.

1. Escuche la siguiente conversación telefónica que tiene María Isabel con su amiga Carmen sobre el viaje de Kathy a Paraguay. El objetivo de la actividad es el de escuchar una conversación a velocidad natural. No se preocupe de entenderlo todo, pues esto no se espera de Ud. Después de escuchar la conversación dos veces, Ud. oirá varias aseveraciones. En una hoja, escriba los números de uno a diez e indique si cada aseveración es verdadera o falsa.

2. Luego escuche la canción y trate de aprenderla.

Hablemos del horóscopo

Después de leer el horóscopo que aparece a continuación, hable con un(a) compañero(a) acerca de los horóscopos de las siguientes personas, según las fechas de nacimiento indicadas.

ARIES

21 de marzo a 19 de abril
No va a encontrar soluciones fáciles para sus problemas.

TAURO

20 de abril a 20 de mayo
Va a recibir mucho dinero.

GÉMINIS

21 de mayo a 21 de junio
Va a conocer a alguien muy interesante.

CÁNCER

22 de junio a 22 de julio
No debe gastar mucho dinero hoy.

LEO

23 de julio a 22 de agosto
Sus problemas económicos van a desaparecer.

VIRGO

23 de agosto a 21 de septiembre
Buenas posibilidades en el amor.

LIBRA

22 de septiembre a 22 de octubre
No debe darse por vencido.

ESCORPIÓN

23 de octubre a 21 de noviembre
Antes de tomar una decisión debe pensarlo muy bien.

SAGITARIO

22 de noviembre a 21 de diciembre
Va a recibir buenas noticias.

CAPRICORNIO

22 de diciembre a 19 de enero
Hoy no es buen día para hacer un viaje.

ACUARIO

20 de enero a 19 de febrero
A fines de esta semana va a recibir una sorpresa.

PISCIS

20 de febrero a 20 de marzo
Debe escribirles a sus amigos.

1. Esteban nació el 22 de febrero. ¿Qué no ha hecho últimamente?
2. Raquel nació el 13 de agosto. ¿Cuál es su signo? ¿Cree Ud. que pronto va a tener dinero? ¿Por qué?
3. Francisco nació el 10 de junio. ¿Cree Ud. que hay una chica en su futuro?
4. Dolores nació el 18 de diciembre. ¿Debe estar preocupada por el futuro? ¿Por qué?
5. Ana nació el 3 de septiembre. ¿Cuál es su signo? ¿Cree Ud. que va a tener problemas con su novio?
6. Roberto nació el 4 de abril. Si tiene dificultades, ¿va a resolverlas fácilmente?
7. Luis nació el 4 de noviembre. ¿Cuál es su signo? ¿Debe actuar impulsivamente? ¿Por qué?
8. Marisa nació el 13 de julio. ¿Cree Ud. que hoy es un buen día para ir de compras? ¿Por qué?
9. Diego nació el 8 de enero. Él planea salir para México hoy. Según su horóscopo, ¿es una buena idea?
10. Raúl nació el 19 de octubre. Quiere casarse con Teresa y ella no acepta. ¿Debe darse por vencido (*give up*)?
11. María nació el 26 de abril. ¿Cuál es su signo? María quiere ir de vacaciones a Sudamérica. ¿Cree Ud. que va a poder ir? ¿Por qué lo cree?
12. Diana nació el 14 de febrero. ¿Qué va a pasar el sábado o el domingo?

Y a Ud., ¿qué le dice su horóscopo para hoy?

¿Qué dirían ustedes?

Imagínese que Ud. y un(a) compañero(a) se encuentran en las siguientes situaciones. ¿Qué va a decir cada uno?

1. En una reunión con sus amigos, todos hablan de supersticiones. Comenten las que Uds. tienen o conocen.
2. Un(a) estudiante latinoamericano(a) va a pasar la Navidad en la ciudad de Uds. Háblenle de lo que se hace en Estados Unidos para celebrar esta fiesta.
3. Uds. van a dar una charla para un grupo de estudiantes mexicanos. Háblenles de las fiestas que se celebran en Estados Unidos.

¡De ustedes depende!

El Club de Español va a organizar una fiesta de Navidad típicamente hispana. Ud. y un(a) compañero(a) están a cargo de preparar las actividades y de seleccionar el menú (comidas y bebidas). Tengan en cuenta lo siguiente.

1. ¿Cómo celebran la Navidad en México?
2. ¿Saben Uds. algunos villancicos (*Christmas carols*) en español?
3. ¿Qué comidas van a servir?
4. ¿Qué bebidas van a servir?
5. ¿Qué tipo de música van a escuchar?

Mesa redonda

Formen grupos de cuatro o cinco estudiantes y hablen sobre la importancia de tener tradiciones familiares. Comenten las que tienen Uds. en su familia, especialmente las que se relacionan con el Día de Acción de Gracias, la Navidad u otra celebración religiosa y el Año Nuevo.

Lecturas periodísticas

$aber leer Creación de contextos: sus conocimientos

CD-ROM
Go to **Lecturas periodísticas** for additional prereading and vocabulary activities.

Lea el título de la siguiente lectura periodística. ¿Sabe de qué va a tratar? Posiblemente no del todo. En el ensayo (*essay*) *El mundo hispánico* de la **Lección 3,** Ud. encontró algunos datos sobre Cuzco, una ciudad peruana. Repáselos.

¿Hay alguna palabra desconocida en el título? Posiblemente Ud. no conozca la palabra **corpus.** ¿Ha oído esa misma palabra en otros contextos? Si no, antes de leer, ayúdese usando la propia lectura para crear algunos conocimientos y contextos sobre la palabra: rápidamente, busque las oraciones de la lectura en las que aparece **corpus** y léalas.

Para leer y comprender

Al leer detalladamente el artículo, busque las respuestas a las siguientes preguntas.

1. ¿Dónde y a qué altitud está situada la ciudad de Cuzco?
2. ¿Quiénes son los antepasados (*ancestors*) de los peruanos?
3. ¿Cómo es la fiesta del Corpus Christi de Cuzco?
4. ¿Qué hacían los indios de la antigüedad con las momias de sus reyes?
5. ¿Qué hacen en Cuzco la víspera de la fecha del Corpus? ¿Qué pasa el jueves santo?
6. ¿Qué son algunas de estas imágenes? ¿Por qué se destacan?

El Corpus de Cuzco

En la transparente atmósfera cuzqueña todavía° vive el espíritu de los incas. Aquí, en el corazón de los Andes, a una altitud de 3.400 metros, los peruanos de hoy sacan° las imágenes en procesión para celebrar una de las fiestas más importantes de la ciudad, el Corpus Christi.

La antigua capital del fabuloso Imperio inca, Cuzco, conserva todavía su antiguo esplendor. La mayoría de los habitantes de Cuzco son descendientes directos de aquéllos que levantaron el imperio incaico. Por eso no es extraño encontrar todavía ceremonias religiosas y fiestas folklóricas que reproducen fielmente° las que se celebraban hace más de quinientos años. Una de las más importantes es la conmemoración del día del Corpus Christi, que atrae° a gran número de visitantes de todos los puntos de Perú. El Corpus de Cuzco es una fiesta de características propias, donde se mezclan elementos cristianos y andinos.

La celebración del Corpus sustituye a otra fiesta mucho más antigua en Cuzco. En los tiempos del Imperio inca, en cierta fecha, las momias de los reyes —los que habían poseído el título de *Inca*, nombre que luego se extendió a toda la población— eran sacadas de sus palacios y llevadas en procesión por las calles de la ciudad.

Después de la conquista, hasta el día de hoy, en la víspera de la fecha del Corpus se trasladan° a la catedral las imágenes de las vírgenes y de los santos patronos de las iglesias de Cuzco, y el jueves santo son sacadas todas para la impresionante procesión que tiene lugar en la Plaza de Armas. Algunas de estas imágenes son auténticas obras de arte, pero, sobre todo, se destacan° por la riqueza que las adorna, en ocasiones varios cientos de kilos de plata maciza°.

Adaptado de la revista *Ronda* (España)

still
take out
faithfully
attracts
se... are moved
se... stand out
solid

La antigua capital del fabuloso imperio inca, Cuzco, conserva todavía su antiguo esplendor.

Procesión del Corpus Christi en Cuzco, Perú.

Desde su mundo

¿Cuáles son algunas tribus indias de los Estados Unidos? ¿Qué sabe Ud. de ellas?

Piense y escriba   La selección y organización de las ideas

STUDENT WEBSITE

CD-ROM

Go to **...y escriba-mos** (in **Hablemos de su país**) on the student website and **De escuchar... a escribir** (in **¿Comprende Ud.?**) on the CD-ROM for additional writing practice.

Ud. va a escribir sobre las fiestas que su familia celebra. ¿Cuál es la más importante para Ud.? ¿Por qué? ¿Cómo la celebran Ud. y su familia? Haga lo siguiente:

1. Haga una lista de las fiestas que celebra su familia.
2. Seleccione la fiesta más importante para Ud.
3. Haga una lista de lo que hacen Ud. y su familia para celebrar la fiesta más importante.

Ahora Ud. necesita definir un **criterio de organización** para discutir lo que hacen en la fiesta: ¿en orden de importancia, en orden cronológico o de otra manera (*other way*)?

Ahora, escriba la composición. No se olvide de resumir o concluir.

Pepe Vega y su mundo

Teleinforme

En esta lección vamos a ver costumbres y tradiciones de Ecuador y de Argentina. El Día de los muertos (o de los difuntos) se celebra en todo el mundo católico. En la península de Santa Elena, en Ecuador, esta celebración presenta costumbres y tradiciones únicas. La fiesta del gaucho en Argentina es una fiesta tradicional que gira en torno (revolves around) al caballo, un animal muy importante en la crianza de ganado (cattle-raising), y a otros aspectos de la cultura y de la sociedad ganaderas.

Preparación

¿Probable o improbable?   Clasifique cada una de las siguientes expresiones. ¿Será probable (**P**) o improbable (**I**) que se refiera a una de estas fiestas o a ambas?

	Día de los difuntos (**D**)	Fiesta del gaucho (**G**)
MODELO: los abuelos	P	I
las actividades folklóricas	P	P

	D	**G**		**D**	**G**
el aguardiente (*brandy*)	___	___	las espuelas (*spurs*)	___	___
el algodón hilado (*twisted cotton*)	___	___	la familia	___	___
los animales	___	___	la identidad étnica	___	___
bailar	___	___	el jinete (*rider*)	___	___
los bisabuelos (*great-grandparents*)	___	___	la lucha	___	___
el caballo	___	___	el maligno (*the devil*)	___	___
la carne	___	___	la mesa	___	___
la casa	___	___	la montura (*mount of horse*)	___	___
la celebración	___	___	la morcilla (*blood sausage*)	___	___
el cementerio	___	___	el muerto	___	___
los chinchulines (*kind of sausage*)	___	___	el paisano (*peasant*)	___	___
el chorizo (*spicy sausage*)	___	___	el pan	___	___
la cola (*tail*)	___	___	los pantalones anchos (*wide*)	___	___
la comunidad	___	___	rezar (*to pray*)	___	___
el cordón (*rope belt*)	___	___	la sábana (*sheet*)	___	___
los costillares asados (*grilled ribs*)	___	___	el sombrero	___	___
la danza	___	___	la tradición	___	___
el desfile (*parade*)	___	___	la tropilla (*drove of horses*)	___	___
domar (*to break [a horse]*)	___	___	la tumba (*grave*)	___	___

Comprensión

Día de los difuntos   15:13–18:20

CD-ROM
Go to **Video** for further previewing, vocabulary, and structure practice on this clip.

El Día de los muertos, o de los difuntos, se celebra en muchos países católicos el 2 de noviembre. En este video, producido por la Fundación Pro-Pueblo del Ecuador, vemos algunos aspectos de cómo se celebra este día en Santa Elena, una región de Ecuador que queda en la costa del Pacífico.

A. ¿Cuánto entiende Ud.?   Mientras Ud. ve el video, complete las siguientes oraciones.

1. La gente de la costa del Guayas tiene distintas _____ que no se encuentran en otras partes de Ecuador.
2. Estas tradiciones unifican a _____ y _____.
3. La celebración del _____ es diferente en la zona de Santa Elena.
4. Todo el mundo va al _____ para arreglar _____ de sus queridos muertos.
5. La parte principal de la celebración se realiza en _____.
6. Todo el mundo hace _____ en formas especiales para darles a comer[1] a los muertos.
7. Las amas de casa también les compran a los muertos _____ o _____.
8. De noche, todos _____ y _____ para despedirse de los muertos por otro año.
9. En la zona de Santa Elena se acostumbra ponerle _____ al muerto.
10. Durante el velado (*wake, vigil*), las mujeres se quedan en casa con _____.
11. Los hombres están abajo haciendo _____.
12. Decían los abuelos que el cordón sirve para defenderse del _____, para que el muerto salga al camino del _____.

Fiesta del gaucho   18:22–21:07

El gaucho es uno de los símbolos de la República Argentina. Este reportaje nos da un resumen de las actividades que se realizan durante la fiesta del gaucho. El caballo y la carne asada son el centro de la fiesta.

B. ¿Qué pasa cuándo?   Ponga en orden cronológico los elementos de la fiesta.

1. _____ Después de comer y de beber, los gauchos demuestran la destreza.
2. _____ El caballo no quiere, corcovea, brinca, se retuerce.
3. _____ Toma lugar el desfile de los paisanos con mostachos, espuelas, sombreros y pantalones anchos.
4. _____ El sol se encamina hacia el ocaso y el día empieza a morir.
5. _____ Es el turno de las tropillas.
6. _____ Esta vez hay competencia: cada gaucho muestra su tropilla para ganar el premio.
7. _____ La paz se rompe entre el hombre y el animal: es la prueba de la doma.
8. _____ Se presentan las actividades folklóricas.
9. _____ Se presentan las danzas de los niños.
10. _____ Luego, es el turno de otro gaucho, y de otro, y de otro...
11. _____ Se come una buena dosis de carne: morcillas, chorizos, chinchulines y el asado.

Ampliación

¡De fiesta!   Prepare una lista de los elementos de un día de fiesta especial de su país o de su familia. ¿Cuáles son los elementos más importantes de la celebración? ¿Qué se come? ¿Cuáles son las actividades? ¿Cómo son los vestidos? ¿Se decora el lugar de manera especial? ¿Hay elementos únicos en su manera de celebrar? ¿Hay elementos que contribuyen a la identidad étnica, familiar o nacional? Descríbalos.

[1] Por lo general se dice "dar **de** comer".

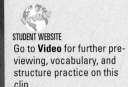

STUDENT WEBSITE
Go to **Video** for further previewing, vocabulary, and structure practice on this clip.

Lecciones 3 y 4

Tome este examen para ver cuánto ha aprendido. Las respuestas correctas aparecen en el **Apéndice C**.

Lección 3

A Verbos que requieren una construcción especial

Complete las siguientes oraciones con el equivalente español de las palabras que aparecen entre paréntesis.

1. _____ el baloncesto que el tenis. (*Carlos likes better*)
2. _____ las carreras de caballos. (*We love*)
3. Me voy a quitar los zapatos porque _____. (*my feet hurt a lot*)
4. ¿Cuánto dinero _____, Anita? (*do you need?* [*do you lack*])
5. Sólo _____ diez dólares a los chicos. (*have left*)

B El pretérito contrastado con el imperfecto

Complete las siguientes oraciones usando los verbos que aparecen entre paréntesis. Tenga en cuenta los usos del pretérito y del imperfecto.

1. Cuando yo _____ (ser) niña, _____ (vivir) con una familia sudamericana, y ellos siempre me _____ (hablar) en español.
2. El sábado pasado ellos _____ (ir) al estadio.
3. _____ (Hacer) frío y _____ (llover) mucho cuando Luis _____ (llegar).
4. Anoche ellos me _____ (decir) que (yo) _____ (deber) estudiar más.
5. En esa época a él le _____ (encantar) ir a restaurantes y _____ (comer) muchísimo.
6. _____ (Ser) las ocho cuando Mario _____ (empezar) a hablar de deportes y _____ (terminar) a las diez.
7. Ayer yo _____ (estar) enfermo todo el día y por eso no _____ (terminar) el trabajo.
8. Teresa no _____ (venir) ayer porque le _____ (doler) la cabeza.

C Verbos que cambian de significado en el pretérito

Complete el siguiente diálogo usando el pretérito o el imperfecto de los verbos **querer**, **saber**, **conocer** y **poder**, según corresponda.

En una fiesta

INÉS —¿Por qué no vino Gustavo?
NORA —No _____ venir porque no se sentía bien.
INÉS —Yo tampoco _____ venir, pero cuando _____ que ese equipo iba a jugar, decidí venir.
NORA —Yo no _____ que ese equipo jugaba hoy.
INÉS —Yo _____ hoy al entrenador. ¡Es simpatiquísimo!
NORA —¿Carlos Torres? Yo ya lo _____.
INÉS —Estoy muy contenta porque _____ conseguir su autógrafo para mi hermanita.

D Los pronombres relativos

Combine cada par de oraciones, sustituyendo el elemento que tienen en común por el pronombre relativo correspondiente. Siga el modelo.

MODELO: Ésa es la señora. La señora vino ayer.
Ésa es la señora **que** *vino ayer.*

1. Ésa es la chica española. Yo te hablé de la chica española.
2. La señora está triste. El hijo de la señora tuvo un accidente.
3. El libro es muy interesante. Compré el libro ayer.
4. Vamos a visitar a los niños. Compramos los bates para los niños.
5. El anillo es de oro. Compré el anillo en México.

E Expresiones de tiempo con **hacer**

Conteste las siguientes preguntas usando la información dada entre paréntesis.

1. ¿Cuánto tiempo hace que Ud. no come? (seis horas)
2. ¿Cuánto tiempo hacía que Uds. esperaban cuando yo llegué? (media hora)
3. ¿Cuánto tiempo hace que los jugadores vinieron a esta ciudad? (un año)

F ¿Recuerda el vocabulario?

Complete las siguientes oraciones con palabras y expresiones de la **Lección 3**.

1. No me gustan mucho las actividades al _____ libre.
2. ¿Tú tienes una tienda de _____?
3. Mi _____ favorito es el tenis.
4. Nos encanta _____ montañas.
5. Hubo un _____ de fútbol americano ayer.
6. Uno de los jugadores se _____. Lo llevaron al hospital.
7. Luis está leyendo la página _____.
8. Quiero ver ese partido. No me lo quiero _____.
9. A _____ de que jugaron muy bien, perdieron 110 a 108. El partido fue muy _____.
10. El atleta por _____ se mata en el segundo _____.
11. A mi hermano no le gusta _____ a caballo.
12. Fuimos al _____ para ver la carrera de _____.
13. Me gusta mucho el _____ acuático.
14. Ella ganó una medalla de oro en los últimos _____ Olímpicos.
15. Alberto es campeón de _____ libre.

G Cultura

Circule la información correcta.

1. Chile está situado entre los Andes y el Océano (Atlántico, Pacífico).
2. Chile tiene unos (200, 1.000) kilómetros de ancho.
3. La capital de Chile es (Valparaíso, Santiago).

4. Las ruinas de Machu Picchu están cerca de (Cuzco, Lima).
5. La capital de Ecuador es (Quito, Lima).

Lección 4

A Comparativos de igualdad y de desigualdad

Complete las siguientes oraciones con el equivalente español de las palabras que aparecen entre paréntesis.

1. Yo no pasé _____ en Lima _____ en Quito. (*as much time / as*)
2. Esta semana, yo tengo _____ como tú. (*as many meetings*)
3. Esta sidra es _____ la que tú compraste. (*better than*)
4. Yo tengo _____ cien dólares. (*less than*)
5. Estela es _____ yo. (*much older than*)
6. Ese chico es _____ la clase. (*the tallest in*)
7. Mi casa es _____ la tuya. (*smaller than*)
8. ¿Tú eres _____ yo? (*younger than*)
9. Paco come _____ nosotros. (*as much as*)
10. Laura es una mujer _____. (*extremely intelligent*)

B Usos de las preposiciones **por** y **para**

Complete las siguientes oraciones, usando **por** o **para,** según corresponda.

1. Mañana salgo _____ México. Voy _____ avión y pienso estar allí _____ un mes. Tengo que estar de regreso _____ el diez de junio _____ empezar mis clases.
2. _____ suerte tengo un poco de comida _____ Jaime.
3. Después de la clase te voy a llamar _____ teléfono _____ decirte lo que tienes que estudiar.
4. Papá se puso furioso cuando le dije que el dinero era _____ Jorge. ¡No era _____ tanto!
5. Queríamos hacer el viaje _____ avión pero, _____ desgracia, suspendieron los vuelos _____ la niebla, así que tuvimos que pagar cien dólares _____ el alquiler de un coche _____ poder llegar a tiempo.
6. Mi hijo estudia _____ médico y _____ eso yo nunca tengo dinero.
7. ¿A qué hora pasas _____ mí? Quiero ir a pasear _____ el centro.
8. Necesito información. _____ ejemplo, ¿ _____ quién fue escrita esa novela?
9. Rubén es muy alto _____ su edad.
10. _____ esa fecha, debemos tener el trabajo terminado _____ completo.

C El subjuntivo con verbos de voluntad o deseo

Complete las siguientes oraciones usando el infinitivo o el subjuntivo de los verbos que aparecen entre paréntesis, según corresponda.

1. Él nos sugiere que _____ (ir) a la Misa del Gallo.
2. Ellos no quieren que sus hijos _____ (ser) supersticiosos.
3. Quiero que Uds. _____ (disfrutar) de la fiesta de Año Nuevo.

4. Te ruego que no _____ (dejar) solos a los niños. No quiero que _____ (estar) mucho tiempo solos.
5. Mi padre me aconseja que me _____ (dedicar) a estudiar, pero yo prefiero _____ (trabajar).
6. Te prohíbo que _____ (usar) amuletos.
7. Mi mamá nos exige que siempre _____ (decir) la verdad. No quiere que le _____ (mentir).
8. Los niños insisten en que el Día de Reyes nosotros _____ (acostar) temprano y que _____ (levantar) temprano.
9. Él siempre me pide que (yo) _____ (poner) el nacimiento, pero no me quiere _____ (ayudar) cuando lo hago.
10. A Teresa no le permiten _____ (brindar) con sidra.

D El subjuntivo con expresiones impersonales de voluntad o deseo

Forme oraciones con las siguientes frases, comenzando con las expresiones que aparecen entre paréntesis. Use el subjuntivo o el infinitivo, según corresponda.

1. estudiar todos los días (Es importante)
2. ir al hospital (Es urgente)
3. ella saber conducir (Es conveniente)
4. viajar en pleno verano (Es mejor)
5. ustedes venir a fines de enero (Es necesario)
6. nosotros comprar flores (Es preferible)

E El subjuntivo con verbos de emoción

Forme oraciones con las siguientes frases. Use el subjuntivo o el infinitivo, según corresponda.

1. Siento / tú no puedes ir a misa hoy
2. Lamento / ella no ve los fuegos artificiales
3. Me alegro de / Uds. están libres hoy
4. Ellos temen / ellos no tienen tiempo
5. Sergio siente / nosotros no vamos con él
6. Ellos se alegran de / ellos viven por aquí
7. Espero / Elsa viene pronto
8. Temo / él no sabe dónde es la fiesta
9. Espero / mi hijo pasa más tiempo conmigo

F El subjuntivo con verbos o expresiones impersonales de emoción

Complete las siguientes oraciones usando los verbos que aparecen entre paréntesis.

1. Es de esperar que ellos _____ (poner) el pesebre hoy.
2. Es sorprendente que tú no _____ (llevar) flores al cementerio.
3. Ojalá que ellos no nos _____ (preparar) muchas bromas.
4. Es una lástima que mi esposo no _____ (estar) aquí.

5. Es una suerte que ellos _____ (poder) venir hoy.
6. Es lamentable que nosotros _____ (tener) que cambiar nuestros planes.

G ¿Recuerda el vocabulario?

Complete las siguientes oraciones con palabras y expresiones de la **Lección 4**.

1. Los niños de por _____ creen en los tres _____ Magos.
2. El 24 de diciembre celebramos la _____ y el 25 la _____ .
3. En los Estados Unidos se celebra el Día de _____ de Gracias.
4. Fuimos al cementerio a visitar la _____ de mi bisabuela. Llevamos _____ y flores.
5. El 4 de julio fuimos a ver los _____ artificiales.
6. En la fiesta de _____ de Año nosotros _____ con sidra.
7. La Virgen de Caacupé es la _____ patrona Paraguay.
8. Eva está enferma y por eso no puede ir a la fiesta. ¡Es una _____!
9. Marcelo tomó _____ en el desfile del _____ de la Independencia.
10. Ella cree que una _____ de conejo y un _____ de cuatro hojas traen buena suerte.
11. El 31 de diciembre es la _____ de Año Nuevo.
12. Leo es un _____ del zodíaco.

H Cultura

Circule la información correcta.

1. Paraguay y (Perú, Bolivia) no tienen salida al mar.
2. La represa de Itaipú se construyó sobre el río (Paraná, Paraguay).
3. La música paraguaya es una mezcla de las culturas española y (guaraní, inca).
4. La capital de Paraguay es (Montevideo, Asunción).
5. Paraguay fue escogido como escenario de la película (*Evita*, *La misión*).

LECCIÓN 5

Mente sana en cuerpo sano

En un gimnasio, este grupo participa
en una clase de boxeo para hacer ejercicio.

Mente sana en cuerpo sano

CD-ROM   STUDENT AUDIO
For preparation, do the **Ante todo** activities found on the CD-ROM.

Lucía y su esposo Mario viven en Caracas, Venezuela. Lucía está muy preocupada porque Mario tiene el colesterol muy alto. El médico le dice que baje de peso y que haga ejercicio, pero Mario no cree que eso sea necesario. Lucía duda que él cambie de actitud.

LUCÍA —Oye, Mario. El otro día me dijiste que querías adelgazar y que siempre estabas cansado. Aquí hay un artículo que quiero que leas cuando tengas tiempo.

MARIO —Puedo leerlo ahora mismo. (*Lee.*) Diez reglas infalibles para conservar la salud... Ya me estás dando lata. Yo siempre como bien y hago ejercicio...

LUCÍA —El único ejercicio que tú haces es caminar hacia el refrigerador y cambiar los canales en la televisión. Y ahora que lo pienso, ¿quién se comió las albóndigas, las chuletas y el pastel de manzana que sobró?

MARIO —Yo creo que fue el perro.

LUCÍA —En serio, ¿por qué no te haces socio de un gimnasio? Marcelo conoce uno que es muy bueno.

MARIO —Tú quieres que yo vaya al gimnasio, que levante pesas, que tome clases de karate... En fin, esperas que me convierta en un superhombre.

LUCÍA —¡Cómo exageras, Mario! Pero el médico quiere que pierdas unos quince kilos[1].

MARIO —¡Bah! Ese doctor quiere que yo viva contando calorías y muriéndome de hambre. Además, yo no soy gordo; lo que pasa es que soy bajo para mi peso.

LUCÍA —(*Se ríe.*) Sí, para ese peso tienes que medir un metro noventa... Pero, según un estudio realizado últimamente, es necesario hacer ejercicios vigorosos frecuentemente para mantenerse joven.

MARIO —¡Ajá! ¡Lo que tú quieres es un esposo joven! Bueno, te voy a hacer caso. Hagámonos socios de un club, pero no vayamos al que le gusta a Marcelo, porque es carísimo. Necesitamos encontrar uno que sea más económico.

LUCÍA —Está bien, pero empecemos por ponernos a dieta.

MARIO —Bueno, con tal de que me dejes en paz, hago cualquier cosa.

Mario lee las reglas para conservar la salud.

---

[1] En los países de habla hispana se usa el sistema métrico decimal. Un kilo equivale a 2,2 libras; un centímetro equivale a 0,39 pulgadas y un metro equivale a 3,2 pies.

Diez reglas infalibles para conservar la salud

Si quiere mantenerse sano y sentirse siempre lleno de energía, es importante que haga lo siguiente:

1. Tenga una dieta balanceada.
2. Haga ejercicio todos los días.
3. Evite las drogas y el tabaco.
4. Evite el estrés y duerma de seis a ocho horas todas las noches.
5. Beba moderadamente o no beba.
6. Disminuya el consumo de grasas.
7. Aumente el consumo de alimentos que contienen fibra.
8. Limite el consumo de sal.
9. Beba por lo menos ocho vasos de agua al día.
10. Mantenga un peso adecuado.

Dígame

En parejas, contesten las siguientes preguntas basadas en el diálogo.

1. ¿Por qué está preocupada Lucía?
2. ¿Qué le dice el médico a Mario? ¿Cree él que eso es necesario?
3. ¿Qué duda Lucía?
4. Según Lucía, ¿cuál es el único ejercicio que hace Mario?
5. ¿Cuántos kilos quiere el médico que pierda Mario?
6. ¿Por qué es una buena idea hacer ejercicios vigorosos?
7. ¿Qué dice Mario que va a hacer? ¿Por qué no quiere ir al gimnasio que le gusta a Marcelo?
8. ¿Qué dice Lucía que deben hacer los dos? ¿Qué va a hacer Mario con tal de que Lucía lo deje en paz?
9. Según el artículo, ¿qué debemos evitar si queremos tener buena salud?
10. ¿Qué alimentos son buenos para la salud? ¿Cuántos vasos de agua debemos beber al día?
11. ¿Ud. cree que Mario va a empezar a cuidarse más? ¿Por qué o por qué no?
12. De las reglas mencionadas en el artículo, ¿cuáles son las dos más importantes para Ud.?

Perspectivas socioculturales

INSTRUCTOR WEBSITE
Your instructor may assign the preconversational support activities found in **Perspectivas socioculturales**.

En todo el mundo, la gente va creando conciencia (*are becoming aware*) de la importancia de la salud preventiva. Haga lo siguiente:

1. Durante unos cinco minutos, converse con dos compañeros sobre el siguiente tema: En su sociedad, ¿se le da suficiente importancia a prevenir los problemas de la salud?
2. Participe con el resto de la clase en la discusión del tema cuando su profesor(a) se lo indique.

Vocabulario

Nombres

la albóndiga   meatball
el alimento   food, nourishment, nutrient
el canal   channel
la chuleta   chop
el consumo   consumption
el cuerpo   body
el estrés, la tensión nerviosa   stress
la grasa   fat
la libra   pound
la mente   mind
el pastel   pie
el peso   weight
el pie   foot
la pulgada   inch
la regla   rule
la salud   health
el (la) socio(a)   member

Verbos

adelgazar, perder (e → ie) (bajar de) peso   to lose weight
aumentar   to increase
caminar   to walk

convertirse (e → ie) (en)   to become
disminuir (yo disminuyo)[1]   to decrease, to lessen
evitar   to avoid
exagerar   to exaggerate
hacerse   to become
mantenerse (*conj. like* **tener**)   to keep oneself, to stay (*e.g., young or healthy*)
medir (e → i)   to be . . . tall,[2] to measure
realizar   to do, to make
sobrar   to be left over

Adjetivos

joven   young
lleno(a)   full
sano(a)   healthy
único(a)   only

Otras palabras y expresiones

ahora mismo   right now
al (por) día   a (per) day
cambiar de actitud   to change one's attitude

---

[1] This change is discussed in **Apéndice B**, under **"Verbos de cambios ortográficos,"** number 10.

[2] **¿Cuánto mide Ud.?** = How tall are you?

cualquier cosa   anything
darle lata (a alguien)   to annoy or pester (somebody)
dejar en paz   to leave alone
hacer caso   to pay attention, to obey
hacer ejercicio   to exercise
hacerse socio(a)   to become a member (*of a club*)
levantar pesas   to lift weights

lo que pasa es que   the truth of the matter is that
lo siguiente   the following
mantenerse joven   to keep young
morirse (o → ue) de hambre   to die of hunger, to starve to death
ponerse a dieta   to go on a diet
últimamente   lately
una dieta balanceada   a balanced diet

Ampliación

Otras palabras relacionadas con la salud y la nutrición

el calcio   calcium
los carbohidratos, los hidratos de carbono   carbohydrates
descansar   to rest
el ejercicio ligero   light exercise
engordar, ganar peso   to gain weight
la fuente de energía   energy source
el hierro   iron
la proteína   protein
el reposo   rest
la vitamina   vitamin

Algunos vegetales

el ají, el pimiento verde   green pepper
el ajo   garlic
el apio   celery
el brécol, el bróculi   broccoli
la cebolla   onion
la espinaca   spinach
el hongo, la seta   mushroom
la lechuga   lettuce
el pepino   cucumber
el rábano   radish
la remolacha   beet
el repollo, la col   cabbage
la zanahoria   carrot

Hablando de todo un poco

CD-ROM
Go to **Vocabulario** for additional vocabulary practice.

Preparación   Circule la palabra o frase que no pertenece en cada grupo.

1. albóndiga   chuleta   canal
2. bajar de peso   adelgazar   engordar
3. bróculi   pulgada   espinaca
4. sobrar   hacer ejercicio levantar pesas
5. hierro   calcio   grasa
6. remolacha   cuerpo   rábano
7. pie   libra   pulgada
8. exagerar   disminuir   aumentar

9. en seguida	cualquier cosa	ahora mismo
10. ajo	ají	pimiento verde
11. repollo	col	zanahoria
12. pastel	apio	pepino
13. hongo	cebolla	seta
14. ponerse a dieta	morirse de hambre	hacerse socio
15. fuente de energía	ejercicio ligero	carbohidrato
16. no dejar en paz	mantenerse joven	dar lata
17. realizar	obedecer	hacer caso
18. últimamente	recientemente	desgraciadamente
19. regla	brécol	alimento
20. una dieta balanceada	sano	único

En grupos de tres o cuatro, hagan lo siguiente:

A. **Platos vegetarianos.**   Hablen de las verduras que necesitan usar para preparar los siguientes platos:

1. una ensalada mixta
2. una sopa de verduras
3. un guiso (*stew*) de vegetales
4. sándwiches de verduras

B. **Comidas saludables**

1. Hablen de los alimentos que tienen carbohidratos, de los que tienen proteína, de los que tienen calcio, de los que tienen hierro y de los que tienen diversas vitaminas importantes.
2. Ahora preparen el menú de la cena más balanceada y saludable que puedan ofrecerles a sus compañeros de clase.

C. **Normas diarias de prevención**

1. ¿Qué cosas deben hacer y qué deben evitar para tener buena salud?
2. ¿Qué comidas se deben comer y qué comidas se deben evitar si hacemos dieta?
3. ¿Qué ejercicios se pueden hacer para mantenerse en forma?

Palabras problemáticas

A. **Bajo** y **corto** como equivalentes de *short*

- **Bajo** es el opuesto de **alto**; equivale a *short* cuando se refiere a estatura (*height*).

  Mi hermana sólo mide cinco pies; es muy **baja**.

- **Corto** es el opuesto de **largo**; equivale a *short* cuando se refiere a longitud (*length*).

  Ese vestido no te queda muy bien. Te queda muy **corto**.

  La distancia entre tu casa y la de mis padres es muy **corta**.

B. **Convertirse, ponerse** y **hacerse** como equivalentes de *to become*

- **Convertirse en** es equivalente a *to turn into*.

  Hizo mucho frío y el agua **se convirtió en** hielo.

  Ganó la lotería y, de la noche a la mañana (*overnight*), **se convirtió en** un hombre rico.

- **Ponerse** (+ adjetivo) equivale a *to become* cuando se refiere a adoptar o asumir cierta condición o estado.

  Él **se puso** pálido (*pale*) cuando nos vio.

  Yo **me pongo** nerviosa cuando tengo exámenes.

- **Hacerse** equivale a *to become* cuando se refiere a una profesión u oficio.

  Marta **se hizo** médica y Luis **se hizo** electricista.

llegar a ser — to become

Práctica

Complete los siguientes diálogos y represéntelos con un(a) compañero(a).

1. —¿Por qué sacaste una "F" en el examen de ayer?
   —Porque _____ muy nervioso.

2. —¿Qué sabes de Luis?
   —_____ abogado y ahora vive en Chile.

3. —¿Gonzalo perdió todo su dinero?
   —Sí, _____ un hombre pobre de la noche a la mañana.

4. —¿El viaje de Buenos Aires a Asunción es largo?
   —No, es _____ si vas en avión.

5. —¿Elena es alta o _____?
   —Es de estatura mediana.

Your instructor may carry out the **¡Ahora escuche!** listening activity found in the **Answers to Text Exercises**.

¡Ahora escuche!

Se leerá dos veces una breve narración sobre ciertos problemas que tiene Carlitos. Se harán aseveraciones sobre la narración. En una hoja escriba los números de uno a diez e indique si cada aseveración es verdadera (V) o falsa (F).

El mundo hispánico

Dos países sudamericanos

Lucia y Mario

Cuando Américo Vespucio llegó a estas tierras y vio las casas sobre pilotes° donde vivían los indígenas en las orillas° del lego Maracaibo, recordó las de Venecia y nombró el lugar Venezuela, que significa "pequeña Venecia". Situado al norte de Sudamérica, Venezuela es un país tropical que tiene lugares de extraordinaria belleza. Aquí está el famoso Salto° Ángel, que es el más alto del mundo y que constituye una de las mayores atracciones del país. Hay más de trescientas islas que pertenecen a Venezuela. El año pasado nosotros fuimos de vacaciones a Margarita, que, por sus hermosas playas, es la más popular entre los turistas.

stakes

shores

waterfall

El petróleo es una de las mayores fuentes de riqueza° de nuestro país y éste es su principal producto de exportación. Nosotros vivimos en Caracas, la capital, una ciudad llena de contrastes. En el centro histórico está la casa donde nació Simón Bolívar,

fuentes ... sources of wealth

STUDENT WEBSITE
Go to **El mundo hispánico** for prereading and vocabulary activities.

el Libertador de América. Esta casa es hoy un museo nacional. En la parte moderna encontramos autopistas y rascacielos° que se extienden por toda la ciudad. ¡Ah!, y estamos muy orgullosos del sistema de carreteras de Venezuela porque es el más extenso de Latinoamérica.

skyscrapers

El mes próximo vamos a ir a Colombia, nuestro país vecino. Colombia es el cuarto país en extensión en América Latina. Nosotros pensamos pasar varios días en Bogotá, la capital, porque allí tenemos muy buenos amigos. También queremos visitar Medellín, la segunda ciudad en tamaño del país, y la antigua ciudad de Cartagena, famosa por sus edificios coloniales.

En Bogotá no queremos dejar de visitar el Museo del Oro ni la famosa Catedral de Sal que se construyó en las minas de sal en 1954. Las minas están a sólo 35 millas de la capital. Mario quiere comprar algunos de los libros de Gabriel García Márquez, el escritor colombiano que en 1982 recibió el Premio Nobel de Literatura. Yo sueño con comprar un anillo° con una esmeralda porque las esmeraldas de este país están consideradas como las mejores del mundo. Miren el mapa de Venezuela y de Colombia en la página anterior para que tengan una buena idea de estos países.

ring

Sobre Venezuela y Colombia

En parejas, túrnense para contestar las siguientes preguntas.

1. ¿Cuáles son los límites de Venezuela al norte, al sur, al este y al oeste? ¿Cuáles son los límites de Colombia?
2. ¿Qué significa el nombre Venezuela y quién le dio este nombre al país?
3. ¿Qué famoso salto se encuentra en Venezuela? ¿Cuántas islas pertenecen al país? ¿Cuál es la más popular?
4. ¿Cuál es el principal producto de exportación de Venezuela?
5. ¿Qué encontramos en el centro histórico de Caracas? ¿Qué se ve en la parte moderna?
6. ¿Quién fue Simón Bolívar?
7. ¿Cuál es la capital de Colombia? ¿Qué otras ciudades importantes hay?
8. En Bogotá, ¿qué lugares piensan visitar Mario y Lucía?
9. ¿Por qué le interesa a Mario comprar libros de Gabriel García Márquez?
10. ¿Con qué sueña Lucía? ¿Por qué?

Hablemos de su país

INSTRUCTOR WEBSITE
STUDENT WEBSITE
Your instructor may assign the preconversational activities in **Hablemos...** (under **Hablemos de su país**). Go to **Hablemos de su país** (under **...y escribamos**) for postconversational web search and writing activities.

Américo Vespucio le dio a Venezuela este nombre, que significa "pequeña Venecia", porque el lugar le recordó a Venecia. Reúnase con otro(a) compañero(a) y conteste lo siguiente: ¿Cómo se llama la región donde vive o de donde es originalmente? ¿Sabe por qué se la nombró así?

Luego cada pareja compartirá las respuestas con toda la clase.

Una tarjeta postal

Ésta es una tarjeta postal que Lucía, quien visita Colombia con su esposo Mario, le manda a una de sus amigas.

Querida Inés:

¡Qué interesante es Bogotá! Ayer estuvimos en el Museo del Oro, que tiene una colección de veinte mil piezas, la mayoría de ellas de arte prehispánico. Por la noche fuimos a una discoteca a bailar cumbia.

La semana pasada estuvimos en Cartagena, una ciudad colonial. Todavía estoy tratando de convencer a Mario para que me compre una esmeralda.

Un abrazo,

Lucía

Después de leer la tarjeta

1. ¿Qué dice Lucía de Bogotá?
2. ¿Qué hay en el Museo del Oro?
3. ¿Adónde fueron Lucía y Mario anoche? ¿Qué tipo de música bailaron?
4. ¿Qué sabemos de Cartagena?
5. ¿Qué quiere Lucía que Mario le compre?

Estructuras gramaticales

STUDENT WEBSITE
Do the **¿Cuánto recuerda?** pretest to check what you already know on the topics covered in this **Estructuras gramaticales** section.

1 El imperativo: **Ud. y Uds.**

○ The command forms for **Ud.** and **Uds.**[1] are identical to the corresponding present subjunctive forms.

A Formas regulares

		Ud.		Uds.	
-ar verbs	cantar	cant	**-e**	cant	**-en**
-er verbs	beber	beb	**-a**	beb	**-an**
-ir verbs	vivir	viv	**-a**	viv	**-an**

—¿A qué hora salimos mañana?　　*"What time shall we leave tomorrow?"*
—**Salgan** a las siete.　　*"Leave at seven."*

—¿Qué hago ahora?　　*"What shall I do now?"*
—**Lea** este artículo.　　*"Read this article."*

 Negative **Ud./Uds.** commands are formed by placing **no** in front of the verb.

No salgan mañana.

B Formas irregulares

	dar	estar	ser	ir
Ud.	dé	esté	sea	vaya
Uds.	den	estén	sean	vayan

—¿Cuándo quiere que vaya al club?　　*"When do you want me to go to the club?"*
—**Vaya** hoy mismo.　　*"Go today." (this very day)*

C Posición de las formas pronominales con el imperativo

○ With *affirmative commands,* the direct and indirect object pronouns and the reflexive pronouns are *attached to the end of the verb,* thus forming only one word.

—¿Le traigo las cartas?　　*"Shall I bring you the letters?"*
—Sí, **tráigamelas**[2].　　*"Yes, bring them to me."*

---

[1] The commands for **tú** will be studied in **Lección 6**.

[2] Accents in affirmative commands are discussed in **Apéndice A,** under "**El acento ortográfico,**" number 7.

○ With *negative commands*, the pronouns are *placed before the verb.*

—¿Tengo que hacerlo ahora?   *"Do I have to do it now?"*
—No, no **lo haga** todavía; descanse un rato.   *"No, don't do it yet; rest a while."*

CD-ROM
Go to Estructuras **gramaticales** for additional practice.

Práctica

A. Ud. es médico(a) y está hablando con uno de sus pacientes. Usando el imperativo, dígale lo que tiene que hacer y lo que no debe hacer.

1. evitar el estrés y dormir por lo menos seis horas al día
2. disminuir el consumo de sal
3. no preocuparse demasiado
4. tomar la medicina dos veces al día, pero no tomarla con el estómago vacío
5. volver en dos semanas
6. darle este papel a la recepcionista y pedirle un turno
7. llamarlo(a) si tiene algún problema

Ahora dígale a su paciente tres cosas más que debe o no debe hacer.

B. Ud. tiene dos empleados que encuentran toda clase de excusas para no hacer lo que Ud. les dice. Escriba las órdenes que Ud. les da, usando el imperativo.

1. —_____
   —Ahora no podemos escribir las cartas porque no tenemos tiempo.
2. —_____
   —Tampoco podemos traducirlas al español porque no tenemos suficiente vocabulario.
3. —_____
   —Ahora no podemos ir al correo porque nos duelen los pies.
4. —_____
   —No podemos llevarle los documentos al Sr. Díaz porque él está de vacaciones en España.
5. —_____
   —No podemos preparar todos los informes para esta tarde porque tenemos que ir a almorzar.
6. —_____
   —No podemos estar aquí mañana temprano porque los dos vivimos muy lejos.
7. —_____
   —Bueno... podemos encontrar otro empleo fácilmente.

C. En parejas, hagan una lista de sugerencias para los que quieren lograr los siguientes objetivos. Usen el imperativo.

1. mantener un promedio alto en la universidad
2. pasar un fin de semana divertido en la ciudad donde está la universidad
3. mantener buenas relaciones con sus padres y hermanos
4. tener "mente sana en cuerpo sano"

D. Ahora el (la) profesor(a) va a dividir la clase en varios grupos de hombres y mujeres. Cada grupo discutirá las estrategias y las prácticas necesarias para ser "superhombres" o "supermujeres" y hará una lista de sugerencias, usando el imperativo. Al terminar la discusión, cada grupo le presentará sus recomendaciones a la clase.

2   El imperativo de la primera persona del plural

A. Usos y formas

○ The first person plural of an affirmative command (*let's* + *verb*) may be expressed in two different ways in Spanish.

    1. By using the first person plural of the present subjunctive.

        —**Hablemos** con los socios del club.   *"Let's talk with the members of the club."*

        —Sí, **hagámoslo** hoy mismo.   *"Yes, let's do it today."*

    2. By using **vamos a** + *infinitive*.

        Vamos a hacer lo siguiente.   *Let's do the following.*

○ To express a negative first person plural command, only the subjunctive is used.

    No caminemos hoy.   *Let's not walk today.*

○ With the verb **ir,** the present indicative is used for the affirmative command. The subjunctive is used only for the negative.

    Vamos.   *Let's go.*
    No vayamos.   *Let's not go.*

B. Posición de las formas pronominales

○ As with the **Ud.** and **Uds.** command forms, direct and indirect object pronouns and reflexive pronouns are attached to an affirmative command, but precede a negative command.

    —¿Qué le decimos a Oscar?   *"What do we say to Oscar?"*
    —**Digámosle**[1] que tiene que perder peso.   *"Let's tell him that he has to lose weight."*

    —No, no **le digamos** eso.   *"No, let's not tell him that."*

○ When the first person plural command is used with a reflexive verb, the final **s** of the verb is dropped before adding the reflexive pronoun **nos.**

    Vistamos + nos → **Vistámonos.**[1]
    Levantemos + nos → **Levantémonos.**[1]

---

[1] Like the other affirmative commands, the **nosotros** affirmative command takes an accent on the vowel of the verb's stressed syllable when object pronouns are attached: **comprémosle, comprémoselas...**

⊙ The final **s** is also dropped before adding the indirect object pronoun **se.**

Digamo~~s~~ + selo → **Digámoselo.**
Pidamo~~s~~ + selo → **Pidámoselo.**

Práctica

CD-ROM
Go to **Estructuras gramaticales** for additional practice.

A. Ud. y un(a) compañero(a) están en un restaurante. Usen la información dada para decir lo que van a hacer.

MODELO: —¿Para qué hora reservamos la mesa?   (las nueve)
             —*Reservémosla para las nueve.*

  1. ¿Dónde nos sentamos?   (cerca de la ventana)
  2. ¿Nos sentamos en la sección de fumar?   (no)
  3. ¿Qué le pedimos al mozo?   (el menú)
  4. ¿Pedimos el vino ahora?   (no)
  5. ¿Le decimos al mozo que el bistec está crudo?   (sí)
  6. ¿Le ponemos aceite y vinagre a la ensalada?   (sí)
  7. ¿Pedimos la cuenta ahora?   (sí)
  8. ¿Le dejamos propina al mozo?   (sí)

B. Ud. y un(a) compañero(a) van a ir de viaje. Digan todo lo que deben hacer con respecto a lo siguiente.

MODELO: pasajes
             E1:   —*Compremos los pasajes.*
             E2:   —*Sí, vamos a comprar los pasajes.*

  1. los documentos
  2. las reservaciones
  3. los cheques de viajero
  4. el perro
  5. el coche
  6. las maletas
  7. la casa
  8. todas las puertas y ventanas

C. Ud. y un(a) compañero(a) van a ponerse a dieta y están tratando de planear actividades para adelgazar. Cuando uno(a) de Uds. propone una actividad, el otro (la otra) la rechaza y propone otra. Propongan unas seis actividades, siguiendo el modelo.

MODELO: E1:   —*Caminemos dos horas todos los días.*
             E2:   —*No, no caminemos dos horas; caminemos una.*

3 El subjuntivo para expresar duda, incredulidad y negación

A El subjuntivo para expresar duda o incredulidad

○ When the verb of the main clause expresses doubt or uncertainty, the verb in the subordinate clause is in the subjunctive.

—Luis cree que Rosa necesita disminuir el consumo de sal.
—**Dudo** que ella lo **haga**.

"Luis thinks Rosa needs to decrease her salt intake."
"I doubt that she will do it."

—¿Tú vas a ir con él?
—**Dudo** que **pueda** ir.

"Are you going with him?"
"I doubt that I can go."

atención   When doubt is expressed, the subjunctive always follows the verb **dudar** even if there is no change of subject. When no doubt is expressed, and the speaker is certain of what is said in the subordinate clause, the indicative is used.

Dudo que **pueda** hacerse socio.   *I doubt that he can become a member.*
No dudo que **puede** hacerse socio.   *I don't doubt that he can become a member.*

○ The subjunctive follows certain impersonal expressions that indicate doubt. The most common expressions are:

es difícil[1]   *it is unlikely*
es dudoso   *it is doubtful*
es (im)posible[2]   *it is (im)possible*

es (im)probable   *it's (im)probable, it's (un)likely*
puede ser   *it may be*

—¿Quieres ir al gimnasio este fin de semana?
—**Es difícil** que yo **tenga** el fin de semana libre, pero **puede ser** que Daniel **pueda** ir contigo.

"Do you want to go to the gym this weekend?"
"It's unlikely that I'll have the weekend off, but maybe Daniel can go with you."

○ The verb **creer** is followed by the subjunctive when it is used in negative sentences to express disbelief. It is followed by the indicative in affirmative sentences when it expresses belief or conviction.

—Yo **creo** que **podemos** hacer ejercicio.
—No, **no creo** que **tengamos** tiempo.

"I think we can exercise."
"No, I don't think we'll have time."

atención   When the verb **creer** is used in a question, the indicative is used if no doubt or opinion is expressed. The subjunctive is used to express doubt about what is being said in the subordinate clause.

¿**Crees** que **podemos** hacer ejercicio?   (Yo creo que sí, o no expreso mi opinión.)
¿**Crees** que **podamos** hacer ejercicio?   (Yo lo dudo.)

---

[1] If there is no subject, the infinitive is used with **difícil**.
   Es difícil **poder** estudiar aquí.

[2] If there is no subject, the infinitive is used with (**im**)**posible**.
   Es imposible **salir** por esa puerta.

B El subjuntivo para expresar negación

- When the verb in the main clause denies what is said in the subordinate clause, the subjunctive is used.

—Dicen que ese médico es millonario. — *"They say that doctor is a millionaire."*
—Pues él **niega** que su capital **pase** de los quinientos mil dólares. — *"Well, he denies that his capital exceeds five hundred thousand dollars."*
—Ellos deben de tener mucho dinero porque gastan mucho. — *"They must have a lot of money because they spend a lot."*
—Es verdad que gastan mucho, pero **no es cierto** que **tengan** mucho dinero. — *"It's true that they spend a lot, but it isn't true that they have a lot of money."*

atención

When the verb in the main clause does not deny, but rather confirms, what is said in the subordinate clause, the indicative is used.

Él **no niega** que su capital **pasa** de los quinientos mil dólares.
Es cierto que **tienen** mucho dinero.

CD-ROM
Go to **Estructuras gramaticales** for additional practice.

Práctica

A. En parejas, den su opinión sobre las siguientes aseveraciones, expresando duda, incredulidad o negación.

1. Olga pesa (*weighs*) cien libras. Necesita perder peso.
2. Luis duerme once horas por noche.
3. Nosotros siempre estamos sentados, mirando la tele. Hacemos mucho ejercicio.
4. El apio tiene mucha grasa.
5. Susana come solamente carne y pasta. Tiene una dieta balanceada.
6. Pedro come muy poco y hace ejercicio. Quiere engordar.
7. Marcelo fuma mucho, pero dice que puede dejar de fumar fácilmente.
8. Paco come mucha carne y mucho queso para que le baje el colesterol.
9. Fernando mide un metro noventa. Es bajo.
10. Levantar pesas es un ejercicio ligero.

B. Complete las siguientes frases de un modo original. Luego compare sus respuestas con las de un(a) compañero(a).

1. No es verdad que yo...
2. Yo no niego que mis padres...
3. Es difícil que un estudiante...
4. No es posible que un niño...
5. Es cierto que mis clases...
6. Es dudoso que nosotros...
7. Estoy seguro(a) de que Uds...
8. Creo que mi amiga...
9. Yo no creo que el profesor...
10. Yo niego que mi familia...

4 El subjuntivo para expresar lo indefinido y lo inexistente

○ The subjunctive is always used when the subordinate clause refers to an indefinite, hypothetical, or nonexistent object or person.

—Busco una persona que **hable** francés.   *"I'm looking for someone who speaks French."*

—Aquí no hay nadie que **sepa** hablar francés.   *"There's no one here who knows how to speak French."*

—Queremos una casa que **tenga** piscina.   *"We want a house that has a swimming pool."*

—En este barrio no hay ninguna casa que **tenga** piscina.   *"In this neighborhood there is no house that has a swimming pool."*

—¿Hay algún restaurante aquí que **sirva** comida mexicana?   *"Is there any restaurant here that serves Mexican food?"*

—No, no hay ningún restaurante aquí que **sirva** comida mexicana.   *"No, there is no restaurant here that serves Mexican food."*

atención

Note that the personal **a** is not used when the noun does not refer to a specific person. If the subordinate clause refers to existent, definite, or specified objects, persons, or things, the indicative is used.

Aquí hay una chica que **sabe** hablar francés.   *There is a girl here who knows how to speak French.*

Vivo en una casa que **tiene** piscina.   *I live in a house that has a swimming pool.*

Aquí hay muchos restaurantes que **sirven** comida mexicana.   *There are many restaurants here that serve Mexican food.*

CD-ROM
Go to **Estructuras gramaticales** for additional practice.

Práctica

A. ¿Qué es lo que estas personas tienen y qué buscan o quieren? ¿Qué hay y qué no hay? Dígalo Ud. usando su imaginación. Luego compare sus respuestas con las de un(a) compañero(a).

1. Yo quiero una casa que...
2. Nosotros buscamos un gimnasio que...
3. En la ciudad donde yo vivo hay muchos restaurantes que...
4. En la clase de español no hay nadie que...
5. Yo prefiero vivir en una ciudad que...
6. Mi amiga busca un esposo que...
7. En esta universidad hay muchos profesores que...
8. En nuestra familia no hay nadie que...
9. Yo tengo un amigo que...
10. Mis padres necesitan a alguien que...
11. En mi barrio hay muchas chicas que...
12. No hay ningún estudiante que...
13. En el gimnasio, no hay miembros que...
14. En el club hay personas que...
15. Necesitamos seguir una dieta que...

B. Ud. y un(a) compañero(a) de clase van a representar el papel de una persona que es nueva en una ciudad y el de otra que es residente. La persona nueva pide información acerca de las cosas que se pueden encontrar en la ciudad y el (la) residente contesta sus preguntas. Siga el modelo.

MODELO: —¿Hay algunas casas que sean baratas?
            —No, no hay ninguna que sea barata.

            (Sí, hay algunas que son baratas.)

5   Expresiones que requieren el subjuntivo o el indicativo

A   Expresiones que siempre requieren el subjuntivo

○ Some expressions are always followed by the subjunctive. Here are some of them.

a fin de que	*in order that*	**en caso de que**	*in case*
a menos que	*unless*	**para que**	*so that*
antes (de) que	*before*	**sin que**	*without*
con tal (de) que	*provided that*		

—¿No va al gimnasio?   *"Aren't you going to the gym?"*
—No puedo ir **a menos que** Ana   *"I won't be able to go unless Ana takes me."*
  me **lleve.**
—La voy a llamar **para que venga**   *"I'll call her so that she'll come for you."*
  por Ud.
—Está bien, pero llámela **antes de**   *"Okay, but call her before she leaves home."*
  que salga de su casa.

Práctica

CD-ROM
Go to **Estructuras gramaticales** for additional practice.

A. Termine las siguientes oraciones según su propia experiencia. Compare sus respuestas con las de sus compañeros(as).

1. Siempre vengo a mis clases, a menos que...
2. Voy a estudiar mucho en caso de que el profesor (la profesora)...
3. Voy a llamar a un(a) compañero(a) de clase para que...
4. No voy a poder terminar el trabajo sin que tú...
5. El sábado voy a ir a la biblioteca con tal de que...
6. No voy a comprar los libros para el semestre próximo antes de que...

B. Combine cada par de oraciones en una sola, utilizando las expresiones estudiadas. Haga los cambios necesarios.

1. No podemos bajar de peso.
   Hacemos ejercicio.
2. Yo puedo hacerme socio del club.
   Uds. me dan el dinero.
3. Voy a comprar las verduras.
   Mamá hace la sopa.

4. Voy a decirles a los socios que estén aquí a las dos.
La dietista quiere hablar con ellos.
5. Voy a limpiar mi casa.
Mi suegra viene a vernos.
6. No puedo salir de casa.
Los niños me ven.

B Expresiones que requieren el subjuntivo o el indicativo

● The subjunctive is used after certain conjunctions of time when the main clause expresses a future action or is a command. Notice that the actions in the subordinate clauses of the following examples have not yet occurred.

—¿Vamos a la estación ahora?   *"Are we going to the station now?"*
—No, vamos a esperar **hasta que venga** Eva.   *"No, we are going to wait until Eva comes."*
—Bueno, llámeme **en cuanto** ella **llegue**.   *"Well, call me as soon as she arrives."*

Some conjunctions of time are:

así que	*as soon as*	**en cuanto**	*as soon as*
cuando	*when*	**hasta que**	*until*
después (de) que	*after*	**tan pronto (como)**	*as soon as*

If there is no indication of a future action, the indicative is used.

Hablé con ella **en cuanto** la **vi.**   *I spoke with her as soon as I saw her.*
Siempre **hablo** con ella **en cuanto** la **veo.**   *I always speak with her as soon as I see her.*

Práctica

CD-ROM
Go to **Estructuras gramaticales** for additional practice.

A. Cambie las siguientes oraciones apropiadamente.

1. Todos los días Teresa llama a su novio en cuanto llega a casa.
Mañana...
2. Vamos a esperar al entrenador hasta que venga.
Siempre esperamos al entrenador...
3. Ayer leí la página deportiva tan pronto como llegó el periódico.
Esta tarde...
4. Ellos llevaron a María al hospital cuando se dieron cuenta de que estaba enferma.
Ellos van a llevar a María al hospital...
5. Yo siempre compro ropa tan pronto como me pagan.
Voy a comprar ropa...

B. Complete los siguientes diálogos de una manera original y represéntelos con un(a) compañero(a).

1. —¿A qué hora vamos a saiir para el club?
—En cuanto...

2. —¿Hasta cuándo vas a esperar a Ernesto?
   —Hasta que...
3. —¿Cuándo te vas a poner a dieta?
   —Tan pronto como...
4. —¿Vas a ir a caminar con Sergio?
   —Sí, así que...
5. —¿Cuándo me vas a dejar en paz?
   —Cuando...
6. —¿Cuándo crees tú que Nora va a dejar de fumar?
   —En cuanto...
7. —¿Van a ir Uds. al gimnasio hoy?
   —Sí, después de que Raúl...
8. —¿Hasta cuándo van a estar Uds. aquí?
   —Hasta que...

STUDENT WEBSITE
Do the **Compruebe cuánto sabe** self test after finishing this **Estructuras gramaticales** section.

¡CONTINUEMOS!

Una encuesta

Entreviste a sus compañeros de clase para tratar de identificar a aquellas personas que...

1. ...hacen ejercicio por lo menos tres veces por semana.
2. ...tienen una dieta balanceada.
3. ...no fuman.
4. ...no toman bebidas alcohólicas.
5. ...beben por lo menos ocho vasos de agua al día.
6. ...levantan pesas.
7. ...toman clases de karate.
8. ...practican algún deporte.
9. ...son socios de un gimnasio.
10. ...viven contando calorías.
11. ...siguen todas las reglas que aparecen en el artículo.
12. ...duermen más de seis horas al día.

Ahora, divídanse en grupos de tres o cuatro y discutan el resultado de la encuesta.

CD-ROM STUDENT WEBSITE
Go to **De escuchar...a escribir** (in **¿Comprende Ud.?**) on the CD-ROM for activities related to the conversation, and go to **Canción** on the website for activities related to the song.

¿Comprende Ud.?

1. Escuche la siguiente conversación entre Silvia y su médico, que hablan sobre cómo mantener la salud. El objetivo de la actividad es el de escuchar una conversación a velocidad natural. No se preocupe de entenderlo todo, pues esto no se espera de Ud. Después de escuchar la conversación dos veces, Ud. oirá varias aseveraciones. En una hoja, escriba los números de uno a ocho e indique si cada aseveración es verdadera o falsa.
2. Luego escuche la canción y trate de aprenderla.

Hablemos de la salud

En parejas, fíjense en este folleto y contesten las siguientes preguntas.

¡anímate y ven!

Tenemos para ti el más avanzado *programa de trabajo cardiovascular* **en Fitness Professional.**

GIMNASIO ANGEL LOPEZ

Clases de prueba de todas las actividades, sin compromiso

Y muchos otros servicios.
En más de 2000 m².

Actividades
- Aerobic
- Karate infantil y adulto
- Taekwondo
- Gimnasia de mantenimiento
- Gimnasia Rítmica
- Ballet
- Gimnasia con aparatos
- Musculación
- Peso libre olímpico
- Squash
- Sauna (gratuita para socios)

y además
- Gabinete médico y dietético
- Rehabilitación
- Centro de belleza
- Bronceador U.V.A.
- Preparación para cuerpos especiales: Policía, Bomberos, Academias Militares, etc…

Estamos a tu disposición de:
9,00 h. a 22,30 h. lunes a viernes
9,00 h. a 14,00 h. sábados y domingos

Amparo Usera, 14

28026 Madrid

Telf. 476 36 82

¡No cerramos a mediodía!

1. ¿Cómo se llama el centro deportivo y en qué calle está?
2. ¿A qué número de teléfono se debe llamar para pedir información?
3. Si alguien va al gimnasio un sábado a las tres de la tarde, ¿lo va a encontrar abierto? ¿Por qué?
4. ¿Está cerrado el gimnasio de doce a una de la tarde?
5. ¿Qué miembros de la familia pueden asistir al gimnasio?
6. ¿Qué actividades de origen oriental hay en el gimnasio?
7. ¿Los socios del gimnasio tienen que pagar por usar la sauna?
8. De las actividades que ofrece el gimnasio, ¿cuáles les interesan a Uds.?

¿Qué dirían ustedes?

Imagínese que Ud. y un(a) compañero(a) se encuentran en las siguientes situaciones. ¿Qué va a decir cada uno?

1. Un amigo quiere que Uds. le den algunos consejos para perder peso.
2. Un amigo que tiene una vida muy sedentaria les pregunta qué cambios puede hacer para tener una vida más activa.
3. Uds. tienen que dar una pequeña charla sobre la importancia de tener buenos hábitos para conservar la salud.

¡De ustedes depende!

Ud. y su compañero(a) están encargados(as) de aconsejar a estudiantes de habla hispana con problemas de salud. Díganles a estas personas lo que deben hacer y qué alimentos y bebidas deben o no deben consumir.

1. José tiene el colesterol muy alto.
2. Ana sufre de insomnio.
3. Raquel es demasiado delgada.
4. Mario siempre está cansado.
5. Alina es anémica.
6. Marcos sufre de estrés.

Mesa redonda

Según varias encuestas, muchos niños en los Estados Unidos no tienen una buena alimentación. En grupos de cuatro o cinco estudiantes hablen de los problemas que existen, sus causas y las posibles soluciones. Para cada grupo seleccionen un líder que informe al resto de la clase sobre sus ideas.

Lecturas periodísticas

Saber leer   Creación de contextos: la formulación de preguntas

CD-ROM
Go to **Lecturas periodísticas** for additional prereading and vocabulary activities.

Recuerde que la lectura requiere la participación **activa** del lector *antes y durante* la actividad. Otra estrategia para asegurarse de que su lectura sea activa es la de (*that of*) crear contextos formulando preguntas sobre lo que va a leer o sobre lo que está leyendo.

Varios encabezados (*headings*) dividen la siguiente lectura periodística en secciones. Haga lo siguiente.

1. Lea el título y los encabezados.
2. En esta ocasión, le sugerimos las preguntas, una por encabezado.
   a. **Es mejor que...**   ¿Qué hábitos debemos modificar para perder peso?
   b. **Cuidado con...**   ¿Con qué cosas debemos tener cuidado si (*if*) queremos perder peso?
   c. **Evite las dietas que...**   ¿Qué dietas se deben evitar?
   d. **Prefiera los programas que...** ¿Qué programas nos pueden ayudar a perder peso?

3. En parejas, den una respuesta a cada una de las preguntas (antes de leer el artículo).
4. Lea el artículo y compare sus respuestas con las respuestas que se dan en la lectura a cada una de las preguntas.

Para leer y comprender

Al leer detalladamente el artículo, busque las respuestas a las siguientes preguntas.

1. ¿Qué alimentos se deben comer con moderación?
2. ¿Cómo debemos preparar los alimentos?
3. Además de comer adecuadamente, ¿qué otras cosas podemos hacer para perder peso?
4. ¿Con qué debemos tener cuidado?
5. ¿Qué tipos de dietas se deben evitar?
6. ¿Cuál de los programas señalados en el artículo es el más eficaz para no volver a ganar el peso perdido?

Tácticas y estrategias de la pérdida de peso

Es mejor que...

- coma despacio°.
- evite tentaciones. Saque los alimentos de alto contenido calórico del refrigerador y de la despensa°. Tenga en casa únicamente lo que va a comer.
- coma menos grasa. Use azúcares naturales de granos, frutas y verduras.
- coma menos helado, quesos, aderezos° para ensaladas y aceites.
- evite los bocadillos de paquete°, las galletas° y los postres con alto contenido de grasas.
- use utensilios de teflón.

- prepare las carnes al horno o a la parrilla°, y las verduras al vapor°, en lugar de freírlas° en grasa.
- coma productos lácteos° desgrasados°.
- haga ejercicio regularmente.
- trate de hacer actividades divertidas que no incluyan el comer.
- acuda a terapia individual o de grupo si tiene dificultad para mantener su peso.

Cuidado con...

- las píldoras° o productos que prometen "derretir"° la grasa.
- las píldoras que quitan el apetito (tienen efectos indeseables° y,

cuanto más° se usan, menos eficaces son).
- los suplementos de fibra.
- cualquier plan que prometa "quemar"° la grasa.
- los tratamientos en que cubren el cuerpo con cera° y otros materiales.
- los sustitutos de azúcar (y el azúcar).

Evite las dietas que...

- enfatizan un tipo de alimento sobre otros, como toronjas° u otras frutas.
- insisten en mezclar° únicamente cierto tipo de alimentos.

Una frutería en la ciudad de Buenos Aires, Argentina

slowly	**a la...** grilled / **al...** steamed	**cuanto...** the more
pantry	**en...** instead of frying them	burn
dressings	milk	wax
bocadillos... packaged snacks / cookies	skimmed	grapefruits
	pills	mix
	melt	
	undesirable	

- se tienen que seguir con suplementos de minerales y vitaminas, especialmente si esas "fórmulas especiales" se venden con la dieta.

Prefiera los programas que...

- sugieren alimentos de bajo contenido calórico, especialmente bajos en grasa y azúcar.

- ofrecen variedad, para que sean más estimulantes.
- se ajustan a su tipo de vida.
- enfatizan cambios en sus hábitos alimenticios° y estilo de vida para que el peso pueda mantenerse constante.

- han sido desarrollados° por expertos y no por alguien sin conocimientos de nutrición.

————————
hábitos... eating habits

————————
developed

Desde su mundo

1. De los consejos que aparecen en el artículo, ¿cuáles ya había oído Ud.?
2. ¿Qué problemas puede Ud. señalar (*point out*) en la alimentación de muchos norteamericanos?
3. ¿Cree Ud. que estos consejos les son útiles a muchas personas? ¿Por qué o por qué no?

Piense y escriba   La introducción y la conclusión

STUDENT WEBSITE

CD-ROM

Go to **...y escribamos** (in **Hablemos de su país**) on the student website and **De escuchar... a escribir** (in **¿Comprende Ud.?**) on the CD-ROM for additional writing practice.

La introducción a una composición presenta el tema. En ésta, Ud. también trata de interesar a sus lectores en el tema. En la conclusión, Ud. resume para ayudar a sus lectores a recordar las ideas principales que Ud. les quiso comunicar.

Sin embargo, la introducción y la conclusión de los textos varían según los objetivos que Ud. tenga al escribir. Por ejemplo, en una carta a un amigo suyo, la introducción es un saludo y la conclusión es una despedida, y ambos (*both*) son informales.

Su propósito al escribir en esta ocasión es el siguiente: Ud. tiene una amiga cuya meta (*goal*) para el nuevo año es perder peso. Le va a escribir una carta personal en la que le da consejos sobre lo que debe y lo que no debe comer, y sobre el tipo de ejercicio que debe hacer.

Al escribir la introducción y la conclusión de su carta, hágase las siguientes preguntas, respectivamente:

- **En la introducción:** ¿De qué manera desea presentarle sus opiniones a su amiga e interesarla en los consejos que le quiere dar?
- **En la conclusión:** ¿Cómo quiere despedirse de su amiga y darle fin (*close*) a esta comunicación personal? ¡Sea imaginativo(a)!

Pepe Vega y su mundo

 # Teleinforme

Como vimos en esta lección, hay muchas reglas que una persona puede seguir para mantener una mente sana y un cuerpo sano. Pero a veces ocurren accidentes inesperados que afectan la salud mental o la física. ¿Qué hacemos entonces? Vamos a ver dos segmentos de video que nos muestran que sí se puede mantener una mente sana o un cuerpo sano a pesar de (in spite of) accidentes pequeños (como una quemadura) o catastróficos (como la paraplejia).

Preparación

¿Mente sana, cuerpo sano o las dos cosas?   Clasifique las siguientes expresiones según representen aspectos positivos (+) o negativos (–) de una mente sana o de un cuerpo sano. Si cree que la expresión no tiene relación con la categoría, no escriba nada.

	MENTE SANA	CUERPO SANO
1. **MODELO**: la vida activa	+	+

2. la ampolla (*blister*)
3. la apendicitis
4. el calcio
5. el catarro
6. la cicatriz (*scar*)
7. la clara de huevo (*egg white*)
8. la depresión
9. descansar
10. la esquizofrenia
11. fumar
12. hacer *jogging*
13. hacer meditación
14. hacer yoga
15. la lesión medular
16. levantar pesas (*to lift weights*)
17. las malas posturas
18. la parálisis
19. la paraplejia
20. la pierna rota (*broken leg*)
21. las proteínas
22. la quemadura (*burn*)
23. reestructurar el cuerpo
24. relajarse
25. el remedio
26. la silla de ruedas (*wheelchair*)
27. tocar la guitarra

Dé un ejemplo más de cada una de las siguientes categorías: cuerpo sano (–), cuerpo sano (+), mente sana-cuerpo sano (+), y mente sana-cuerpo sano (–).

Comprensión

CD-ROM
Go to **Video** for further pre-viewing, vocabulary, and structure practice on this clip.

Fuera de campo: Lluís Remolí[1]   21:09–24:26

Cartelera TVE es un programa semanal de la Televisión Española que ofrece un resumen (*summary*) de los programas que se presentan durante la semana que empieza. A veces también presenta reportajes sobre figuras conocidas de TVE. En este reportaje vamos a conocer a Lluís Remolí, periodista que sufrió un accidente que lo dejó parapléjico.

---

[1] Luis se escribe *Lluís* en catalán y en valenciano, dos idiomas regionales de España.

A. ¿Verdadera o falsa?   Indique si las siguientes oraciones son verdaderas (**V**) o falsas (**F**). Si son falsas, corríjalas.

____   1. Lluís Remolí usa una silla de ruedas.

____   2. A Lluís no le gusta vivir con la silla.

____   3. Lluís da clases de *jogging* todos los jueves por la tarde.

____   4. Ha pasado más de diez años usando la silla.

____   5. En sus clases, Lluís les enseña a reestructurar el cuerpo y a relajarse.

____   6. Para Lluís, el primer elemento de libertad es el coche.

____   7. Lluís no puede conducir; por eso siempre toma taxi.

____   8. Lluís vive con una compañera de trabajo.

____   9. La pasión absoluta de Lluís es la guitarra.

____ 10. Lluís es una persona muy deprimida.

Remedio para quemaduras   24:28–25:46

La botica de la abuela es un programa de la Televisión Española para aprender a preparar remedios en nuestra propia casa, como antiguamente lo hacían nuestras abuelas.

B. Complete las instrucciones.   Escoja o escriba las palabras correctas para completar las instrucciones de Txumari Alfaro, el presentador.

1. Vamos a utilizar la clara de un huevo para las _____.
2. Se puede uno(a) quemar con agua (invierno / hirviendo / ardiendo) o con una (perinola / perla / perola).
3. La clara de huevo se usa para que no salgan _____ y luego no deje _____.
4. Primero hay que tomar la (clara / yema / cáscara) del huevo.
5. Luego hay que _____ un poco.
6. Cuando se queme, rápidamente tome la clara batida y aplíquela con una _____ o con una _____ en la zona quemada.
7. Se debe aplicar (muy poca / mucha / bastante) clara de huevo.
8. Es un remedio (en silla / complicado / sencillo).

Ampliación

¡Cuidémonos! Haga una de las siguientes actividades.

1. La botica de Ud.: Prepare una presentación sobre otro remedio sencillo que Ud. (¡o su abuela!) conoce. Por ejemplo: vinagre para una picadura de abeja (*bee sting*), hielo para un tobillo torcido (*sprained ankle*), etc.
2. Mente sana en cuerpo sano: ¿Cuáles son los elementos más importantes de una vida sana para Lluís Remolí? Comente las semejanzas y las diferencias entre la vida de Lluís y la de Ud.

STUDENT WEBSITE   CD-ROM
Go to **Video** for further previewing, vocabulary, and structure practice on this clip.

LECCIÓN 6

Una estudiante americana en Costa Rica

Un grupo de estudiantes universitarios, listos para ir de excursión.

OBJETIVOS

Temas para la comunicación

Estudios en el extranjero • Los automóviles

Estructuras

1. El imperativo: **tú** y **vosotros**
2. El participio
3. El pretérito perfecto y el pluscuam-perfecto
4. Posición de los adjetivos

Regiones y países

Costa Rica

Lectura

Costa Rica, la Suiza de América

Estrategias de lectura

El estudio de palabras clave de acuerdo con el propósito de la lectura

Estrategias de redacción

¡Pongámoslo todo en práctica!

Una estudiante americana en Costa Rica

CD-ROM   STUDENT AUDIO

For preparation, do the **Ante todo** activities found on the CD-ROM.

universidad de san josé

Cursos de español en verano

¡Aprovecha tu tiempo!

Ahora que han llegado las vacaciones, aprovecha para estudiar español.

Cursos para
principiantes
y clases avanzadas

Grupos reducidos

Cursos intensivos

Horario de lunes
a jueves

Opcional: Excursiones
los fines de semana

Apartado de Correos 39-367
San José, Costa Rica
Teléfono 254-3662

¡Prepárate para el futuro!

**Cualquiera que sea tu campo,
tener conocimientos de español
ofrece una gran ventaja.**

*Infórmate hoy mismo en
nuestras oficinas,
por correo o por teléfono.*

¡Prepárate!
Todavía estás a tiempo
Matrícula abierta

Éste es el anuncio que Debbie había leído cuando estaba estudiando español en la universidad. Ella nunca había estado fuera de su país, de modo que había pasado mucho tiempo tratando de decidir qué debía hacer. Al fin había decidido matricularse en una clase avanzada.

Ahora está en San José, adonde llegó el mes pasado. Debbie está viviendo con los Alvarado, una familia costarricense, y se ha hecho muy buena amiga de Mirta Alvarado que, como es hija única, considera a Debbie como una hermana.

Hoy es viernes y como las chicas están libres, han decidido ir al Parque Nacional Braulio Carrillo a pasar el día. En este momento están en una agencia de automóviles porque quieren alquilar un coche.

MIRTA —Fíjate en ese descapotable rojo de dos puertas. Es un coche hermoso.

DEBBIE —No mires los coches caros. Acuérdate de que no tenemos mucho dinero. Pregúntale al empleado cuánto cobran por kilómetro.

Mirta habla con el empleado y vuelve con la información.

MIRTA —Nos dan un buen precio por un coche de cambios mecánicos. Ésos no gastan mucha gasolina.

DEBBIE —Yo prefiero un coche automático. Oye, mi licencia para manejar es de los Estados Unidos; ¿es válida aquí?

MIRTA —Sí... ¿No recuerdas que tú ya has manejado aquí?

DEBBIE —Claro, ¡qué tonta soy! Ah, ¿necesitamos sacar seguro?

MIRTA —Sí, sácalo cuando alquilemos el coche. Es mejor estar aseguradas. (*Bromeando*) ¡Especialmente si tú conduces!

DEBBIE —No seas mala. Oye, ¿cuánto tiempo crees que vamos a demorar en llegar al parque?

MIRTA —Unas tres horas. A eso de las doce estamos allí.

Dígame

En parejas, lean las siguientes aseveraciones basadas en el anuncio y en el diálogo. Decidan si cada aseveración es verdadera (V) o falsa (F).

1. Las clases que anuncia la universidad empiezan en enero.
2. Según el anuncio, ser bilingüe no ofrece ninguna ventaja.
3. Si una persona no sabe español no puede participar en este programa.
4. En estas clases los grupos de estudiantes son pequeños.
5. Debbie había estudiado español antes.
6. Debbie ha viajado a muchos países extranjeros.
7. Hace un mes que Debbie está en San José.
8. Los Alvarado son de Guatemala.
9. Los Alvarado tienen varios hijos.
10. A Mirta le encanta el descapotable rojo.
11. Debbie no puede conducir en Costa Rica con su licencia de los Estados Unidos.
12. Las chicas pueden sacar un seguro en la agencia de alquiler de automóviles.
13. Ir de San José al Parque Braulio Carrillo lleva más de dos horas.
14. Las chicas van a llegar al parque al mediodía.

perspectivas socioculturales

INSTRUCTOR WEBSITE
Your instructor may assign the preconversational support activities found in **Perspectivas socioculturales**.

El español es una lengua que muchos universitarios estudian hoy en Norteamérica. Haga lo siguiente:

a. Lea los temas de conversación que aparecen a continuación y escoja uno de ellos.
b. Durante unos cinco minutos, converse con dos compañeros sobre el tema seleccionado.
c. Participe con el resto de la clase en la discusión del tema cuando su profesor(a) se lo indique.

Temas de conversación

1. **En su universidad.** ¿Se matriculan en su universidad muchos estudiantes en cursos para aprender español? ¿Cuáles cree Ud. que son las razones principales para el estudio del español en la región donde vive?
2. **En el extranjero.** ¿Piensa Ud. continuar sus estudios de español en algún país del mundo hispánico?

Vocabulario

Nombres

la agencia de alquiler de automóviles car rental agency
el anuncio ad
el campo field
el conocimiento knowledge
la licencia para manejar (de conducir) driver's license
la matrícula registration
el precio price
el (la) principiante beginner
el seguro insurance

Verbos

aprovechar to take advantage of
demorar to take (*time*)
fijarse to notice
gastar to spend
prepararse to get ready

Adjetivos

asegurado(a) insured
costarricense Costa Rican

descapotable, convertible convertible
malo(a) mean
tonto(a) silly, dumb
válido(a) accepted

Otras palabras y expresiones

a eso de at about
a tiempo on time
al fin finally
cualquiera que sea whatever it may be
de cambios mecánicos standard shift
de dos puertas two-door
fuera out
sacar seguro to take out insurance
todavía yet, still

Ampliación

Otras palabras relacionadas con el automóvil

el acumulador, la batería battery
arrancar to start (*a motor*)
la camioneta, la furgoneta van
la chapa, la placa license plate
chocar to collide
el club automovilístico auto club
el freno brake

funcionar to work, to function
el gato, la gata (*Costa Rica*) jack
la goma pinchada (ponchada) flat tire
la grúa, el remolcador tow truck
la llanta, el neumático tire
remolcar to tow
el semáforo traffic light
el taller de mecánica repair shop

CD-ROM
Go to **Vocabulario** for additional vocabulary practice.

Hablando de todo un poco

Preparación **Encuentre en la columna B las respuestas a las preguntas de la columna A (las listas continúan en la página siguiente).**

A

1. ¿Tu coche no arranca?
2. ¿Tu auto está asegurado?
3. ¿Es un coche automático?
4. ¿Emilia tuvo un accidente?
5. ¿Para qué necesitas el gato?
6. ¿No pudiste parar?
7. ¿Qué es la "Triple A"?
8. ¿Por qué paraste?
9. ¿Llevaste el coche al taller de mecánica?
10. ¿El coche necesita un acumulador nuevo?
11. ¿Cuál es el número de la chapa?
12. ¿Tú vas a cambiar la llanta?
13. ¿Pablo llegó a tiempo?
14. ¿Conoces Nicaragua?
15. ¿Es una ventaja tener conocimiento de español?
16. ¿Fernando es costarricense?
17. ¿Para qué fueron a la agencia de alquiler de automóviles?

B

a. No, porque los frenos no funcionaban.
b. Todavía no, porque lo tienen que remolcar.
c. Un club automovilístico.
d. No, es mejor que lo haga el mecánico.
e. Porque el semáforo está en rojo.
f. No, vino a eso de las dos y todos se habían ido.
g. Sí, porque no arranca.
h. No, yo nunca he estado fuera de mi país.
i. Para cambiar una goma pinchada.
j. No sé... El anuncio no menciona los precios.
k. No, es de cambios mecánicos.
l. Sí, es de San José.
m. No me fijé.
n. Para alquilar un coche.
o. No, necesito un remolcador.
p. ¡Tres horas! Yo fui la única que la esperó.

18. ¿Cuánto cuestan los coches
    nuevos?
19. ¿Gastaste todo tu dinero?
20. ¿Cuánto tiempo demoró Ada
    para prepararse?

q. Sí, porque tuve que pagar la matrícula.
r. No, tengo que sacar seguro.
s. Sí, cualquiera que sea tu campo.
t. Sí, chocó con una camioneta.

En grupos de tres o cuatro, hagan lo siguiente.

A. **¿Qué sabes?**   Conversen sobre su campo de especialización, sobre los
   conocimientos que tienen y los que esperan obtener, y sobre lo que pagan de
   matrícula.

B. **Problemas y soluciones.**   Digan qué deben tener en cuenta (*keep in mind*)
   cuando van a alquilar un coche, cuáles son algunos de los problemas que la
   gente tiene con su coche y posibles soluciones.

C. **Un anuncio.**   Preparen un anuncio de su programa ideal de estudios de verano. En éste, Ud. invita a personas interesadas a que soliciten información. El
   anuncio se publicará en el periódico de su comunidad.

Palabras problemáticas

A. **Pasado(a)** y **último(a)** como equivalentes de *last*

   • **Pasado(a)** equivale a *last* cuando se usa con una unidad de tiempo.

     ¿Pagaste la matrícula la semana **pasada**?
     Ana tomó el curso para principiantes el año **pasado**.

   • **Último(a)** significa *last (in a series)*.

     Éste es el **último** informe que debo escribir.
     Diciembre es el **último** mes del año.

B. **Sobre, de, acerca de, a eso de** y **unos** como equivalentes de *about*

   • **Sobre, de** y **acerca de** son equivalentes de *about* cuando se habla de un
     tema específico.

     Debo escribir un informe **sobre** los cursos de verano.
     Las chicas hablan **de** Costa Rica.
     Están hablando **acerca de** su viaje.

   • **A eso de** es equivalente de *about* o *at about* cuando se refiere a una hora del día.

     Ellos llegaron a la agencia **a eso de** las tres.

   • **Unos** es el equivalente de *about* o *approximately* cuando se usa con números.
     No se usa para hablar de la hora.

     La camioneta costó **unos** 30.000 dólares.

Práctica

En parejas, contesten las siguientes preguntas usando en sus respuestas las palabras problemáticas.

1. ¿Cuántos años creen Uds. que tiene el profesor (la profesora)?
2. ¿De qué creen Uds. que va a hablar el profesor en la próxima clase?
3. ¿A qué hora va a empezar la clase?
4. En el calendario hispánico, ¿qué es el domingo?
5. ¿Qué lección estudiaron en clase hace una semana?

Your instructor may carry out the **¡Ahora escuche!** listening activity found in the **Answers to Text Exercises.**	**¡Ahora escuche!** Se leerá dos veces una carta que Debbie le escribe a su amiga Cindy desde San José, Costa Rica. Se harán aseveraciones sobre la carta. En una hoja escriba los números de uno a diez e indique si cada aseveración es verdadera (V) o falsa (F).

El mundo hispánico

La Suiza de América

Mirta Alvarado

Una de las cosas que nos enorgullecen° a los "ticos", como llaman a los costarricenses, es que tenemos uno de los mejores sistemas educativos de Latinoamérica. Eso es porque el Gobierno gasta un alto porcentaje del presupuesto° en la educación.

    También estamos orgullosos de nuestras selvas pluviales vírgenes, que están protegidas por estrictas leyes°. Costa Rica tiene 24 parques nacionales y reservas ecológicas que ocupan el 15% de su superficie°. Como estos parques y reservas están abiertos al público, el país cuenta con un creciente ecoturismo.

    Una gran atracción turística es el volcán Irazú, una de las montañas más altas de Costa Rica. Desde su cumbre° es posible ver a veces el Mar Caribe y el Océano Pacífico.

    El país no tiene minerales y sus ingresos° provienen principalmente de la agricultura. Actualmente Costa Rica es el mayor exportador mundial de bananas. También exporta café y flores. Otra fuente de ingresos es el turismo, que aumenta cada año.

nos... makes us proud

budget

laws

area

top

income

Aunque mi familia es de Puerto Limón, en la costa del Mar Caribe, ahora vivimos en la capital, San José. San José no es una ciudad muy grande, pero los turistas quedan encantados con nuestra hospitalidad.

En este mapa pueden ver dónde está situado mi país.

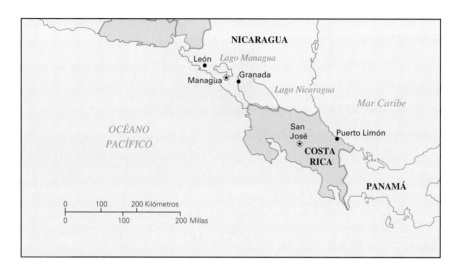

STUDENT WEBSITE
Go to **El mundo hispánico** for prereading and vocabulary activities.

Sobre Costa Rica

En parejas, túrnense para contestar las siguientes preguntas.

1. ¿Con qué limita Costa Rica al norte, al sur, al este y al oeste?
2. ¿Qué sobrenombre (*nickname*) tienen los costarricenses?
3. ¿Cómo es el sistema educativo de Costa Rica?
4. ¿Cómo protege el gobierno de Costa Rica las selvas pluviales?
5. ¿Qué ocupa el 15% de la superficie del país?
6. ¿Qué se puede ver a veces desde la cumbre del volcán Irazú?
7. ¿Cuáles son los productos principales de exportación del país?
8. ¿Cuál es otra fuente de ingresos del país?
9. ¿Qué sabe Ud. de Puerto Limón?

Hablemos de su país

INSTRUCTOR WEBSITE
STUDENT WEBSITE
Your instructor may assign the preconversational activities in **Hablemos...**

Reúnase con otro(a) compañero(a) para discutir las ventajas y desventajas del sistema educativo de su país.

Luego cada pareja compartirá las respuestas con toda la clase. ¿Están todos de acuerdo en cuáles son las ventajas y las desventajas?

(under **Hablemos de su país**). Go to **Hablemos de su país** (under **...y escribamos**) for postconversational web search and writing activities.

Una tarjeta postal

Imagínese que Ud. y un(a) compañero(a) están viajando por Costa Rica. Envíenles una tarjeta postal a sus compañeros de clase, describiendo sus impresiones.

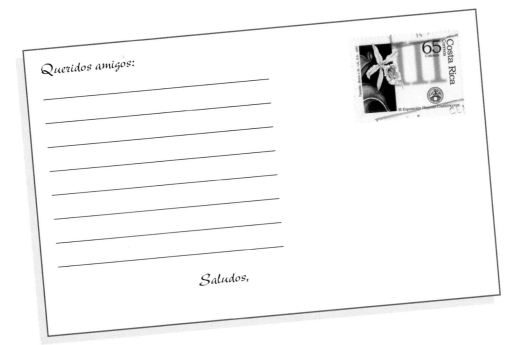

Queridos amigos:

Saludos,

Estructuras gramaticales

1 El imperativo: **tú** y **vosotros**

A La forma *tú*

● The affirmative command form for **tú** has the same form as the third person singular of the present indicative.

Verb	Present indicative	Familiar command (tú)
trabajar	él trabaja	**trabaja**
beber	él bebe	**bebe**
escribir	él escribe	**escribe**
cerrar	él cierra	**cierra**
volver	él vuelve	**vuelve**
pedir	él pide	**pide**

—Ya compré el acumulador. ¿Qué
quieres que haga ahora?
—**Cambia** la llanta y **revisa** los frenos.

*"I already bought the battery. What do
you want me to do now?"*
"Change the tire and check the brakes."

○ Eight verbs have irregular affirmative **tú** command forms.

decir	**di**	salir	**sal**
hacer	**haz**	ser	**sé**
ir	**ve**	tener	**ten**
poner	**pon**	venir	**ven**

—Robertito, **ven** acá. **Hazme** un favor.
Ve a casa de Carlos y **dile** que mi
coche no funciona.
—Bien. Ahora vuelvo.

*"Robertito, come here. Do me a favor.
Go to Carlos's house and tell him my
car is not working."*
"Okay. I'll be right back."

○ The negative **tú** command uses the corresponding forms of the present
subjunctive.

trabajar	no **trabajes**
volver	no **vuelvas**
tener	no **tengas**

—Ana, **no gastes** tanto dinero.
—¡No me **digas** que no puedo comprar
el coche!

"Ana, don't spend so much money."
"Don't tell me I can't buy the car!"

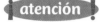

atención   Object and reflexive pronouns used with **tú** commands are positioned just as they
are with formal commands.

Cómpra**selo**.   *(affirmative)*   *Buy it for him.*
No **se lo** compres.   *(negative)*   *Don't buy it for him.*

CD-ROM
Go to **Estructuras gramaticales** for additional practice.

Práctica

A. Claudia, Rebeca y Mireya son compañeras de cuarto. Cada vez que Claudia le
dice a Rebeca que haga algo, Mireya le dice que no lo haga. Haga Ud. el papel
de Mireya.

1. Escribe el informe hoy.
2. Pon la mesa ahora.
3. Haz la cena.
4. Lávate la cabeza.
5. Trae las revistas.
6. Siéntate aquí.
7. Prepárate para salir.
8. Dale el dinero a Iván.
9. Pídele el auto a María.
10. Acuéstate antes de las diez.

B. Su hermano se va a quedar solo en la casa. Dígale lo que debe (o no debe) hacer.

1. levantarse temprano
2. bañarse y vestirse
3. no ponerse los pantalones azules; ponerse los blancos
4. hacer la tarea, pero no hacerla mirando televisión
5. salir de la casa a las once
6. ir al mercado, pero no ir en bicicleta
7. volver a casa temprano y decirle a Rosa que la fiesta es mañana
8. tener cuidado y no abrirle la puerta a nadie
9. ser bueno y no acostarse tarde
10. cerrar las puertas y apagar las luces
11. llamarlo(la) a Ud. por teléfono si necesita algo
12. no mirar televisión hasta muy tarde

C. Ud. va a ir a Costa Rica a tomar un curso por un mes, y un(a) amigo(a) se queda en su casa. Dígale qué debe hacer respecto a lo siguiente.

1. su ropa sucia
2. el correo (*mail*)
3. los vecinos
4. los libros de la biblioteca
5. el gato
6. la comida
7. los mensajes
8. el jardín
9. la cuenta del teléfono
10. la ventana del baño

D. En parejas, hagan el papel de los siguientes personajes. Cada uno de Uds. debe dar dos órdenes afirmativas y dos negativas. ¡Sean originales!

1. una madre (un padre) a su hijo(a)
2. un(a) maestro(a) a un(a) estudiante que siempre saca malas notas
3. una mujer a su esposo (un hombre a su esposa)
4. un(a) médico(a), hablándole a un(a) niño(a) que está enfermo(a)
5. un(a) estudiante a otro(a)
6. un(a) muchacho(a) a su compañero(a) de cuarto que nunca hace nada

B La forma *vosotros*[1]

● The affirmative **vosotros** command is formed by changing the final **r** of the infinitive to **d**.

hablar → habla**d**   comer → come**d**   venir → veni**d**

● If the affirmative **vosotros** command is used with the reflexive pronoun **os**, the final **d** is omitted (except with the verb **ir** → **idos**).

bañar   **bañad**
bañarse   **bañaos**

---

[1] This form is used only in Spain. The **Uds.** command form is used in the rest of the Spanish-speaking world.

○ The present subjunctive is used for the negative **vosotros** command.

bañar   **no bañéis**
bañarse   **no os bañéis**

Práctica

CD-ROM
Go to **Estructuras gramaticales** for additional practice.

Cambie los siguientes mandatos de la forma **tú** a la forma **vosotros.**

1. Levántate temprano.
2. Báñate en seguida.
3. Haz la tarea.
4. No te pongas los zapatos negros.
5. Ponte el abrigo.

6. Invita a las chicas.
7. Llévalas al parque.
8. Llámanos esta noche.
9. Vete ahora mismo.
10. Ven temprano mañana.

2   El participio

A   Formas

○ The past participle is formed by adding the following endings to the stem of the verb.

-ar *verbs*	-er *verbs*	-ir *verbs*
prepar **-ado**	vend **-ido**	recib **-ido**

○ Verbs ending in **-er** have a written accent mark over the **i** of the **-ido** ending when the stem ends in **-a, -e,** or **-o.**

caer   ca-**ído**   creer   cre-**ído**
traer   tra-**ído**   leer   le-**ído**

○ The past participle of verbs ending in **-uir** does not have a written accent mark.

constr**uir**   constru-**ido**
contrib**uir**   contribu-**ido**

○ The past participle of the verb **ir** is **ido.**

○ The following verbs have irregular past participles.

abrir   **abierto**   hacer   **hecho**
cubrir **cubierto**   morir   **muerto**
decir   **dicho**   poner   **puesto**
describir **descrito**   resolver **resuelto**
descubrir **descubierto** romper   **roto**
devolver **devuelto**   ver   **visto**
envolver **envuelto**   volver   **vuelto**
escribir **escrito**

CD-ROM

Go to **Estructuras gramaticales** for additional practice.

Práctica

Dé el participio de los siguientes verbos.

1. apreciar	6. devolver	11. leer	16. poner
2. suponer	7. comentar	12. romper	17. huir
3. descubrir	8. parecer	13. hacer	18. decir
4. envolver	9. celebrar	14. evitar	19. caer
5. contribuir	10. morir	15. cubrir	20. escribir

B El participio usado como adjetivo

● In Spanish, most past participles may be used as adjectives. As such, they must agree in gender and number with the nouns they modify.

—¿Qué compraste cuando fuiste a Costa Rica?
—Compré unas joyas **hechas** en San José.

"What did you buy when you went to Costa Rica?"
"I bought some jewelry made in San José."

—¿Está **cerrada** la agencia?
—No, está **abierta** hasta las diez.

"Is the agency closed?"
"No, it's open until ten."

● A few verbs have two forms for the past participle. The regular form is used in forming compound tenses[1], and the irregular form is used as an adjective. The most common ones are:

Infinitive	Regular form	Irregular form
confundir	**confundido**	**confuso**
despertar	**despertado**	**despierto**
elegir	**elegido**	**electo** ← used in specific places
imprimir	**imprimido**	**impreso**
prender (*to arrest*) to turn on	**prendido**	**preso** – captured criminal
soltar	**soltado**	**suelto**
sustituir	**sustituido**	**sustituto**

—¿Has **despertado** a los niños?
—Sí, están **despiertos.**

"Have you awakened the children?"
"Yes, they are awake."

---

[1] See "**El pretérito perfecto y el pluscuamperfecto**" in this lesson.

Go to **Estructuras gramaticales** for additional practice.

Práctica

Complete las siguientes oraciones, usando los participios de los verbos que aparecen en la lista.

sustituir	elegir	romper	despertar	encender
confundir	escribir	prender	resolver	soltar

1. La ventana de la sala está _____.
2. Prendieron al ladrón (*thief*). Hace una semana que está _____.
3. El presidente _____ dijo que iba a resolver los problemas económicos, pero hasta ahora los problemas no están _____.
4. Las luces del coche están _____.
5. Nuestro profesor está enfermo y hoy tuvimos un profesor _____.
6. Su informe ya está _____, pero yo no lo entiendo porque está muy _____.
7. Ellos durmieron muy poco. Están _____ desde las tres de la mañana.
8. Los toros estaban _____ y corrían por las calles.

3 El pretérito perfecto y el pluscuamperfecto

A El pretérito perfecto

● The Spanish present perfect tense is formed by combining the present indicative of the auxiliary verb **haber** with the past participle of the main verb in the singular masculine form. This tense is equivalent to the English present perfect (*have + past participle*, as in *I have spoken.*)

haber (*present indicative*)	*Past participle*	
he	hablado	*I have spoken*
has	comido	*you have eaten*
ha	vuelto	*he, she has, you have returned*
hemos	dicho	*we have said*
habéis	roto	*you have broken*
han	hecho	*they, you have done, made*

—**Hemos leído** el anuncio de la universidad.　　*"We have read the university ad."*

—¿Y qué **han decidido**?　　*"And what have you decided?"*

In Spanish, the auxiliary verb **haber** cannot be separated from the past participle in compound tenses as it can in English.

Yo nunca **he visto** eso.　　*I **have** never **seen** that.*

○ Direct object pronouns, indirect object pronouns, and reflexive pronouns are placed before the auxiliary verb.

—¿Has visto a Marta hoy?   *"Have you seen Marta today?"*
—No, no **la he visto** todavía.   *"No, I haven't seen her yet."*

—¿Qué **le han comprado** a Bárbara   *"What have you bought Barbara for*
para su cumpleaños?   *her birthday?"*
—**Le hemos comprado** una furgoneta.   *"We have bought her a van."*

Práctica

CD-ROM
Go to **Estructuras gramaticales** for additional practice.

A. En parejas, lean los siguientes diálogos, usando el pretérito perfecto de los verbos indicados.

    1. (preguntar)   —¿Ya _____ Uds. el precio?
       (hacer)   —No, todavía no lo _____.
    2. (venir)   —¿Ya _____ los chicos del taller de mecánica?
       (volver)   —Sí, ya _____.
    3. (decir)   —¿Qué le _____ tú?
       (decir)   —Le _____ que llame una grúa.
    4. (escribir)   —Jorge te _____ una carta.
       (leer)   —Sí, pero yo todavía no la _____.
    5. (ir)   —¿Ya _____ ellos a la agencia de automóviles?
       (alquilar)   —Sí, y ya _____ la camioneta.
    6. (poner)   —¿Dónde _____ (tú) la placa del coche?
       (ver)   —¡Yo no la _____!

B. Complete el siguiente diálogo con verbos en el pretérito perfecto. Luego represéntelo con un(a) compañero(a).

—Hola, Ramiro, ¿qué tal?
—Bien, gracias. Oye, ¿_____ a Jorge? ¡No lo encuentro por ninguna parte!
—No, hoy no lo _____. Yo _____ muy ocupada preparando mi coche para el viaje a Arizona. Creo que al fin está listo.
—¿Lo _____ al taller de mecánica?
—Sí, porque últimamente _____ problemas con los frenos y también tenía una goma pinchada.
—¿Te fijaste si el motor funcionaba bien?
—Sí, el macánico me _____ que ya todo está en orden.
—¿Ya _____ seguro? Recuerda que todavía no _____ a manejar muy bien.
—¡No seas malo! Yo ya estoy conduciendo perfectamente.
—Bueno, si tienes algún problema, cualquiera que sea, llámame.
—Muchas gracias, pero espero no necesitar ayuda.

C. Converse con un(a) compañero(a) sobre las cosas que Uds. nunca han hecho y las que siempre han querido hacer. Hablen de los lugares donde nunca han estado y de los que han visitado.

B El pluscuamperfecto

○ The past perfect, or pluperfect, tense is formed by using the imperfect tense of the auxiliary verb **haber** with the past participle of the main verb. This tense is equivalent to the English past perfect (*had + past participle*, as in *I had spoken.*). Generally, the past perfect tense expresses an action that has taken place before another action in the past.

haber (imperfect)	Past participle	
había	hablado	*I had spoken*
habías	comido	*you had eaten*
había	vuelto	*he, she, you had returned*
habíamos	dicho	*we had said*
habíais	roto	*you had broken*
habían	hecho	*they, you had done, made*

—¿Alquilaste el coche?　　　　　　　　　　*"Did you rent the car?"*
—No, porque Berta ya lo **había alquilado.**　*"No, because Berta had already rented it."*

—No sabía que **habían elegido** presidenta　*"I didn't know they had chosen María* de la clase a María Ruiz.　　　　　　　　*Ruiz as president of the class."*
—Sí, ella es la presidenta electa.　　　　　*"Yes, she is the president-elect."*

Práctica

CD-ROM
Go to **Estructuras gramaticales** for additional practice.

A. Combine los siguientes pares de oraciones usando el pluscuamperfecto para indicar que la acción de la primera oración es anterior a la de la segunda. Siga el modelo.

MODELO:　Roberto puso la mesa. / Yo llegué a casa.
　　　　　Roberto ya había puesto la mesa cuando yo llegué a casa.

1. Ud. arrancó el coche. / Yo salí de casa.
2. Nosotros cambiamos la goma pinchada. / Ellos llegaron.
3. Tú llamaste al club automovilístico. / Él fue al taller de mecánica.
4. El mecánico revisó los frenos. / Tú viniste.
5. Yo pagué la chapa. / Uds. nos dieron el dinero.
6. Ellos compraron el acumulador. / Nosotros los llamamos.

B. Converse con un(a) compañero(a). Háganse las siguientes preguntas.

1. Antes de venir a esta universidad, ¿habías asistido tú a otra?
2. ¿Habías estudiado otro idioma antes de estudiar español?
3. ¿Habías tomado otra clase de español antes de tomar ésta?
4. Para el 15 de septiembre, ¿ya habías vuelto de tus vacaciones?
5. Cuando empezaron las clases, ¿ya habías comprado todos los libros que necesitabas?

6. Cuando tú llegaste a casa anoche, ¿ya habías terminado la tarea para hoy?
7. Hoy a las cinco de la mañana, ¿ya te habías levantado?
8. Cuando tú llegaste a clase, ¿ya había llegado el (la) profesor(a)?
9. El año pasado para esta fecha, ¿ya habías terminado tus exámenes?

4 Posición de los adjetivos

A Adjetivos que van detrás y adjetivos que van delante del sustantivo

● While most adjectives may be placed either before or after the noun in Spanish, certain adjectives have a specific position.

● Descriptive adjectives—those that distinguish the noun from others of its kind—generally follow the noun. Adjectives of color, shape, nationality, religion, and ideology are included in this group, as are past participles used as adjectives.

—¿Tienes un **coche japonés**?	*"Do you have a Japanese car?"*
—No, prefiero los **coches americanos**.	*"No, I prefer American cars."*
—¿Cuáles son los libros sobre ecología?	*"Which ones are the books on ecology?"*
—Esos dos **libros rojos** y este **libro azul**. Son tres **libros muy interesantes**.	*"These two red books and this blue book. They are three very interesting books."*
—¿Cuál es tu cuarto?	*"Which one is your room?"*
—El que tiene la **puerta cerrada**.	*"The one with the closed door."*

atención Adjectives modified by adverbs are also placed after the noun:

Son unas clases **muy interesantes**.

● Adjectives that express a quality or fact that is generally known about the modified noun are usually placed before the noun.

—¿Qué ciudad van a visitar?	*"What city are you going to visit?"*
—La **antigua ciudad** de Cuzco.	*"The old city of Cuzco."*

● Possessive, demonstrative, and indefinite adjectives and ordinal[1] and cardinal numbers are also placed before the noun.

—¿Quiénes van a la fiesta?	*"Who is going to the party?"*
—**Mis dos hermanos** y **algunos amigos**.	*"My two brothers and some friends."*

● The adjectives **mejor** and **peor** are placed in front of the noun.

—¿Cuál es el **mejor hotel**?	*"Which is the best hotel?"*
—El Hotel San José.	*"The San José Hotel."*

---

[1] Except with personal titles (**Enrique Octavo**) and with chapter titles (**Lección primera**).

● Adjectives that are normally placed after the noun may precede it for emphasis or as a poetic device.

—Leí un **hermoso poema** sobre Costa Rica.

"I read a beautiful poem about Costa Rica."

—¿Por qué no me lo prestas para leerlo?

"Why don't you lend it to me so I can read it?"

● When two or more adjectives modify the same nouns in a sentence, they are placed after the noun. The last two are joined by the conjunction **y.**

Es una **mujer hermosa y elegante.**

She is a beautiful and elegant woman.

Era una **casa blanca, grande y bonita.**

It was a pretty, large, white house.

B Adjetivos que cambian de significado según la posición

● The meaning of certain adjectives changes according to whether they are placed before or after the noun. Some common ones are:

grande	un hombre **grande**	(*big*)
	un **gran**[1] hombre	(*great*)
pobre	el señor **pobre**	(*poor, not rich*)
	el **pobre** señor	(*poor, unfortunate*)
único	una mujer **única**	(*unique*)
	la **única** mujer	(*only*)
viejo	un amigo **viejo**	(*old, elderly*)
	un **viejo** amigo	(*long-time*)
mismo	la mujer **misma**	(*herself*)
	la **misma** mujer	(*same*)

Práctica

CD-ROM
Go to **Estructuras gramaticales** for additional practice.

A. Complete las oraciones usando los adjetivos de la siguiente lista en el género y el número correspondientes (algunos pueden usarse dos veces). Coloque los adjetivos **antes o después** del sustantivo, según el sentido de la frase.

republicano	algunos	abierto
pobre	japonés	muy interesante
único (*dos veces*)	antiguo	mismo (*dos veces*)
rojo	ningún	famoso
grande (*dos veces*)		

1. George Washington fue un _____ presidente _____.
2. Carlos y María van a tomar la _____ clase _____. _____ Carlos _____ me lo dijo.
3. Atenas, la _____ ciudad _____ griega, es una _____ ciudad _____.
4. Necesito los _____ lápices _____.
5. La organización de _____ mujeres _____ no está de acuerdo con el presidente.

---

[1] **Grande** becomes **gran** before a masculine or feminine singular noun.

6. Hablé con _____ agentes _____ de policía sobre el accidente.
7. Ella va a comprar un _____ coche _____.
8. La _____ ventana _____ es la de mi cuarto.
9. Es una _____ mujer _____; es gorda y muy alta.
10. No tiene _____ limitación _____ en su trabajo.
11. El _____ actor _____ norteamericano Richard Gere va a estar presente en la fiesta.
12. Solamente Marta enseña español. Es la _____ profesora _____ de español.
13. No tiene dinero; es un _____ hombre _____.
14. No hay nadie como ella. ¡Es una _____ mujer _____!

B. En parejas, túrnense para contestar las preguntas, usando uno de los adjetivos de la lista. Recuerden que estos adjetivos tienen diferentes significados según la posición. Usen cada adjetivo de la lista dos veces.

MODELO: ¿Tienes otros profesores además del Dr. Ávila?   (no)
          No, él es mi único profesor.

mismo   grande   único   viejo   pobre

1. Él es un hombre muy alto y gordo, ¿verdad?   (sí)
2. ¿Uds. ya eran amigos cuando eran niños?   (sí)
3. ¿No puedes hablar con la secretaria en vez de hablar con el director?   (no)
4. ¿Dices que ese hombre gana solamente mil pesos al mes y tiene diez hijos?   (sí)
5. No hay otra mujer como Sofía, ¿verdad?   (no)
6. ¿No quieres usar otro libro?   (no)
7. ¿Dices que ese hombre tiene noventa y ocho años?   (sí)
8. Es un actor magnífico, ¿verdad?   (sí)
9. ¿La niña no tiene padres?   (no)
10. ¿No tienes otras sandalias?   (no)

STUDENT WEBSITE
Do the **Compruebe cuánto sabe** self test after finishing this **Estructuras gramaticales** section.

¡CONTINUEMOS!

Una encuesta

Entreviste a sus compañeros de clase para tratar de identificar a aquellas personas que...

1. ...planean ir a estudiar a un país extranjero. ¿Adónde?
2. ...han vivido fuera de su país.
3. ...siempre llegan a tiempo a sus clases.
4. ...ya han decidido cuál es su campo de especialización.
5. ...tienen un amigo costarricense.
6. ...son hijos únicos.
7. ...habían estudiado español antes de venir a esta universidad.

8. ...han tomado un curso de español intensivo.
9. ...siempre aprovechan bien su tiempo.
10. ...tienen un coche de dos puertas.
11. ...conducen un coche de cambios mecánicos.
12. ...creen que es mejor tener asegurado el coche.
13. ...no tienen un gato en el maletero de su coche.
14. ...han chocado alguna vez.
15. ...siempre paran cuando el semáforo tiene la luz amarilla.

Ahora divídanse en grupos de tres o cuatro y discutan el resultado de la encuesta.

¿Comprende Ud?

CD-ROM STUDENT WEBSITE
Go to **De escuchar...a escribir** (in **¿Comprende Ud.?**) on the CD-ROM for activities related to the conversation, and go to **Canción** on the website for activities related to the song.

1. Mirta y Debbie, las amigas que dialogan al inicio de la lección, están de paseo por Costa Rica. Escuche la siguiente conversación entre ellas. El objetivo de la actividad es el de escuchar una conversación a velocidad natural. No se preocupe de entenderlo todo, pues esto no se espera de Ud. Después de escuchar la conversación dos veces, Ud. oirá varias aseveraciones. En una hoja, escriba los números de uno a ocho e indique si cada aseveración es verdadera o falsa.
2. Luego escuche la canción y trate de aprenderla.

Hablemos de programas para estudiantes extranjeros

En parejas, lean el anuncio y luego contesten las siguientes preguntas.

IDIOMAS INTENSIVOS

– Duración 80 horas. Diario, de 9 a 13 o de 17 a 21 horas.
– Grupos reducidos, máximo 8 alumnos clase.
– Profesorado titulado y experto en métodos activos.
– Sistemas de vídeo y prácticas en laboratorio de idiomas.
– Especial inglés empresarial de dos semanas de duración.
– También cursos personalizados con horario flexible.
– CURSOS DE INGLÉS EN INGLATERRA, en residencias o familias.

INICIOS: Del 4 al 31 de julio. Del 4 al 31 de agosto. Del 4 de septiembre al 3 de octubre.

NOVALINGUA   Avenida Diagonal, 600 (junto plaza Francesc Marcià).
Teléfono 200 11 12. Barcelona.

---

1. ¿Cómo se llama el instituto de idiomas?
2. ¿En qué país está?
3. ¿Cuál es la dirección del instituto?
4. ¿En qué meses se ofrecen las clases?
5. ¿Cuánto tiempo dura el curso?
6. ¿Cuántos alumnos hay por clase?

¿Qué dirían ustedes?

Imagínense que Ud. y un(a) compañero(a) se encuentran en las siguientes situaciones. ¿Qué va a decir cada uno?

1. Escojan un país del mundo hispánico adonde quieren ir a estudiar español. Hablen de los tipos de clases que quieren tomar, de los lugares que quieren visitar y del tiempo que van a pasar allí.
2. Uds. van a alquilar un coche. Describan el tipo de coche que quieren y digan por cuánto tiempo lo necesitan.

¡De ustedes depende!

Un grupo de estudiantes costarricenses va a visitar la ciudad donde Ud. vive. Ud. y un(a) compañero(a) de clase denles la información que ellos necesitan con respecto a lo siguiente.

1. la mejor época del año para visitar la ciudad
2. ropa adecuada
3. lugares donde pueden hospedarse, incluyendo precios
4. lugares de interés que ellos pueden visitar
5. actividades recreativas en las que pueden participar
6. actividades culturales
7. recuerdos que pueden comprar para sus familiares y amigos

Mesa redonda

Formen grupos de cuatro o cinco estudiantes y hablen sobre las ventajas de ir a un país de habla hispana a estudiar español. Hablen también de las cosas que pueden hacer para practicar más el español, aumentar su vocabulario y conocer mejor la cultura hispana, de modo que algún día lleguen a dominar (*master*) el español.

Lecturas periodísticas

Saber leer El estudio de palabras clave de acuerdo con el propósito de la lectura

CD-ROM
Go to **Lecturas periodísticas** for additional prereading and vocabulary activities.

Por lo general, el lector puede ayudarse a comprender la idea general de lo que significa una expresión desconocida y, a veces, saber su significado más o menos exacto, haciendo lo siguiente:

1. Estudiar brevemente la palabra o expresión desconocida en cuanto...
   a. ...a la forma o función gramatical (por ejemplo, ¿es verbo, nombre o adjetivo?) y
   b. ...al significado (por ejemplo, ¿qué palabras que conozco se parecen a ésta? ¿qué significan?)
2. Usar el contexto (la oración o el párrafo) en que aparece la expresión, para ayudarse a descifrar su significado.

Sin embargo, recuerde, como siempre, que debe leer teniendo muy claro el propósito de su lectura.

Haga lo siguiente: Estudie las palabras o expresiones que aparecen a continuación, pues son importantes para los propósitos didácticos de esta actividad de lectura. Intente descifrar lo que significan utilizando sus conocimientos de la forma y significado de las mismas en su contexto.

> **lo que más atrae**
> **se crían**
> **campestres**
> **consejo**
> **estancia**

Para leer y comprender

Al leer el artículo detalladamente, busque las respuestas a las siguientes preguntas.

1. En Costa Rica, ¿qué es lo que más atrae al visitante?
2. ¿Es una buena idea hacer un viaje a Limón? ¿Por qué?
3. ¿Qué excursiones recomienda el artículo?
4. ¿Qué le ofrece al turista el hotel Casa Turire?
5. ¿Qué lugares de interés podemos visitar en San José?

Costa Rica, la Suiza de América

Esta república centroamericana está siendo descubierta cada día más por el turismo internacional, y **lo que más atrae** es su bellísima° naturaleza. Sus parques nacionales, sus ríos, sus montañas y su increíble fauna (¡pájaros° y mariposas° como en ningún otro lugar!) son una atracción muy poderosa°.

El itinerario ideal de este viaje es por lo menos de una semana, distribuido entre San José y quizás° un viaje a Limón, para conocer el famoso Parque Nacional de Tortuguero, en la costa del Caribe, donde **se crían** unas misteriosas e impresionantes tortugas marinas. Estableciendo el "centro de operaciones" en San José, tenemos a nuestra disposición una cantidad variada de excursiones de un día y de medio día, y vale la pena° tomar varias de ellas.

El paseo en el Tren Histórico por la selva° es fascinante. También se puede escoger entre un día en el Valle del Orosí, la excursión de todo el día al Lago Arenal y a los volcanes o la de medio día al Parque Nacional del Volcán Irazú.

Una idea excelente es pasar unos días en hoteles **campestres**, como el hotel Casa Turire, a sólo una hora y media de San José. Muy pequeño, pero elegante y exclusivo, el hotel está en lo alto° de una montaña, bajo la cual pasa el río Reventazón (por donde podemos ir en balsa° y hacer excursiones que el propio hotel arregla). Allí podemos disfrutar de la piscina, montar a caballo, irnos de excursión al cercano Parque Nacional de Guayabo o simplemente sentarnos en el jardín y dejarnos entretener por el sonido de las aguas del río y de los exóticos pájaros.

En San José podemos pasar dos o tres días agradables, tomando excursiones y conociendo algunos sitios de interés como la Catedral, el Teatro Nacional y el Museo Nacional.

Como ven, las opciones son muchas, por lo que nuestro **consejo** es contactar una buena agencia y planear un viaje que incluya San José y la **estancia** en algún hotel campestre. Así podrán hacer un viaje realmente inolvidable° a uno de los países más bellos y amistosos de nuestra América Latina.

Adaptado de la revista *Vanidades* (Hispanoamérica)

> Estableciendo el "centro de operaciones" en San José, tenemos a nuestra disposición una cantidad variada de excursiones de un día y de medio día...

Bosque tropical en Costa Rica.

---

very beautiful

birds / butterflies
powerful
perhaps
vale... it's worth it
rain forest

en... on top of
raft
unforgettable

Desde su mundo

1. Después de leer el artículo, ¿quiere Ud. visitar Costa Rica? ¿Por qué sí o por qué no?
2. ¿Ud. prefiere pasar sus vacaciones en ciudades grandes o en lugares de gran belleza natural? ¿Por qué?

piense y escriba   ¡Pongámoslo todo en práctica!

STUDENT WEBSITE

CD-ROM

Go to **...y escribamos** (in **Hablemos de su país**) on the student website and **De escuchar... a escribir** (in ¿**Comprende Ud.?**) on the CD-ROM for additional writing practice.

Ahora, ponga en práctica todo lo que ya sabe (**Lecciones 1** a **5**) al enfrentar (*face*) la siguiente situación.

Ud. es redactor(a) de una revista de viajes. Debe escribir un breve artículo (la introducción, tres párrafos de desarrollo y la conclusión) sobre algún lugar que Ud. conozca. Recuerde los siguientes puntos:

- Determinar el público para el cual escribirá.
- Tener claro su propósito.
- Definir el tema y generar ideas sobre éste.
- Seleccionar las ideas que desea discutir y organizarlas según el tema y los subtemas sobre los que ha decidido escribir.
- Escribir una introducción interesante.
- Resumir o concluir.

Pepe Vega y su mundo

Teleinforme

La costa del Caribe de Costa Rica ofrece muchas atracciones para los viajeros aventureros. El video nos presenta un destino popular de esta parte de Costa Rica: Puerto Viejo de Limón. La zona al norte de la ciudad de Limón es accesible sólo por barco o por avión; no hay carreteras porque la región es refugio ecológico. El viejo puerto de Limón queda al sur de la ciudad de Limón y sí es accesible por tierra. Aquí hay playas bonitas y comodidades para los turistas que buscan relajarse frente al mar.

Preparación

Consejos turísticos.   Una amiga costarricense le da algunos consejos para sus vacaciones en la costa del Caribe de Costa Rica. Ud. apunta sus recomendaciones en el orden en que ésta se las dice a Ud. Ahora, como Ud. quiere pasar unas vacaciones muy buenas, ¡trate de organizar mejor sus apuntes! Clasifique las recomendaciones bajo las categorías apropiadas.

1. Tomar autobús desde Limón Centro.
2. Montar en bicicleta.
3. Bribri y Sixaola: cerca de la frontera con Panamá
4. Bucear.
5. Pasear a caballo.
6. Cahuita: playa, surf
7. Cieneguita
8. Alquilar coche.
9. Cruzar el puente sobre el Río La Estrella.
10. El Continente: comida internacional
11. Hotel Casa Camarona: barato en temporada baja
12. Hacer *kayaking*

13. La Tortuga: con comida tradicional caribeña
14. Nadar.
15. Parque Nacional Cahuita (arrecifes de coral)
16. Parque Nacional Tortuguero (tortuga verde)
17. Pensión del Tío José: muy barata
18. Puerto Viejo de Limón: playas
19. Hacer *surfing*.
20. Refugio de Gandoca-Manzanillo (banco natural de ostión de mangle [*giant oysters*])
21. Tomar la Carretera 36.
22. Hacer *rafting*.
23. Tico Tico: comida rápida
24. Hay varios *bed and breakfasts*.

lugar/pueblo/ciudad:

para llegar:

alojamiento (*lodging*):

comida:

actividades:

excursiones:

Comprensión

STUDENT WEBSITE CD-ROM
Go to **Video** for further pre-viewing, vocabulary, and structure practice on this clip.

Puerto Viejo de Limón   25:48–31:38

De paseo es una serie de programas educativos producidos por SINART/Canal 13 en Costa Rica. Cada programa presenta bellas imágenes de un lugar determinado de Costa Rica. El programa ofrece información importante sobre cada lugar: cómo llegar, su historia, su gente y por qué se debe visitar. En este programa, vamos a visitar Puerto Viejo de Limón.

A. Información. Mientras Ud. ve el video, escoja o escriba, según corresponda, la(s) respuesta(s) correcta(s).

1. Puerto Viejo de Limón está en la costa del (Mar Caribe / Océano Pacífico / Golfo de México).
2. Para llegar a Puerto Viejo hay que dirigirse hasta el Cantón de (Bribri / Sixaola / Talamanca).
3. La carretera hacia Puerto Viejo está en _____ condiciones.
4. Llegando a Puerto Viejo se pasa por plantaciones de (yuca / banano / café).
5. La economía de Puerto Viejo está basada en gran parte en _____.
6. ¿Qué tipos de alojamiento hay en Puerto Viejo?
7. ¿Cuándo abrió sus puertas el Hotel Casa Camarona?
8. Estamos en la temporada (baja / alta). En esta temporada los hoteles son más (caros / baratos).
9. ¿Cómo son los precios del Hotel Casa Camarona para el turista costarricense?
10. El hotel tiene (7 / 16 / 17) habitaciones y (80 / 18 / 8) empleados.
11. Este hotel debe respetar muchas obligaciones con respecto a _____.
12. Puerto Viejo de Limón fue fundado por negros que vinieron de (Cuba / Jamaica / Panamá / Nicaragua).
13. Cultivaron (papas / café / coco / cacao / ñame / yuca / plátanos / tubérculos).
14. Según Edwin Patterson, las tres características principales de Puerto Viejo son _____.

B. ¿Quién hace qué? Mire de nuevo los primeros 30 segundos del video y escriba oraciones para describir a las personas que hacen las siguientes actividades. Use su imaginación y al menos un adjetivo para describir a estas personas. ¡Preste atención a la posición de los adjetivos!

Algunos adjetivos posibles: joven   dos   un   único
grande   pequeño   varios   atlético   solo   concentrado

MODELO: caminar por la playa
Dos mujeres **jóvenes** caminan por la playa.

1. hacer *kayaking*
2. jugar con pelota y paletas (*paddleball*)
3. descansar en la playa

4. tomar el sol
5. usar bronceador (*tanning lotion*)
6. secarse con una toalla

Ampliación

Comente Ud.   Usando la información que aprendió sobre Costa Rica y Puerto Viejo de Limón, haga una de las siguientes actividades.

1. Ud. es el nuevo presentador o la nueva presentadora del programa *De paseo*. Escoja dos minutos del video sobre Puerto Viejo de Limón y prepare una narración original.
2. Ud. es reportero(a) para la sección *Viajes* del periódico de su pueblo de origen o de la universidad donde estudia. Prepare un reportaje turístico sobre Puerto Viejo de Limón.

¿Están listos para el examen?

Lecciones 5 y 6

Tome este examen para ver cuánto ha aprendido. Las respuestas correctas aparecen en el **Apéndice C**.

Lección 5

A El imperativo: **Ud. y Uds.**

Conteste las siguientes preguntas, usando el imperativo (**Ud.** o **Uds.**). Utilice la información que aparece entre paréntesis y reemplace las palabras en cursiva con los complementos correspondientes.

1. ¿Cuándo hacemos *ejercicio*? (ahora)
2. ¿A quién le leo *el artículo*? (a Mario)
3. ¿Compro *los alimentos*? (no)
4. ¿Llamamos *al médico* ahora? (no)
5. ¿Qué *me* pongo? (el abrigo)
6. ¿Adónde voy? (al gimnasio)
7. ¿A quién se lo decimos? (a nadie)
8. ¿Evito *el tabaco*? (sí)
9. ¿Bebemos *ocho vasos de agua*? (sí)
10. ¿A qué hora *me* levanto? (a las siete)

B El imperativo de la primera persona del plural

Conteste las siguientes preguntas, siguiendo el modelo.

MODELO: ¿Dónde ponemos los libros? (en la mesa)
    Pongámoslos en la mesa.

1. ¿A qué hora nos levantamos mañana? (a las seis)
2. ¿A qué hora nos acostamos esta noche? (a las once)
3. ¿Nos bañamos por la mañana o por la tarde? (por la mañana)
4. ¿Qué le decimos a Mario? (que necesita hacer ejercicio)
5. ¿Se lo decimos al médico? (no)
6. ¿A quién le damos el dinero? (a Ernesto)

C El subjuntivo para expresar duda, incredulidad y negación

Cambie las siguientes oraciones de acuerdo con los nuevos comienzos.

1. Yo creo que ellos evitan las grasas. Yo no creo...
2. Es verdad que ella siempre camina mucho. No es verdad...
3. Yo no dudo que Uds. pueden mejorar su salud. Yo dudo...
4. Ellos no creen que nosotros seamos socios del club. Ellos creen...

5. Yo estoy seguro de que ellos van con Marta. Yo no estoy seguro...
6. Es cierto que ellos tienen mucho estrés en el trabajo. No es cierto...

D El subjuntivo para expresar lo indefinido y lo inexistente

Complete las oraciones con el indicativo o el subjuntivo según sea necesario.

1. Buscamos una casa que _____ (tener) cinco dormitorios; ahora tenemos una casa que _____ (tener) tres dormitorios.
2. ¿Hay alguien aquí que _____ (poder) levantar pesas?
3. Yo no conozco a nadie que lo _____ (saber).
4. Hay muchas personas que no _____ (seguir) las reglas de la salud.
5. Buscamos a alguien que _____ (conocer) al dueño del club.
6. No hay nadie que _____ (querer) hacerse socio de ese club.

E Expresiones que requieren el subjuntivo o el indicativo

Complete las oraciones con el indicativo o el subjuntivo según sea necesario.

1. No podemos ir al gimnasio a menos que ellos _____ (llevarnos).
2. Vamos a empezar a hacer ejercicio en cuanto ellos _____ (llegar).
3. Siempre vamos al club cuando _____ (tener) tiempo.
4. Voy a llamarlo tan pronto como yo _____ (terminar).
5. Quizás tú y yo _____ (poder) hacernos ricos, pero lo dudo.
6. Vamos a ir con tal de que Ud. _____ (ir) también.
7. Dora no va a dejarme en paz hasta que le _____ (hacer) caso.

F ¿Recuerda el vocabulario?

Diga las siguientes frases de otra manera, usando el vocabulario de la **Lección 5**.

1. lo que comemos
2. mantequilla, margarina, aceite, etc.
3. tiene doce pulgadas
4. perder peso
5. opuesto de aumentar
6. opuesto de viejo
7. opuesto de enfermo
8. mineral que encontramos en la leche
9. vegetal que tiene muy pocas calorías
10. pimiento verde
11. sinónimo de col
12. tensión nerviosa

G Cultura

Complete cada una de las siguientes oraciones con la palabra adecuada.

1. El Salto _____ es el más alto del mundo.
2. El _____ es una de las fuentes de riqueza de Venezuela.
3. _____ es la capital de Venezuela.
4. Simón Bolívar es conocido (*known*) como el _____ de América.
5. Las _____ de Colombia son las más famosas del mundo.

Lección 6

A El imperativo: **tú**

Complete las siguientes oraciones, usando la forma **tú** del imperativo.

1. _____ (Ir) a la agencia de automóviles, _____ (alquilar) un automóvil y _____ (sacar) seguro.
2. _____ (Venir) aquí, Anita, _____ (hacerme) un favor: _____ (cerrar) la puerta y _____ (abrir) las ventanas.
3. _____ (Hablar) con Jorge y _____ (decirle) que venga mañana.
4. _____ (Ser) bueno, Luis, y _____ (prestarme) el gato.
5. _____ (Comprar) un coche automático; no _____ (comprar) uno de cambios mecánicos.
6. _____ (Sentarse) al lado de la ventana; no _____ (sentarse) aquí.
7. _____ (Tener) paciencia.
8. _____ (Salir) con Marta; no _____ (salir) con Roberto.

B El participio

Complete las siguientes oraciones, usando los participios de los verbos entre paréntesis en función de adjetivo.

1. No pude entrar porque la puerta estaba _____ (cerrar).
2. Yolanda no durmió anoche; estuvo toda la noche _____ (despertar).
3. Ya no tiene problemas. Todos sus problemas están _____ (resolver).
4. Las cartas estaban _____ (escribir) en francés.
5. Compré unas joyas _____ (hacer) en Costa Rica.

C El pretérito perfecto y el pluscuamperfecto

Complete las oraciones, usando el pretérito perfecto o el pluscuamperfecto de los verbos entre paréntesis.

1. Nosotros no _____ (ver) a nuestros compañeros hoy.
2. Cuando yo llegué a la agencia ya Marta _____ (alquilar) el coche.
3. Cuando empezó el curso ya nosotros _____ (matricularse).
4. Ellos no _____ (llevar) el coche al taller de mecánica hoy.

D Posición de los adjetivos

Complete las siguientes oraciones, usando el equivalente español de las palabras que aparecen entre paréntesis.

1. Pasé la tarde hablando con _____. (*an old friend*)
2. Ella era la _____ que tenía hijos. (*the only woman*)
3. Les serví _____. (*a good Spanish wine*)
4. _____ me dijo que no era necesario estudiar esa lección. (*The teacher herself*)
5. Había _____ en el museo. (*some very interesting paintings*)

E ¿Recuerda el vocabulario?

Complete las siguientes oraciones usando el vocabulario aprendido en la **Lección 6**.

1. Leí un _____ sobre coches en Internet.
2. Es un curso para _____. No es una clase avanzada.
3. Ellos llegaron a _____ de las diez de la noche.
4. No es un coche _____. Es de _____ mecánicos.
5. El coche no arranca; necesito una _____ nueva.
6. Debemos parar porque el _____ está en rojo.
7. ¿Cuál es el número de la _____ de tu automóvil?
8. Llamemos una _____ para remolcar el coche.

F Cultura

Complete cada una de las siguientes oraciones con la palabra adecuada.

1. Costa Rica tiene uno de los mejores sistemas _____ de Latinoamérica.
2. Las reservas ecológicas de Costa Rica ocupan el _____ de la superficie del país.
3. Una de las montañas más altas de Costa Rica es el volcán _____.
4. Costa Rica exporta principalmente _____, _____ y _____.
5. La capital de Costa Rica es _____.

¡Buen provecho!

OBJETIVOS

Temas para la comunicación

La comida

Estructuras

1. El futuro
2. El condicional
3. El futuro perfecto y el condicional perfecto
4. Género de los nombres: casos especiales

Regiones y países

Panamá • Nicaragua • Honduras • El Salvador • Guatemala

Lectura

La cocina guatemalteca

Estrategias de lectura

El uso de varias estrategias

Estrategias de redacción

Taller de redacción I

En el Centro Mercado en Honduras, dos mujeres mayas venden pasteles.

¡Buen provecho!

CD-ROM   STUDENT AUDIO

For preparation, do the **Ante todo** activities found on the CD-ROM.

En una fiesta del Club Internacional de la Universidad de California, cinco estudiantes centroamericanos, sentados alrededor de una mesa, charlan animadamente. Los cinco amigos son: Estela Vidal, de Guatemala; Rafael Mena, de Nicaragua; Roberto Ortiz, de Honduras; Amanda Núñez, de El Salvador, y Oscar Varela, de Panamá.

ESTELA —¿Vamos a la fiesta de Marité mañana? ¡Tenemos que aprovechar estos últimos meses para estar juntos!

AMANDA —Tienes razón. Para junio nos habremos graduado y... ¡quién sabe adónde iremos a parar todos!

RAFAEL —Supongo que yo volveré a mi país. Me guataría vivir en Managua. La verdad es que me sería difícil quedarme a vivir aquí...

OSCAR —A mí también. Echo de menos a mi familia, a mis amigos... Extraño la comida, sobre todo la sopa de pescado que prepara mi abuela... ¡Y no veo la hora de tomar una chicha[1] con mis amigos en nuestra fonda favorita!

ROBERTO —Yo tengo ganas de comer mondongo con papas, como lo prepara mi mamá... o arroz con frijoles y tortillas de maíz...

ESTELA —Plátanos fritos con miel de abeja... ¡Yo comería un plato de eso ahora mismo!

AMANDA —¡Ay, no me hables de comer! ¡Yo no podría tragar un bocado más...! Bueno... quizá una pupusa...

OSCAR —¿Qué es eso?

AMANDA —Tortilla rellena de carne, frijoles y queso. ¡Son riquísimas! Especialmente cuando las hace mi tía Marta. Oye, Roberto, ¿quieres un poco más de ensalada?

ROBERTO —No, yo estoy satisfecho, pero, ¿qué veo? ¡Hay flan con crema! ¡De haberlo sabido, no habría comido tanto!

AMANDA —Pues... ¡buen provecho!, como decimos siempre en mi país. Hasta mi hermanito más pequeño lo dice.

OSCAR —Eso es muy español... ¡y la sobremesa[2]! En mi casa, después de comer, pasábamos por lo menos una hora charlando o contando chistes... ¡o discutiendo sobre política! ¡Cómo me gustaría estar en mi casa ahora mismo, oyendo la risa de mis hermanos...!

ESTELA —Y a mí me parece ver a mi mamá... trayendo fuentes de comida a la mesa, charlando con amigos que muchas veces llegaban al mediodía... ¡sin avisar, por supuesto! *(Se ríe)* Pero todos eran siempre bienvenidos.

RAFAEL —Bueno, basta de recuerdos... ¡O nos pondremos tristes! *(Levanta la copa.)* ¡Un brindis!

TODOS —*(Levantan las copas también.)* ¡Salud!

---

[1] **chicha:** Bebida hecha con frutas, agua y azúcar.

[2] **sobremesa:** Generalmente los hispanos se quedan sentados alrededor de la mesa y conversan después de comer.

Dígame

En parejas, contesten las siguientes preguntas basadas en el diálogo.

1. ¿Dónde están sentados los chicos? ¿Qué están haciendo?
2. ¿Para cuándo se habrán graduado los chicos?
3. ¿Dónde le gustaría vivir a Rafael?
4. ¿A quiénes echa de menos Oscar? Sobre todo, ¿qué comida extraña?
5. ¿Qué tiene ganas de comer Roberto? ¿Y Estela?
6. ¿Por qué cree Ud. que Amanda dice que no podría tragar un bocado más?
7. ¿Qué es una pupusa?
8. ¿Qué no habría hecho Roberto de haber sabido que había flan?
9. ¿Qué frase dice el hermanito de Amanda cuando van a comer?
10. ¿Qué hacían Oscar y su familia después de comer?
11. ¿Por qué dice Rafael "basta de recuerdos"?
12. ¿Quién levanta su copa para hacer un brindis?

perspectivas socioculturales

INSTRUCTOR WEBSITE
Your instructor may assign the preconversational support activities found in **Perspectivas socioculturales**.

La comida de un país varía de región en región. Haga lo siguiente:

a. Lea los temas de conversación que aparecen a continuación y escoja uno de ellos.
b. Durante unos cinco minutos, converse con dos compañeros sobre el tema seleccionado.
c. Participe con el resto de la clase en la discusión del tema cuando su profesor(a) se lo indique.

Temas de conversación

1. **La cocina de su región.** ¿Cuáles son los platos más populares de la región donde Ud. vive: de primer plato, de plato principal (*main course*) y de postre?
2. **Sus preferencias gastronómicas.** ¿Tiene Ud. algunos platos favoritos? ¿Cuáles son?

Vocabulario

Nombres

el bocado bite, morsel
el brindis toast
el chiste joke
la copa glass, goblet
la fonda inn
la fuente serving dish
la miel de abeja honey
el mondongo tripe and beef knuckles
el plátano plantain, banana
el recuerdo memory

Verbos

avisar to inform, to give notice
discutir to discuss, to argue
tragar to swallow

Adjetivos

bienvenido(a) welcome
relleno(a) stuffed

rico(a), sabroso(a) tasty, delicious
satisfecho(a) full, satisfied

Otras palabras y expresiones

alrededor around
animadamente lively
basta enough
buen provecho enjoy your meal, bon appetit
de haberlo sabido had I known
ir a parar to end up
ponerse triste to become sad
¡Salud! Cheers!, To your health!
sobre todo above all
tener ganas de to feel like

Ampliación

Para hablar de comidas

el bistec {
bien cocido well cooked, well done
medio crudo rare
término medio medium-rare
}

las chuletas {
de cerdo pork
de cordero lamb
de ternera veal
}

pescados {
el atún tuna
el bacalao cod
el salmón salmon
la sardina sardine
la trucha trout
}

Formas de cocinar

asar to roast, to barbecue
cocinar al horno, hornear to bake
cocinar al vapor to steam
freír to fry
hervir (e → ie) to boil

Para hablar de bebidas

la cerveza beer
la gaseosa soft drink
la ginebra gin
el ponche punch
el ron rum
el vino {
blanco white
rosado rosé
tinto red
} wine

CD-ROM
Go to **Vocabulario** for additional vocabulary practice.

Hablando de todo un poco

Preparación   Encuentre en la columna B las respuestas a las preguntas de la columna A.

A	B
1. ¿Qué necesitas para hacer el brindis?	a. No, medio crudo o término medio.
2. ¿Serviste una fuente de carne asada?	b. No, pero de haberlo sabido, no habríamos comido tanto.
3. Elsa es muy simpática, ¿verdad?	c. No, las voy a hervir o a freír.
4. ¿Qué están haciendo tus amigos?	d. Sí, pero siempre son bienvenidos.
5. ¿Estás satisfecho?	e. Vino rosado o vino tinto.
6. ¿Uds. quieren postre? Tenemos flan.	f. Sí, tiene mucha pimienta.
7. ¿Adónde vamos a ir a parar esta noche?	g. No, cerveza, gaseosa y ponche.
	h. No, un pavo relleno muy rico.
8. ¿Uds. comen el bistec bien cocido?	i. ¡Buen provecho!
9. ¿Quieres comer más mondongo?	j. Plátanos fritos con miel de abeja.
10. ¿Vinieron sin avisar?	k. Están discutiendo animadamente alrededor de la mesa.
11. ¿Extrañas la comida de tu país?	l. No, basta, no podría tragar un bocado más.
12. ¿Raúl va a traer ron y ginebra?	m. ¡Salud!
13. ¿Crees que van a ponerse tristes?	n. Sí, siempre está contando chistes.
14. ¿Qué tienes ganas de comer?	o. Sí, he comido muy bien.
15. ¿Qué dijo Mario cuando levantó su copa?	p. A una fonda.
16. ¿Vas a cocinar las papas al horno?	q. Sí, porque están hablando de sus recuerdos.
17. ¿Qué les vas a decir cuando empiecen a comer?	r. Sí, sobre todo las pupusas.
18. ¿El cordero está muy picante?	

En grupos de tres o cuatro, hagan lo siguiente.

A. ¿Qué vas a traer?   Uds. están planeando un "potluck". Decidan qué comida va a traer cada estudiante de la clase. Asegúrense de que haya variedad.

B. Una comida elegante.   Uds. están encargados(as) de preparar comida para tres estudiantes extranjeros. Decidan qué van a servir teniendo en cuenta lo que cada uno prefiere.

1. A Marité le encanta el pescado.
2. Carlos come mucha carne.
3. Olga prefiere comer chuletas, pero no come carne de cerdo.

Ahora decidan qué bebidas van a servirle a cada uno de acuerdo con el tipo de comida. Olga no toma bebidas alcohólicas. Para terminar, uno de Uds. propone un brindis.

C. **Las maneras de cocinar.**   Hablen de las formas en que Uds. cocinan distintos tipos de comida. ¿Qué fríen, qué cocinan al horno, qué hierven, qué cocinan al vapor, qué asan?

Palabras problemáticas

A. **Picante, caliente** y **cálido** como equivalentes de *hot*

spicy • **Picante** es el equivalente de *hot (spicy)* cuando hablamos de comida.

La carne está muy **picante.** Tiene mucha pimienta.

Hot • **Caliente** se usa cuando nos referimos a la temperatura de las cosas.

El café está muy **caliente.**

warm • **Cálido** equivale a *hot* o *warm* cuando hablamos del clima.

El clima de Hawai es muy **cálido.**

B. **Pequeño, poco** y **un poco de**

small • **Pequeño** significa **chico,** y se refiere al tamaño de un objeto o de una persona.

Mi hermana es muy **pequeña.**

no enough • **Poco** significa **no mucho.**

Tengo **poco** dinero. Necesito conseguir más.

a little bit of • **Un poco de** significa **una pequeña cantidad de.**

¿Quieres **un poco de** pescado?

Práctica

En parejas, contesten las siguientes preguntas, usando en sus respuestas las palabras problemáticas aprendidas.

1. ¿Le gusta la comida con mucha pimienta? ¿Por qué o por qué no?
2. Generalmente, ¿come Ud. mucho?
3. ¿Toma Ud. té helado?
4. En un buffet, ¿se sirve Ud. mucho de cada comida?
5. Si le ofrecen un trozo de torta, ¿toma Ud. un trozo grande?
6. Cuando Ud. va de vacaciones, ¿escoge un lugar de clima frío?

Your instructor may carry out the **¡Ahora escuche!** listening activity found in the **Answers to Text Exercises.**

¡Ahora escuche!

Se leerá dos veces una narración sobre los Acosta, un matrimonio que tiene invitados mañana para la cena. Se harán aseveraciones sobre la narración. En una hoja escriba los números de uno a doce e indique si cada aseveración es verdadera (V) o falsa (F).

El mundo hispánico

Centroamérica

Oscar Varela

Tengo que dar una charla sobre Centroamérica en la Casa Hispánica y, como es natural, empezaré por hablar de mi país. Panamá conecta América Central con Sudamérica y es la nación hispanoamericana de más reciente creación. Es un país montañoso, un poco más pequeño que Carolina del Sur, y es conocido mundialmente por su famoso canal, alrededor del cual gira° la actividad económica del país. El canal perteneció° a los Estados Unidos hasta el año 1999, pero ahora es propiedad de Panamá. Las dos ciudades más grandes y más importantes de mi país son la ciudad de Panamá, la capital, y Colón.

La mitad del país está cubierta de bosques° y esto ha empezado a atraer a turistas interesados en la ecología. Nosotros esperamos que muy pronto el turismo sea otra fuente importante de ingresos.

Al norte de Panamá está Costa Rica. Yo no hablaré de este país porque la próxima semana lo

STUDENT WEBSITE
Go to **El mundo hispánico** for prereading and vocabulary activities.

revolves
belonged

forest

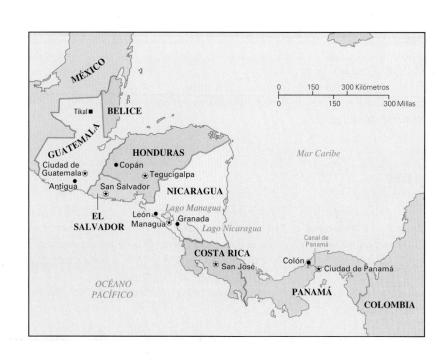

hará un profesor costarricense. Pasemos entonces a Nicaragua, que es el país más extenso de la América Central y que es conocido como la "Tierra° de los lagos°". Una cosa interesante es que en el lago Nicaragua, que es el mayor lago de agua dulce° del mundo, hay tiburones°. Managua, la capital, está situada al oeste del país, que es la región más poblada.   land/lakes

fresh/sharks

El país más pequeño y el más densamente poblado de Centroamérica es El Salvador. Como tiene más de doscientos volcanes se le ha llamado la "Tierra de los volcanes". La capital del país, San Salvador, es la más industrializada de las ciudades de América Central.

Al este de El Salvador está Honduras, que es el único país de Centroamérica donde no hay volcanes. Este país cuenta hoy con el mayor bosque de pinos del mundo. La capital de Honduras es Tegucigalpa y la mayor atracción turística del país es Copán, unas ruinas mayas de singular encanto°.   charm

Otro de los países centroamericanos cuyo territorio fue parte del imperio maya es Guatemala. Aquí, aunque el idioma oficial es el español, la mayor parte de los indígenas hablan sus propias lenguas. En este país encontramos las ruinas de Tikal, uno de los sitios arqueológicos más interesantes de toda América. Guatemala es un país de volcanes, montañas y bellos paisajes°. Su clima es muy agradable y por eso se conoce como "el país de la eterna primavera".   landscapes

Sobre Centroamérica

En parejas, túrnense para contestar las siguientes preguntas.

1. ¿Qué conecta Panamá? ¿Por qué es famoso mundialmente?
2. ¿Qué importancia tiene el canal para la economía del país?
3. ¿Cuál es el país más extenso de la América Central?
4. ¿Qué saben Uds. del lago Nicaragua?
5. ¿Cuál es la capital de Nicaragua?
6. ¿Qué saben Uds. de El Salvador?
7. ¿Cuál es la capital de El Salvador? ¿Qué la distingue?
8. ¿En qué se diferencia Honduras de los demás países centroamericanos?
9. ¿Cuál es la capital de Honduras? ¿Cuál es la mayor atracción turística del país?
10. ¿Dónde está Tikal? ¿Qué importancia tiene?

Hablemos de su país

INSTRUCTOR WEBSITE
STUDENT WEBSITE
Your instructor may assign the pre-conversational activities in **Hablemos…** (under **Hablemos de su país**). Go to **Hablemos de su país** (under…**y escribamos**) for post-conversational web search and writing activities.

El ensayo hace referencia a aspectos de interés de los países centroamericanos. Reúnase con un(a) compañero(a) para pensar en aspectos de interés natural, urbano o histórico de su región. Prepárense para ensayar (*rehearse*) la representación (*skit*) de una conversación entre el director o la directora de turismo de su región y un(a) visitante. Representen la conversación ante la clase.

Una tarjeta postal

Estela fue de vacaciones a su país y les mandó esta tarjeta a sus amigos.

Queridos amigos:

Lo estoy pasando muy bien en Guatemala. Ayer visité Tikal, las famosas ruinas mayas. También estuve en Antigua, que es un centro de atracción turística. Es un lugar encantador. Con razón Aldous Huxley[1] la calificó como una de las ciu- dades más románticas del mundo. Espero verlos pronto.

Cariños,

Estela

Después de leer la tarjeta

1. ¿Desde dónde escribe Estela? ¿Cómo lo está pasando?
2. ¿Qué ruinas visitó? ¿En qué otros lugares estuvo?
3. ¿Qué dice Estela de Antigua?
4. ¿Qué dijo Aldous Huxley de Antigua?
5. ¿Estela piensa estar mucho tiempo más en Guatemala?

---

[1] En 1933, este escritor inglés viajó por México, Honduras, Guatemala y el Caribe. Sus impresiones se publicaron en el libro *Beyond the Mexique Bay* (1934).

Estructuras gramaticales

STUDENT WEBSITE
Do the **¿Cuánto recuerda?** pretest to check what you already know on the topics covered in this **Estructuras gramaticales** section.

1 El futuro

A Usos y formas

● The Spanish future tense is the equivalent of the English *will* or *shall* + *a verb*.

Ellos **serán** bienvenidos.   *They will be welcome.*

The Spanish future form is not used to express willingness, as is the English future. In Spanish this is expressed with the verb **querer.**

¿**Quiere** Ud. esperar?   *Will you (please) wait?*

● Most verbs are regular in the future tense. It is formed by adding the following endings to the infinitive.

Infinitive		Stem	Endings	
trabajar	yo	trabajar-	**é**	trabajar**é**
aprender	tú	aprender-	**ás**	aprender**ás**
escribir	Ud.	escribir-	**á**	escribir**á**
hablar	él	hablar-	**á**	hablar**á**
decidir	ella	decidir-	**á**	decidir**á**
dar	nosotros(-as)	dar-	**emos**	dar**emos**
ir	vosotros(-as)	ir-	**éis**	ir**éis**
caminar	Uds.	caminar-	**án**	caminar**án**
perder	ellos	perder-	**án**	perder**án**
recibir	ellas	recibir-	**án**	recibir**án**

● All endings, except the **nosotros** form, have written accent marks.

—¿Adónde **irán** Uds. el próximo verano?   *"Where will you go next summer?"*

—**Iremos** a Panamá.   *"We will go to Panama."*

—¿Ya **estarán** de vuelta para fines de agosto?   *"Will you (already) be back by the end of August?"*

—Sí, estoy seguro de que para esa fecha **estaremos** de vuelta.   *"Yes, I'm sure that by that date we will be back."*

—¿De qué **hablarás** en la reunión?   *"What will you speak about in the meeting?"*

—**Hablaré** de Centroamérica.   *"I will speak about Central America."*

● The following verbs are irregular in the future tense. The future endings are added to a modified form of the infinitive.

Infinitive	Modified stem	Endings	Future (yo-form)
haber[1]	habr-		habré
caber (*to fit*)	cabr-		cabré
querer	querr-		querré
saber	sabr-	-é	sabré
poder	podr-	-ás	podré
poner	pondr-	-á	pondré
venir	vendr-	-emos	vendré
tener	tendr-	-éis	tendré
salir	saldr-	-án	saldré
valer	valdr-		valdré
decir	dir-		diré
hacer	har-		haré

● In the first group, the final vowel of the infinitive is dropped.

● In the second group, the final vowel of the infinitive is dropped and the letter **d** is inserted.

● In the third group, contracted stems are used.

—¿Qué **harán** los estudiantes? — *"What will the students do?"*
—**Tendrán** que volver a la universidad. — *"They will have to return to the university."*

—¿A qué hora **saldrán** Uds. para Managua? — *"What time will you leave for Managua?"*

—**Saldremos** muy temprano. — *"We will leave very early."*

Práctica

CD-ROM
Go to **Estructuras gramaticales** for additional practice.

A. En parejas, túrnense para decir lo que estas personas harán en las siguientes situaciones.

1. Queremos comer algo sabroso.
   Uds. _____.
2. Tengo ganas de comer pescado.
   Tú _____.

---

[1] Remember that as a main verb, **haber** is used only in the third person singular. **Habrá** = *there will be*.

3. Pedro tiene mucha sed.
   Él _____.
4. Tú quieres celebrar tu cumpleaños.
   Yo _____.
5. Uds. quieren hacer un brindis.
   Nosotros _____.
6. Las chicas necesitan comprar plátanos.
   Ellas _____.
7. Elsa necesita dinero.
   Ella _____.
8. Yo quiero ir al mercado y no tengo coche.
   Tú _____.

B. Esto es lo que pasa generalmente. Use la imaginación para decir algo diferente que pasará en el futuro.

1. Ella sale con sus amigos.
   La semana que viene _____.
2. Yo pido gaseosa en el restaurante.
   Esta noche _____.
3. Nosotros vamos a la reunión por la tarde.
   El sábado _____.
4. Tú vienes a comer a las ocho.
   Mañana _____.
5. Mamá hace chuletas de cerdo.
   El domingo _____.
6. Los chicos comen sándwiches de atún.
   El lunes _____.
7. Uds. pueden ir al mercado por la mañana.
   Este fin de semana _____.
8. Yo tengo que preparar el almuerzo.
   El martes _____.
9. Ud. vuelve a su casa a las cuatro.
   Mañana _____.
10. Ellos sirven el desayuno a las siete.
    El jueves _____.

C. Una amiga de Uds. va a dar una fiesta y necesita ayuda. En parejas, hagan una lista de diez cosas que Uds. y otros amigos harán para ayudarla.

D. Esto es lo que pasó ayer. Vuelva a escribir el siguiente párrafo para decir lo que pasará mañana, usando el futuro de los verbos en cursiva.

Ayer, como todos los días, *me levanté* temprano, *me vestí* y *salí* para la universidad. *Llegué* tarde por el tráfico. Al llegar, el profesor *vino* y *me dijo*: "Necesita entregar el informe sobre los países centroamericanos". Yo no *pude* dárselo porque no *estaba* terminado. *Hice* la tarea y después *invité* a Nora, una compañera de clase, a almorzar pero, como siempre, no *quiso* ir conmigo. Por la tarde *estudié* en la biblioteca y después *fui* al mercado para comprar varias cosas para la comida, *preparé* la comida y *cené*. En fin, *tuve* un día muy ocupado.

ᗷ El futuro para expresar probabilidad o conjetura

⬤ The future tense is frequently used in Spanish to express probability or conjecture in relation to the present. Phrases such as *I wonder, probably, must be,* and *do you suppose* express the same idea in English.

—¿A qué hora **será** la reunión?	*"What time do you suppose the meeting is?"*
—No sé... **será** a las diez y media.	*"I don't know . . . it must be at about ten-thirty."*
—¿Dónde **estará** Manuel?	*"I wonder where Manuel is?"*
—**Estará** en la fonda.	*"He must be at the inn."*
—¿Cuánto **valdrán** esas copas?	*"I wonder how much those goblets are worth (cost)?"*
—**Valdrán** unos veinte dólares.	*"They probably cost about twenty dollars."*

Deber + *infinitive* is also used to express probability.

Debe costar mucho dinero.   *It must cost (probably costs) a lot of money.*

Práctica

CD-ROM
Go to **Estructuras gramaticales** for additional practice.

A. Ud. y un(a) compañero(a) están en la fiesta de Mario. Háganse las siguientes preguntas y traten de adivinar las respuestas. Usen el futuro para expresar probabilidad.

1. Oye, ¿tú sabes lo que está celebrando Mario?
2. ¿Quién es la chica que está hablando con él?
3. Es muy joven... ¿Cuántos años crees que tiene?
4. ¿Qué está haciendo la mamá de Mario en la cocina?
5. Estela no está aquí todavía. ¿A qué hora va a venir?
6. Estas chuletas están muy ricas. ¿De qué son?
7. Mario me dijo que íbamos a bailar. ¿Cuándo empieza el baile?
8. Mario no tiene discos compactos. ¿Quién los va a traer?
9. Mario no toma bebidas alcohólicas. ¿Qué crees que van a servir para tomar?
10. No tengo reloj. ¿Qué hora es?

B. En parejas hablen sobre lo siguiente, usando el futuro para expresar probabilidad.

MODELO: un chico que Uds. han visto en la Casa Hispánica
E1:   —¿*Quién será aquel chico?*
E2:   —*Será el nuevo estudiante.*

1. adónde van sus amigos a las ocho de la noche
2. dónde va a ser la cena
3. cómo van a preparar los bistecs
4. qué hay en el refrigerador
5. dónde están las fuentes
6. quién va a servir la comida
7. cuándo van a hacer el brindis
8. quiénes van a contar los chistes

2 El condicional

A Usos y formas

- The conditional tense corresponds to the English *would*[1] + *a verb*.

    1. The conditional states *what would happen* if a certain condition were true.

        Yo no lo **haría.**   *I wouldn't do it (if I were you, etc.).*[2]

    2. The conditional is also used as the future of a past action. The future states what will happen; the conditional states what would happen.

        Él dice que **llegará** tarde.   *He says that he will be late.*
        Él dijo que **llegaría** tarde.   *He said that he would be late.*

    3. The Spanish conditional, like the English conditional, is also used to express a request politely.

        ¿Me **haría** Ud. un favor?   *Would you do me a favor?*

- Like the future tense, the conditional tense uses the infinitive as the stem and has only one set of endings for all verbs, regular and irregular.

Infinitive		Stem	Endings	
trabajar	yo	trabajar-	ía	trabajaría
aprender	tú	aprender-	ías	aprenderías
escribir	Ud.	escribir-	ía	escribiría
ir	él	ir-	ía	iría
ser	ella	ser-	ía	sería
dar	nosotros(-as)	dar-	íamos	daríamos
hablar	vosotros(-as)	hablar-	íais	hablaríais
servir	Uds.	servir-	ían	servirían
estar	ellos	estar-	ían	estarían
preferir	ellas	preferir-	ían	preferirían

- All of the conditional endings have written accents.

    —¿Cuánto te dijo que **costaría** el vino tinto?
    —Dijo que **costaría** unos cien dólares.

    "How much did he say the red wine would cost?"
    "He said it would cost about a hundred dollars."

    —¿Qué **preferirían** comer Uds.?
    —**Preferiríamos** comer ternera.

    "What would you rather eat?"
    "We would rather eat veal."

---

[1] When *would* is used to refer to a repeated action in the past, the imperfect is used in Spanish.

[2] For the use of the conditional in *if*-clauses, see **Lección 8.**

◉ The same verbs that are irregular in the future are also irregular in the conditional. The conditional endings are added to the modified form of the infinitive.

Infinitive	Modified stem	Endings	Conditional (yo-form)
haber[1]	habr-		habría
caber	cabr-		cabría
querer	querr-		querría
saber	sabr-		sabría
poder	podr-	-ía	podría
		-ías	
poner	pondr-	-ía	pondría
venir	vendr-	-íamos	vendría
tener	tendr-	-íais	tendría
salir	saldr-	-ían	saldría
valer	valdr-		valdría
decir	dir-		diría
hacer	har-		haría

Los niños **tendrían** que comer porque ya es tarde.	*The children would have to eat because it's late.*
Ellos dijeron que **vendrían** a las seis.	*They said they would come at six.*
David dijo que **saldría** temprano.	*David said he would leave early.*
Podríamos servir cordero asado.	*We could serve roasted lamb.*

Práctica

CD-ROM
Go to **Estructuras gramaticales** for additional practice.

A. Conteste las siguientes preguntas usando el condicional y la información dada entre paréntesis.

MODELO: ¿Qué dijeron de las botellas de ron? (no caber aquí)
Dijeron que no cabrían aquí.

1. ¿Cuándo dijeron que iban a traer las truchas? (hoy por la tarde)
2. ¿Cómo dijo Juan que iba a cocinar el bistec? (término medio)
3. ¿Qué dijo Paco que iba a hacer con las sardinas? (freírlas)
4. ¿Dónde dijeron ellos que iban a poner el salmón? (ponerlo en el horno)
5. ¿Qué dijo Arturo de las chicas? (venir mañana)
6. ¿Qué dijo Sara de Roberto? (no salir con él)

B. ¿Qué cree Ud. que harían Ud. o las siguientes personas en cada una de estas situaciones? Conteste usando el condicional.

1. A su mejor amigo(a) le regalan cien dólares.
2. Ud. tiene un examen y unos amigos lo (la) invitan a una fiesta la noche antes.
3. Su familia tiene hambre y no hay comida en la casa.

---
[1] **habría** = *there would be*

4. Sus padres desean comprar ginebra y no tienen suficiente dinero.
5. Un amigo suyo le pide veinte dólares y Ud. sabe que él nunca paga.
6. Hay un(a) chico(a) muy antipático(a) que la (lo) invita a salir.
7. Necesitamos cerveza.
8. Uds. desean tomar algo caliente.
9. Tú y yo necesitamos diez dólares para comprar el ponche.
10. Mis padres tienen invitados este fin de semana.

B El condicional para expresar probabilidad o conjetura

○ The conditional tense is frequently used to express probability or conjecture in relation to the past.

—Anoche fui a visitar a Enrique y no estaba en su casa. ¿Dónde **estaría?**

"Last night I went to see Enrique and he wasn't home. Where do you suppose he was?"

—**Iría** a la casa de Juan.

"He probably went to Juan's house."

—No encuentro el vino rosado. ¿Dónde lo **guardaría** Elsa?

"I can't find the rosé wine. Where do you suppose Elsa keeps it?"

—Lo **pondría** en la cocina.

"She probably put it in the kitchen."

Práctica

CD-ROM
Go to **Estructuras gramaticales** for additional practice.

Su compañero(a) de cuarto siempre quiere saber lo que están haciendo los vecinos. Use Ud. su imaginación para tratar de adivinar las respuestas. Use el condicional para expresar conjetura.

1. ¿Qué hora era cuando llegaron anoche?
2. ¿Por qué llegaron tan tarde?
3. ¿Quién era el muchacho que estaba con ellos?
4. ¿De dónde vinieron?
5. Uno de ellos tenía un paquete en la mano. ¿Qué era?
6. Estuvieron conversando hasta muy tarde. ¿De qué hablaban?
7. ¿A qué hora se acostaron?
8. ¿A qué hora se levantaron esta mañana?
9. ¿Qué desayunaron?
10. ¿A qué hora salieron de su casa?

3 El futuro perfecto y el condicional perfecto

A El futuro perfecto

○ The future perfect is used to refer to an action that will have taken place by a certain point in the future. It is formed with the future tense of the auxiliary verb **haber** + *the past participle of the main verb*. The future perfect in English is expressed by *shall* or *will have* + *past participle*.

haber (future)	Past participle	
habré	hablado	*I will have spoken*
habrás	comido	*you will have eaten*
habrá	vuelto	*he, she, you will have returned*
habremos	dicho	*we will have said*
habréis	roto	*you will have broken*
habrán	hecho	*they, you will have done, made*

—¿Estará Tito en casa para las ocho?   *"Will Tito be home by eight?"*

—Sí, estoy segura de que ya **habrá vuelto** para esa hora.   *"Yes, I'm sure that he'll have returned by that time."*

—¿Ya **habrán terminado** Uds. de cenar para las ocho?   *"Will you have finished having dinner by eight?"*

—Sí, para entonces ya **habremos terminado**.   *"Yes, by then we will have finished."*

Práctica

CD-ROM
Go to **Estructuras gramaticales** for additional practice.

A. Diga lo que habrán hecho Ud. y las siguientes personas para las fechas u horas indicadas.

1. Para junio, nosotros...
2. Para el 20 de diciembre, yo...
3. Para fines de este verano, mis padres...
4. Para mañana por la tarde, mi amigo...
5. Para la semana próxima, tú...
6. Para mañana a las siete, Uds...
7. Para las diez de la noche, yo...
8. Para las cuatro, mis compañeros de clase...

B. Converse con un(a) compañero(a) sobre lo que habrá pasado en sus vidas y en las de sus familiares y amigos para el año 2010.

ⓑ El condicional perfecto

- The conditional perfect (expressed in English by *would have + past participle of the main verb*) is used for the following purposes.

1. It indicates an action that would have taken place (but didn't), if a certain condition had been true.[1]

De haberlo sabido, no **habría comido** tanto.   *Had I known, I wouldn't have eaten so much.*

---

[1] For the use of the conditional perfect in *if*-clauses, see **Lección 9**.

2. It refers to a future action in relation to the past.

Él **dijo** que para mayo **se habrían graduado.**

He said that by May they would have graduated.

○ The conditional perfect is formed with the conditional of the verb **haber** + *the past participle of the main verb.*

haber (conditional)	Past participle	
habría	**hablado**	*I would have spoken*
habrías	**comido**	*you would have eaten*
habría	**vuelto**	*he, she, you would have returned*
habríamos	**dicho**	*we would have said*
habríais	**roto**	*you would have broken*
habrían	**hecho**	*they, you would have done, made*

—El clima de ese lugar era cálido y húmedo. De haberlo sabido, no **habría ido** allí.

"The climate in that place was warm and humid. Had I known, I wouldn't have gone there."

—En otras palabras, tus vacaciones no fueron muy buenas...

"In other words, your vacation wasn't very good . . ."

—¿Cuántos años más deben estudiar Ana y Paco para graduarse?

"How many more years must Ana and Paco study to graduate?"

—Ellos dijeron que dentro de dos años **habrían terminado.**

"They said that in two years they would have finished."

Práctica

CD-ROM
Go to **Estructuras gramaticales** for additional practice.

A. ¡Planee mejor que Manuel! Aquí tiene una lista de las cosas que Manuel hizo y de las que no hizo cuando tuvo una fiesta en su casa. Diga lo que Ud. y otras personas habrían hecho. Use la información dada.

1. No invitó a todos sus amigos. (yo)
2. Sirvió solamente vino blanco. (nosotros)
3. Empezó la fiesta después de las nueve. (tú)
4. Sirvió únicamente una clase de pescado. (Uds.)
5. No invitó a sus padres a la fiesta. (sus hermanas)
6. No les avisó a sus vecinos que tenía una fiesta. (Ud.)
7. Tuvo la fiesta el jueves. (Nora y yo)
8. Terminó la fiesta a las once. (Carlos)

B. Mi familia y yo planeábamos tener una reunión en mi casa. Cambie los infinitivos al condicional perfecto para indicar lo que cada uno de nosotros habría hecho.

1. Yo: levantarme más temprano y limpiar la casa
2. Elvira: comprar comida y gaseosa
3. Tú: traer los discos de música latina

4. Carlos y Alicia: volver temprano de la universidad
5. Víctor y yo: preparar un buen postre
6. Uds.: lavar las copas y las fuentes

C. Converse con un(a) compañero(a) sobre lo que habrían hecho, y lo que no habrían hecho en la escuela secundaria, de haber sabido lo que saben ahora.

4 Género de los nombres: casos especiales

Sustantivos que cambian de significado según el género

○ A few nouns in Spanish vary in meaning according to differences in gender indicated by masculine or feminine articles. The following nouns have a single invariable form.

Masculino		*Femenino*	
el cabeza	*leader*	**la** cabeza	*head*
el capital	*money, capital*	**la** capital	*capital city*
el corte	*cut, style*	**la** corte	*court*
el cura	*priest*	**la** cura	*healing*
el frente	*front, battlefront*	**la** frente	*forehead*
el guardia	*guard*	**la** guardia	*security force*
el guía	*guide*	**la** guía	*guidebook, directory*
el orden	*order, method*	**la** orden	*order, command*
el parte	*official communication*	**la** parte	*part, portion*
el policía	*policeman*	**la** policía	*police (organization)*[1]

Ellos quieren ir a **la capital,** pero no tienen **el capital** que necesitan.

○ Other nouns that change meaning according to gender change both the article and the ending.

Masculino		*Femenino*	
el bando	*faction, party*	**la** banda	*band, musical group*
el derecho	*right, law*	**la** derecha	*right (direction)*
el fondo	*bottom, fund*	**la** fonda	*inn*
el lomo	*back of an animal*	**la** loma	*hill*
el mango	*handle of a utensil, fruit*	**la** manga	*sleeve*
el modo	*way, manner*	**la** moda	*fashion*
el palo	*stick*	**la** pala	*shovel*
el puerto	*port*	**la** puerta	*door*
el punto	*dot, period*	**la** punta	*point, tip*
el resto	*rest, leftover*	**la** resta	*subtraction*
el suelo	*ground*	**la** suela	*sole*

Me ensucié **la manga** de la camisa con **el mango** de la sartén.

---

[1] **la agente de policía** = *policewoman*

CD-ROM
Go to **Estructuras gramaticales** for additional practice.

Práctica

A. Complete las siguientes oraciones, usando las palabras de las listas anteriores junto con sus correspondientes artículos definidos o indefinidos.

1. Llevaron _____ de los terroristas a la estación de policía.
2. _____ estaba en la iglesia.
3. Mamá nos llevó a conocer _____ de Brasil.
4. _____ prendieron a los ladrones.
5. Me rompí _____ del vestido con _____ de la sartén.
6. El azúcar siempre se queda en _____ de la taza.
7. No paramos en un hotel sino en _____.
8. Encontré tu dirección en _____ de teléfonos.
9. Pusimos todo _____ en el banco.
10. Sr. Roca, coma Ud. _____ del flan y deje _____ para los niños.
11. Los soldados no obedecieron _____ del general.
12. Los barcos ya están en _____.
13. Se me rompió _____ del lápiz y ahora no puedo escribir.
14. Los soldados murieron en _____ de batalla (*battle*).

B. Encuentre en la columna B la definición que corresponde a cada una de las palabras de la columna A.

A	**B**
1. la corte	a. espalda de un animal
2. el lomo	b. grupo musical
3. la suela	c. opuesto de *izquierda*
4. el palo	d. parte del cuerpo humano
5. el orden	e. la manera
6. la banda	f. facción o partido
7. el guía	g. pedazo de madera
8. la derecha	h. lugar donde trabaja el juez
9. el modo	i. parte del zapato
10. la cabeza	j. método
11. el bando	k. operación aritmética
12. la loma	l. herramienta (*tool*)
13. la pala	m. persona que acompaña a un grupo
14. la resta	n. elevación del terreno
15. el suelo	o. signo de puntuación
16. la puerta	p. parte de la cabeza
17. el punto	q. piso
18. la frente	r. lugar por donde entramos o salimos

C. A continuación le ofrecemos parte de la transcripción de un telediario (*T.V. news broadcast*) centroamericano. En parejas, completen los anuncios comerciales y las noticias con el equivalente español de las palabras de la lista. Luego, represéntenlo.

security force	*sleeves*	*the police*
your head	*the capital* (*city*)	*way*
fashion	*the leader*	*policemen*
official communication	*the inn*	*the cure*
the order	*the band*	*the port*

1. Y ahora tenemos para Uds. las últimas noticias. Nicaragua: _____ detuvo esta mañana _____ de una organización terrorista que había atacado a _____ del palacio presidencial. Según _____ oficial, ya se ha restablecido _____ en _____.

2. En la ciudad de Esmeralda, debido a la tormenta, dos _____ resultaron heridos al tratar de ayudar a varias personas que estaban cenando en _____ La Madrileña cuando el techo (*roof*) cayó sobre ellas. Varios barcos que estaban en _____ también sufrieron daños por la tormenta.

3. Otra noticia muy importante: Un científico francés afirma que acaba de descubrir _____ para el cáncer.

4. Si le duele _____, tome Mejoral. Recuerde: *Mejor mejora Mejoral.*

5. ¿Se va de vacaciones? El mejor _____ de viajar es, como siempre, con la Aerolínea Nacional.

6. La tienda La Elegancia presentó hoy una exhibición con la nueva _____ de invierno. Llamaron la atención las enormes _____ y el nuevo estilo de pantalones, que sólo llegan hasta la rodilla. Mientras las modelos desfilaban, _____ musical tocaba música moderna.

Venga este fin de semana:

Lagunas de
TORREMOLINOS

Km.79, nueva Autopista a Puerto Quetzal

¡CONTINUEMOS!

Una encuesta

Entreviste a sus compañeros de clase para tratar de identificar a aquellas personas que...

1. ...comen chuletas de cordero o de ternera.
2. ...prefieren la carne bien cocida.
3. ...comen comida my picante.
4. ...comen bacalao.
5. ...han comido mondongo alguna vez.
6. ...comen pavo relleno en Navidad.
7. ...tienen una buena receta para hacer ponche.
8. ...dicen "salud" cuando brindan.
9. ...no ven la hora de irse de vacaciones.
10. ...tienen buenos recuerdos de su infancia.
11. ...a veces hacen la sobremesa.
12. ...van a visitar a sus amigos sin avisar.
13. ...usan miel de abeja en vez de azúcar.
14. ...saben muchos chistes.
15. ...discuten sobre política con sus amigos.

Ahora divídanse en grupos de tres o cuatro y discutan el resultado de la encuesta.

  ¿Comprende Ud.?

CD-ROM　　**STUDENT WEBSITE**
Go to **De escuchar...
a escribir** (in **¿Comprende Ud.?**) on the CD-ROM for activities related to the conversation, and go to **Canción** on the website for activities related to the song.

1. Escuche la siguiente conversación entre Amanda Núñez, la chica salvadoreña que conocimos al inicio de la lección, y Sandra Stevens, su compañera de cuarto. El objetivo de la actividad es el de escuchar una conversación a velocidad natural. No se preocupe de entenderlo todo, pues esto no se espera de Ud. Después de escuchar la conversación dos veces, Ud. oirá varias aseveraciones. En una hoja, esscriba los números de uno a ocho e indique si cada aseveración es verdadera o falsa.
2. Luego escuche la canción y trate de aprenderla.

Hablemos de comida

En parejas, estudien los siguientes anuncios. Decidan a qué lugar irían en cada una de las situaciones en la página 226. Expliquen por qué.

1. Uds. quieren comer bien, pero no tienen mucho dinero.
2. Quieren llevar a unos amigos a un restaurante donde puedan divertirse además de comer.
3. Tienen un amigo de Buenos Aires que vive en España hace mucho tiempo y que se siente nostálgico.
4. A una amiga de Uds. le gusta comer langosta.
5. Invitan a almorzar a dos amigos que tienen hijos pequeños.
6. El sábado quieren llevar a un grupo de cubanos a escuchar a un cantante.
7. Van a comer con una amiga mexicana que hace mucho tiempo no come la comida de su país.

¿Qué dirían Uds.?

Imagínese que Ud. y un(a) compañero(a) se encuentran en las siguientes situaciones. ¿Qué va a decir cada uno?

1. Uds. son los (las) cocineros(as) este fin de semana y tienen que preparar el desayuno, el almuerzo y la cena para seis personas. Discutan lo que van a hacer.
2. Cada uno(a) de Uds. quiere que el otro (la otra) salga con una amiga (un amigo) este fin de semana. Traten de convencerse mutuamente de que la "cita a ciegas" (*blind date*) es una buena idea.
3. Uds. van a encontrarse en un restaurante para cenar. Hagan planes.

¡De ustedes depende!

Uds. les están diciendo a unos amigos latinoamericanos cómo preparar estos platos típicos de los Estados Unidos:

1. una hamburguesa
2. un perro caliente
3. un pavo relleno
4. un pastel de manzanas

Hablen de los ingredientes que necesitan para cada plato. [palabras útiles: carne molida (*ground meat*), mayonesa, mostaza (*mustard*)]

Mesa redonda

Formen grupos de cuatro o cinco estudiantes y hablen de la importancia de estar en familia a la hora de cenar y de aprovechar este tiempo para conversar y estar juntos. Hablen también de las causas que impiden que muchas familias puedan hacerlo. Sugieran algunas soluciones.

Lecturas periodísticas

Saber leer El uso de varias estrategias

CD-ROM
Go to **Lecturas periodísticas** for additional prereading and vocabulary activities.

Ud. ya ha aplicado el uso de varias estrategias simultáneamente. Por ejemplo, en la **Lección 6**, Ud. estudió ciertas palabras clave de acuerdo con el propósito específico que tenía Ud. al leer. En la **Lección 5**, Ud. se fijó en la estructura de la lectura (los cuatro encabezados) y respondió a preguntas derivadas de los encabezados. Éstas se formularon para crear un contexto antes de leer. Así creó contextos.

Antes de leer la siguiente lectura periodística, escoja dos o tres estrategias de las que ya se han presentado:

- Hágase la pregunta: ¿A qué tipo de público se dirige el (la) autor(a) de la lectura? (de la **Lección 1**)
- Hágase la pregunta: ¿Qué propósito(s) tiene el (la) autor(a) al escribir el artículo? (de la **Lección 2**)
- Para leer activamente, siempre tenga muy presente los objetivos de la lectura. (de la **Lección 3**)
- Cree contextos recordando todo lo que sabe sobre el tema (de la comida centroamericana). (de la **Lección 4**)
- Cree contextos formulando preguntas y contestándoselas antes de leer. (de la **Lección 5**)
- Estudie algunas palabras clave según sus objetivos. (de la **Lección 6**)

Para leer y comprender

Al leer detalladamente el artículo busque las respuestas a las siguientes preguntas.

1. ¿Por qué cosas podemos considerar a Guatemala un paraíso?
2. ¿Qué origen tienen los frijoles, los moles y los chiles?
3. Cite algunos postres guatemaltecos. Cite algunas bebidas.
4. ¿Qué alimento ocupa el primer lugar en la cocina guatemalteca? Cite algunas de las comidas hechas de éste.
5. ¿Cómo consideraban los indígenas de México y de Centroamérica el teocinte?
6. ¿De qué nos habla el Popol-Vuh?
7. ¿Qué hicieron los dioses de los granos del teocinte?
8. ¿Dónde se describe el proceso evolutivo del maíz?
9. ¿Qué usaban los hombres y las mujeres para guiarse en el cultivo del maíz?
10. ¿A qué diosa llaman "la abuela del maíz"?

La cocina guatemalteca

Guatemala no sólo es un paraíso por su gente y sus bellezas naturales sino también por su comida.

En la cocina guatemalteca hay una gran variedad de frijoles, moles, chiles y muchos otros alimentos de origen prehispánico. También tienen postres muy sabrosos, por ejemplo: buñuelos, torrejas, platanitos en mole, quesadillas, higos° y camotes° en dulce, y deliciosas bebidas como el atol de elote° o de plátano, chicha, rosa de jamaica y caldo de frutas°.

Sin embargo, en el comer cotidiano° del guatemalteco, el maíz ocupa el primer lugar. Hay muchas comidas a base de maíz: tortillas, tamales, tacos, enchiladas y otras.

El maíz, según una de las hipótesis más antiguas, surgió° del teocinte[1] mexicano, considerado por los indígenas de México y Centroamérica como planta sagrada°. Principal fuente de

[1] Palabra de origen nahuatl, que significa "alimento de dioses".

alimentación de nuestros pueblos, está ligado° a aspectos mágicos y mitológicos. El Popol-Vuh[2] nos habla de su origen y de la creación del hombre: de los granos blancos y amarillos del teocinte, los dioses harían la carne, los huesos y la sangre° de las primeras criaturas humanas.

El libro sagrado de los mayas describe el proceso evolutivo del maíz en la edad matriarcal hasta que llega a adquirir formas más o menos semejantes a las que tiene ahora, con mazorcas° y granos perfectamente desarrollados. En aquel tiempo los hombres talaban° los árboles y las mujeres sembraban y cosechaban en pequeña escala, guiándose por el calendario lunar. La tradición atribuye a la diosa Ixcumané el nacimiento del maíz, por lo que se la llama "la abuela del maíz". Éste se convierte así en el típico exponente de la cultura maya.

Adaptado de *Publicaciones Serie Latinoamericana*

[2] Libro que conserva la tradición oral de los mayas. Se le ha llamado la "Biblia maya".

> El maíz, según una de las hipótesis más antiguas, surgió del teocinte mexicano, considerado por los indígenas de México y Centroamérica como planta sagrada.

Comprando frutas y vegetales en un mercado de aire libre.

figs / yams	daily	tied
tender corn	appeared	blood
caldo… punch	sacred	ears of corn
		cut down

Desde su mundo

1. ¿Qué alimentos de origen indio se comen en este país?
2. ¿Hay en su ciudad algunos restaurantes que sirvan comida latinoamericana? ¿De qué países?
3. ¿Ha comido Ud. algunos de los platos que se mencionan en el artículo? ¿Cuáles?

piense y escriba   Taller de redacción I

STUDENT WEBSITE

CD-ROM

Go to **...y escribamos** (in **Hablemos de su país**) on the student website and **De escuchar... a escribir** (in **¿Comprende Ud.?**) on the CD-ROM for additional writing practice.

El proceso de escribir debe incluir una fase de colaboración con lectores que editen y corrijan el escrito. Teniendo esto en cuenta, haga lo siguiente:

1. Va a escribir un artículo sobre algunos de sus platos favoritos. Incorpore las fases que ya conoce.
2. Intercambie el artículo con otro(a) compañero(a) de clase. Edítense los artículos. Como editor(a), tenga en cuenta las siguientes pautas de organización y de unidad del contenido, identifique lo que no esté claro o lo que podría aclararse y proponga soluciones.
   a. ¿Cuál es el tema?
   b. ¿Cuál es la idea principal que el (la) autor(a) desea comunicar sobre el tema?
   c. ¿Cómo ha decidido abordar (*approach*) la comunicación de tal idea? Por ejemplo, ¿en qué subtemas analizó la idea principal?
   d. ¿Puede describir el (los) criterio(s) de organización que utilizó? ¿Utiliza el mismo criterio a lo largo de todo el artículo?
   e. ¿Se desarrolla cada subtema claramente?
   f. En fin, ¿tiene el artículo unidad de contenido?
3. Vea lo que le ha indicado su editor(a) y prepare la versión final.

Pepe Vega y su mundo

 # Teleinforme

La cocina hispanoamericana incorpora ingredientes de todas partes del mundo. Sin embargo, se calcula que casi el 80% de los alimentos que se comen en el mundo entero son de origen americano. Vamos a ver tres aspectos de la cocina de Centro y Sudamérica: ejemplos de productos americanos autóctonos, ejemplos de productos que trajeron los europeos a las Américas y un plato típico que combina alimentos de ambos tipos.

Preparación

Clasificación. ¿Cuánto sabe Ud. de los orígenes de los alimentos? Intente clasificar los siguientes alimentos y productos según su origen, sea americano (**A**) o del "Viejo Mundo" (**V**).

_____ 1. el aguacate/la palta (*avocado*)
_____ 2. el ají/pimiento/chile
_____ 3. el ajo
_____ 4. el café
_____ 5. el plátano
_____ 6. la caña de azúcar
_____ 7. el maíz
_____ 8. el nopal (*prickly pear cactus*)
_____ 9. la papa
_____ 10. el trigo (*wheat*)

Comprensión

CD-ROM
You will also find
this clip under
Video.

Alimentos americanos   31:40–34:06

El nopal y el maíz son alimentos muy comunes en México y en Centroamérica. El nopal, un tipo de cacto, es casi desconocido como alimento en los EE.UU. El maíz es uno de los alimentos básicos de la gastronomía indígena americana. Estos dos fragmentos de video, producidos por la emisora nacional de España, ofrecen una perspectiva europea al conocimiento de estos productos típicamente americanos.

A. ¿Qué se come? Mientras que Ud. ve y escucha el video, indique con una **X** la información que se relaciona con cada tipo de alimento.

	el nopal	el maíz
1. Es la base de la alimentación hispanoamericana.		
2. Es la comida más barata que existe.		
3. Se asan a la plancha o a la brasa.		
4. Lo consumían los aztecas.		
5. Lo consumían los mayas.		
6. Los campesinos aspiran a exportarlo.		
7. Primero se cuece y luego se muele.		
8. Se comen en vez del pan de trigo.		
9. Se consume en ensalada o en escabeche.		
10. Se hacen zumos (jugos).		

CD-ROM
Go to **Video** for further pre-viewing, vocabulary, and structure practice for the clip on sugar.

Del Viejo Mundo a América   34:08–36:50

Hay muchos alimentos que hoy se cultivan en Centroamérica que no son originarios de esas tierras. Dos ejemplos son la caña de azúcar, de origen asiático, y el café, de origen africano. Estos productos fueron introducidos en las Américas durante la colonización. En el video veremos la importancia actual de la caña de azúcar y del café en la economía de El Salvador.

B. Vocabulario técnico.   En la primera parte del video vemos cómo se cultiva la caña de azúcar, cómo se transporta y cómo se prepara para el consumo. Van a oír algunas palabras conocidas y otras desconocidas. Basándose en lo que ya saben, y en lo que escuchan y ven en el video, emparejen (*match*) las definiciones de la columna B con los términos de la columna A. (Las palabras se presentan en el orden en que se oyen en el video.)

	A		B
_____	1. la siembra	a.	acción de arrojar (*throw*) las semillas (*seeds*) en la tierra
_____	2. consagrado	b.	comida esencial
_____	3. la cosecha	c.	comida ligera que se hace por la tarde
_____	4. la carreta	d.	acción de recoger los productos maduros (*ripe*)
_____	5. la molienda	e.	azúcar negra compacta en bloques
_____	6. mezclado	f.	botella para darles de beber a los bebés
_____	7. la base alimenticia	g.	carro de madera, generalmente con dos ruedas
_____	8. la panela o el papelón	h.	combinado
_____	9. el biberón	i.	dedicado
_____	10. la merienda	j.	acción de moler (*to grind*) granos o frutos

C. ¿Qué entiende Ud.?   Lea las siguientes oraciones. Luego, mientras ve la segunda parte del video sobre la producción del café en El Salvador, escriba o escoja la respuesta correcta, según corresponda.

1. En las colinas de algunos de los volcanes de El Salvador se siembra _____.
2. El Sr. Chaves dice que el cultivo del café produce muchas *divisas*, es decir que genera (mucho dinero extranjero/mucho conflicto/muchos trabajos).
3. El café se cosecha en áreas muy _____.
4. El proceso agroindustrial se completa en (las montañas/el campo/la fábrica de la cooperativa).
5. El café de El Salvador y de todo Centroamérica tiene fama de _____.
6. El Salvador es el (primer/segundo/tercer) productor de café a pesar de (*in spite of*) ser el país más (grande/trópico/pequeño) de Centroamérica.

CD-ROM
Go to **Video** for further pre-viewing, vocabulary, and structure practice on this clip.

El ajiaco   36:52–37:57

Colombia recibe muchas influencias y comparte muchos alimentos con los demás países de América Latina. En el último segmento de video de esta lección, veremos un plato típico de Colombia, que combina ingredientes diversos.

D. ¿Cuáles son los ingredientes?

1. Viendo el video *sin el sonido*, trate de identificar los elementos del plato que prepara el cocinero. Ponga una **X** al lado de los alimentos que ve en el video.

   _____ a. el aguacate   _____ e. el arroz   _____ i. la leche
   _____ b. el ají   _____ f. el caldo   _____ j. el maíz
   _____ c. el ajo   _____ g. el plátano   _____ k. la papa
   _____ d. las alcaparras _____ h. la carne   _____ l. el pollo

2. Mire de nuevo el video, esta vez *con sonido*, y averigüe cuáles de los ingredientes menciona el cocinero.

3. Este plato se llama *ajiaco*. Probablemente su nombre viene de un ingrediente que el cocinero ni siquiera (*doesn't even*) menciona por ser tan común en la cocina latinoamericana. ¿Cuál es?

   a. el ajo   b. el ají   c. el arroz   d. el frijol

Ampliación

¿Correcciones?   ¿Cuánto sabe Ud. ahora del origen de los alimentos? Fíjese si sus respuestas en la primera parte (**Preparación**) son correctas y cambie las que no lo son, de acuerdo con lo que Ud. vio en el video.

Comerciantes.   Imagine que Ud. quiere comercializar un producto centroamericano para el mercado extranjero. Puede ser un producto poco conocido como el nopal de México, u otro muy común, como el café de El Salvador. ¿Cómo lo haría? En equipos de tres, preparen una campaña para venderles su producto a los otros miembros de la clase.

LECCIÓN 8

Nuestras grandes ciudades: problemas y soluciones

Vista del Centro Mundial Financiero en la ciudad de Nueva York.

OBJETIVOS

Temas para la comunicación

Problemas urbanos

Estructuras

1. El imperfecto de subjuntivo
2. El imperfecto de subjuntivo en oraciones condicionales
3. El pretérito perfecto de subjuntivo
4. El pluscuamperfecto de subjuntivo

Regiones y países

Estados Unidos

Lectura

En el supermercado

Estrategias de lectura

Su auto-adiestramiento como lector

Estrategias de redacción

Los buenos escritores

Nuestras grandes ciudades: problemas y soluciones

CD-ROM   STUDENT AUDIO

For preparation, do the **Ante todo** activities found on the CD-ROM.

El club de español de la Universidad Internacional de la Florida, en Miami, ha organizado una mesa redonda para hablar de los problemas sociales y ambientales de las grandes ciudades. Cuatro estudiantes de diferentes países toman parte en la discusión. Luis Muñoz, de ascendencia mexicana; Ignacio Arango, de El Salvador; Nélida Hidalgo de Puerto Rico, y David Robinson de Nueva York. Rebeca Bernal, nacida en Miami de padres cubanos, es la presidenta del club y va a dirigir la mesa redonda.

REBECA —Bueno, creo que primero debemos identificar los problemas y después hablar de las posibles soluciones. ¿Por dónde empezamos: por los problemas del medio ambiente, de la vivienda, de la delincuencia... ? ¿Ignacio?

IGNACIO —Yo sugiero que empecemos por los problemas de la contaminación del medio ambiente, que no sólo siguen siendo graves, sino que están empeorando más y más, al menos en mi país, en la Ciudad de México, en Los Ángeles...

REBECA —Estoy segura de que todas las ciudades grandes tienen el problema, aunque poco a poco se están dando pasos para resolverlo. ¿Cuál es la situación en México, Luis?

LUIS —Bueno, la contaminación del aire es un problema muy serio y no se resolverá si la gente sigue dependiendo tanto del automóvil, y las fábricas no usan combustibles más limpios.

NÉLIDA —Y si seguimos usando pulverizadores de productos químicos y produciendo tanta basura.

REBECA —Exactamente. ¿Y qué me dicen de la contaminación de las aguas? ¿Luis?

LUIS —Ése es otro problema que se podría solucionar si la gente cooperara y llevara los residuos de productos químicos a los vertederos públicos, en lugar de ponerlos en la basura o echarlos por los desagües de las casas.

REBECA —Afortunadamente, podemos utilizar productos biodegradables y reciclar todo tipo de materiales. Aquí en Miami reciclamos periódicos, plásticos, aluminio y vidrio. ¿Tienen buenos programas de reciclaje en El Salvador, Ignacio?

IGNACIO —Hay algunos, pero dudo que la cooperación haya sido total. Sin embargo, yo opino que los problemas del medio ambiente son más fáciles de resolver que los problemas sociales.

DAVID —Estoy de acuerdo. En todas las ciudades existen los problemas de las pandillas, de las personas sin hogar y de los que viven en la miseria. Estos problemas son muy complejos y cada día parecen agravarse.

REBECA —Tienes razón. Según las últimas estadísticas, ni aun los pueblos pequeños están libres de las drogas y de otros problemas sociales como los asesinatos, las violaciones y los robos. ¿Cuál es la situación en Puerto

Rico, Nélida?

NÉLIDA   —El gobierno y muchas organizaciones están tratando de resolver estos problemas, pero no hay ninguna que haya podido resolverlos todos.

IGNACIO   —Eso es cierto. Muchos de estos problemas se habrían solucionado ya si se hubiera educado mejor al pueblo.

LUIS   —Las cosas no habrían llegado a este punto si no nos hubiéramos acostumbrado a las comodidades del mundo moderno, sobre todo el coche.

DAVID   —(*Riéndose*) Luis, no trates de convencer a los americanos a no usar el coche, porque tus esfuerzos fracasarán.

Dígame

En parejas, contesten las siguientes preguntas basadas en el diálogo.

1. ¿Cuál es la nacionalidad de cada uno de los participantes de la mesa redonda?
2. ¿De qué van a hablar y quién va a dirigir las discusiones?
3. ¿Qué sugiere Ignacio?
4. Según Luis, ¿cuáles son las principales causas de la contaminación del aire?
5. ¿Cómo dice Luis que podría solucionarse el problema de la contaminación de las aguas?
6. ¿Qué cosas reciclan en Miami?
7. ¿Qué problemas sociales menciona Rebeca? ¿Son estos problemas exclusivos de las grandes ciudades?
8. Según Nélida, ¿hay alguna organización que haya podido resolver estos problemas?
9. Según Ignacio, ¿qué habría pasado si se hubiera educado mejor al pueblo?
10. Según Luis, ¿a qué nos hemos acostumbrado todos?

Perspectivas socioculturales

INSTRUCTOR WEBSITE
Your instructor may assign the preconversational support activities found in **Perspectivas socioculturales.**

En todas las comunidades hay problemas de algún tipo. Haga lo siguiente:

1. Durante unos cinco minutos, converse con dos compañeros sobre los problemas de la región donde Ud. vive:
   • con respecto al medio ambiente
   • con respecto a la vivienda
   • con respecto a la educación
2. Participe con el resto de la clase en la discusión de los problemas cuando su profesor(a) se lo indique. La clase propondrá soluciones que su comunidad, el gobierno y la industria deberían considerar.

Vocabulario

Nombres

el asesinato murder
la basura garbage, trash
el combustible fuel
la contaminación, la polución pollution
la delincuencia delinquency, crime
el desagüe sewer, drain
el desecho, el desperdicio waste
la droga drug[1]
la estadística statistic
la fábrica, la factoría factory
el gobierno government
la ley law
el medio ambiente environment
la miseria, la pobreza poverty
la pandilla gang
el pueblo town
el pulverizador spray, spray can
el residuo by-product
el robo robbery, burglary
el vertedero disposal site, dump
la violación rape
la vivienda housing

Verbos

agravarse, empeorarse to become worse
cooperar to cooperate
depender to depend
dirigir to direct, to moderate

echar to throw
educar to educate
fracasar to fail
identificar to identify
nacer to be born
organizar to organize
reciclar to recycle
resolver (o → ue), solucionar to solve

Adjetivos

ambiental environmental
cada each
complejo(a) complex
grave, serio(a) serious
limpio(a) clean
químico(a) chemical
redondo(a) round

Otras palabras y expresiones

al menos at least
aunque although
dar pasos to take steps
de ascendencia... of . . . descent
de habla hispana Spanish-speaking
en lugar de, en vez de instead of
hay que (+ *inf.*) one must, it is necessary to
las personas sin hogar the homeless
ni aun not even
poco a poco little by little
todo tipo de all kinds of

Ampliación

Otras palabras relacionadas con los problemas de las grandes ciudades

el arma weapon
el asalto assault, hold-up, attack

asesinar to murder
el (la) asesino(a) murderer, assassin
la huelga strike
el ladrón, la ladrona thief, burglar

---

[1]Generalmente la palabra **droga** no se usa para referirse a medicinas.

la pena capital, la pena de muerte
death penalty
la prisión, la cárcel   prison, jail
rescatar   to rescue
el rescate   rescue; ransom
secuestrar   to kidnap

Palabras relacionadas con el gobierno
el (la) alcalde(-sa)   mayor
la campaña electoral   electoral campaign
las elecciones   elections
el (la) gobernador(a)   governor
postularse (para)   to run for

CD-ROM
Go to **Vocabulario** for
additional vocabulary
practice.

Hablando de todo un poco

Preparación   Circule la respuesta apropiada a cada pregunta.

1. ¿Dónde debemos echar los residuos de productos químicos?
   a. En la basura.
   b. En el desagüe.
   c. En el vertedero municipal.
2. ¿Cuáles son algunas causas de la delincuencia?
   a. Las estadísticas y la ley.
   b. Las drogas y la pobreza.
   c. Las elecciones y los alcaldes.
3. ¿Roberto está en la cárcel porque mató a su esposa?
   a. Sí, cometió una violación.
   b. Sí, cometió un asesinato.
   c. Sí, cometió un robo.
4. ¿Cuáles son algunos problemas relacionados con el medio ambiente?
   a. La polución y la contaminación de las aguas.
   b. Las huelgas y las pandillas.
   c. Los asaltos y la miseria.
5. ¿Para qué va a postularse ella en este pueblo?
   a. Para ladrona.
   b. Para asesina.
   c. Para alcaldesa.
6. ¿Cómo podemos ayudar a evitar la contaminación ambiental?
   a. Reciclando vidrios y periódicos.
   b. Solucionando problemas complejos.
   c. Usando combustibles menos limpios.
7. ¿Los problemas que tiene el gobierno son graves?
   a. Sí, cada día cooperan más.
   b. Sí, cada día empeoran más.
   c. Sí, cada día nacen más.
8. ¿Aquí hay muchas personas sin hogar?
   a. Sí, al menos hay que eliminar los pulverizadores.
   b. Sí, hay que disminuir el número de fábricas.
   c. Sí, poco a poco hay que aumentar el número de viviendas.

9. ¿Uds. van a participar en la mesa redonda?
   a. No, porque no tenemos armas.
   b. No, porque no nos van a rescatar.
   c. No, aunque nos gustaría hacerlo.
10. ¿Fracasó la reunión para organizar la campaña electoral?
    a. No, fue un éxito.
    b. No, no pudieron identificarla.
    c. No, fue gratis.
11. ¿Tus amigos son de habla hispana?
    a. Sí, dependen de sus padres.
    b. Sí, son de ascendencia española.
    c. Sí, son libres.
12. ¿El gobernador está de acuerdo con la pena capital?
    a. No, quiere asesinarla.
    b. No, no quiere dirigirla.
    c. No, quiere dar pasos para eliminarla.
13. ¿Secuestraron a esa señora?
    a. Sí, y pidieron un rescate.
    b. Sí, y la educaron.
    c. Sí, y eliminaron los desechos.
14. ¿Raúl aprobó el examen?
    a. No, dejó de trabajar.
    b. No, quedó suspendido.
    c. No, recibió todo tipo de ayuda.

En grupos de tres o cuatro, hagan lo siguiente.

A. **La contaminación.**   Hablen sobre las causas de la contaminación del aire y del agua, las dificultades y las posibles soluciones.

B. **Actividades criminales.**   Conversen sobre distintos tipos de actividades criminales, sus causas y las posibles soluciones.

C. **La pobreza.**   Hablen sobre la pobreza, las personas sin hogar, las causas de estos problemas y las posibles soluciones.

D. **Promesas.**   Hablen de las promesas que Uds. harían si se postularan para alcalde (alcaldesa), gobernador(a) o presidente(a).

Palabras problemáticas

A. **Fracasar, quedar suspendido** y **dejar de** como equivalentes de *to fail*

- **Fracasar** es lo opuesto de **tener éxito.**

  La organización **fracasó** totalmente.

- **Quedar suspendido** se usa para indicar una nota no satisfactoria en un examen o curso.

  El muchacho puertorriqueño **quedó suspendido** en el examen de inglés.

ser suspendido/a (passive)
(was failed)

No dejaré de decírselo

→ cesar, no proseguir lo empezado

- **Dejar de** es el equivalente de *to fail (to do something)*.

   No **dejen de** reciclar el vidrio y los periódicos.

B. **Libre** y **gratis** como equivalentes de *free*

- **Libre** significa **independiente, accesible, disponible.**

   Tenemos libertad. Somos **libres.**

   ¿Está **libre** este taxi?

- **Gratis** significa que se obtiene **sin pagar.**

   Los conciertos son **gratis** durante el verano.

Práctica

Complete los siguientes diálogos y léalos con un(a) compañero(a).

1. —¿Cómo te fue en el examen?
   —¡Muy mal! _____ _____. Saqué una "F".

2. —¿Tenemos que pagar por los libros?
   —No, son _____.

3. —¿Tuvo éxito el programa?
   —No, _____ totalmente.

4. —Mañana tenemos un examen.
   —Sí, no podemos _____ de ir a clase.

5. —Ahora es difícil conseguir casa en las ciudades grandes.
   —Sí, y hay pocos apartamentos _____.

Your instructor may carry out the **¡Ahora escuche!** listening activity found in the **Answers to Text Exercises.**

¡Ahora escuche!

Se leerá dos veces una breve narración sobre Roberto, un chico que debe preparar un informe sobre los problemas de la ciudad donde vive. Se harán aseveraciones sobre la narración. En una hoja escriba los números de uno a diez e indique si cada aseveración es verdadera (V) o falsa (F).

El mundo hispánico

Los Estados Unidos hispánicos

En este país viven más de treinta millones de hispanos. De éstos, algunos ya estaban aquí cuando llegaron los primeros angloparlantes; otros, la gran mayoría, vinieron por diferentes motivos: unos en busca de° libertad, otros por razones económicas, otros buscando un cambio para sus vidas o las de sus hijos. Aunque hay personas de todos los países hispanos, los grandes grupos minoritarios son los de origen mexicano, puertorriqueño y cubano. Luis, Nélida y Rebeca van a hablarles un poco de los grupos que cada uno de ellos representa.

en... in search of

Luis

Yo nací en Los Ángeles, pero soy de ascendencia mexicana. Estoy muy orgulloso de mi origen y de mi cultura. En California, como en Texas, Arizona y otros estados, se ve la influencia hispana en los nombres de las ciudades, de las calles y en la arquitectura. El grupo minoritario más numeroso es el de los mexicoamericanos. Nosotros hemos enriquecido la cultura americana con nuestra música y las delicias de la exquisita comida mexicana. Hoy en día, muchos mexicoamericanos se destacan en la política, en la educación, en las artes y en la literatura.

STUDENT WEBSITE
Go to **El mundo hispánico** for prereading and vocabulary activities.

Nélida

Yo soy de Puerto Rico, pero vivo con mis padres en Nueva York. Desde la Segunda Guerra° Mundial, unos tres millones de puertorriqueños han emigrado de la isla a Estados Unidos. En la ciudad de Nueva York residen más puertorriqueños que en San Juan, la capital de Puerto Rico. A diferencia de otros grupos hispanos, nosotros somos ciudadanos estadounidenses, y podemos entrar y salir del país libremente°. Nosotros formamos una de las poblaciones más jovenes de todos los grupos étnicos. Gran número de puertorriqueños ingresan todos los años en las fuerzas armadas americanas, y muchos de ellos alcanzan altos grados y distinciones.

war

freely

Rebeca

En 1970, mis padres dejaron la isla de Cuba para escaparse del régimen comunista de Fidel Castro y se unieron a la colonia cubana de Miami. Como la mayoría de los cubanos, nuestra familia logró prosperidad económica después de muchos esfuerzos. Aunque yo me considero ciudadana americana, en mi casa mantenemos las costumbres y tradiciones de Cuba. Como Uds. ven, aquí en Miami se ve nuestra influencia en todas partes: en los restaurantes, en la radio, en la televisión, en la música, etc. En gran parte, gracias al impulso cubano, se puede decir que Miami es hoy la ciudad más rica y moderna del mundo hispanohablante.

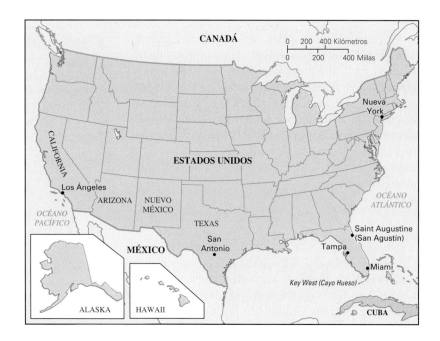

Sobre las minorías hispanas

En parejas, túrnense para contestar las siguientes preguntas.

1. ¿En qué ciudad nació Luis Muñoz y de dónde viene su familia? ¿De qué se siente orgulloso?
2. ¿En qué se ve la influencia hispana en muchos estados? ¿Cuál es el grupo minoritario más numeroso?
3. ¿En qué aspectos de la cultura han influido principalmente los mexicoamericanos? ¿En qué se destacan actualmente?
4. ¿Qué pasó después de la Segunda Guerra Mundial?

5. ¿Cuál es la diferencia entre los puertorriqueños y las personas que vienen de otros países?
6. ¿Qué característica especial tienen los puertorriqueños como grupo?
7. ¿Se unen los puertorriqueños a las fuerzas americanas? ¿Qué alcanzan muchos de ellos?
8. ¿Qué hicieron los padres de Rebeca en 1970? ¿Cómo les fue económicamente?
9. ¿Qué mantienen Rebeca y su familia?
10. ¿Dónde se ve la influencia cubana en Miami? ¿Qué se puede decir de Miami hoy en día?

Hablemos de su país

INSTRUCTOR WEBSITE
STUDENT WEBSITE
Your instructor may assign the pre-conversational activities in **Hablemos...** (under **Hablemos de su país**). Go to **Hablemos de su país** (under...**y escribamos**) for postconversational web search and writing activities.

Reúnase con otro(a) compañero(a) para hablar de los orígenes de los diversos grupos que componen la sociedad de su país. ¿Qué aportaciones (*contributions*) ha brindado (*has shared*) cada grupo a la sociedad?

Luego cada pareja compartirá las respuestas para discutir las aportaciones de cada grupo social.

Una tarjeta postal

Imagínense que Ud. y un(a) compañero(a) están de vacaciones en Miami, en Los Ángeles o en Nueva York. Envíenles una tarjeta postal a sus compañeros de clase dándoles sus impresiones sobre la influencia hispana en la ciudad que Uds. están visitando.

Queridos amigos:

_____

_____

_____

_____

_____

_____

                    Saludos,

Estructuras gramaticales

STUDENT WEBSITE
Do the **¿Cuánto recuerda?** pretest to check what you already know on the topics covered in this **Estructuras gramaticales** section.

1 El imperfecto de subjuntivo

○ The imperfect subjunctive has two sets of endings: the **-ra** endings (which are more commonly used) and the **-se** endings. The imperfect subjunctive of all verbs is formed by dropping the **-ron** ending of the third person plural of the preterit and adding the corresponding endings.

-ra *endings*		-se *endings*	
-ra	-´ramos[1]	-se	-´semos[1]
-ras	-rais	-ses	-seis
-ra	-ran	-se	-sen

---
[1] Notice the written accent mark on the first person plural form: **comiéramos, comiésemos.**

| Third person plural | | | First person singular imperfect subjunctive | |
Verb	Preterit	Stem	-ra *form*	-se *form*
llegar	llegaron	**llega-**	llegara	llegase
beber	bebieron	**bebie-**	bebiera	bebiese
recibir	recibieron	**recibie-**	recibiera	recibiese
ser	fueron	**fue-**	fuera	fuese
saber	supieron	**supie-**	supiera	supiese
decir	dijeron	**dije-**	dijera	dijese
poner	pusieron	**pusie-**	pusiera	pusiese
servir	sirvieron	**sirvie-**	sirviera	sirviese
andar	anduvieron	**anduvie-**	anduviera	anduviese
traer	trajeron	**traje-**	trajera	trajese

◉ The imperfect subjunctive is used:

1. When the verb in the main clause is in a past tense (preterit, imperfect, or past perfect) or in the conditional (or conditional perfect) and requires the subjunctive in the subordinate clause.

—¿Qué les pidió que hicieran?   *"What did he ask you to do?"*
—**Nos pidió** que **recicláramos**   *"He asked us to recycle the newspapers."*
los periódicos.

—**Me gustaría** que **limpiaras**   *"I would like you to clean the garage."*
el garaje.
—No tengo tiempo hoy.   *"I don't have time today."*

2. When the verb in the main clause is in the present, but the subordinate clause refers to the past.

—Es una lástima que Carlos no   *"It's a pity that Carlos didn't come*
viniera ayer.   *yesterday."*
—Estuvo muy ocupado.   *"He was very busy."*

3. To express an impossible or improbable wish.

—Oscar se va a Miami otra vez.   *"Oscar is going to Miami again."*
—¡Ojalá **tuviera** tanto dinero   *"I wish I had as much money as he does!"*
como él!

CD-ROM
Go to **Estructuras gramaticales** for additional practice.

Práctica

A. El Dr. Montoya, que está dando un curso sobre los problemas ambientales, les ha dado a Ud. y a otros miembros de la clase varias instrucciones. Usando el imperfecto de subjuntivo, exprese lo que el profesor ha dicho. Siga el modelo.

MODELO: A Marisa: Busque las estadísticas sobre el uso de pulverizadores.
Le dijo a Marisa que buscara las estadísticas sobre el uso de pulverizadores.

1. A Carlos: Escriba un informe sobre el problema de la contaminación de las aguas.   *Escribiera*
2. A Uds.: Traigan artículos sobre la polución del aire.   *Trajeran*
3. A Mireya y a Saúl: Organicen una mesa redonda.
4. A ti: Hable con otros estudiantes sobre la importancia del reciclaje.   *Hablaras*
5. A mí: Vaya a la biblioteca y saque un libro sobre los problemas ambientales.   *Fuera / Sacara*
6. A todos nosotros: Estén aquí mañana a las ocho.   *estuviéramos.*

B. Un amigo suyo no asistió a la conferencia del profesor Carreras sobre los problemas sociales. Háblele Ud. acerca de algunas de las ideas que el profesor expresó. Siga el modelo.

MODELO: Quiero que Uds. comprendan el problema.
Dijo que quería que comprendiéramos el problema.

1. No creo que los problemas sean fáciles de resolver.
2. Es una lástima que tantos muchachos se unan a las pandillas.
3. Es necesario que identifiquemos los problemas más graves.
4. Es importante que estudiemos los problemas de las personas sin hogar.
5. Es urgente que hagamos un esfuerzo para solucionar los problemas de la delincuencia.
6. No es cierto que la educación sea nuestra primera prioridad.

C. En parejas, hablen de lo que sus padres les dijeron que hicieran o que no hicieran en cada una de las siguientes situaciones.

MODELO: la primera vez que fue a una fiesta
Me dijeron que volviera a las doce.

1. su primera cita
2. la primera vez que condujo
3. cuando empezó a tomar clases en la universidad
4. cuando viajó solo(a) por primera vez
5. cuando se mudó a su apartamento
6. cuando buscó trabajo por primera vez

D. Compare su infancia o adolescencia con las de un(a) compañero(a) usando las siguientes frases.

1. Era una lástima que...
2. Dudaba que...
3. No creía que...
4. Era necesario que...
5. Era difícil que...
6. Yo sentía que...
7. Era importante que...
8. Me alegraba mucho de que...

2 El imperfecto de subjuntivo en oraciones condicionales

Conditional sentences that contain a subordinate clause starting with **si** (*if*) require the use of the imperfect subjunctive when the verb of the main clause is in the conditional tense. In this construction, the *if*-clause may express

1. a contrary-to-fact situation (one that is not true)
2. a hypothetical situation
3. a supposition

Cond.   Imp. Sub.   Imp. Subj.   Cond.

Iría si **tuviera** dinero.   Si **tuviera** dinero, iría.

Subordinate clause	Main clause
si + imperfect subjunctive	$\leftrightarrow$ conditional

—¿Vas a irte de vacaciones este verano?
        "Are you going to go on vacation this summer?"

—Bueno, si **tuviera** dinero iría a Hawai, pero como no lo tengo, me quedaré en casa.
        "Well, if I had money I would go to Hawaii, but since I don't have it, I'll stay at home."

 **atención**

When the *if*-clause expresses something that is real or likely to happen, the indicative is used after **si** in the subordinate clause, and the present or the future is used in the main clause.

Ind.   Fut.   Ind.   Pres.

Si **tengo** dinero **iré** a Hawai.   Si **tengo** dinero **voy** a Hawai.

○ The imperfect subjunctive is used after the expression **como si...** (*as if . . .*) because this expression implies a contrary-to-fact condition.

—Nora habla **como si supiera** mucho de política internacional.
        "Nora speaks as if she knew a lot about international politics."

—Sí, pero realmente sabe poco.
        "Yes, but in reality she knows little."

Práctica

CD-ROM
Go to **Estructuras gramaticales** for additional practice.

A. En parejas, completen los siguientes diálogos usando el imperfecto de subjuntivo o el presente de indicativo.

1. —¿Vas a ir a la conferencia esta noche?
   —Voy a ir si no ____ (tener) que trabajar.

2. —Adela se compró un abrigo que costó cinco mil dólares.
   —¡Está loca! Gasta dinero como si ____ (ser) millonaria.
   —Sí, si su padre no le ____ (dar) tanto dinero no sería tan irresponsable.

3. —¿Adónde vas a ir de vacaciones?
   —Si ____ (poder), voy a ir al sur de California.
   —Si yo ____ (ser) tú, no dejaría de visitar San Diego.
   —Si los chicos ____ (querer) ir y nosotros ____ (tener) tiempo, iremos.

4. —¿Vas a participar en la mesa redonda?
   —No creo que me inviten, pero si me _____ (invitar) aceptaría con mucho gusto.

5. —¿Vas a aceptar el trabajo en esa fábrica?
   —Lo aceptaría si el salario _____ (ser) mejor y no _____ (tener) que vivir en ese pueblo.

B. Imagínese que Ud. y un(a) compañero(a) están haciendo planes para el verano y están hablando de lo que les gustaría hacer y no pueden. Terminen las siguientes oraciones de una manera original. Comparen sus oraciones con las de otro grupo.

1. Yo iría a Cuba si...
2. Mi amigo(a) y yo vamos a tomar una clase si...
3. Tú tendrás que trabajar si...
4. Elba visitaría a sus tíos si...
5. Mi familia y yo nos mudaríamos (*would move*) si...
6. Ignacio y Miguel no tomarían clases si...
7. Yo pasaré unos días en la playa si...
8. Darío nos invitará a su cabaña si...
9. Tú podrías pasar más tiempo con tu familia si...
10. Uds. saldrán de viaje en agosto si...

3 El pretérito perfecto de subjuntivo

The present perfect subjunctive is formed with the present subjunctive of the auxiliary verb **haber** + *the past participle of the main verb*. It is used in the same way as the present perfect in English, but only in sentences that require the subjunctive in the subordinate clause.

Yo dudo que ellos **hayan fracasado.**   *I doubt that they have failed.*

		Present subjunctive of haber	Past participle of main verb
que	yo	haya	trabajado
	tú	hayas	aprendido
	Ud., él, ella	haya	recibido
	nosotros(as)	hayamos	abierto
	vosotros(as)	hayáis	escrito
	Uds., ellos, ellas	hayan	hecho

—Espero que **hayas sacado** la basura.   *"I hope you have taken out the garbage."*
—Sí, y la cocina ya está limpia.   *"Yes, and the kitchen is already clean."*

—¿Crees que Juan ha resuelto sus problemas?   *"Do you think Juan has solved his problems?"*
—No, no creo que los **haya resuelto** todavía.   *"No, I don't think he has solved them yet."*

CD-ROM
Go to **Estructuras gramaticales** for additional practice.

Práctica

A. En parejas, completen las siguientes conversaciones usando el pretérito perfecto de subjuntivo. Luego léanlas en voz alta.

1. —Hoy tenemos que entregar el informe, ¿verdad?
   —Sí, y espero que Alicia ya lo _____ (escribir).
   —Dudo que _____ (hacer) nada porque tiene un examen hoy.
   —David fue a buscarla a la universidad. Ojalá que ella ya _____ (terminar) el examen porque él tiene que volver a la fábrica.

2. —¿Conoces a alguien que _____ (estar) ayer en la conferencia de la Dra. Covarrubias?
   —Bueno, Pedro estuvo allí, pero no creo que _____ (entender) nada de lo que ella dijo.
   —Es una lástima que nosotros no _____ (poder) ir.

3. —Espero que Carmela _____ (ver) a la chica que organiza la mesa redonda.
   —No, no creo que _____ (ir) a verla todavía.
   —Me alegro de que nos _____ (invitar) a participar, pero temo que para el fin de semana todavía no nos _____ (dar) la información que necesitamos.

B. Ud. y un(a) compañero(a) tienen un amigo que trabaja organizando su comunidad. Reaccionen a las cosas que él cuenta, usando el pretérito perfecto de subjuntivo. Empiecen con expresiones como **me alegro de que, ojalá que, siento que, espero que, no es verdad que, es una lástima que, dudo que o no creo que.** Utilicen cada expresión por lo menos una vez. Sigan el modelo.

MODELO: Este año han organizado un buen programa de reciclaje.
           Dudo que este año hayan organizado un buen programa de reciclaje.

1. El gobierno ha resuelto el asunto de los desperdicios químicos.
2. Ellos se han reunido para hablar sobre la contaminación del ambiente.
3. La gente siempre ha llevado los residuos de productos químicos al vertedero.
4. Nosotros siempre hemos usado productos biodegradables.
5. Los problemas de la delincuencia se han agravado.
6. Hemos hablado con las persons que organizan la mesa redonda.
7. Todos juntos hemos identificado los problemas más difíciles de resolver.
8. El gobernador no se ha reunido con nosotros todavía.
9. Yo he dicho que nuestras iniciativas fracasarán.
10. Nuestros esfuerzos han ayudado a educar a la comunidad.

4 El pluscuamperfecto de subjuntivo

The pluperfect subjunctive is formed with the imperfect subjunctive of the auxiliary verb **haber** + *the past participle of the main verb*. It is used in the same way as the past perfect tense in English, but only in sentences that require the subjunctive in the subordinate clause.

Si + pluscuamperfecto, condicional
hubiera + participio, habrías,
pasado + participio pasada

Yo dudaba que él **hubiera salido.**   *I doubted that he had gone out.*

		Imperfect subjunctive of haber	Past participle of main verb
que	yo	hubiera	trabajado
	tú	hubieras	aprendido
	Ud., él, ella	hubiera	recibido
	nosotros(as)	hubiéramos	abierto
	vosotros(as)	hubierais	escrito
	Uds., ellos, ellas	hubieran	hecho

—¿Conseguiste el empleo?   *"Did you get the job?"*
—No, no me lo dieron porque necesitaban   *"No, they didn't give it to me*
   a alguien que ya **hubiera terminado** sus   *because they needed someone who*
   estudios.   *had already finished his studies."*

—¿Había alguien allá que **hubiera estado** *"Was there anyone there who had*
   en San Antonio?   *been in San Antonio?"*
—No, no había nadie que **hubiera estado**   *"No, there was no one there who*
   allí.   *had been there."*

◉ The pluperfect subjunctive is used instead of the imperfect subjunctive in an *if*-clause when the verb in the main clause is in the conditional perfect.

> Yo habría ido   si **hubiera tenido** tiempo.
> *I would have gone if I had   had   time.*

◉ The pluperfect subjunctive is used after the expression **como si...** to refer to a contrary-to-fact action in the past. This is expressed in English by the past perfect indicative (*had + past participle*).

> Se quejó   **como si hubiera trabajado** todo el día.
> *He complained as if   he had   worked   all day long.*

—¿Te fijaste qué hambre tenía Juancito?   *"Did you notice how hungry Juancito was?"*
—Sí, comió **como si** no **hubiera comido** *"Yes, he ate as if he hadn't eaten for*
   por una semana.   *a week."*
—Si yo **hubiera comido** todo eso, me   *"If I had eaten all that, I would have*
   habría enfermado.   *gotten sick."*

Práctica

CD-ROM
Go to **Estructuras gramaticales** for additional practice.

A. Andrés y su familia se han mudado a California. Haga Ud. el papel de Andrés y diga cuál fue la reacción de las siguientes personas. Utilice el pluscuamperfecto de subjuntivo.

MODELO: Ana sintió / mi hermana / no quedarse en Tejas
           Ana sintió que mi hermana no se hubiera quedado en Tejas.

1. Mis amigos lamentaron / yo / mudarme tan lejos
2. El jefe de mi papá sintió / él / dejar la oficina
3. Raquel no creía / nosotros / decidir mudarnos
4. Mis abuelos se alegraron de / mis padres / volver a California
5. Olga no esperaba / nosotros / encontrar una casa grande y barata

B. Diga lo que Ud. habría hecho si las circunstancias hubieran sido diferentes. Siga el modelo.

MODELO: En la tienda había un vestido azul, pero Ud. quería uno rojo.
           Si el vestido hubiera sido rojo, yo lo habría comprado.

1. Ud. necesitaba comprar un coche, pero no le dieron el descuento que Ud. quería.
2. Le ofrecieron media botella de vino tinto, pero Ud. prefiere vino blanco.
3. Uds. querían pasar un fin de semana en la Costa del Sol, pero en los hoteles no había habitaciones libres.
4. Ud. tenía una cita a las cinco y media, pero no llegó a tiempo porque salió de su casa muy tarde.
5. Uds. querían ir a Río para la época de carnaval, pero no habían hecho reservaciones en ningún hotel. si hubiéramos hecho   habríamos
6. Ud. quería ir a Europa, pero no tenía sus documentos en regla (*in order*).
7. El avión hacía escala en Puebla, y Ud. quería ir en un vuelo directo.
8. Le ofrecieron un puesto en el que Ud. debía trabajar bajo las órdenes de su padre, pero Ud. prefiere trabajar con otra persona.

C. Amplíe cada oración, usando la expresión **como si.** Siga el modelo.

MODELO: Eva habló de él.
           Eva habló de él como si lo hubiera conocido antes.

1. Los chicos se rieron.   4. Me dieron las gracias.
2. Estábamos cansados.   5. Se perdieron.
3. Pasó la luz roja.   6. Escribió sobre el asesinato.

D. Juan se está quejando de sus problemas. Ud. y un(a) compañero(a) le dicen que todo esto no habría pasado si él hubiera hecho ciertas cosas.

MODELO: Quedé suspendido en el examen.
           Esto no habría pasado si hubieras estudiado más.

1. Me duele el estómago y estoy muy lleno.
2. No tengo dinero.
3. Estoy muy cansado.
4. Mi casa no está limpia.
5. No tengo comida en el refrigerador.
6. Estaba enfermo y ahora me siento peor.
7. Mi coche no tiene gasolina.
8. Engordé mucho.
9. Mi novia me dejó por otro.

STUDENT WEBSITE
Do the **Compruebe cuánto sabe** self test after finishing this **Estructuras gramaticales** section.

¡CONTINUEMOS!

Una encuesta

Entreviste a sus compañeros de clase para tratar de identificar a aquellas personas que...

1. ...se preocupan por el medio ambiente.
2. ...reciclan los periódicos.
3. ...usan productos biodegradables.
4. ...pertenecen a una asociación de vecinos.
5. ...han trabajado en una fábrica.
6. ...creen que la educación debe ser la primera prioridad del gobierno.
7. ...nunca usan pulverizadores de productos químicos.
8. ...han participado en una mesa redonda.
9. ...nunca echan productos químicos por el desagüe.
10. ...siempre llevan los residuos de productos químicos a un vertedero público.
11. ...creen que debemos proteger la naturaleza.
12. ...creen que necesitamos un nuevo alcalde.

Ahora divídanse en grupos de tres o cuatro y discutan el resultado de la encuesta.

  ## ¿Comprende Ud.?

CD-ROM   STUDENT WEBSITE
Go to **De escuchar...a escribir** (in **¿Comprende Ud.?**) on the CD-ROM for activities related to the conversation, and go to **Canción** on the website for activities related to the song.

1. Escuche la siguiente conversación entre Paco y Adela, que conversan sobre los problemas sociales y ambientales de sus ciudades. El objetivo de la actividad es el de escuchar una conversación a velocidad natural. No se preocupe de entenderlo todo, pues esto no se espera de Ud. Después de escuchar la conversación dos veces, Ud. oirá varias aseveraciones. En una hoja, escriba los números de uno a ocho e indique si cada aseveración es verdadera o falsa.
2. Luego escuche la canción y trate de aprenderla.

Hablemos de la vida urbana

En parejas, fíjense en las siguientes noticias y después contesten las preguntas que siguen.

Roban enmascarados medio millón de dólares a banco neoyorquino

NUEVA YORK. Enero 24 (EFE)—Tres enmascarados penetraron en una sucursal del "Chase Manhattan Bank" de Brooklyn, a través del sótano, esposaron a cinco empleados y se llevaron más de medio millón de dólares, en lo que constituye uno de los más importantes robos de banco en la historia de Nueva York.

Las autoridades investigan el atraco, perpetrado a última hora de la tarde del lunes, pero no han detenido todavía a nadie, dijo a EFE Joseph Valiquette, portavoz de la Oficina Federal de Investigación (FBI).

Guerrilleros secuestran a un alcalde

BOGOTA, Enero 8 (UPI) — El alcalde de la población de Achi, en el Departamento de Bolívar, Ricardo Alfonso Castellanos, fue secuestrado por miembros del Ejército de Liberación Nacional (ELN), informaron las autoridades.

La policía detuvo en los últimos días a 22 carteristas

JESUS DUVA, Madrid

Veintidós delincuentes, dedicados a la sustracción de carteras y bolsos de mano, fueron detenidos en los últimos tres días por funcionarios de la Brigada de Seguridad Ciudadana de la Policía Nacional. Los sospechosos fueron capturados in fraganti cuando actuaban en la zona centro de la capital.

Tres muertos en enfrentamiento entre policías y narcotraficantes

MEXICO, Enero 26 (UPI) — Policías federales se enfrentaron a tiros con un grupo de narcotraficantes en la aldea de Turicato, en el agitado estado mexicano de Michoacán, resultando tres personas muertas, según informaron las autoridades.

1. ¿Cuánto dinero se llevaron los enmascarados que asaltaron el banco de Brooklyn?
2. ¿A cuántas personas han detenido las autoridades por este asalto?
3. ¿Quién es Ricardo Alfonso Castellanos y qué le sucedió?
4. ¿A quiénes detuvo la Policía Nacional de la ciudad de Madrid?
5. ¿Con quiénes se enfrentaron los policías federales en Turicato?
6. ¿Cuál fue el resultado del encuentro?
7. ¿Qué nos demuestra la lectura de estas noticias?

¿Qué dirían ustedes?

Imagínese que Ud. y un(a) compañero(a) se encuentran en las siguientes situaciones. ¿Qué va a decir cada uno?

1. Uds. dirigen la asociación de vecinos (*neighbors*) de su barrio. Decidan cuáles van a ser sus prioridades para este año.
2. Uds. quieren darle dinero a una organización que trata de resolver los problemas sociales que afectan las grandes ciudades. Hablen de la labor que realizan varias organizaciones.
3. Uds. están en un país de habla hispana y fueron testigos (*witnesses*) de un robo a un banco. Cuéntenle a la policía lo que vieron.

¡De ustedes depende!

Uds. le están dando una clase de defensa personal a un grupo de estudiantes latinoamericanos. Háblenles sobre lo siguiente y díganles lo que deben o no deben hacer en cada caso.

1. el peligro (*danger*) de caminar solos (solas) por la noche
2. qué hacer si alguien trata de robarles la cartera
3. las ventajas de tomar una clase de karate o yudo
4. las cosas que tienen que tener en cuenta cuando tienen una cita con alguien que no conocen muy bien
5. las precauciones que deben tomar cuando están en el coche

¡Debate!

La clase se dividirá en dos grupos para discutir la pena de muerte. El primer grupo tratará de demostrar que es una medida necesaria y justa para combatir el crimen y la violencia. El segundo grupo dará una serie de razones para no tenerla, señalando que el gobierno no tiene derecho a quitarle la vida a nadie.

Lecturas periodísticas

Saber leer: Su auto-adiestramiento° como lector

self-training

CD-ROM
Go to **Lecturas periodísticas** for additional prereading and vocabulary activities.

En las **Lecciones 1** a **6**, presentamos individualmente algunas estrategias, pero recuerde que lo mejor es poner en práctica tantas como sus conocimientos sobre el tema o sus propósitos al leer lo requieran. La lectura nunca debe ser pasiva, de modo que debe incorporar las diversas estrategias que aprenda o que ya conozca.

La siguiente lectura periodística se titula "En el supermercado". ¿Qué estrategias le conviene utilizar en esta ocasión? Aquí tiene algunas sugerencias:

1. Siempre es esencial empezar teniendo claros sus propósitos al leer.
2. Leer las preguntas de comprensión lo(la) ayuda (a) a saber el tipo de información que deberá buscar al leer y (b) a crear contextos que lo(la) ayuden a leer con atención y de manera activa.
3. Tener presente el tema de la **Lección 8** y los demás conocimientos que Ud. tenga sobre el tema lo(la) podría ayudar a hacerse preguntas (*hypothesize*) sobre lo que va a tratar un artículo que se titula "En el supermercado".
4. En este punto, echarle una mirada rápida al primer párrafo (en cursiva) y leer la primera oración de los demás párrafos, lo(la) ayuda a crear contextos y a comprobar (¡o mejorar!) las hipótesis que Ud. se haya hecho sobre lo que se discute en la lectura periodística.

Para leer y comprender

Al leer detalladamente el artículo, busque las respuestas a las siguientes preguntas.

1. ¿Qué tipo de productos ha proliferado en los supermercados?
2. ¿Podemos confiar en los alegatos que presentan algunas empresas?
3. ¿Debemos preferir los aerosoles que anuncian que no tienen CFC? ¿Por qué?
4. ¿Por qué dice el artículo que la palabra "biodegradable" se presta a confusión?
5. ¿Es mejor comprar productos reciclables o productos reciclados? ¿Por qué?
6. ¿Qué tipos de frutas y vegetales debemos comprar?
7. ¿Cómo podemos disminuir el consumo de las bolsas de plástico?

En el supermercado

Una verdadera revolución se ha iniciado en un sitio que tú conoces muy bien: el supermercado, donde desde hace algún tiempo comienzan a proliferar los llamados productos "verdes" o "biodegradables".

Empresas de prestigio y otras menos conocidas se preocupan por el ambientalismo°, y ésa es una actitud encomiable° pero con la que hay que estar alertas porque el alegato° se presta para ser malinterpretado. Algunas empresas utilizan el engaño°, y otras simplemente presentan alegatos totalmente irrelevantes.

Por ejemplo, nótese el caso de los aerosoles. Desde 1978, en pro de la protección de la capa de ozono que protege contra los rayos ultravioletas, el gobierno de Estados Unidos prohibió su contenido de clorofluorocarbono o CFC. A esta fecha, son muchísimos los productos que anuncian en su etiqueta° que están libres de CFC, como si existieran en el mercado otros con el peligroso químico.

La famosa palabra "biodegradable" también se presta a confusión. La vemos en el supermercado en cientos de productos cuya biodegradabilidad va desde meses hasta miles de millones de años.

"Biodegradable" se convierte así en una palabra mágica, pero que en muchas instancias realmente no tiene sentido práctico si se desea preservar el planeta. ¡Hasta el plutonio es biodegradable si se tiene en cuenta que podría desaparecer en unos pocos millones de años!

"Reciclable" es otro concepto que a los aficionados al ambientalismo les fascina, pero el hecho° de que un producto sea reciclable no significa que será reciclado ni que exista la tecnología para que efectivamente pueda volver a utilizarse.

Averigua° si realmente hay mercado para el reciclaje de determinados productos en tu área de residencia. Comprar un producto reciclable por el hecho de que lo dice su etiqueta no ayuda en nada pero adquirir un artículo confeccionado° con material reciclado es una contribución porque estimula a la empresa que lo produjo.

A veces, incluso° es mejor comprar productos sin empaque o fórmulas concentradas, como en el caso de los detergentes. Compra frutas y vegetales orgánicos y, siempre que sea posible, lleva tu propia bolsa de tela° al supermercado para evitar el consumo de las de plástico o papel.

Comprar en favor del ambiente es una actividad que requiere usar la lógica y estar realmente bien informado.

Adaptado de la revista *Imagen* (Puerto Rico)

> *Algunas empresas utilizan el engaño°, y otras simplemente presentan alegatos totalmente irrelevantes.*

Estantes de un supermercado en Caracas, Venezuela.

---

environmentalism / praiseworthy / claim
deceit

label

fact
Find out
made
even
cloth

Desde su mundo

1. ¿Qué productos biodegradables o reciclables compra Ud. en el supermercado?
2. Mencione tres medidas (*measures*) que Ud. considera importantes para proteger el medio ambiente.

Piense y escriba   Los buenos escritores

STUDENT WEBSITE

CD-ROM

Go to **...y escribamos** (in **Hablemos de su país**) on the student website and **De escuchar... a escribir** (in **¿Comprende Ud.?**) on the CD-ROM for additional writing practice.

Los buenos escritores tratan de mantener el mayor contacto posible con la lengua escrita y hablada. Es importante cultivar dos destrezas indispensables para mejorar la redacción en español: leer y escuchar activamente. Mediante estas destrezas:

1. se refuerza el vocabulario y las maneras de expresarse que Ud. ya conoce.
2. se adquiere nuevo vocabulario y se aprenden nuevas maneras de expresarse en español.

Piense en algunas medidas concretas que lo (la) van a ayudar a mejorar su redacción en español.

Pepe Vega y su mundo

Teleinforme

La limpieza, la inmigración y la educación son tres desafíos (challenges) importantes de la vida urbana. A menudo se pueden encontrar soluciones en la solidaridad y en los esfuerzos de la gente afectada; a veces, la solución es simplemente cuestión de un cambio de perspectiva.

Preparación

Términos.   A continuación aparecen algunos términos que designan diversas identidades americanas. ¿Los reconoce Ud.? Defina los términos que Ud. conoce. Algunos términos tienen significados parecidos. Trate de explicar las diferencias.

1. centroamericano(a)
2. chicano(a)
3. costarricense
4. cubano(a)
5. estadounidense
6. gringo(a)
7. guatemalteco(a)
8. hispano(a)
9. hispanoamericano(a)
10. hondureño(a)
11. latino(a)
12. latinoamericano(a)
13. mexicano(a)
14. mexicoamericano(a)
15. puertorriqueño(a)
16. sudamericano(a)
17. tico(a)
18. cubanoamericano(a)

Comprensión

CD-ROM
You will also find this clip under **Video.**

Grafitis en San José   37:59–41:19

En esta lección vamos a ver los grafitis de San José en un reportaje producido por SINART/Canal 13 de Costa Rica. Mientras exploran estos escritos murales, pregúntense: ¿Son los grafitis una forma de contaminación o una muestra (*example*) artística de la cultura urbana?

A. Unos grafitis incompletos.   Complete los siguientes grafitis según aparecen en el video.

1. San José perdió el _____ de la vida.
2. ...y sean tus espinas defensa contra _____ artificial...
3. Mi alma cara de _____.
4. ...rellenarles de _____ que verticalicen el horizonte de las mariposas.
5. En el clavo de la pared cuelgan mis _____.
6. San José termina en la tragedia del _____.
7. En la espuma de los trastos _____ cantó mi destino de Navegante.
8. Santa Clause y Batman son _____.
9. Lea _____ 96.
10. Hay _____ perdidas en las copas de los dedos.
11. En las sombras los _____; en la luz los _____.

B. ¿Quién dice qué?   Encuentre en la columna B la opinión expresada por la persona de la columna A.

A

1. la mujer de las gafas
2. el hombre joven de la camisa azul/verde
3. el hombre del bigote y las gafas de sol
4. la mujer de las gafas de sol
5. el hombre del coche
6. el hombre joven de la camisa blanca

B

a. Dicen cosas muy raras... la verdad.
b. Hay gente que lo pinta por pintarlo nada más.
c. Me parece que no está bien hecho...
d. Que está bien o está mal. Mal cuando se expresa algo que es indebido, tal vez mal educado; bien cuando expresa algo bien y en sí también son culturales, entonces es parte también de nosotros.
e. Que les pinten las casas a los otros pero a mí me gustan mucho.
f. [Es algo] como de transmitir esos mensajes en los periódicos, me entiendes, [todo] en la prensa que la gente lo vea pero como no pueden entonces lo hacen en las paredes.

CD-ROM
Go to **Video** for further previewing, vocabulary, and structure practice on this clip.

Conversaciones con estudiantes de la San Diego State University, parte 2

41:21–44:19

Estas conversaciones fueron tomadas del programa *Somos*. Nos presentan las perspectivas de algunos estudiantes latinos y chicanos de la San Diego State University. Aquí conoceremos a cinco jóvenes que hablan de sus vidas entre dos culturas.

C. ¿Qué aprendió Ud.?   Después de oír cada conversación, conteste las preguntas correspondientes que aparecen a continuación.

1. **Guadalupe habla de los términos "latino" y "chicano".** Para ella, ¿cuál es la diferencia entre los dos términos?
2. **Rubén habla de su identidad.** ¿Cómo se considera él? ¿Dónde nació Rubén? ¿Y su madre? ¿Y sus abuelos?
3. **Javier habla de su familia.** ¿Cuántos hijos hay en la familia de Javier? ¿Qué edades tienen? ¿Dónde nacieron todos?
4. **Ruth habla de los problemas raciales que ha tenido en la universidad.** ¿Con quiénes se sentó un día en el auditorio? ¿Qué hicieron estas personas cuando Ruth se sentó? ¿Cómo se sintió Ruth?
5. **Carmen habla de MEChA y Aztlán.** ¿Qué significa MEChA? ¿Qué es Aztlán?

Hazte maestro   44:21–44:54

Este *spot* publicitario fue creado por la Asociación de Agencias Publicitarias Hispanas para Futuramente, una campaña contra la crisis educativa de los hispanos en EE.UU. El anuncio propone una solución para cambiar las vidas de los alumnos hispanos en las escuelas primarias de este país.

D. Observaciones.   Escuche y mire bien el anuncio. Luego, escriba lo que oye o ve, según habla la maestra anglófona (*English-speaking*) o el maestro hispano.

	a. Maestra anglófona	*b. Maestro hispano*
1. pronunciación del nombre del niño hispano		
2. reacción del alumno		
3. expresión de aprobación		
4. pronunciación del nombre de la niña hispana		
5. reacción de la alumna		

Ampliación

¡Debate!   Formen equipos para discutir los siguientes temas. Discutan los argumentos a favor y los argumentos en contra. Usen ejemplos tomados de su propia experiencia o de la vida de alguien que Uds. conocen.

1. la inmigración en los EE.UU.
2. la educación bilingüe
3. los grafitis

Lecciones 7–8

Tome este examen para ver cuánto ha aprendido. Las respuestas correctas aparecen en el **Apéndice C**.

Lección 7

A El futuro

Complete las siguientes oraciones con el futuro de los verbos que aparecen entre paréntesis.

1. Yo sé que ella me _____ (decir) que nosotros _____ (tener) que trabajar más.
2. Andrea _____ (salir) para Panamá la semana próxima.
3. Mañana _____ (haber) una fiesta en mi casa, pero yo no _____ (poder) invitar a Juan.
4. Los muchachos _____ (poner) todo su dinero en el banco.
5. Tú y yo no _____ (caber) en el coche de Ana, de modo que _____ (ir) en autobús.
6. Como Uds. no _____ (querer) venir mañana, yo _____ (hacer) todo el trabajo solo.

B El futuro para expresar probabilidad o conjetura

Conteste las siguientes preguntas usando el futuro de probabilidad y las palabras entre paréntesis.

1. ¿Dónde está Ramiro? (la fonda)
2. ¿A qué hora se van a levantar los chicos? (a las nueve)
3. ¿Qué hora es? (las once)
4. ¿Cuánto cuesta ese coche? (15,000 dólares)
5. ¿Cuándo viene Teresa? (el domingo)

C El condicional

Complete el párrafo con el condicional de los verbos que aparecen entre paréntesis.

¿Qué _____ (hacer) nosotros sin nuestros padres, Rosa? Tú no _____ (tener) dinero para estudiar y yo no _____ (poder) comprar ropa. Los chicos _____ (pasar) hambre y Paco _____ (vivir) en la calle. ¡ _____ (ser) un desastre!

D El condicional para expresar probabilidad o conjetura

Conteste las siguientes preguntas usando el condicional y las palabras entre paréntesis.

1. ¿Qué hora era cuando Carlos llegó? (las diez)
2. ¿Dónde estaba él? (en el cine)
3. ¿Con quién estaba? (con Marisa)
4. ¿Adónde fueron antes de venir? (a la cafetería)

E El futuro perfecto y el condicional perfecto

Complete las siguientes oraciones con el equivalente español de las palabras entre paréntesis.

1. Para el verano, Juan y yo _____ las clases. (*will have finished*)
2. Tere, tú _____ para el año 2006, ¿no? (*will have graduated*)
3. Para el verano, Andrés ya _____ empleo. (*will have found*)
4. Yo _____ tanto dinero por ese coche. (*wouldn't have paid*)
5. Ellas _____ la verdad, señora. (*wouldn't have told you*)

F Género de los nombres: casos especiales

Dé las palabras que corresponden a las siguientes definiciones.

1. parte de la cabeza
2. espalda de un animal
3. grupo musical
4. manera
5. operación aritmética
6. opuesto de la izquierda
7. persona que acompaña a un grupo
8. elevación del terreno
9. método
10. signo de puntuación

G ¿Recuerda el vocabulario?

Complete las siguientes oraciones con palabras y expresiones de la **Lección 7**.

1. Julio es muy simpático. Siempre está contando _____.
2. Hagamos un _____. ¡Salud!
3. Necesito una _____ para tomar vino.
4. No me gusta la miel de _____.
5. Nunca están de acuerdo. Siempre están _____.
6. No tengo _____ de ir contigo al cine hoy.
7. Me gusta el bistec bien _____, y no _____ medio.
8. Budweiser es una _____ muy famosa.
9. Siempre servimos _____ blanco con el pescado.
10. De haberlo _____, no habría venido.

H Cultura

Circule la palabra que mejor complete cada oración.

1. Panamá es un poco más (grande, pequeño) que Carolina del Sur.
2. Al norte de Panamá está (Nicaragua, Costa Rica).
3. A Nicaragua se la conoce como la "Tierra de los (ríos, lagos)".
4. La mayor atracción turística de Honduras es (Copán, Tikal).
5. Por su clima, Guatemala se conoce como "El país de (los volcanes, la eterna primavera)".

Lección 8

A El imperfecto de subjuntivo

Cambie del discurso directo al discurso indirecto. Siga el modelo.

MODELO: El profesor me dijo: "Identifica los problemas".
El profesor me dijo que identificara los problemas.

1. Él les advirtió: "Usen productos biodegradables".
2. Luis nos dijo: "Lean las noticias sobre la contaminación".
3. Ellos nos rogaron: "No se unan a las pandillas".
4. Él te aconsejó: "Coopera con los demás".
5. Ellos me pidieron: "Saca la basura".
6. La profesora le aconsejó: "Haga un esfuerzo por mejorar".

B El imperfecto de subjuntivo en oraciones condicionales

Complete las siguientes oraciones, usando los verbos que aparecen entre paréntesis.

1. Si _____ (tratar) de resolver todos esos problemas, fracasarían.
2. Habla como si nuestra ciudad no _____ (tener) problemas sociales.
3. Si ellos nos lo _____ (pedir), los ayudaríamos.
4. Esas organizaciones trabajan como si _____ (estar) seguras del éxito.
5. Uds. ayudarían mucho si _____ (reciclar) los periódicos.
6. ¡Ojalá ese presidente _____ (poder) resolver todos los problemas ambientales!

C Los tiempos compuestos del subjuntivo

Complete las siguientes oraciones con el presente perfecto o el pluscuamperfecto de subjuntivo.

1. Dudo que ellos _____ (hacer) un esfuerzo.
2. Yo habría aceptado el trabajo si Uds. me lo _____ (dar).
3. Espero que tú ya le _____ (ofrecer) el puesto.
4. Habla de la ley como si él la _____ (hacer).
5. Me alegro de que el programa no _____ (empezar) todavía.
6. Dudaban que el gobierno _____ (dar) la noticia.
7. Si ellos me lo _____ (permitir) yo lo habría hecho.
8. No creo que Uds. _____ (resolverlo) todo.
9. Siento que nosotros no _____ (ir) a la fábrica.
10. No es verdad que los alcaldes _____ (ponerse) de acuerdo.

D ¿Recuerda el vocabulario?

Encuentre en la columna B las respuestas a las preguntas de la columna A.

A

1. ¿Adónde debemos llevar los residuos de productos químicos?
2. ¿Con qué debemos sustituir los productos químicos?
3. ¿Dónde echa mucha gente los productos químicos?
4. ¿Qué debemos reciclar?
5. ¿Qué problemas parecen agravarse cada día?
6. ¿Qué debemos hacer para resolver estos problemas?
7. ¿Cuáles son algunos de los problemas sociales?
8. ¿Cómo llamamos a los que no tienen dónde vivir?
9. ¿Qué deben usar las fábricas?
10. ¿A quién debemos educar para poder resolver los problemas de las ciudades?

B

a. Los periódicos y el vidrio.
b. Los robos y los asesinatos.
c. Cooperar todos.
d. Al pueblo.
e. Con productos biodegradables.
f. Las personas sin hogar.
g. En los desagües.
h. Combustibles más limpios.
i. Al vertedero (municipal).
j. Los problemas sociales.

E Cultura

Circule la palabra que mejor complete cada oración.

1. En los Estados Unidos viven más de (quince, treinta) millones de hispanos.
2. El grupo minoritario más numeroso en California es el de los (cubanoamericanos, mexicoamericanos).
3. La capital de Puerto Rico es (San Juan, San José).
4. Los puertorriqueños (son, no son) ciudadanos estadounidenses.
5. Gracias a los (mexicanos, cubanos), Miami es hoy la ciudad más rica del mundo hispanohablante.

El mundo del espectáculo

El famoso cantante puertorriqueño Ricky Martin.

El mundo del espectáculo

CD-ROM   STUDENT AUDIO
For preparation, do the **Ante todo** activities found on the CD-ROM.

Desfile de estrellas

En una entrevista con Jorge Salgado, la actriz argentina Paola Bianco habló de su papel en la telenovela *La mentira*, que se estrenará a mediados de julio en el canal 5. Habló también del premio que ganó en el Festival de Cine el año pasado. Agregó que pensaba volver a trabajar bajo la dirección del famoso director y productor uruguayo Rafael Burgos en su próxima película, que va a ser una comedia musical. La encantadora actriz confesó que sueña con actuar algún día con actores latinos como Andy García y Antonio Banderas. En su vida personal, Paola no pudo negar que estaba muy enamorada de Mario Juncal y que pronto se casaría con él.

¡El boom de la salsa!

Hasta hace unos doce años, la música latina o la música de salsa sólo se escuchaba esporádicamente en algunas discotecas. Hoy los salseros como Celia Cruz, la India, Marc Anthony y muchos otros, tienen innumerables aficionados.

La salsa ha invadido Europa y Asia, pero Los Ángeles y Nueva York siguen siendo las grandes fábricas de la música y el baile latinos.

Últimamente han surgido en muchas ciudades del mundo varias escuelas de baile, donde se aprenden los pasos básicos de la salsa, el mambo, el merengue o la rumba cubana. La gente pasa horas en las pistas de baile para mejorar su estilo. ¡Bailar ritmos latinos se ha puesto de moda!

En cuanto al pop, Christina Aguilera es la nueva reina, nombrada por los críticos como "La voz del siglo". Sus representantes anunciaron que acababa de lanzar un nuevo disco grabado en español.

Dígame

En parejas, contesten las siguientes preguntas basadas en los artículos.

1. ¿Quién es Paola Bianco y cuál es su nacionalidad?
2. ¿Qué es *La mentira* y cuándo se va a estrenar? ¿En qué canal?
3. ¿Salió premiada alguna de las películas de Paola Bianco?
4. ¿Con qué director y productor trabajó Paola antes? ¿Piensa volver a trabajar con él?
5. La película que ella piensa filmar, ¿va a ser un drama?
6. ¿A qué actores latinos admira Paola?
7. ¿De quién está enamorada y cuándo piensa casarse con él?
8. ¿Qué pasaba hace unos doce años con la música latina?
9. ¿Quiénes son algunos salseros famosos? ¿Han tenido mucho éxito?
10. ¿Hasta qué continentes ha llegado la salsa?
11. ¿Qué se enseña hoy en día en algunas escuelas de baile? ¿Qué se ha puesto de moda en la actualidad?
12. ¿Quién es Christina Aguilera? ¿Qué anunciaron sus representantes?

Perspectivas socioculturales

INSTRUCTOR WEBSITE
Your instructor may assign the preconversational support activities found in **Perspectivas socioculturales**.

En todo el mundo, los Estados Unidos ejercen una gran influencia en los campos del espectáculo y del entretenimiento. Al mismo tiempo, la música latina también va dejando notar su influencia en la América del Norte, Europa y Asia. Haga lo siguiente:

a. Lea los temas de conversación que aparecen a continuación y escoja uno de ellos.
b. Durante unos cinco minutos, cambie opiniones (o converse) con dos compañeros sobre el tema seleccionado.
c. Participe con el resto de la clase en la discusión del tema cuando su profesor(a) se lo indique.

Temas de conversación

1. **Los Estados Unidos y el mundo.** ¿Cómo se nota la influencia estadounidense en otras regiones del mundo en los campos del espectáculo y del entretenimiento?
2. **El mundo del entretenimiento latino.** ¿Cómo se nota la influencia de la música y del entretenimiento latinos en su país?

Vocabulario

Nombres

la actriz (el actor)   actress (actor)
el desfile   parade
la entrevista   interview
el espectáculo, el show   show
la estrella   star
la mentira   lie
el paso   step
la pista de baile   dance floor
el premio   award
el (la) productor(a)   producer
la reina   queen
el siglo   century
el (la) televidente   TV viewer
la telenovela   soap opera
la voz   voice

Verbos

actuar   to act, to perform
agregar, añadir   to add
escuchar   to listen (to)

estrenar   to show for the first time
grabar   to record, to tape
lanzar   to release
nombrar   to name
soñar (o → ue)   to dream
surgir   to appear

Adjetivos

enamorado(a)   in love
encantador(a)   charming

Otras palabras y expresiones

a mediados de   around the middle of
acabar de (+ *inf.*)   to have just (done
    something)
bajo   under
como   like
en cuanto a   as for
ponerse de moda   to become
    fashionable
volver a (+ *inf.*)   to do something
    again (over)

Ampliación

Palabras relacionadas con los medios de comunicación

cámara lenta   slow motion
el documental   documentary
el (la) editor(a)   editor
la editorial   publishing company
el (la) locutor(a)   announcer, speaker,
    commentator

las noticias   news
la pantalla   screen
el (la) protagonista   protagonist
la publicidad   publicity
el reportaje   report, interview
el telediario, las telenoticias   TV
    news

CD-ROM
Go to **Vocabulario** for additional vocabulary practice.

Hablando de todo un poco

Preparación   **Complete lo siguiente, usando el vocabulario de la Lección 9.**

1. Mireya León tiene el papel principal en la telenovela *La promesa*. Ella es la
   _____ de la obra y espera recibir un _____ por su actuación.
2. En la _____ de anoche con el locutor Jorge Rivas, la _____ Estela Vargas
   habló del productor de su última película. Ella dijo que era una persona _____
   y añadió que estaba muy _____ de él y que pensaban casarse muy pronto.
3. La famosa cantante Christina Aguilera _____ con llegar a ser la nueva _____
   de los espectáculos de música latina.
4. El actor Fernando Soler dice que actuar _____ la dirección de Bruno Vázquez
   es un gran honor. Él piensa que su última película se va a _____ en septiembre
   en numerosos cines.
5. El domingo pasado vi, en un documental, cómo se enseñan en las _____ de
   baile los _____ básicos de algunos de los ritmos latinos que hoy se han _____
   de moda en nuestro país. Muchos de los bailes se mostraron a _____ lenta.
6. El cantante español Enrique Iglesias acaba de _____ un nuevo disco. Muchos
   críticos consideran la _____ de Iglesias como una de las mejores del _____
   XXI y opinan que _____ cantar a Iglesias es siempre un placer.
7. A _____ de esta semana vimos en las _____ de nuestros televisores un _____
   de estrellas con muchos artistas famosos. El programa se va a _____ a presentar próximamente.
8. Siempre veo el _____ de las ocho de la noche porque me interesan mucho las
   noticias. Cuando no puedo ver el programa lo _____ para verlo después.
9. Acaba de _____ un grupo de cantantes de salsa que son considerados por los
   críticos _____ los mejores en su género.
10. El reportaje de Mario Lizaso en _____ al último festival de cine es muy intere-
    sante. En él, Lizaso _____ a los artistas que considera los peores del año.
11. Anoche leí un editorial sobre la importancia de la _____ en el aumento de la
    venta de discos de música latina.

En grupos de dos o tres, hagan lo siguiente.

A. **Gustos y preferencias.**   Conversen sobre los tipos de programa de televisión
   que les gustan y los que no les gustan y digan por qué.

B. **La música.**   Hablen sobre los tipos de música que se han puesto de moda últimamente y si a ustedes les gusta o no escucharla.

C. **Los reyes.**   Digan a quiénes consideran ustedes el rey y la reina del *pop* y los
   últimos discos que estas personas han lanzado.

D. Entrevista.   En grupos de tres, prepárense para hacer el papel de dos entrevistadores que desean preguntarle a un actor o a una actriz de cine o de televisión sobre sus próximos proyectos, incluyendo el papel que va a tener, quién va a dirigirlo(a), el tipo de película o telenovela, la fecha del estreno, etc. Ensayen y representen la entrevista ante la clase.

Palabras problemáticas

A. **A mediados de, mediano** y **medio**

- **A mediados de** se usa como equivalente de *around the middle of* (*a month, a year, etc.*).

  La encantadora actriz se casará **a mediados de** año.

- **Mediano(a)** equivale a *average, middle.*

  El protagonista es un hombre rubio, no muy guapo, de estatura **mediana**.

- **Medio** equivale a (*the*) *middle* o *half.*

  Las chicas estaban en el **medio** de la pista de baile.
  El niño acaba de comerse **medio** pastel.

B. **Debajo de, bajo** y **abajo** como equivalentes de *below*

- **Debajo de** equivale a *below* como sinónimo de *underneath.*

  Ponen los bolsos **debajo del** asiento.

- **Bajo** es el equivalente de *under* o *below* y se usa tanto en sentido literal como figurado.

  La temperatura está a veinte grados **bajo** cero.
  Elena está en la guía telefónica **bajo** "Fernández".
  Trabajan **bajo** la supervisión de la Dra. Ortega.

- **Abajo** es el opuesto de **arriba** (*above*). Equivale a *downstairs* cuando nos referimos a un edificio o a una casa.

  Mi hermano me está esperando **abajo**.

Práctica

Complete los siguientes diálogos, y luego léalos con un(a) compañero(a).

1. —¿Cuándo llega el editor?
   —_____ de septiembre.

2. —¿La actriz es muy alta?
   —No, es de estatura _____.

3. —¿Has trabajado alguna vez _____ la dirección de Rafael Burgos?
   —No, nunca.

4. —¿El director nos espera _____?
   —No, arriba.

5. —¿Dónde están jugando los chicos?
   —En el _____ de la calle.

6. —¿Dónde pusiste el bolso de mamá?
   —_____ del asiento.

> Your instructor may carry out the **¡Ahora escuche!** listening activity found in the **Answers to Text Exercises.**

¡Ahora escuche!

Se leerá dos veces una breve narración sobre el cumpleaños de Marisol. Se harán asseveraciones sobre la narración. En una hoja escriba los números de uno a doce e indique si cada aseveración es verdadera (V) o falsa (F).

El mundo hispánico

De Uruguay a la tierra del tango

Paola Bianco

Acabo de regresar de Uruguay, donde asistí a una reunión de artistas. En este país se le da una gran importancia a todas las manifestaciones del arte y de la cultura. Yo admiro mucho a los escritores uruguayos, y algún día me gustaría hacer una película basada en uno de los cuentos del famoso escritor Horacio Quiroga.

No es la primera vez que visito este pequeño país, pero siempre encuentro allí algo interesante. Montevideo, la capital, es el centro administrativo, económico y cultural del país. Allí vive casi la mitad de su población, que es de unos tres millones de habitantes.

STUDENT WEBSITE
Go to **El mundo hispánico** for prereading and vocabulary activities.

Además de estar en Montevideo pasé una semana en el Balneario de Punta del Este, uno de los más famosos centros turísticos de América Latina.

Me gusta mucho viajar y he visto ciudades grandes y hermosas, pero dondequiera que esté°, extraño a mi tierra. Eso sí, Argentina es tan grande que ni los propios argentinos la hemos recorrido totalmente. El país ocupa el octavo lugar en el mundo por su extensión territorial. Aquí encontrarán grandes ríos, extensas llanuras, lagos y glaciares, así como enormes ciudades y pueblos pequeños. Es, en su mayor parte, una llanura (la Pampa) que se extiende desde el Océano Atlántico hasta Los Andes, donde está el Aconcagua, el pico más alto del mundo occidental.

dondequiera...
wherever I may be

A orillas° del Río de la Plata está situada la hermosa ciudad de Buenos Aires. Como buena porteña —como nos llaman a los que nacimos en Buenos Aires— yo pienso que mi ciudad es realmente "el París de Sudamérica". La influencia francesa se ve en la arquitectura, en sus amplios bulevares y parques, en la moda y en el sistema de educación.

shores

Otras influencias europeas que se notan son la española, la inglesa, y principalmente la italiana, tanto en la comida como en el idioma hablado.

Como dice un tango muy famoso, Buenos Aires es "la reina del Plata".

Sobre Uruguay y Argentina

En parejas, túrnense para contestar las siguientes preguntas.

1. ¿De dónde acaba de regresar Paola? ¿Por qué fue allí?
2. ¿Quién es Horacio Quiroga? ¿Qué le gustaría hacer a Paola algún día?
3. ¿Qué dice Paola de Montevideo? ¿Qué otros lugares visitó en Uruguay?
4. ¿Con qué limita Argentina al norte, al sur, al este y al oeste?
5. ¿Qué pasa cuando Paola viaja por otros países?
6. ¿Por qué no conoce Paola todo su país? ¿Qué lugar ocupa Argentina por su extensión?
7. ¿Qué es la Pampa? ¿De dónde a dónde se extiende?
8. ¿Qué es el Aconcagua?
9. ¿Dónde está situada la ciudad de Buenos Aires? ¿Quiénes son los porteños?
10. ¿En qué se ve la influencia francesa? ¿Qué otras influencias europeas se notan allí?

Hablemos de su país

INSTRUCTOR WEBSITE
STUDENT WEBSITE
Your instructor may assign the pre-conversational activities in **Hablemos...** (under **Hablemos de su país**). Go to **Hablemos de su país** (under **...y escribamos**) for post-conversational web search and writing activities.

Reúnase con otro(a) compañero(a) y conteste lo siguiente: ¿Qué manifestaciones culturales tienen una gran importancia en la región donde vive?

Luego cada pareja compartirá las respuestas con toda la clase. Discutan todas las manifestaciones culturales que las diversas parejas encontraron.

Taller de Teatro Físico POLIMNIA Presenta:

1er Festival Internacional de Mimo y Teatro Físico en el Caribe

22 al 27 de mayo 2001

Teatro Raúl Juliá

Museo de Arte de Puerto Rico

Una tarjeta postal

Ésta es una tarjeta postal que Rafael Burgos le mandó a Paola desde Montevideo.

Querida Paola:

Ayer volví de Punta del Este. El Festival de Cine estuvo magnífico. Aproveché el tiempo para ir a la playa a tomar el sol.

Ahora estoy de vuelta en Montevideo. Estuve caminando por la avenida 18 de Julio y después fui a la Plaza de la Independencia, que es una plaza enorme en el corazón de la ciudad. Aquí la vida es mucho más tranquila que en Buenos Aires, de modo que estoy descansando.

Un abrazo,

Rafael

Después de leer la tarjeta

1. ¿Dónde estuvo Rafael hasta ayer?
2. ¿Le gustó el Festival de Cine?
3. ¿Qué más hizo en Punta del Este?
4. ¿Cuáles son dos de los lugares que visitó en Montevideo?
5. ¿Cómo es la vida en Montevideo?

Estructuras gramaticales

STUDENT WEBSITE
Do the **¿Cuánto recuerda?** pretest to check what you already know on the topics covered in this **Estructuras gramaticales** section.

1 El subjuntivo: resumen general

A Resumen de los usos del subjuntivo en las cláusulas subordinadas

Use the SUBJUNCTIVE . . .
- After verbs of volition, when there is change of subject:

  Yo quiero que él lo **grabe.**

- After verbs of emotion, when there is a change of subject:

  Me alegro de que tú **estés** aquí.

- After impersonal expressions, when there is a subject:

  Es necesario que él **estudie.**

Use the SUBJUNCTIVE . . .
- To express doubt and denial:
  Dudo que **pueda** actuar.

  Niego que él **esté** aquí.

- To refer to something indefinite or nonexistent:

  Busco una casa que **sea** cómoda.
  No hay nadie que lo **sepa.**

- With certain conjunctions when referring to a future action:

  Cenarán cuando él **llegue.**

- In an *if*-clause, to refer to something contrary-to-fact, impossible, or very improbable:

  Si **pudiera,** iría.
  Si el presidente me **invitara** a la Casa Blanca, yo aceptaría.

Use the INFINITIVE . . .
- After verbs of volition, when there is no change of subject:

  Yo quiero **grabar**lo.

- After verbs of emotion, when there is no change of subject:

  Me alegro de **estar** aquí.

- After impersonal expressions, when speaking in general:

  Es necesario **estudiar.**

Use the INDICATIVE . . .
- When there is no doubt or denial:
  No dudo que **puede** actuar.

  No niego que él **está** aquí.

- To refer to something specific:

  Tengo una casa que **es** cómoda.
  Hay alguien que lo **sabe.**

- With certain conjunctions when the action has been completed or is habitual:

  Cenaron cuando él **llegó.**
  Siempre cenan cuando él **llega.**

- In an *if*-clause, when not referring to anything that is contrary-to-fact, impossible, or very improbable:

  Si **puedo,** iré.
  Si Juan me **invita** a su casa, aceptaré.

CD-ROM
Go to **Estructuras gramaticales** for additional practice.

Práctica

A. Complete el siguiente diálogo, usando los verbos entre paréntesis en el infinitivo, el indicativo o el subjuntivo, según corresponda. Después, represéntelo con un(a) compañero(a).

EVA —Hola, Mario. Me alegro de _____ (verte). Siento que tú no _____ (poder) venir a la fiesta anoche.

MARIO —Si _____ (tener) tiempo, habría venido, pero tuve que trabajar. Le dije a Paco que te _____ (llamar).

EVA —No creo que _____ (tener) que trabajar hasta las nueve. Lo que pasa es que cuando yo _____ (invitarte) a mis fiestas nunca vienes.

MARIO —Cuando _____ (dar) otra fiesta, vendré. Oye, ¿conoces a alguien que _____ (hablar) francés? Mi hermano necesita una traductora.

EVA —Sí, conozco a una chica que lo _____ (hablar) muy bien. ¿Quieres que la _____ (llamar)?

MARIO —Sí, por favor. Me gustaría que la _____ (llamar).

EVA —Pues la llamaré en cuanto _____ (poder), y le diré que _____ (ir) a ver a tu hermano.

MARIO —Sí, porque él quiere _____ (entrevistar) a la persona tan pronto como _____ (ser) posible, de manera que _____ (empezar) a trabajar a principios de mes.

EVA —Entonces es importante que la _____ (llamar) hoy mismo.

B. Complete las siguientes oraciones para expresar sus deseos, esperanzas (*hopes*), planes y lo que hace generalmente. Compare sus respuestas con las de un(a) compañero(a).

1. Yo espero que mi profesor(a)...
2. Quiero que mis padres...
3. Dudo que el próximo año...
4. Me alegro de que mis amigos...
5. Ojalá que...
6. Necesito un coche que...
7. No hay nadie en mi familia que...
8. Siempre voy al cine cuando...
9. Yo viajaré este verano si...
10. Yo compraría una casa si...

B Concordancia de los tiempos con el subjuntivo

● In sentences that require the subjunctive, the verb in the main clause determines which subjunctive tense must be used in the subordinate clause. The models that follow show the possible combinations.

Main clause (indicative)	Subordinate clause (subjunctive)
Present Future Present perfect Command[1]	Present subjunctive *or* Present perfect subjunctive

Es necesario que **terminemos** la entrevista hoy.	*It's necessary that we finish the interview today.*
Saldremos cuando él **llegue.**	*We'll leave when he arrives.*
Le **he pedido** a Dios que me **ayude.**	*I have asked God to help me.*
Me alegro de que te **hayan escuchado.**	*I'm glad that they have listened to you.*
Sentirá mucho que no **hayamos recibido** el premio.	*She'll be very sorry that we haven't received the award.*
Dile que **vaya** al desfile.	*Tell him to go to the parade.*

Main clause (indicative)	Subordinate clause (subjunctive)
Preterit Imperfect Conditional	Imperfect subjunctive *or* Pluperfect subjunctive

Le **dije** que lo **leyera** por lo menos una vez.	*I told him to read it at least once.*
Yo no **creía** que ella **tuviera** ganas de ver la película.	*I didn't believe that she wanted to see the movie.*
Me gustaría que **grabaras** la entrevista.	*I would like you to tape the interview.*
Si él **hubiera estado** aquí no **habría permitido** esto.	*If he had been here, he wouldn't have allowed this.*
Me alegré de que ellos **hubieran ganado** el premio.	*I was glad that they had won the award.*

● When the verb in the main clause is in the present but the action in the subordinate clause refers to the past, the imperfect subjunctive is used.

Main clause (indicative)	Subordinate clause (subjunctive)
Present	Imperfect subjunctive

Siento que no **vinieras** a mediados de mes.	*I'm sorry you didn't come around the middle of the month.*

---

[1] Only the present subjunctive may be used after the command.

CD-ROM
Go to **Estructuras gramaticales** for additional practice.

Práctica

A. Complete las siguientes oraciones, usando el presente, presente perfecto, imperfecto o pluscuamperfecto de subjuntivo. Use todas las combinaciones posibles.

1. Siento mucho que en ese canal...
2. Yo no habría tenido necesidad de trabajar si...
3. Nosotros preferiríamos que la programación...
4. El director nos ordenó que...
5. Pídele a tu amigo que...
6. El público estará muy contento cuando...
7. Nosotros esperábamos que los críticos...
8. Te he pedido muchas veces que...
9. Yo habría ido al estreno si...
10. Dudo que ese actor siempre...
11. Me alegro de que ayer nosotros(as)...
12. Yo temía que la película...

B. Imagínense que Ud. y un(a) compañero(a) son, respectivamente, el director (la directora) y el productor (la productora) de una película. Hablen de lo siguiente:

1. lo que ustedes quieren que hagan los actores
2. lo que ustedes esperaban que hicieran los periodistas
3. lo que ustedes temen que digan los críticos
4. lo que les gustaría que hiciera el público
5. lo que habrían podido hacer si hubieran tenido más dinero
6. el tipo de actor y actriz que buscan para los papeles principales
7. lo que ustedes dudan que puedan lograr (*achieve*)
8. lo que ustedes van a hacer cuando terminen de filmar la película

2 Usos de algunas preposiciones

⊙ The preposition **a** (*to*, *at*, *in*) expresses direction towards a point in space or a moment in time. It is used in the following instances.

1. To refer to a time of day.

   A las cinco pasan el documental.

2. After a verb of motion when it is followed by an infinitive, a noun, or a pronoun.

   Siempre venimos **a** grabar aquí.

3. After the verbs **enseñar, aprender, comenzar,** and **empezar,** when they are followed by an infinitive.

   Van a **empezar a** entrevistar a los actores.

   Te voy a **enseñar a** bailar rumba.

   Yo quiero **aprender a** dirigir películas.

4. After the verb **llegar.**

Cuando **llegó al** festival, vio al director.

5. Before a direct object noun that refers to a specific person.[1] It may also be used to personify an animal or a thing.

Yo no aguanto **a** ese crítico.
Soltaron **al** perro.
Amo **a** mi país.

⊙ The preposition **de** (*of, from, about, with, in*) indicates possession, material, and origin. It is also used in the following instances:

1. With time of day, to refer to a specific period of the day or night.

Escuchamos las noticias a las ocho **de** la noche.

2. After the superlative, to express *in* or *of.*

Orlando es el más encantador **de** la familia.
Ella es la más alta **de** las tres.

3. To describe personal characteristics.

Es morena **de** ojos negros. Con razón la toman por uruguaya.

4. As a synonym for **sobre** or **acerca de** (*about*).

Hablan **de** todo menos **de** la película premiada.

⊙ The preposition **en** (*at, in, on, inside, over*) generally refers to something within an area of time or space. It is used in the following instances:

"encima"
same as
"en"

1. To refer to a definite place.

De haberlo sabido, me habría quedado **en** la pista de baile.

2. As a synonym for **sobre** (*on*).

Robertito está sentado **en** la cama.

3. To indicate means of transportation.

Nunca volveré a viajar **en** tren.

4. To refer to the way something is said.

Dijo que estaba enamorado, pero no lo dijo **en** serio; lo dijo **en** broma.

---

[1] Remember that, if the direct object is not a specific person, the personal **a** is not used, except with **alguien** and **nadie.**

Busco un buen maestro.   No busco **a nadie.**

CD-ROM
Go to **Estructuras gramati-cales** for additional practice.

Práctica

A. En parejas, completen el siguiente párrafo usando las preposiciones **a, de** o **en,** según corresponda.

Ayer _____ las cinco _____ la tarde vinimos _____ entrevistar _____ la famosa actriz Eva Vargas. Eva es una _____ las más famosas estrellas _____ la televisión mexicana. La actriz nos habló _____ su última telenovela y nos dijo que comenzó _____ trabajar _____ la televisión cuando era muy joven. También nos dijo que iba _____ casarse con el actor chileno Pedro Allende. Según Eva, él es muy guapo; es rubio, _____ ojos verdes y muy simpático. Cuando se casen van _____ vivir _____ Chile. La próxima semana, Eva va _____ viajar _en_ avión _____ Chile para reunirse con Pedro.

B. Entreviste a un(a) compañero(a) usando las siguientes preguntas. Preste especial atención al uso de las preposiciones.

1. ¿A qué hora vas a empezar a estudiar mañana?
2. ¿A qué hora llegas a la universidad generalmente?
3. ¿Qué te gustaría aprender a hacer?
4. ¿Qué me podrías enseñar a hacer tú?
5. El próximo sábado, ¿vas a salir o te vas a quedar en casa?
6. ¿Cuándo vas a ir a visitar a tu mejor amigo?
7. ¿De qué te gusta hablar con tus amigos?
8. ¿Te gustan los chicos (las chicas) de ojos verdes?
9. Para ti, ¿quién es el mejor actor (la mejor actriz) de este país?
10. ¿Prefieres viajar en tren o en avión?

3 Verbos con preposiciones

The prepositions **con, de,** and **en** are used with certain verbs to connect the verbs to *someone* or *something*.

● Expressions with **con**

casarse con *to marry*	La actriz **se casó con** un médico.
comprometerse con *to get engaged to*	Dora **se comprometió con** Luis.
contar con *to count on*	Sé que puedo **contar con** los editores.
encontrarse con *to meet (encounter)*	**Me encontré con** mis amigos ayer.
soñar con *to dream about (of)*	**Sueño con** trabajar con una editorial.

● Expressions with **de**

acordarse de *to remember*	¿**Te acordaste de** grabar la telenovela?
alegrarse de *to be glad about*	**Me alegro de** verte.
darse cuenta de *to realize*	Ella **se dio cuenta de** que todo era mentira.
enamorarse de *to fall in love with*	El locutor **se enamoró de** una de las actrices.

olvidarse de *to forget*	**¿Te olvidaste de** llamar al editor?
salir de *to leave* (*a place*)	**Salí de** la oficina del productor a las dos.
tratar de *to try to*	**Traté de** terminar de escribir el reportaje.

● Expressions with **en**

confiar en *to trust*	No **confío en** ese director.
convenir en *to agree on*	**Convinimos en** filmar la escena a cámara lenta.
entrar en *to enter* (*a place*)	**Entró en** la oficina del director.
fijarse en *to notice*	**¿Te fijaste en** el vestido de la reina?
insistir en *to insist on*	Ella **insistió en** ir al desfile.
pensar en *to think about*	Estoy **pensando en** una película que vi.

Práctica

CD-ROM
Go to **Estructuras gramaticales** for additional practice.

A. Complete los siguientes diálogos con el equivalente español de las palabras que aparecen entre paréntesis. Luego represéntelos con un(a) compañero(a).

1. —¡Felicítame: Ayer _____ Roberto!   (*I got engaged to*)
   —¡Pero yo creía que tú ibas a _____ Luis!   (*marry*)
   —Sí, pero _____ que no estaba _____ él.   (*I realized / in love with*)
   —¡Pobre Luis! Él _____ ser tu esposo. Pero _____ que seas tan feliz.   (*was dreaming of / I'm glad*)

2. —¿A qué hora _____ casa, Anita?   (*did you leave*)
   —A las siete. _____ salir más temprano, pero no pude. Además _____ los libros y tuve que volver.   (*I tried / I forgot*)
   —Bueno, me voy. Rafael y yo _____ encontrarnos a las nueve.   (*agreed to*)

3. —Paquito, _____ que Olga viene hoy para _____ nosotros.   (*remember / to meet*)
   —Ella siempre _____ ir con nosotros y yo no la soporto. ¡No _____ !   (*insists on / count on me*)

4. —Estoy _____ Gustavo. ¿_____ lo contento que estaba? ¡Ganó el premio del mejor empleado!   (*thinking about / Did you notice*)
   —Sí, lo felicité tan pronto como _____ la oficina.   (*I entered*)

B. En grupos de tres o cuatro, digan lo que ha ocurrido últimamente en la vida sentimental de algunas de las personas que ustedes conocen. Usen las expresiones aprendidas.

MODELO: Mi hermano se dio cuenta de que su novia no lo quería.

4 El infinitivo

A Algunos usos del infinitivo

In Spanish, the infinitive is used in the following ways:

○ As a noun.

1. Subject of the sentence

—Fue un viaje horrible. Volví
  cansadísima.

*"It was a horrible trip. I came
  back exhausted."*

—¡Y dicen que **viajar** calma los nervios!

*"And they say traveling calms the
  nerves!"*

2. Object of a verb, when the infinitive is dependent on that verb

—¿Adónde **quieren ir?**
—**Queremos ir** al cine.

"Where do you want to go?"
"We want to go to the movies."

3. Object of a preposition (In Spanish, the infinitive, not the present participle
   is used after a preposition.)

—¿Qué hiciste **antes de salir** de casa?

*"What did you do before leaving
  home?"*

—Grabé la película.

"I taped the movie."

○ As the object of the verbs **oír, ver,** and **escuchar.**

—¿A qué hora llegaste anoche? No te
  oí llegar.

*"What time did you arrive last
  night? I didn't hear you
  come in."*

—A eso de las doce.

"Around twelve."

○ As a substitute for the imperative, to give instructions or directions.

NO FUMAR
SALIR POR LA DERECHA

NO SMOKING
EXIT ON THE RIGHT

○ After the preposition **sin,** to indicate that an action has not been completed or
  has not yet occurred.[1] This usage is equivalent to the use of the past participle
  and the prefix *un-* in English.

—¿Vas a servir vino con la cena?

*"Are you going to serve wine with
  dinner?"*

—Sí, tengo una botella **sin abrir.**

"Yes, I have an unopened bottle."

---

[1] One exception is the verb **parar. Sin parar** means *without stopping.*
  Ana habla **sin parar.**   *Ana talks without stopping.*

CD-ROM
Go to **Estructuras gramati-cales** for additional practice.

Práctica

Vuelva a escribir las siguientes frases, cambiando las palabras en cursiva por una construcción en la que se utilice el infinitivo.

1. No *use* el ascensor en caso de incendio.
2. Tengo varios poemas *que no he publicado*.
3. Oímos *que hablaban* en inglés.
4. *Entren* por la izquierda.
5. *El trabajo* es necesario.
6. Los vi *cuando salían*.
7. Me gusta escucharla *cuando ella canta*.
8. Todavía tengo dos regalos *que no he abierto*.
9. *Agregue* una taza de agua.
10. No *fumen* aquí.
11. Oímos *que sonaba* el teléfono.
12. *El estudio* es importante para mí.

B Frases verbales con el infinitivo

○ **Acabar** + **de** + *infinitive*

Acabar (in the present tense) + **de** + *infinitive* is used in Spanish to express that something *has just happened* at the moment of speaking.

Yo	**acabo de**	**ver**	el espectáculo.
I	have just	seen	the show.

—Luis Vélez **acaba de lanzar** su nuevo álbum.
—Yo pienso comprarlo.

"Luis Velez has just released his new album."
"I plan to buy it."

atención

When **acabar** is conjugated in the imperfect tense, the expression means that something *had just happened*.

Yo **acababa de escuchar** las noticias cuando ella llegó.

○ **Volver** + **a** + *infinitive*

Volver + **a** + *infinitive* is used in Spanish to indicate the repetition of an action. In English, it means *to do something over* or *to repeat it*.

—¿Te gustó la película?
—Sí, me gustó tanto que pienso **volver a verla.**

"Did you like the movie?"
"Yes, I liked it so much that I plan to see it again."

○ **Ponerse** + **a** + *infinitive*

In Spanish, **ponerse** + **a** + *infinitive* indicates that an action is beginning to take place. In English, it means *to start* or *to begin to do something*.

—Tengo que terminar este reportaje para mañana.	*"I have to finish this report for tomorrow."*
—Entonces tienes que **ponerte a escribir** ahora mismo.	*"In that case, you have to start writing right away."*
—¿Qué hiciste anoche después que yo me fui?	*"What did you do last night after I left?"*
—**Me puse a** ver el telediario.	*"I started watching the TV news broadcast."*

CD-ROM
Go to **Estructuras gramaticales** for additional practice.

Práctica

A. Conteste las siguientes preguntas, usando frases verbales con el infinitivo.

1. ¿Cuánto tiempo hace que Ud. llegó?
2. ¿Por qué no quiere Ud. comer nada?
3. Ud. lavó su coche ayer y anoche llovió. ¿Qué va a hacer? ¡Su coche está sucio!
4. Ud. sacó una "D" en su informe. ¿Qué le dijo el profesor que hiciera?
5. ¿Qué hizo Ud. anoche cuando llegó a su casa?
6. Mañana Ud. tiene un examen. ¿Qué va a hacer en cuanto llegue a su casa hoy?

B. **Teatro minúsculo.**   En parejas, completen el siguiente diálogo, usando los infinitivos o frases con infinitivos correspondientes. Después, hagan el papel de Roberto y Amalia.

ROBERTO —(*Que _____ a casa y está muy cansado*) Hola... ¿Dónde está el periódico? ¿Qué hay para comer? (*Se sienta.*)

AMALIA —(*Sorprendida*) ¿Eres tú, Roberto? ¡Ah! No te _____. ¡Entraste muy silenciosamente! Oye, hoy es la fiesta de Rosaura. ¿Quieres _____? ¡Es un baile en el Club Náutico!

ROBERTO —¡No! Después de _____ quiero _____ televisión y luego acostarme. ¡Estoy muy cansado!

AMALIA —¡Pero es un baile! ¡Y _____ es un buen ejercicio! ¡Y te pone de buen humor!

ROBERTO —(*Toma el periódico y _____.*) No, gracias. Prefiero estar de mal humor...

AMALIA —Bueno, si no quieres _____ a la fiesta, ¿por qué no tomamos un poco de vermut antes de la cena? Tenemos una botella _____.

ROBERTO —No... prefiero comer algo. Tengo hambre.

AMALIA —(_____ *insistir*) ¿Estás seguro de que no quieres _____ al baile? ¡Roberto! ¿Por qué no me contestas?

ROBERTO —Porque _____ contigo es una pérdida de tiempo (*a waste of time*). ¡Tú nunca me escuchas!

AMALIA —¡Aguafiestas (*Spoilsport*)!

STUDENT WEBSITE
Do the **Compruebe cuánto sabe** self test after finishing this **Estructuras gramaticales** section.

¡CONTINUEMOS!

Una encuesta

Entreviste a sus compañeros de clase para tratar de identificar a aquellas personas que...

1. ...conocen personalmente a alguna persona famosa.
2. ...han visto la película que ganó el Óscar el año pasado.
3. ...tuvieron el papel principal en alguna obra de teatro estudiantil.
4. ...han ganado algún premio.
5. ...han asistido al estreno de una película últimamente.
6. ...prefieren las películas musicales.
7. ...tienen una videograbadora.
8. ...creen que hay demasiada violencia en los programas de televisión.
9. ...siempre miran el telediario por la noche.
10. ...se encuentran con sus amigos para ir al cine.
11. ...miran documentales a veces.
12. ...miran telenovelas.
13. ...creen que pueden dirigir una película.
14. ...se casarían con una estrella de cine.

Ahora divídanse en grupos de tres o de cuatro y discutan el resultado de la encuesta.

  ¿Comprende Ud.?

CD-ROM   STUDENT WEBSITE
Go to **De escuchar...a escribir** (in **¿Comprende Ud.?**) on the CD-ROM for activities related to the conversation, and go to **Canción** on the website for activities related to the song.

1. Escuche la siguiente conversación entre Elba y Silvia, dos chicas paraguayas que están de vacaciones en Buenos Aires, Argentina. El objetivo de la actividad es el de escuchar una conversación a velocidad natural. No se preocupe de entenderlo todo, pues esto no se espera de Ud. Después de escuchar la conversación dos veces, Ud. oirá varias aseveraciones. En una hoja, escriba los números de uno a ocho e indique si cada aseveración es verdadera o falsa.

2. Luego escuche la canción y trate de aprenderla.

Hablemos de televisión

En parejas, fíjense en la guía de televisión que aparece a continuación y luego contesten las preguntas que siguen.

Vea hoy

● **La hija del penal,**
a la 1 p.m.; canal 2. Con
María Antonieta Pons.

● **Melodía fatal,**
a las 9 p.m.; canal 2. Con Roy
Thines e Yvette Mimieux.

● **Hola, Juventud,**
a las 4:30 p.m.; canal 4. El po-
pularímetro de la música nacional, con Nelson Hoffmann.

Programación

8:35 (2) Buenos días con
música.
8:55 (2) Ayer y hoy en la
historia.
9:00 (2) Aeróbicos.
9:30 (2) En ruta al mundial.
10:00 (6) Música.
11:00 (6) Capitán Raimar.
11:30 (2) Acción en vivo. (6)
El sargento Preston.
11:45 (7) Las aventuras de
Lassie.
12:00 (6) Mundo de juguete.

12:15 (7) Telenoticias.
12:30 (2) En contacto directo.
1:00 (2) Tanda del Dos: "La
hija del penal". (6) Co-
mentarios con el Dr.
Abel Pacheco. (7) La
monja voladora.
1:05 (6) Notiséis.
1:30 (7) Mi mujer es hechi-
cera.
1:40 (6) Los tres chiflados.
2:00 (7) Cocinando con tía
Florita: Pastel de
Cuaresma.
2:05 (6) Tarzán.
2:15 (13) Carta de ajuste.
2:30 (7) Plaza Sésamo.
2:40 (4) Patrón y música.
3:00 (2) Mi marciano favorito. (4) Club cristiano
costarricense. (6) Su-
peramigos. (7) El fan-
tasma del espacio y los
herculoides. (13)
Introducción a la U.
3:30 (2) De to2 para to2. (4)
Cruzada de Jimmy
Swaggart. (6) Seiscito.
(7) Capitán Peligro.
(13) El mar y sus
secretos.
4:00 (2) Video éxitos del
Dos. (4) Club 700. (6)
Los Pitufos. (7) El ins-
pector Gadget. (13)
Las aventuras de
Heidi.
4:30 (4) Hola, juventud. (6)
He Man y los amos
del Universo. (7) Su-
per héroes. (11) Je-
sucristo T.V. (13)
UNED.
5:00 (2) Teleclub. (6)
M.T.V. (7) El justi-
ciero. (11) El pequeño
vagabundo. (13) Don
Quijote de La
Mancha.
5:30 (7) Scooby Doo. (11)

Marvel super heroes.
(13) Villa alegre.
5:50 (4) Cenicienta.
6:00 (2) Angélica. (6) Notiséis. (7) Telenoticias.
(11) Amar al salvaje.
(13) Testigos del ayer.
6:10 (4) Atrévete.
6:30 (6) El Chavo. (13)
Aurelia, canción y
pueblo.
7:00 (4) Cristal. (6) Lotería.
(7) Aunque Ud. no lo
crea. (11) Las Amazo-
nas. (13) Pensativa.
7:30 (2) Tú o nadie.
8:00 (4) Rebeca. (6) Co-
mentarios con el Dr.
Abel Pacheco. (7) Los
magníficos. (11) Mae
West. (13) Noches de
ópera.
8:05 (6) Miniseries del Seis:
"El guerrero miste-
rioso".
8:30 (2) En contacto directo.
9:00 (2) Cine del martes:
"Melodía fatal". (4)
Voleibol en vivo. (7)
Vecinos y amigos.
9:55 (11) De compras.
10:00 (4) Revista mundial.
(6) Rituales. (7) Best
sellers. (11) Noticiero
C.N.N. (13) Cuentos
de misterio.
10:30 (4) Despedida. (6) Para
gente grande. (13)
Despedida y cierre.
11:00 (7) Telenoticias.
11:30 (2) Los profesionales.
(6) Notiséis.
12:30 (2) En contacto directo.
1:00 (2) Ayer y hoy en la
historia.
1:05 (2) Buenas noches.

Información suministrada
por las televisoras.

1. ¿A qué horas hay programas religiosos y cómo se llaman?
2. Necesito hacer ejercicio. ¿Qué programa puedo ver? ¿A qué hora es?
3. ¿Qué programa(s) le va(n) a interesar a la gente joven?
4. ¿En qué canal ponen la película "La hija del penal" y quién es la protagonista?
5. A Paquito le gustan los perros. ¿Qué programa creen Uds. que le gustaría ver?
6. ¿A qué hora puedo mirar la televisión para ver las noticias?
7. ¿Qué programas infantiles ponen hoy en la televisión?
8. A Juan le gustan los deportes. ¿Qué programa creen Uds. que va a ver hoy? ¿En qué canal?
9. A mi mamá le gusta cocinar. ¿Qué programa le recomendarían?
10. ¿A qué hora comienza y termina la programación de hoy?
11. ¿Qué programas les interesa ver y por qué?
12. ¿Qué programas les parecen los menos interesantes?

¿Qué dirían ustedes?

Imagínese que Ud. y un(a) compañero(a) se encuentran en las siguientes situaciones. ¿Qué va a decir cada uno?

1. Uds. quieren conocerse mejor. Entrevístense.
2. Uds. han visto una película muy popular. Una amiga quiere saber de qué trata la película y qué opinión tienen Uds. sobre la misma.
3. Uds. están hablando de sus programas favoritos.

¡De ustedes depende!

El famoso actor español Antonio Banderas viene a visitar la universidad a la que Uds. asisten. Ud. y un(a) compañero(a) están a cargo de entrevistarlo. Preparen las preguntas que le van a hacer, incluyendo lo siguiente.

1. fecha y lugar de nacimiento
2. algo sobre su niñez
3. sus experiencias de la escuela
4. dónde pasó su juventud
5. las mujeres en su vida
6. su vida actual
7. planes para el futuro

¡Debate!

La clase se dividirá en dos grupos: los que están a favor de la censura en los medios de comunicación y los que se oponen a ella. El primer grupo tratará de demostrar que algún tipo de censura es necesaria para proteger al público, sobre todo a los niños. El segundo grupo dará una serie de razones para demostrar que toda censura va contra la libertad de expresión.

Lecturas periodísticas

Saber leer   Volver a leer con propósito

La "relectura" de un escrito depende, en parte, de los propósitos que Ud. tenga al leer.

1. Antes de leer por primera vez este artículo sobre un joven cantante hispano, piense en sus propósitos como lector(a) y utilice estrategias que lo (la) ayuden a alcanzarlos (*reach*). Considere algunos de los siguientes propósitos generales:

   • Para enterarse de algún aspecto de la música latina de los Estados Unidos.
   • Para conocer mejor a este famoso cantante.
   • Para conocer aspectos del mundo del espectáculo y del entretenimiento.
   • _____.

   Haga la primera lectura.

2. Luego pregúntese: ¿qué propósitos tiene al volver a leer el artículo? Considere los siguientes:

   • Para enterarse mejor de los detalles que le interesaron sobre la música latina de los Estados Unidos, sobre Jon Secada, sobre el mundo del espectáculo, etc.
   • Para responder mejor a algunas de las preguntas de comprensión.
   • Para relacionar mejor los datos de información que le interesaron.
   • _____.

   Ahora, vuelva a leer el artículo.

Para leer y comprender

Al leer el artículo detalladamente, busque las respuestas a las siguientes preguntas.

1. ¿Jon Secada es reconocido solamente a nivel local?
2. ¿Qué nos muestra Jon Secada al lanzar su álbum propio?
3. ¿Ha ganado algún premio? ¿Cuál?
4. ¿Cuáles son los mercados más codiciados?
5. ¿En qué idioma se inició Secada? ¿Qué pasó después?
6. ¿Cuál es la nacionalidad de Jon Secada? ¿Cuántos años tenía cuando llegó a los Estados Unidos?
7. ¿Quiénes han tenido mucha influencia en su formación como artista?
8. ¿Qué pudo hacer Jon Secada gracias a la relación con Gloria y Emilio Estefan?
9. ¿Qué disco lanzó en el año 1992? ¿Tuvo éxito? ¿Cuántos álbumes vendió?
10. ¿Con qué disco ganó su segundo Grammy? ¿Ha colaborado Jon Secada con otros cantantes? ¿Con cuáles, por ejemplo?

Jon Secada

Reconocido internacionalmente por su talento como intérprete, productor y compositor, Jon Secada volvió a los estudios de grabación°, pero esta vez para lanzar un álbum propio, producción en donde nos muestra su crecimiento° como persona y como artista.

El disco *La mejor parte de mí (Best Part of Me)* es en inglés y en él Secada incluye ritmos modernos y contemporáneos, acompañados de un estilo innovador y original. Ganador de dos Grammys y con ventas° de más de 20 millones de dólares alrededor del mundo, Secada es considerado uno de los artistas con mayor prestigio dentro de los mercados más codiciados: el anglo y el hispano.

A diferencia de la mayoría de los artistas, dentro de su carrera como intérprete, Secada se inició en el idioma inglés y después dio el paso al mercado hispano, donde desde su debut ha conservado un gran prestigio. Nacido en La Habana, Cuba, Jon Secada emigró a los Estados Unidos a la edad de nueve años, y en la ciudad de Miami creció° escuchando la música de Stevie Wonder, Billy Joel y Elton John, entre otros; estos talentos han tenido mucha influencia en su formación como artista.

Su relación profesional y personal con Gloria y Emilio Estefan le permitió a Jon cultivar sus habilidades y talento como compositor y productor y en 1992, apoyado° por Estefan, hizo su lanzamiento al mercado hispano con el disco *Jon Secada,* álbum que logró un éxito increíble y llegó a vender más de seis millones de álbumes alrededor del mundo. Secada se mantuvo en los primeros lugares de las listas de popularidad de *Billboard* con el tema "Otro día más sin verte", el cual lo llevó a ganar su primer Grammy. En 1995 y luego de un álbum intermedio titulado *Heart, Soul and a Voice,* Jon Secada lanza *Amor,* que le dio a ganar su segundo Grammy en la categoría de Mejor Presentación Pop Latina. Intérprete de gran talento, Jon Secada ha colaborado con otros cantantes como Gloria Estefan —con quien coescribió *Coming Out of the Dark,* Ricky Martin y Jennifer López, por mencionar a algunos.

> *Su relación profesional y personal con Gloria y Emilio Estefan le permitió a Jon cultivar sus habilidades y talento como compositor y productor*

Jon Secada, famoso cubano intérprete, productor y compositor.

---

recording
development
sales
grew up

supported

Desde su mundo

1. ¿Le gustaría a Ud. formar parte de algún programa de entretenimiento?
2. ¿Cree Ud. que es fácil la vida de las estrellas? ¿Por qué sí o por qué no?

Piense y escriba   **Taller de redacción II**

STUDENT WEBSITE

CD-ROM

Go to **...y escriba-mos** (in **Hablemos de su país**) on the student website and **De escuchar... a escribir** (in **¿Com-prende Ud.?**) on the CD-ROM for additional writing practice.

Ud. va a escribir un artículo muy breve (de tres a cuatro párrafos) sobre el mundo del espectáculo.

Hoy un(a) compañero(a) editará algunos aspectos gramaticales de su composición. Ud., a su vez (*in turn*), le servirá de editor(a) a uno de sus compañeros de clase. Al revisar el trabajo de su compañero(a), tenga en cuenta las siguientes pautas (*guidelines*):

1. **Nombres y adjetivos:** que haya concordancia (*agreement*) de género y de número.
2. **Verbos:** que guarden concordancia en persona y número con el sujeto.
3. **Tiempos verbales:** que sea el tiempo verbal adecuado y que esté formado correctamente.
4. **Modos verbales:** que sea el modo adecuado (subjuntivo o indicativo) y que esté formado correctamente.

Vea las indicaciones que le ha hecho su editor(a) y prepare la versión final.

Pepe Vega y su mundo

Teleinforme

Como hemos podido ver a lo largo de (throughout) *los teleinformes anteriores, en los países hispánicos existe una programación muy variada. Los programas de los Estados Unidos tienen también una presencia considerable en la televisión de todos los países hispánicos (y del resto del mundo), pero a veces sucede lo contrario. Por ejemplo, ¡el programa mexicano* El chavo del ocho *se menciona en varios episodios del programa de dibujos animados* Los Simpson!

Preparación

Trate de definir por categorías los programas que Ud. ha visto en las lecciones anteriores. A continuación aparecen en una columna las categorías y en la otra los nombres de los programas y los segmentos de video.

CATEGORÍA	PROGRAMA
programa especial	*Telediario* (Partido de fútbol España-Rumanía; La fiesta del gaucho)
programa de concursos (*game show*)	
documental	*De paseo:* (Puerto Viejo de Limón, *Rafting* en el Río Pacuare)
programa informativo	
magazín (programa en que se combinan entrevistas, reportajes y variedades)	*La botica de la abuela* (Remedio para quemaduras)
noticiero / telediario	*Tradiciones milenarias en la Península de Santa Elena* (Día de los difuntos)
programa de dibujos animados	*Cartelera TVE:* (Fuera de campo: Lluís Remolí)
programa de cocina	
programa cultural	*Somos* (Conversaciones con estudiantes de la SDSU)
anuncio publicitario o *spot*	*Futuramente* (Hazte maestro)
telecomedia	*Las chicas de hoy en día* (En la Agencia Supersonic)
telenovela (*soap opera*)	*Una hija más* (Saludos, Madre e hijos, La abuela: madre y suegra)
	Aristas (Grafitis en San José)
	América Total (Alimentos americanos, Del Viejo Mundo a América, El ajiaco)

Comprensión

CD-ROM
Go to **Video** for further previewing, vocabulary, and structure practice on this clip.

Esmeralda   44:56–47:17

Esmeralda es una telenovela mexicana, de la cadena (*network*) Televisa, que cuenta la historia de una niña que nace ciega (*blind*), su padre rico que sólo quiere tener un hijo y la partera (*midwife*) que cambia a la niña por el hijo de una mujer pobre que murió.

A. ¿Quién es quién?   Después de ver el video, escriba el nombre del personaje al que corresponde cada una de las siguientes descripciones. Los personajes son Esmeralda, José Armando, don Rodolfo Peñarreal y Blanca. Hay más de una descripción para cada personaje.

DESCRIPCIÓN	PERSONAJE
1. una chica que nace ciega	_____
2. Su belleza y sensualidad hace que todos los hombres la deseen.	_____
3. el único hombre que gana el amor de Esmeralda	_____
4. la verdadera madre de Esmeralda	_____
5. el verdadero padre de Esmeralda	_____
6. Su hijo será hombre porque él lo quiere así.	_____
7. señor rico y poderoso	_____
8. Ella dio a luz a una niña, una niña que nació muerta.	_____
9. un huerfanito	_____
10. Sus ojitos tienen luz.	_____
11. la ladrona de las fresas	_____

Manny Manuel: "Y sé que vas a llorar"   47:19–49:29

STUDENT WEBSITE
Go to **Video** for further previewing, vocabulary, and structure practice on this clip.

Manny Manuel es un joven cantante puertorriqueño. Su música vibra con los ritmos del Caribe. Vamos a ver parte de un concierto especial producido por la Televisión Española. La canción que canta aquí Manny Manuel combina el ritmo del *merengue* con una letra (*lyrics*) que muestra un tema muy popular: el amor y la traición (*betrayal*).

B. Una canción incompleta.   Escuche la primera parte de la canción y escoja las palabras correctas para completar los versos siguientes.

Y ahora tú quieres (1. volver / regresar / hablar)
Después que todo te (2. vi / di / oí)
Y me aventaste al olvido (*you forgot me*).

Ahora que todo va (3. mal / bien / allá)
Ahora sí me quieres (4. hablar / ver / oír)
Y quieres hablar con (5. -migo / una amiga / un amigo).

Recuerda que te advertí
Que todo puede (6. cambiar / quedar)
Y hoy cambiada has venido.

Y ya verás que al final
El que la hace la (7. haga / para / paga).
Y el dolor de tu (8. canción / traición / amor)
Ya no lo curas con nada.

Y sé que vas a llorar, llorar.
Y sé que vas a (9. sofreír, sofreír / sufrir, sufrir / subir, subir)
Cuando comprendas que te (10. recordé / olvidé / oí bien),
Que hoy te toca (11. verdad / verde / perder).

Y sé que vas a llorar, llorar.
Y sé que vas a (12. sofreír, sofreír / sufrir, sufrir / subir, subir)
Cuando me (13. veas / olvides / vayas) del brazo de ella,
Cuando te acuerdes de mí.

El chavo del ocho   49:31–52:12

El chavo del ocho es un programa de comedia creado por la Estación Televisa de México. Cuenta la historia de la Chilindrina, Quico y el Chavo, quienes conviven en un humilde patio de vecinos (*neighborhood*). Aunque ya no hay nuevos episodios, los viejos se siguen transmitiendo y siguen encantando a los niños de todo el mundo hispánico. Aquí veremos una muestra del programa con varias entrevistas a algunos aficionados (*fans*) de un colegio de España.

C. ¿Quién dice qué?   En este segmento hablan varias personas y, a menudo, ¡todas a la vez! Para separar las oraciones, identifique a cada uno de los hablantes que dicen las siguientes cosas. En el caso de los niños, sólo indique si es niño o niña.

Juan Pedro López Silva   la Chilindrina
la presentadora   Quico
un niño   el Chavo
una niña

LO QUE DICE	HABLANTE
1. "Nuestro compañero Juan Pedro López Silva busca en el colegio la opinión de los chavales sobre esta serie."	_____
2. "¡Ay, muy bien, hijo, y ¿qué vas a contar, hijo?"	_____
3. "Pues... ¡que es muy bonito!"	_____
4. "Altea, ¿tú crees que si los inversores en bolsa vieran *El chavo del ocho* estarían como más eufóricos y más alegres?"	_____
5. "Eh, pues, sí, más... más graciosos, más..."	_____
6. "¡Chusma, chusma! ¡Pff!"	_____
7. "Sí, mami. Chusma, chusma. ¡Pff!"	_____

CD-ROM
You will also find this clip under **Video**.

8. "Chespirito interpreta al Chavo."   _____

9. "Bueno, pero no se enoje."   _____

10. "Juan Carlos Villagrán interpreta a Quico."   _____

11. "¿Qué me dices de la Chilindrina?"   _____

12. "Pues que se llama María Antonieta, y que es la hija de don Ramón."   _____

13. "Yo soy una niña muy obediente."   _____

14. "Mira qué coleta más bonita tiene Carmen."   _____

15. "Yo nunca me lo pierdo. Y es un payaso el Chavo del ocho."   _____

16. "...en el canal 2 de la Televisión Española y a las seis menos cuarto."

Ampliación

Ahora le toca a Ud.   Ud. trabaja para una estación de televisión como productor o productora. Necesita decidir los programas y películas que su estación transmitirá durante la mañana, la tarde o la noche de cierto día. ¿Qué tipos de programa escogería Ud.? ¿Por qué?

El mundo del trabajo y la tecnología

Una ejecutiva en su oficina.

El mundo del trabajo y la tecnología

Álvaro Montero, un joven cubano, y Jorge Torres, dominicano, viven en Puerto Rico y los dos están buscando trabajo. En este momento, leen los anuncios clasificados y éstos son los que les interesan:

Vendedores por Internet

- Experiencia en mercadeo y logos para páginas de Internet
- Conocimiento de Windows® 2000 y Acrobat® 4.0
- Poseer auto en buenas condiciones
- Preferiblemente con título académico, curso en venta/mercadeo, comunicaciones o computadoras
- Amplio conocimiento en Internet
- Responsable, dinámico(a), entusiasta

Ofrecemos:
   Salario, gastos de auto, comisión, beneficios marginales

Favor de enviar su resumé a:

**Oficina de Recursos Humanos
Apartado 12345
San Juan, PR 00936-2345
Fax (787) 745-5568**

ARTES GRÁFICAS

Importante empresa con maquinaria moderna y especializada para la impresión de etiquetas, letreros, libros y revistas precisa:

Director de Producción

- *Disponible para viajar al extranjero*
- *Edad de 30 a 50 años*
- *Con capacidad de organización*
- *Con un mínimo de 3 años de experiencia*
- *Conocimientos de informática*
- *Se ofrecen excelentes condiciones*

**Enviar solicitud a:
calle Ponce, 498
San Juan, Puerto Rico
00936-2345**

ÁLVARO —Mira, Jorge, el puesto de vendedor por Internet es perfecto para mí, porque yo tengo experiencia y los conocimientos que piden.

JORGE —Sí, pero se necesita a alguien que tenga un carro en buenas condiciones y el tuyo siempre se te descompone...

ÁLVARO —(*Se ríe.*) Es verdad... pero voy a mandar mi resumé y también unas cartas de recomendación de mi jefe anterior.

JORGE —Pues a mí me interesa el puesto de director de producción. Lo voy a solicitar.

Una semana después, Álvaro tiene una entrevista con la Sra. Paz.

SRA. PAZ —Así que Ud. tiene una maestría en mercadeo y relaciones públicas.

ÁLVARO —Sí, señora. Además, soy bilingüe.

SRA. PAZ —¿Sabe utilizar los programas de Excel y Access para la introducción de datos?

ÁLVARO —Sí, he usado varios, incluidos los que Ud. menciona.

SRA. PAZ —Ud. no fue despedido de su empleo, ¿verdad?

ÁLVARO —No, renuncié porque pedí un aumento y no me lo dieron.

SRA. PAZ —Bueno, sus calificaciones son excelentes. Ud. ya sabe cuál es el sueldo. Además ofrecemos beneficios adicionales: un seguro de salud y un plan de retiro para los empleados.

Varios días después, Jorge habla con Álvaro por teléfono.

JORGE —Hola, Álvaro. ¿Conseguiste el puesto que querías?

ÁLVARO —Sí, lo conseguí. ¿Y tú, Jorge?

JORGE —¡También lo conseguí! ¿Qué tal si lo celebramos esta noche?

ÁLVARO —¡Muy buena idea! Oye, Jorge, como estoy hasta la coronilla de mi carro, pensaba salir ahora para comprar un auto nuevo. ¿Me acompañas?

Dígame

En parejas, contesten las siguientes preguntas basadas en los diálogos.

1. ¿Qué están leyendo Álvaro y Jorge en este momento? ¿Hay algunos anuncios que les interesen?
2. ¿Qué experiencia y qué conocimiento se necesitan para el puesto de vendedor por Internet?
3. ¿Qué ofrece la compañía? ¿A qué oficina se debe mandar el resumé?
4. ¿Qué precisa la compañía de artes gráficas?
5. ¿Qué problema tiene Álvaro con su auto?
6. ¿Qué le va a mandar Álvaro a la compañía?
7. ¿Qué puesto va a solicitar Jorge?
8. ¿Qué título tiene Álvaro y cuántos idiomas habla?
9. ¿Álvaro fue despedido de su empleo anterior o renunció? ¿Por qué?
10. ¿Qué beneficios adicionales ofrece la compañía?
11. ¿Qué van a celebrar Álvaro y Jorge esta noche?
12. ¿Qué decide hacer Álvaro y por qué?

Perspectivas socioculturales

INSTRUCTOR WEBSITE
Your instructor may assign the preconversational support activities found in **Perspectivas socioculturales**.

En muchos países, cada día es más importante poseer experiencia en el uso y manejo de medios tecnológicos. Haga lo siguiente:

1. Durante unos cinco minutos, converse con dos compañeros sobre el siguiente tema: **¿Qué experiencias relacionadas con la tecnología necesitan tener Uds. al salir a buscar su primer trabajo?**
2. Participe con el resto de la clase en la discusión del tema cuando su profesor(a) se lo indique.

Vocabulario

Nombres

el apartado postal, el apartado de correos post office box
el aumento increase
el beneficio adicional (marginal) fringe benefit
el (la) empleado(a) employee
la empresa business
la etiqueta label
el extranjero abroad
el gasto expense
el (la) jefe(a) boss
el letrero sign
la maquinaria machinery
el mercadeo marketing
el puesto, el empleo job
el retiro, la jubilación retirement
el sueldo, el salario salary
el (la) vendedor(a) salesperson

la venta sale

Verbos

descomponerse to break down
despedir (e → i) to fire (*i.e., from a job*)
incluir to include
precisar to need
renunciar to resign
solicitar to apply

Adjetivos

anterior previous
bilingüe bilingual
disponible available

Otras palabras y expresiones

así que... so...
estar hasta la coronilla de to be fed up with

Ampliación

La tecnología moderna

archivar (almacenar) información to store information
el archivo, el fichero file (electronic)
la composición de textos word processing
el correo electrónico e-mail
el disco duro hard drive
diseñar programas to design programs
el escáner scanner
la memoria memory
navegar la red to surf the net
el ordenador (la computadora) portátil, la microcomputadora lap top, notebook
el teléfono móvil (celular) cellular phone

Para hablar del trabajo

anual yearly
archivar to file
el (la) aspirante, el (la) postulante applicant
contratar, emplear to hire
el contrato contract
desempeñar un puesto to hold a position
diario daily
el (la) ejecutivo(a) executive
mensual monthly
semanal weekly
tiempo extra overtime

Hablando de todo un poco

Preparación   Encuentre en la columna B las respuestas a las preguntas de la columna A.

A

1. ¿Eva no está en los Estados Unidos?
2. ¿Quién es Alberto Salas?
3. ¿Tito ya no trabaja allí?
4. ¿Adela ya no quiere trabajar aquí?
5. ¿Dónde estamos?
6. ¿Vas a hablar con el director?
7. ¿Va a solicitar un empleo que pague más?
8. ¿Gana un buen sueldo?
9. ¿Cómo se comunican ustedes?
10. ¿A quién contrataron?
11. ¿Qué puesto desempeñaba?
12. ¿Ése es el salario mensual?
13. ¿Usas una computadora?
14. ¿Qué hiciste con la información?
15. ¿Navegas la red?
16. ¿Qué pidieron los empleados?
17. ¿Cuál es la dirección?
18. ¿Dices que estás hasta la coronilla de él?
19. ¿Usted tiene una maestría?
20. ¿Qué beneficios incluyen?

B

a. Según ese letrero, cerca de la capital.
b. Al segundo aspirante.
c. Sí, precisa dinero.
d. No, semanal.
e. Sí, cien mil dólares anuales.
f. Sí, un ordenador portátil.
g. El de contadora.
h. No, porque no tengo computadora.
i. No, lo despidieron.
j. La archivé.
k. Apartado postal 234.
l. No, no está disponible.
m. Un aumento de salario.
n. Sí, nunca hace lo que le digo.
o. No, ella vive en el extranjero.
p. Un seguro de salud y un plan de retiro.
q. No, piensa renunciar.
r. Sí, en mercadeo.
s. Por correo electrónico.
t. Mi jefe anterior.

En grupos de tres o cuatro hagan lo siguiente:

A. **Su trabajo ideal.**   Hablen de los tipos de puestos a los que Uds. aspiran, el horario que desean tener, el sueldo y los beneficios y cuál de estos aspectos es el más importante para Uds. Den razones.

B. **La tecnología.**   Hablen de la tecnología moderna que utilizan, de los equipos que necesitan y de los que no necesitan, de las cosas que les interesa hacer en computadora y en línea (*online*), y de cómo la tecnología les facilita su vida diaria.

C. **Es hora de quejarse.**   Aquí tienen Uds. una oportunidad de quejarse. En grupos, comenten sobre las cosas, las personas y las situaciones de las cuales Uds. están hasta la coronilla.

Palabras problemáticas

A. **Letrero, signo** y **señal** como equivalentes de *sign*

- **Letrero** equivale a *printed sign.*

  Hay un **letrero** que dice: "Aquí se habla inglés".

- **Signo** es una indicación que se usa en las escrituras o en las matemáticas.

  El **signo** "×" indica multiplicación.

- **Señal** significa **marca** o **nota** que se pone en las cosas para distinguirlas de otras.

  Pon una **señal** en el libro para saber dónde está la sección gramatical.

B. **Conseguir** y **recibir** como equivalentes de *to get*

- **Conseguir** es el equivalente de *to get* cuando es sinónimo de *to obtain.*

  Mi hermano **consiguió** un buen empleo.

  Carlos no **consiguió** habitación en el hotel.

- **Recibir** significa **tomar lo que le envían a uno.** Es el equivalente de *to get* cuando éste es sinónimo de *to receive.*

  Ayer **recibí** una carta de mi padre.

Práctica

Conteste las siguientes preguntas, usando en sus respuestas las palabras problemáticas aprendidas.

1. ¿Qué usamos para indicar multiplicación?
2. ¿Le escribió su mejor amigo(a)?
3. ¿Qué pone Ud. en un libro para marcar la página que está leyendo?
4. ¿Le dieron el trabajo que solicitó?
5. En la carretera, ¿qué nos indica cuál es el límite de velocidad?

Your instructor may carry out the **¡Ahora escuche!** listening activity found in the **Answers to Text Exercises.** **¡Ahora escuche!**

Se leerá dos veces una breve narración sobre Juan, que fue despedido de su trabajo. Se harán aseveraciones sobre la narración. En una hoja escriba los números de uno a doce e indique si cada aseveración es verdadera (V) o falsa (F).

El mundo hispánico

El Caribe hispánico [las Antillas]

Álvaro Montero

STUDENT WEBSITE
Go to **El mundo hispánico** for prereading and vocabulary activities.

Yo era muy joven cuando salí de La Habana, pero todavía recuerdo mi país. La figura de la isla es parecida a la de un cocodrilo y, como es larga y estrecha, tiene extensas costas en las que se encuentran playas de gran belleza. Según dijo Colón cuando llegó a la isla, Cuba es "la tierra más hermosa que ojos humanos vieron". Hoy algunos la llaman "la Perla de las Antillas".

Cuba es la mayor de las Antillas. Tiene como principales exportaciones el azúcar y el tabaco. Nuestros *habanos* o *puros* son los preferidos de los buenos fumadores. También es muy popular en todo el mundo la música cubana: el danzón, el son, la rumba, el mambo y los ritmos afrocubanos que hoy se conocen con el nombre de *salsa*.

Como, por razones políticas, no puedo vivir en mi país, me siento muy feliz de estar aquí en Puerto Rico, país que se parece tanto a mi Cuba de antes. Puerto Rico es un Estado Libre Asociado a los Estados Unidos. El país tiene unas cien millas de largo, es bastante montañoso y tiene numerosos ríos.

Puerto Rico tiene hermosas playas y muchos lugares de interés. Uno de los más visitados por los turistas es el Viejo San Juan, la sección Antigua de su capital. Allí se encuentra el Castillo del Morro, una antigua fortaleza de la época colonial. Otro sitio de interés es la region del Yunque, un bosque tropical que es hoy una reserva federal.

Cuando salí de Cuba, viví durante un año en la República Dominicana. Este país ocupa las dos terceras partes de la isla que Colón llamó La Española. El resto de la isla corresponde a Haití.

La República Dominicana tiene una extensión que equivale, más o menos, a la mitad de la superficie de Kentucky. Su capital, Santo Domingo, fue la primera ciudad europea fundada en el Nuevo Mundo.

La economía del país se basa principalmente en la agricultura, a pesar de que su territorio es muy montañoso. El turismo comienza ahora a ser considerado una fuente de riqueza.

En la República Dominicana, como en los demás países del Caribe, la música y el baile son muy populares. En cuanto a los deportes, el béisbol es el que tiene más fanáticos. Sammy Sosa, el famoso jugador dominicano del equipo de los Chicago Cubs, es uno de los muchos caribeños (antillanos) que juegan en las Grandes Ligas del béisbol norteamericano.

Aquí tienen un mapa del Caribe para que conozcan el área.

Sobre el Caribe hispánico [las Antillas]

En parejas, túrnense para contestar las siguientes preguntas.

1. ¿Qué forma tiene Cuba? ¿Es la menor o la mayor de las Antillas?
2. ¿Qué dijo Colón al ver a Cuba? ¿Cómo la llaman algunos hoy?
3. ¿Qué exporta Cuba principalmente?
4. ¿Cuáles son algunos géneros de música cubana?
5. ¿Por qué es el inglés uno de los idiomas de Puerto Rico?
6. ¿Qué es el Castillo del Morro? ¿Qué es El Yunque?
7. ¿Con qué país comparte la isla la República Dominicana?
8. ¿Cuál fue la primera ciudad europea fundada en el Nuevo Mundo?
9. ¿En qué se basa la economía de la República Dominicana?
10. ¿Cuál es el deporte más popular de los países del Caribe hispánico?

Hablemos de su país

INSTRUCTOR WEBSITE
STUDENT WEBSITE
Your instructor may
assign the pre-
conversational
activities in
Hablemos... (under
**Hablemos de su
país**). Go to **Hable-
mos de su país**
(under **...y escri-
bamos)** for post-
conversational web
search and writing
activities.

El Viejo Quebec, en Canadá, y la parte antigua de Nueva Orleans, en los Estados Unidos, son centros históricos con una fuerte influencia francesa. Reúnase con otro(a) compañero(a) para contestar la siguiente pregunta: ¿En qué otros lugares que Ud. conoce se pueden apreciar influencias de otros países?

Luego cada pareja compartirá las respuestas con toda la clase. ¿Cuántos lugares fueron discutidos?

Una tarjeta postal

Imagínense que Ud. y un(a) compañero(a) están de vacaciones en una de las islas del Caribe hispánico. Envíenles una tarjeta postal a sus compañeros de clase dándoles sus impresiones sobre la isla.

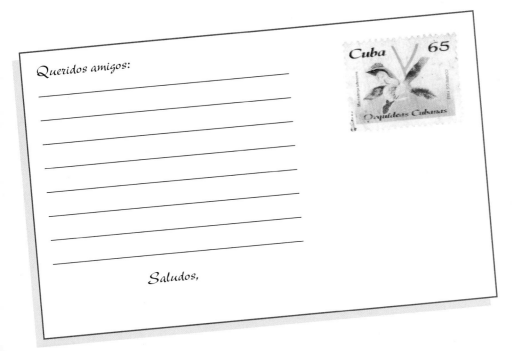

Queridos amigos:

Saludos,

Cuba 65

Orquídeas Cubanas

Estructuras gramaticales

STUDENT WEBSITE
Do the ¿**Cuánto recuerda?** pretest to check what you already know on the topics covered in this **Estructuras gramaticales** section.

1 La voz pasiva

○ The passive voice is formed in Spanish in the same way as it is in English.[1] The subject of the sentence does not perform the action of the verb, but receives it.

América **fue descubierta** por los españoles.[2]   *America was discovered by the Spaniards.*

○ The passive voice is formed in the following way:

subject + **ser** + *past participle* + **por** + *agent*

---

[1] This construction is used less frequently in Spanish than in English.

[2] Active voice: Los españoles **descubrieron** América.

Only the verb **ser** can be used as the auxiliary verb. The past participle must agree with the subject in gender and number.

América fue   descubierta   por   los españoles.
subject + **ser** + *past participle* + **por** + *agent*

○ The passive voice may be used whether the agent is identified specifically or not.

Esa empresa **fue fundada** por el Sr. Rivas. (agent identified)
Esa empresa **fue fundada** en 1997. (agent implied)

—¿Quién construyó ese hospital?	*"Who built that hospital?"*
—Ese hospital **fue construido** por la Compañía Torres.	*"That hospital was built by the Torres Company."*
—¿Quién archivará esa información?	*"Who will file that information?"*
—La información **será archivada** por el secretario.	*"The information will be filed by the secretary."*

○ When the action expresses a mental or emotional condition, **de** may be substituted for **por**.

Era amado de todos.   *He was loved by all.*

atención

The tense of the verb **ser** in the passive voice matches the tense of the verb in the active voice.

Esa asociación **fue fundada** por ellos el año pasado.

Fundaron esa asociación el año pasado.

CD-ROM
Go to **Estructuras gramaticales** for additional practice.

Práctica

A. Cambie las siguientes oraciones a la voz pasiva.

MODELO: La compañía Argos diseñó los programas.
Los programas fueron diseñados por la compañía Argos.

1. Fundaron esta empresa en 1998.
2. El jefe ha entrevistado a todos los aspirantes.
3. Despidieron a ese empleado la semana pasada.
4. Los ejecutivos pagaban los gastos de los viajes.
5. Los empleados archivarán los contratos.
6. No creo que ya hayan comprado todos los procesadores de textos.

B. Use las siguientes preguntas para entrevistar a un(a) compañero(a).

1. ¿En qué año fue fundada la universidad?
2. ¿Por quiénes fue escrito este libro de español?
3. ¿En qué año fue descubierta América?
4. ¿Sabes por quiénes fueron fundadas las misiones de California?
5. ¿Dónde crees que será construida la primera ciudad espacial?

6. ¿Ha sido descubierta ya una cura para el cáncer?
7. ¿Qué noticia importante fue publicada la semana pasada en todos los periódicos?
8. ¿Qué películas crees que serán nominadas como las mejores del año?

2 Construcciones con *se*

A El *se* pasivo

○ A reflexive construction with **se** is often used in Spanish instead of the passive voice when the subject is inanimate and the agent is not specified. The verb is used in the third person singular or plural, depending on the subject.

El banco **se abre** a las diez.	*The bank opens at ten.*
Los bancos **se abren** a las diez.	*The banks open at ten.*

B El *se* impersonal

○ **Se** is also used as an indefinite subject in Spanish. As such it is equivalent to the impersonal *one* or the colloquial *you* in English.

—¿Cómo **se sale** de aquí?	*"How does one (do you) get out of here?"*
—Por aquella puerta.	*"Through that door."*

○ **Se** is frequently used in impersonal sentences implying orders, regulations, or ads.

Se prohíbe fumar.	*Smoking is forbidden.*
Se compran autos usados.	*Used cars bought.*

CD-ROM
Go to **Estructuras gramaticales** for additional practice.

Práctica

A. Vuelva a escribir las siguientes oraciones, usando el **se** pasivo. Siga el modelo.

MODELO: La carta fue entregada ayer.
La carta se entregó ayer.

1. Los teléfonos celulares fueron comprados el mes pasado.
2. Pronto será vendida la maquinaria.
3. El aumento anual no había sido incluido en el informe anterior.
4. Los letreros ya han sido puestos.   *Los letreros ya se han puesto*
5. Las etiquetas fueron impresas ayer.
6. La venta va a ser anunciada el jueves.
7. Los documentos serán firmados la próxima semana.
8. Muchos gastos diarios habían sido eliminados.
9. Las cartas son enviadas al extranjero los fines de mes.
10. Los aspirantes eran entrevistados los lunes.

B. Use las siguientes preguntas para entrevistar a un(a) compañero(a).

1. ¿Qué lengua se habla en Chile? ¿Y en Brasil?
2. ¿Cómo se dice "así que" en inglés?
3. ¿Cómo se escribe el signo de multiplicar?
4. ¿A qué hora se termina la clase?
5. ¿Cómo se sale de aquí?
6. ¿Cómo se llega a tu casa?
7. ¿Qué ropa se usa en el invierno?
8. ¿Cómo se hace una hamburguesa?

3 Usos especiales de *se*

El uso de *se* para referirse a acciones imprevistas

○ The reflexive **se** is used with the corresponding indirect object pronoun and the verb in the third person singular or plural to describe an accidental or unexpected action.

Se	**me**	**perdió**	**el dinero.**
	I	*lost*	*the money.*
Se	**le**	**rompieron**	**los vasos.**
	He / She / You (Ud.)	*broke*	*the glasses.*

 atención

Note that the verb is used in the singular or plural, according to the subject that appears immediately after it. Only the following combinations of pronouns are possible.

se {
me
te
le
nos
os
les
}   Siempre **se** {
me pierden las llaves.
te manchan los pantalones.
le descompone el coche.
nos rompen los vasos.
os olvida firmar los contratos.
les descompone el ordenador portátil.
}

—A mí siempre **se me pierde** o **se me olvida** algo. ¡Es terrible!
—A Elena también **se le olvida** todo. Dicen que ese tipo de persona es muy inteligente.
—En ese caso yo debo ser genio.

"*I always lose or forget something. It's terrible!*"
"*Elena also forgets everything. They say that that type of person is very intelligent.*"
"*In that case I must be a genius.*"

atención

The indirect object pronoun indicates the person involved, but **a** + *noun* or *pronoun* may be added for emphasis or clarification.

A Elena se le olvida todo.

CD-ROM
Go to **Estructuras gramaticales** for additional practice.

Práctica

A. Aquí se describen los problemas de diferentes personas. Vuelva a escribirlos para expresar que la acción es accidental o inesperada. Siga el modelo.

MODELO: Elsa perdió las llaves del coche.
            A Elsa se le perdieron las llaves del coche.

1. Yo perdí el dinero.
2. El vendedor ha perdido los contratos.
3. Cuando viajo, siempre olvido hacer reservaciones.
4. Lorenzo olvidó traer las etiquetas.
5. Se echó a reír porque tú quemaste la comida.
6. Algunas veces olvidamos firmar los cheques.
7. Ellos descompusieron el coche.
8. Se perdió nuestro gato.

B. Conteste las siguientes preguntas usando el verbo entre paréntesis. Siga el modelo.

MODELO: —¿Firmaste el contrato? (olvidar)
            —*No, se me olvidó.*

1. ¿Leyó Carlos el anuncio? (perder)
2. ¿Trajeron ellos el escáner? (romper)
3. ¿Archivaron Uds. las cartas? (olvidar)
4. ¿Hice yo el letrero? (manchar)
5. ¿Usaron Uds. el ordenador portátil? (descomponer)
6. ¿Llevaste tu perrito al veterinario? (morir)

4 Algunas expresiones idiomáticas comunes

A Expresiones idiomáticas con *dar, tener, poner* y *hacer*

○ Idioms with **dar**

1. **dar ánimo**   *to cheer up*

   David está triste. Voy a tratar de **darle ánimo.**

2. **dar gato por liebre**   *to deceive, to defraud*

   Este anillo no es de oro. Te **dieron gato por liebre.**

3. **dar marcha atrás**   *to back up*

   Dio marcha atrás y rompió la puerta del garaje.

4. **dar en el clavo**   *to hit the nail on the head*

   Cuando ella dijo que él iba a renunciar, **dio en el clavo.**

◉ Idioms with **tener**

1. **tener chispa**   *to be witty*

   Todo lo que dice es muy cómico. **Tiene** mucha **chispa.**

2. **no tener pelos en la lengua**   *to be outspoken, to be frank*

   Mi jefa dice exactamente lo que piensa. **No tiene pelos en la lengua.**

3. **por no tener (algo)**   *for the lack of (something)*

   El postulante no pudo conseguir el puesto **por no tener** experiencia como contador.

◉ Idioms with **poner**

1. **poner en duda**   *to doubt*

   Al principio **puso en duda** lo que le decíamos, pero después quedó convencido.

2. **poner en peligro**   *to endanger*

   Para salvar a su hijo, **puso en peligro** su vida.

3. **poner peros**   *to find fault*

   ¡Nunca te gustan mis ideas! ¡A todo le **pones peros**!

4. **ponerse en ridículo**   *to make a fool of oneself*

   Siempre estás diciendo tonterías y **poniéndote en ridículo.**

◉ Idioms with **hacer**

1. **hacer caso**   *to obey; to pay attention*

   Ellos nunca me **hacen caso.**

2. **hacer(se) (de) la vista gorda**   *to overlook*

   Su secretaria siempre llega tarde, pero él **se hace de la vista gorda.**

3. **hacerse el tonto (la tonta)**   *to play dumb*

   Tú entiendes muy bien lo que te digo, pero **te haces el tonto.**

4. **hacérsele a uno agua la boca**   *to make one's mouth water*

   ¡Mmm! Cuando pienso en el postre de hoy, **se me hace agua la boca.**

CD-ROM
Go to **Estructuras gramaticales** for additional practice.

Práctica

Complete las siguientes oraciones, usando las expresiones idiomáticas estudiadas, según corresponda.

1. No pudo comprar el coche _____ suficiente dinero.
2. ¡Estoy tan triste! ¿Por qué no vienes a _____?
3. Yo sé que lo van a despedir. ¡No lo _____!

4. El doctor dice que si no me opero, estoy poniendo mi vida ____.
5. Me dijeron que la pulsera era de oro y no es verdad; es de cobre (*copper*). Me dieron _____.
6. Es inteligente y tiene un gran sentido del humor. ¡La verdad es que tiene _____!
7. Ese hombre dice muchas tonterías; siempre se pone en _____.
8. Ella siempre dice exactamente lo que piensa; no tiene _____.
9. Tú sabes muy bien de lo que te estoy hablando. ¡No te _____!
10. ¡Qué comida tan estupenda! Sólo de verla se me _____.
11. Para sacar el coche del garaje, tienes que _____.
12. Nada le gusta; a todo le _____. Y nunca hace lo que le digo. No me _____.
13. Puedes creer lo que dice, porque siempre _____.

B Otras expresiones idiomáticas comunes

1. **¿A cuánto estamos hoy?**[1]   *What date is today?*

   A ver... **¿a cuánto estamos hoy?** A 13 de marzo, ¿no?

2. **a la larga**   *in the long run*

   Si los empleados siguen trabajando así, **a la larga** se van a cansar.

3. **al fin y al cabo**   *after all*

   Le van a dar el puesto. **Al fin y al cabo,** tiene un título en mercadeo.

4. **al pie de la letra**   *exactly, to the letter*

   El jefe quiere que sigamos sus instrucciones **al pie de la letra.**

5. **algo por el estilo**   *something like that*

   Se llama Adela... Delia... o **algo por el estilo.**

6. **aquí hay gato encerrado**   *there's something fishy here*

   Lo que está pasando es muy extraño... **Aquí hay gato encerrado...**

7. **con las manos en la masa**   *red-handed*

   Pescaron (*They caught*) al ladrón **con las manos en la masa.**

8. **de mala gana**   *reluctantly*

   Si lo vas a hacer **de mala gana,** prefiero que no lo hagas.

9. **en el acto**   *immediately, at once, right away, instantly*

   Entrevistó al hombre y lo contrato **en el actó.**

10. **en voz alta (baja)**   *aloud, in a loud voice (in a low voice)*

    No hablen **en voz alta** porque el niño está durmiendo. ¡Hablen **en voz baja!**

---

[1] También se dice **¿A cómo estamos hoy?**

11. **entre la espada y la pared**   *between a rock and a hard place*

No sé qué hacer en esta situación. Estoy **entre la espada y la pared.**

12. **poner el grito en el cielo**   *to hit the roof*

Cuando le dijeron que tenía que trabajar tiempo extra, **puso el grito en el cielo.**

Práctica

CD-ROM
Go to **Estructuras gramaticales** for additional practice.

A. Complete las siguientes oraciones y compare sus experiencias y opiniones con las de un(a) compañero(a).

1. Se me hace agua la boca cuando...
2. Yo nunca pongo en duda...
3. A mí siempre se me pierden...
4. Yo me hago el tonto (la tonta) cuando...
5. Sudo la gota gorda cuando...
6. Yo siempre hablo en voz baja cuando...
7. Yo pongo el grito en el cielo cuando...
8. A mí siempre se me olvida(n)...

B. De las expresiones idiomáticas que Ud. aprendió en esta lección, ¿cuáles seleccionaría Ud. como equivalentes de lo siguiente?

1. exactamente
2. decir todo lo que se piensa
3. encontrarlo todo mal
4. engañar (*to deceive*)
5. inmediatamente
6. con el paso del tiempo
7. decidir entre dos problemas igualmente difíciles
8. sin deseos
9. después de todo
10. gritar furiosamente

C. Conteste las siguientes preguntas, usando en sus respuestas las expresiones idiomáticas estudiadas, según corresponda.

1. ¿Qué fecha es hoy?
2. ¿Hace exactamente todo lo que le dicen sus padres?
3. Si alguien está durmiendo, ¿cómo habla Ud.?
4. ¿Ha pescado Ud. a alguien haciendo algo que no debía?
5. Cuando Ud. era pequeño(a), ¿hacía a veces cosas que no quería hacer porque sus padres se lo ordenaban?
6. Alberto y Elsa escribieron exactamente la misma composición. ¿Cómo cree Ud. que sucedió eso?
7. Si su mejor amigo(a) le dijera que lo (la) necesitaba urgentemente, ¿iría Ud. a verlo(la) inmediatamente?

8. Si Ud. tuviera que trabajar tiempo completo y no graduarse a tiempo o estudiar y no tener dinero, ¿cómo se sentiría?

9. ¿Qué va a pasar si Ud. aprende un poco de español cada día?

10. ¿Está Ud. cansado(a) de tener que trabajar todos los días? ¿De su supervisor(a)?

11. ¿Qué haría Ud. si alguien le robara su coche?

12. ¿Qué piensa Ud. de sus compañeros de clase?

STUDENT WEBSITE
Do the **Compruebe cuánto sabe** self test after finishing this **Estructuras gramaticales** section.

¡CONTINUEMOS!

Una encuesta

Entreviste a sus compañeros de clase para tratar de identificar a aquellas personas que...

1. ...tienen un apartado postal.
2. ...trabajan para una empresa muy grande.
3. ...están planeando su jubilación.
4. ...están hasta la coronilla de alguien.
5. ...han usado un escáner recientemente.
6. ...usan mucho su teléfono celular.
7. ...tienen que trabajar tiempo extra a veces.
8. ...han solicitado trabajo recientemente.
9. ...utilizan el correo electrónico con frecuencia.
10. ...esperan desempeñar un puesto importante algún día.
11. ...ponen el grito en el cielo cuando se enojan.
12. ...creen que es importante ser bilingües.
13. ...precisan tener más memoria en su computadora.
14. ...han recibido un aumento de sueldo recientemente.

Ahora, en grupos de tres o cuatro, discutan el resultado de la encuesta.

   ¿Comprende Ud.?

CD-ROM   STUDENT WEBSITE
Go to **De escuchar...a escribir** (in **¿Comprende Ud.?**) on the CD-ROM for activities related to the conversation, and go to **Canción** on the website for activities related to the song.

1. Escuche la siguiente conversación entre Jorge Torres y su primo Luis Sandoval en un autobús de San Juan, Puerto Rico. El objetivo de la actividad es el de escuchar una conversación a velocidad natural. No se preocupe de entenderlo todo, pues esto no se espera de Ud. Después de escuchar la conversación dos veces, Ud. oirá varias aseveraciones. En una hoja, escriba los números de uno a ocho e indique si cada aseveración es verdadera o falsa.

2. Luego escuche la canción y trate de aprenderla.

Hablemos de tecnología

En parejas, fíjense en los anuncios y contesten las siguientes preguntas.

Robots: el futuro ya está aquí

C3PO y R2D2 están a punto de salir de la pantalla. Muchas empresas de todo el mundo investigan para fabricar pronto robots en serie y algunas venden ya por Internet kits para montar en casa interesantes prototipos. La tecnología punta se empeña en hacer realidad la ciencia ficción.

Ábrete de orejas

La música no es lo mismo desde que ha aparecido el formato MP3. Las discográficas se han rendido ya a sus poderes. Hemos recorrido las tiendas en busca de los más novedosos y revolucionarios reproductores. Algunos te van a sorprender.

1. ¿Qué hacen muchas empresas de todo el mundo?
2. ¿Qué venden ya algunas por Internet?
3. ¿Qué es lo que la tecnología punta (*state-of-the-art*) se empeña en hacer realidad?
4. ¿Qué crees que significa la expresión idiomática "ábrete de orejas"?
5. ¿Qué ha cambiado el formato MP3?
6. ¿Qué te va a sorprender?

¿Qué dirían Uds.?

Imagínese que Ud. y una amiga están comentando lo que les ha pasado a otros amigos de Uds. Reaccionen a la información dada, usando las expresiones idiomáticas adecuadas a cada situación.

1. Pedro compró un reloj que él creyó que era de oro y no lo era.
2. Marta le dijo a su jefe exactamente lo que pensaba de él.
3. Fernando está muy desanimado.
4. Julio piensa en el flan que va a comer esta noche.
5. Raquel sigue exactamente las instrucciones.
6. Olga no quería limpiar su casa, pero tuvo que hacerlo.
7. Le dije a Paco que lo necesitaba y a los cinco minutos estaba en mi casa.
8. Elsa dijo que el candidato iba a perder y perdió.

¡De ustedes depende!

Imagínense que Ud. y un(a) compañero(a) están encargados(as) de preparar un folleto de propaganda turística sobre la ciudad donde viven o estudian. Discutan los siguientes puntos, necesarios para escribir el folleto.

1. ¿Cuándo fue fundada la ciudad y por quién(es)?
2. ¿Qué lugares interesantes se pueden visitar?
3. ¿En qué restaurantes se come bien?
4. ¿A qué hora se abren y se cierran las tiendas, los bancos, etc.?
5. ¿Qué tipo de ropa se debe llevar?
6. ¿Qué fiestas populares se celebran y en qué fechas?
7. ¿Cómo se llega a esa ciudad?
8. ¿Qué otros idiomas, además del inglés, se hablan allí?
9. ¿Qué actividades culturales hay?
10. Otras cosas que Uds. consideren interesantes.

¡Debate!

La clase se dividirá en dos grupos: los que creen que la tecnología es muy útil y resuelve la mayoría de los problemas y los que piensan que en muchos casos deshumaniza al individuo. Cada grupo dará una serie de razones para defender su punto de vista.

Lecturas periodísticas

Saber leer   ¡Ahora le toca a Ud.!¹

CD-ROM
Go to **Lecturas periodísticas** for additional prereading and vocabulary activities.

Hoy le asignamos la tarea de leer el siguiente artículo publicado en la revista *Puerto Rico digital*, versión "en línea". Trata del Internet en casa y en el trabajo. En esta ocasión, el cómo leerlo... ¡será su pequeño proyecto de lectura!

Para leer y comprender

Al leer detalladamente el artículo, busque las respuestas a las siguientes preguntas.

1. ¿En qué se ha convertido el Internet?
2. ¿Qué entidades utilizan el Internet como herramienta?
3. ¿Qué representa el Internet para el consumidor residencial?
4. ¿Qué les provee a las empresas el acceso al Internet?
5. ¿Qué gastos pueden evitar las empresas al conectarse con el Internet?
6. ¿Qué otras ventajas tienen los negocios al conectarse al Internet?

---

¹ *Now it's your turn!*

El acceso al Internet

Acceso residencial. El Internet se ha convertido en una necesidad, no sólo en el trabajo, sino también en el hogar. Cada día son más las corporaciones, oficinas gubernamentales y otras entidades°, que lo valoran como una herramienta°, como al fax, al beeper y al teléfono móvil o celular. Pero el acceso al Internet es mucho más.

Para el consumidor residencial representa, además del acceso ilimitado a diversas fuentes de información, un ahorro° sustancial para su bolsillo. Si necesita obtener una imagen, informarse sobre algún negocio, comprar mercancía° de todo tipo, hacer alguna reservación para ir de vacaciones, o simplemente entretenerse, puede hacerlo desde la comodidad° de su hogar con sólo escribir una frase y apretar° un botón. El tener acceso a la más grande y actualizada fuente de información tiene muchas ventajas.

Acceso corporativo. El acceso al Internet les provee a las empresas muchas de las herramientas necesarias para aumentar su productividad y nuevas formas para servir mejor a sus clientes. Conectando la red° de su empresa al Internet obtiene acceso a la base de datos más grande del mundo, puede beneficiarse con el medio° de comunicación mundial más rápido, eficiente y económico, y mantiene su empresa un paso adelante en el mundo de los negocios°. Esto representará ahorros en gastos operacionales, al poder utilizar el e-mail o correo electrónico y así evitar las llamadas de larga distancia, el uso del fax y el gasto excesivo de papel. Además, el poder comunicarse con los colegas y con otros negocios, sin la necesidad de reunirse en un mismo lugar, representará un mejor uso del tiempo, tan escaso° sobre todo hoy en día°. Entre las ventajas de conectar su negocio al Internet se encuentran la de personalizar el sistema de e-mail (al registrar su *nombre de dominio*, por ejemplo *compañía.com*) y tener su propia página de Web. ¡Conozca las ventajas de conectar su empresa con la red cibernética!

Adaptado de *Puerto Rico digital*

> *Además, el poder comunicarse con los colegas y con otros negocios, sin la necesidad de reunirse en un mismo lugar, representará un mejor uso del tiempo, tan escaso sobre todo hoy en día.*

Agente de viajes haciendo uso del Internet en su trabajo.

institutions
tool

saving
merchandise
comfort
press

network
means
business
scarce / **hoy**... nowadays

Desde su mundo

1. ¿El Internet es una herramienta para Ud.? ¿Por qué sí o por qué no?
2. ¿Qué cree Ud. que se pierden aquellas personas que no están conectadas al Internet?

piense y escriba   ¡Ahora le toca a Ud.!

STUDENT WEBSITE

CD-ROM

Go to **...y escribamos** (in **Hablemos de su país**) on the student website and **De escuchar... a escribir** (in ¿**Comprende Ud.?**) on the CD-ROM for additional writing practice.

Le asignamos la tarea de redacción: Escribirá un breve artículo sobre los cambios que la tecnología ha traído a su vida. Este artículo se publicará en la revista de su clase de español, *Nuestros escritos*. Como para la lectura periodística de esta lección, el cómo escribir el artículo... ¡será su pequeño proyecto de redacción!

Pepe Vega y su mundo

Teleinforme

En estos tres fragmentos de video veremos algunos aspectos del trabajo y la tecnología: las empresas virtuales en Internet, la importancia de la entrevista de trabajo y una oferta de trabajo televisada.

Preparación

¿Cómo presentarse para un trabajo?   Para conseguir un trabajo, Ud. debe demostrar sus cualidades y su capacidad para desempeñar el trabajo. Hay varios modos de presentarse: la carta de trabajo, el curriculum vitae o resumé, y la entrevista de trabajo. Clasifique la siguiente información según se presente mejor: en una carta (C), en un curriculum vitae (CV) o en una entrevista (E), o si no se debe presentar (N).

_____   1. si es discapacitado(a) (*disabled*)
_____   2. si sabe hablar otros idiomas
_____   3. si tiene coche propio y permiso de conducir
_____   4. si tiene experiencia en un puesto similar
_____   5. si vive en la zona del trabajo
_____   6. su aspecto físico
_____   7. su conocimiento en informática
_____   8. su disponibilidad para trabajar por turnos (*in shifts*)
_____   9. su edad
_____   10. el salario deseado
_____   11. su formación profesional
_____   12. su sentido del humor

Comprensión

CD-ROM
Go to **Video** for further previewing, vocabulary, and structure practice on this clip.

El comercio virtual   52:14–54:02

¿Recuerda Ud. cuando la Internet no era algo común para la mayoría de nosotros? En el reportaje que sigue, realizado para la serie española *Empléate a fondo* veremos la Internet y sus posibilidades ilimitadas en los inicios de la explosión virtual.

A. Fijarse en los detalles.   Lea las siguientes oraciones. Luego, mientras ve el informe sobre la Internet y el comercio virtual, escriba o escoja la respuesta correcta, según corresponda.

1. Mayté Cabezas, la presentadora, nos dice que el informe sobre Internet va a ser muy (técnico/difícil de entender/claro).
2. Internet es, simplemente, _____

3. Según el locutor (*speaker*), ¿cuáles de los siguientes elementos son necesarios para tener acceso a la Internet?

_____ un ordenador	_____ un modem
_____ un teléfono	_____ una empresa virtual
_____ una línea telefónica	_____ una calculadora
_____ una compañía que nos conecte a la red	

4. _____ es el aparato que convierte la señal telefónica en datos que pueden ser vistos en nuestro ordenador.

5. Fíjese (*Notice*) en el aspecto visual del reportaje. Dé tres ejemplos de imágenes que indican que este reportaje se hizo en la década de 1990 y no hoy. Explique.

6. Escuche la última parte del informe sobre las empresas virtuales. ¿Hay información que le parece anticuada (*outdated*) u obsoleta? Explique por qué.

La entrevista de trabajo   54:04–57:46

CD-ROM
You will also find this clip under **Video**.

Ahora escucharemos varias perspectivas sobre lo que debe ser una entrevista de trabajo. Primero, veremos otro informe de la serie *Empléate a fondo*; luego, Mayte nos presenta a un orientador sociolaboral. Finalmente, escucharemos a cuatro jóvenes entrevistados en el metro de Madrid.

B. ¿Qué es lo más importante?   Indique con una **X** cuáles de los siguientes aspectos de una entrevista son importantes para cada persona que habla.

Aspecto	Felipe de la Cruz	Carlos (chico 1)	Silvia (chica 1)	Paco (chico 2)	Ana (chica 2)
1. buscar información sobre la empresa					
2. cuidar su imagen personal					
3. hablar bien					
4. no preparar la entrevista					
5. preparar preguntas sobre el puesto					
6. seguir la dirección de la entrevistadora					
7. ser simpática y agradable					
8. ser sincero y decir la verdad					
9. vestirse de manera apropiada					
10. vestirse según sus gustos personales					

Oferta de empleo   57:48–58:39

STUDENT WEBSITE
Go to **Video** for further previewing, vocabulary, and structure practice on this clip.

El programa español *Empléate a fondo* no sólo ofrece consejos sobre cómo conseguir un trabajo, sino que también les presenta ofertas de varias clases de trabajo a los televidentes. Aquí vemos a un locutor presentándonos unos puestos para grabadores de datos (*data entry clerks*).

C. ¡Apúntelo bien!   Imagine que Ud. busca empleo y le interesa la oferta que nos describe Antolín Romero. Antes de ver el video, lea la siguiente lista de preguntas. Luego, mientras ve el video, apunte (*jot down*) la información que le falta.

1. ¿Para quiénes es esta oferta de trabajo? _____
2. ¿Cuántos puestos hay? _____
3. ¿Es necesario tener experiencia en un puesto similar? _____
4. ¿Se debe estar disponible para trabajar de día, de noche o por turnos? _____
5. ¿Dónde se debe residir? _____
6. ¿Cuándo empieza el trabajo? _____
7. ¿Cómo se puede saber más? _____

Ampliación

Ud. entrevista.   En grupos de cinco, imagine que una persona es entrevistador(a) y que los otros son los cuatro jóvenes que vimos en el último segmento. Los jóvenes son candidatos para uno de los siguientes empleos (escoja uno):

repartidor(a) de pizza
grabador(a) de datos
ingeniero(a) técnico(a)
profesor(a) de francés
(u otro puesto que Uds. escojan)

Prepare una serie de preguntas para entrevistar a los aspirantes. ¿Quién conseguirá el puesto?

La Internet.   Imagine que Ud. se va a presentar para un puesto en una empresa de comercio virtual. ¿Cómo podría Ud. prepararse para la entrevista *usando la Internet*?

Lecciones 9 y 10

Tome este examen para ver cuánto ha aprendido. Las respuestas correctas aparecen en el **Apéndice C**.

Lección 9

A El subjuntivo: resumen general

Complete las siguientes oraciones con los verbos que aparecen entre paréntesis. Use el indicativo, el infinitivo o el subjuntivo.

1. Ellos querían que yo les _____ (traer) los discos.
2. Es mejor que (tú) _____ (ver) al productor.
3. Dile que te _____ (dar) la guía de espectáculos.
4. No habrían suprimido el programa si _____ (ser) bueno.
5. No habrá nadie que _____ (poder) grabarlo.
6. Siento que ayer nosotros no _____ (conseguir) los papeles principales.
7. Hay muchas personas que _____ (ir) al desfile.
8. Me alegro de _____ (estar) aquí.
9. Irán a ver el espectáculo si _____ (tener) tiempo.
10. No creo que _____ (haber empezar) la telenovela todavía.
11. Si nosotros _____ (salir) ahora, llegaríamos mañana.
12. Por suerte podremos salir en cuanto _____ (llegar) la actriz.
13. Es verdad que ellos _____ (ganar) el premio ayer.
14. El periodista no quería _____ (hacer) la entrevista hoy.
15. Nosotros no queremos que ellos _____ (escuchar) ese programa.

B Usos de algunas preposiciones

Complete las siguientes oraciones usando las preposiciones **a, de** y **en,** según corresponda.

1. Ayer, _____ las nueve _____ la mañana, fuimos _____ visitar _____ Isabel.
2. Le dije _____ Gustavo que yo quería que él empezara _____ enseñarme _____ bailar tan pronto como llegáramos _____ Acapulco.
3. Me olvidé _____ decirte que íbamos _____ volver _____ coche.
4. Yo salí sin darme cuenta _____ que había dejado _____ la gata _____ la calle.
5. Mis hermanos y yo convinimos _____ que hablaríamos _____ todo, menos _____ política.
6. No te acordaste _____ decirle que la ropa estaba _____ la cama.
7. Adela es morena, _____ ojos verdes, y es la chica más simpática _____ la familia.
8. Cuando te dije que él se había enamorado _____ mí, lo dije _____ broma.
9. Insistió _____ entrar _____ ese restaurante.
10. Oscar nunca confía _____ nadie.

C Verbos con preposiciones

Complete las siguientes oraciones usando el equivalente español de las frases dadas.

1. Carlos ya no quiere _____ Aurora porque está _____ Marta. (*marry / in love with*)
2. Yo no _____ su número de teléfono. (*remember*)
3. Armando y yo _____ _____ casa a las diez. (*agree on / leave*)
4. Ellos siempre _____ _____ nosotros los domingos. (*insist on / meet*)
5. _____ que Uds. no _____ él. (*I am glad / trust*)

D El infinitivo

Complete las siguientes oraciones con el equivalente de las palabras entre paréntesis.

1. Ellos dicen que _____ es bueno. (*eating fruit*)
2. Ellas _____ al desfile. (*wanted to go*)
3. _____ a la entrevista, ellos nos llamaron. (*Before going to*)
4. Mi abuela _____ la telenovela. (*wanted to see*)
5. Los periodistas dijeron que tenían tres reportajes _____. (*unfinished*)
6. Él volvió a las doce; _____. (*I heard him come in*)
7. El letrero dice: _____. (*No smoking*)
8. Los chicos _____ de la editorial. (*have just returned*)
9. _____ para el examen. (*I'm going to start studying*)

E ¿Recuerda el vocabulario?

Complete las siguientes oraciones usando el vocabulario de la **Lección 9**.

1. Hoy _____ una película de la _____ Julia Roberts.
2. No es verdad; es _____.
3. Ellos vuelven de su viaje a _____ de junio.
4. Ricardo es encantador; estoy muy _____ de él.
5. La música latina se ha puesto de _____ ahora.
6. Ana está aprendiendo los _____ básicos de la salsa.
7. No puedo ver la telenovela. La voy a _____.
8. Celia Cruz es la _____ de la salsa.
9. La _____ por televisión es muy importante para aumentar las ventas.
10. Hay cien años en un _____.

F Cultura

Conteste las siguientes preguntas.

1. ¿Qué país se conoce como "la tierra del tango"?
2. ¿Cuál es el pico más alto del mundo occidental?
3. ¿A orillas de qué río está situada la ciudad de Buenos Aires?
4. ¿Cómo llaman a las personas que nacen en Buenos Aires?
5. ¿Qué influencia europea se nota en Argentina?

Lección 10

A La voz pasiva

Conteste las siguientes preguntas usando la voz pasiva y la información dada entre paréntesis.

1. ¿Quién escribió esa novela?   (Cortázar)
2. ¿Cuándo construirán ese hospital?   (en el 2006)
3. ¿Quién ha publicado ese libro?   (la Editorial Losada)
4. ¿Quién firma los documentos?   (el director)
5. ¿Quién traducía las cartas?   (el Sr. Ruiz)

B Construcciones con se

Complete las siguientes preguntas, usando el **se** pasivo o el **se** impersonal y los verbos dados entre paréntesis.

1. ¿Qué lengua _____ (hablar) en Brasil?
2. ¿Cómo _____ (decir) "jubilación" en inglés?
3. ¿Dónde _____ (vender) escáners?
4. ¿Por dónde _____ (entrar) en este edificio?
5. ¿A qué hora _____ (cerrar) los bancos?
6. ¿Cómo _____ (poder) obtener el puesto de vendedor?

C El uso de se para referirse a acciones imprevistas

Complete las siguientes oraciones, usando construcciones con **se** para indicar que la acción es accidental.

1. Ayer a mí _____ (romper) los platos.
2. A nosotros siempre _____ (perder) las llaves.
3. Anoche _____ (descomponer) el televisor a Juan.
4. A ti siempre _____ (olvidar) los libros.
5. A esos pobres chicos _____ (morir) el gato ayer.

D Algunas expresiones idiomáticas comunes

Complete las siguientes oraciones con el equivalente español de las expresiones idiomáticas que aparecen entre paréntesis.

1. Julio _____ y chocó con un árbol.   (*backed up*)
2. Yo nunca _____ lo que tú me dices.   (*doubt*)
3. Voy a visitar a Rosa para _____.   (*cheer her up*)
4. ¡Eso es de plástico! Ellos _____.   (*deceived you*)
5. No sé qué decidir; estoy _____.   (*between a rock and a hard place*)

E   ¿Recuerda el vocabulario?

Complete las siguientes oraciones usando el vocabulario de la **Lección 10**.

1. El número de mi _____ postal es 524.
2. A Rosa le _____ del trabajo ayer.
3. Habla demasiado. Estoy hasta la _____ de él.
4. Un sinónimo de sueldo es _____.
5. Voy a solicitar el _____ de vendedor.
6. _____ a su trabajo porque no quería viajar al _____.
7. Ella es diseñadora de _____.
8. Yo no tengo un teléfono _____ en mi coche.
9. Tengo que pagar todas las semanas porque los pagos son _____.
10. ¡No me gusta _____ la red!

F   Cultura

Conteste las siguientes preguntas.

1. ¿Cómo llaman a Cuba?
2. ¿Cuáles son las principales exportaciones de Cuba?
3. ¿Qué es el viejo San Juan?
4. ¿Qué es el Castillo del Morro?
5. ¿Qué dos países comparten la isla que Colón llamó "La Española"?
6. ¿Cuál es el deporte más popular en la República Dominicana?

Apéndices

Apéndice A: Algunas reglas generales

Separación de palabras

A. Vocales

1. A vowel or a vowel combination can constitute a syllable.

   e-ne-ro   a-cuer-do   Eu-ro-pa   ai-re   u-no

2. Diphthongs and triphthongs are considered single vowels and cannot be divided.

   vie-ne   Dia-na   cue-ro   es-tu-diáis   bui-tre

3. Two strong vowels (**a, e,** or **o**) do not form a diphthong and are separated into two syllables.

   em-ple-o   le-an   ro-e-dor   tra-e-mos   lo-a

4. A written accent mark on a weak vowel (**i** or **u**) breaks the diphthong; thus the vowels are separated into two syllables.

   rí-o   dú-o   Ma-rí-a   Ra-úl   ca-í-mos

B. Consonantes

1. A single consonant forms a syllable with the vowel that follows it.

   mi-nu-to   ca-sa-do   la-ti-na   Re-na-to

   atención **ch, ll** and **rr** are considered single consonants.

   co-che   a-ma-ri-llo   ci-ga-rro

2. Consonant clusters composed of **b, c, d, f, g, p,** or **t** with **l** or **r** are considered single consonants and cannot be separated.

   su-bli-me   cre-ma   dra-ma   flo-res   gra-mo   te-a-tro

3. When two consonants appear between two vowels, they are separated into two syllables.

   al-fa-be-to   mo-les-tia   me-ter-se

   atención When a consonant cluster composed of **b, c, d, f, g, p,** or **t** with **l** or **r** appears between two vowels, the cluster joins the following vowel.

   so-bre   o-tra   ca-ble   te-lé-gra-fo

4. When three consonants appear between two vowels, only the last one goes with the following vowel.

   ins-pec-tor   trans-por-te   trans-for-mar

 When there is a cluster of three consonants in the combinations described in rule 2, the first consonant joins the preceding vowel and the cluster joins the following vowel.

es-cri-bir   im-plo-rar   ex-tran-je-ro

El acento ortográfico

In Spanish, all words are stressed according to specific rules. Words that do not follow the rules must have a written accent mark to indicate the change of stress. The basic rules for accentuation are as follows:

1. Words ending in a vowel, **n**, or **s** are stressed on the next to the last syllable.

   ver-de   re-**ten**-go   ro-**sa**-da   es-**tu**-dian   co-**no**-ces

2. Words ending in a consonant, except **n** or **s**, are stressed on the last syllable.

   es-pa-**ñol**   pro-fe-**sor**   pa-**red**   tro-pi-**cal**   na-**riz**

3. All words that do not follow these rules, and also those that are stressed on the second from the last syllable, must have a written accent mark.

   ca-**fé**   co-**mió**   ma-**má**   sa-**lón**   fran-**cés**
   án-gel   **lá**-piz   **mú**-si-ca   de-**mó**-cra-ta

4. The interrogative and exclamatory pronouns and adverbs have a written accent mark to distinguish them from the relative forms.

   ¿Qué comes?
   ¡Qué calor hace!

5. Words that have the same spelling but different meanings have a written accent mark to differentiate one from another.

el	*the*	él	*he, him*
mi	*my*	mí	*me*
tu	*your*	tú	*you*
te	*you, yourself*	té	*tea*
si	*if*	sí	*yes*
mas	*but*	más	*more*
solo	*alone*	sólo	*only*

6. The demonstrative pronouns have a written accent mark to distinguish them from the demonstrative adjectives.

   éste   ésta   ése   ésa   aquél   aquélla
   éstos   éstas   ésos   ésas   aquéllos   aquéllas

7. Affirmative commands with object pronouns have written accent marks if the word has two or more syllables after the stress.

   Tráigamela.   Cómpralo.   Pídasela.

Uso de las mayúsculas

In Spanish, only proper nouns are capitalized. Nationalities, languages, days of the week, and months of the year are not considered proper nouns.

Jamie Ballesteros es de Buenos Aires, pero sus padres no son argentinos, son de España. El sábado, tres de junio, Jaime y sus padres, el doctor[1] Juan Ballesteros y su esposa, la señora[1] Consuelo Ballesteros, salen para Madrid.

Puntuación

1. Inverted question marks and exclamation marks must be placed at the beginning of questions and exclamations.

   —¿Tú quieres ir con nosotros?
   —¡Por supuesto!

2. A comma is not used before **y** or **o** at the end of a series.

   Estudio francés, historia, geografía y matemáticas.

3. In a dialogue, a dash is frequently used instead of quotation marks.

   —¿Cómo estás, Pablo?
   —Muy bien, ¿y tú?

Estudio de cognados

A. Cognates

Cognates are words that are the same or similar in two languages. It is extremely valuable to be able to recognize them when learning a foreign language. Following are some principles of cognate recognition in Spanish.

1. Some words are exact cognates; only the pronunciation is different.

general	terrible	musical	central	humor	banana
idea	mineral	horrible	cultural	natural	terror

2. Some cognates are almost the same, except for a written accent mark, a final vowel, or a single consonant in the Spanish word.

región	comercial	arte	México	posible	potente
personal	península	oficial	importante	conversión	imposible

3. Most nouns ending in *-tion* in English end in **-ción** in Spanish.

conversación	solución	operación	cooperación

4. English words ending in *-ce* and *-ty* end in **-cia, cio, -tad**, and **-dad** in Spanish.

importancia	precipicio	libertad	ciudad

---

[1]These words are capitalized only when they are abbreviated: **Dr., Sra.**

5. The English ending -*ous* is often equivalent to the Spanish ending **-oso(a)**.

   famoso   amoroso   numeroso   malicioso

6. The English consonant *s-* is often equivalent to the Spanish **es-**.

   escuela   estado   estudio   especial

7. English words ending in -*cle* end in **-culo** in Spanish.

   artículo   círculo   vehículo

8. English words ending in -*y* often end in **-io** in Spanish.

   laboratorio   conservatorio

9. English words beginning with *ph-* begin with **f-** in Spanish.

   farmacia   frase   filosofía

10. There are many other easily recognizable cognates for which no rule can be given.

   millón   deliberadamente   estudiar   millonario   mayoría
   ingeniero   norte   enemigo   monte

B. False cognates

False cognates are words that look similar in Spanish and English, but have very different meanings. Some common ones are as follows:

English word	Spanish equivalent	False cognate
actually	realmente	actualmente (*nowadays*)
application	solicitud	aplicación (*diligence*)
card	tarjeta	carta (*letter*)
character (*in lit.*)	personaje	carácter (*personality, nature*)
embarrassed	avergonzado(a)	embarazada (*pregnant*)
exit	salida	éxito (*success*)
library	biblioteca	librería (*bookstore*)
major (*studies*)	especialidad	mayor (*older, major in armed services*)
minor (*studies*)	segunda especialidad	menor (*younger*)
move (*from one home to another*)	mudarse	mover (*move something*)
question	pregunta	cuestión (*matter*)
subject	asunto, tema	sujeto (*subject of a sentence*)

Apéndice B: Verbos

Verbos regulares: Modelos de los verbos que terminan en *-ar, -er, -ir*

Infinitive

amar (*to love*)	**comer** (*to eat*)	**vivir** (*to live*)

Present Participle

amando (*loving*)	**comiendo** (*eating*)	**viviendo** (*living*)

Past Participle

amado (*loved*)	**comido** (*eaten*)	**vivido** (*lived*)

A. Simple Tenses

Indicative Mood
Present

(*I love*)	(*I eat*)	(*I live*)
amo	como	vivo
amas	comes	vives
ama	come	vive
amamos	comemos	vivimos
amáis	coméis	vivís
aman	comen	viven

Imperfect

(*I used to love*)	(*I used to eat*)	(*I used to live*)
amaba	comía	vivía
amabas	comías	vivías
amaba	comía	vivía
amábamos	comíamos	vivíamos
amabais	comíais	vivíais
amaban	comían	vivían

Preterit

(*I loved*)	(*I ate*)	(*I lived*)
amé	comí	viví
amaste	comiste	viviste
amó	comió	vivió
amamos	comimos	vivimos
amasteis	comisteis	vivisteis
amaron	comieron	vivieron

Future

(*I will love*)	(*I will eat*)	(*I will live*)
amaré	comeré	viviré
amarás	comerás	vivirás
amará	comerá	vivirá
amaremos	comeremos	viviremos
amaréis	comeréis	viviréis
amarán	comerán	vivirán

Conditional

(*I would love*)	(*I would eat*)	(*I would live*)
amaría	comería	viviría
amarías	comerías	vivirías
amaría	comería	viviría
amaríamos	comeríamos	viviríamos
amaríais	comeríais	viviríais
amarían	comerían	vivirían

Subjunctive Mood
Present

(*[that]*) *I [may] love*)	(*[that] I [may] eat*)	(*[that] I [may] live*)
ame	coma	viva
ames	comas	vivas
ame	coma	viva
amemos	comamos	vivamos
améis	comáis	viváis
amen	coman	vivan

Imperfect

	(two forms: -ra, -se)	
(*[that] I [might] love*)	(*[that] I [might] eat*)	(*[that] I [might] live*)
amara -ase	comiera -iese	viviera -iese
amaras -ases	comieras -ieses	vivieras -ieses
amara -ase	comiera -iese	viviera -iese
amáramos -ásemos	comiéramos -iésemos	viviéramos -iésemos
amarais -aseis	comierais -ieseis	vivierais -ieseis
amaran -asen	comieran -iesen	vivieran -iesen

Imperative Mood

(*love*)	(*eat*)	(*live*)
ama (tú)	come (tú)	vive (tú)
ame (Ud.)	coma (Ud.)	viva (Ud.)
amemos (nosotros)	comamos (nosotros)	vivamos (nosotros)
amad (vosotros)	comed (vosotros)	vivid (vosotros)
amen (Uds.)	coman (Uds.)	vivan (Uds.)

B. Compound Tenses

Perfect Infinitive

haber amado	**haber comido**	**haber vivido**

Perfect Participle

habiendo amado	**habiendo comido**	**habiendo vivido**

Indicative Mood

Present Perfect

(*I have loved*)	(*I have eaten*)	(*I have lived*)
he amado	he comido	he vivido
has amado	has comido	has vivido
ha amado	ha comido	ha vivido
hemos amado	hemos comido	hemos vivido
habéis amado	habéis comido	habéis vivido
han amado	han comido	han vivido

Pluperfect

(*I had loved*)	(*I had eaten*)	(*I had lived*)
había amado	había comido	había vivido
habías amado	habías comido	habías vivido
había amado	había comido	había vivido
habíamos amado	habíamos comido	habíamos vivido
habíais amado	habíais comido	habíais vivido
habían amado	habían comido	habían vivido

Future Perfect

(*I will have loved*)	(*I will have eaten*)	(*I will have lived*)
habré amado	habré comido	habré vivido
habrás amado	habrás comido	habrás vivido
habrá amado	habrá comido	habrá vivido
habremos amado	habremos comido	habremos vivido
habréis amado	habréis comido	habréis vivido
habrán amado	habrán comido	habrán vivido

Conditional Perfect

(*I would have loved*)	(*I would have eaten*)	(*I would have lived*)
habría amado	habría comido	habría vivido
habrías amado	habrías comido	habrías vivido
habría amado	habría comido	habría vivido
habríamos amado	habríamos comido	habríamos vivido
habríais amado	habríais comido	habríais vivido
habrían amado	habrían comido	habrían vivido

Subjunctive Mood
Present Perfect

([*that*] *I* [*may*] *have loved*)	([*that*] *I* [*may*] *have eaten*)	([*that*] *I* [*may*] *have lived*)
haya amado	haya comido	haya vivido
hayas amado	hayas comido	hayas vivido
haya amado	haya comido	haya vivido
hayamos amado	hayamos comido	hayamos vivido
hayáis amado	hayáis comido	hayáis vivido
hayan amado	hayan comido	hayan vivido

Pluperfect

	(two forms: -ra, -se)	
([*that*] *I* [*might*] *have loved*)	([*that*] *I* [*might*] *have eaten*)	([*that*] *I* [*might*] *have lived*)
hubiera -iese amado	hubiera -iese comido	hubiera -iese vivido
hubieras -ieses amado	hubieras -ieses comido	hubieras -ieses vivido
hubiera -iese amado	hubiera -iese comido	hubiera -iese vivido
hubiéramos -iésemos amado	hubiéramos -iésemos comido	hubiéramos -iésemos vivido
hubierais -ieseis amado	hubierais -ieseis comido	hubierais -ieseis vivido
hubieran -iesen amado	hubieran -iesen comido	hubieran -iesen vivido

Verbos de cambios radicales

A. Verbos que terminan en *-ar* y *-er*

Stem-changing verbs are those that have a change in the root of the verb. Verbs that end in **-ar** and **-er** change the stressed vowel **e** to **ie,** and the stressed **o** to **ue.** These changes occur in all persons, except the first and second persons plural of the present indicative, present subjunctive, and imperative.

The -ar and -er Stem-changing Verbs

Infinitive	Present Indicative	Imperative	Present Subjunctive
cerrar	cierro	——	cierre
(*to close*)	cierras	cierra	cierres
	cierra	cierre	cierre
	cerramos	cerremos	cerremos
	cerráis	cerrad	cerréis
	cierran	cierren	cierren
perder	pierdo	——	pierda
(*to lose*)	pierdes	pierde	pierdas
	pierde	pierda	pierda
	perdemos	perdamos	perdamos
	perdéis	perded	perdáis
	pierden	pierdan	pierdan
contar	cuento	——	cuente
(*to count, to tell*)	cuentas	cuenta	cuentes
	cuenta	cuente	cuente
	contamos	contemos	contemos
	contáis	contad	contéis
	cuentan	cuenten	cuenten
volver	vuelvo	——	vuelva
(*to return*)	vuelves	vuelve	vuelvas
	vuelve	vuelva	vuelva
	volvemos	volvamos	volvamos
	volvéis	volved	volváis
	vuelven	vuelvan	vuelvan

Verbs that follow the same pattern are:

acordarse	*to remember*	llover	*to rain*
acostar(se)	*to go to bed*	mostrar	*to show*
almorzar	*to have lunch*	mover	*to move*
atravesar	*to go through*	negar	*to deny*
cocer	*to cook*	nevar	*to snow*
colgar	*to hang*	pensar	*to think, to plan*
comenzar	*to begin*	probar	*to prove, to taste*
confesar	*to confess*	recordar	*to remember*
costar	*to cost*	rogar	*to beg*
demostrar	*to demonstrate, to show*	sentar(se)	*to sit down*
despertar(se)	*to wake up*	soler	*to be in the habit of*
empezar	*to begin*	soñar	*to dream*
encender	*to light, to turn on*	tender	*to stretch, to unfold*
encontrar	*to find*	torcer	*to twist*
entender	*to understand*		

B. Verbos que terminan en -ir

There are two types of stem-changing verbs that end in **-ir**:

Type I: The -ir Stem-changing Verbs

The verbs of this type change stressed **e** to **ie** in some tenses and to **i** in others, and stressed **o** to **ue** or **u**. These changes occur as follows.

Present Indicative: all persons except the first and second persons plural change **e** to **ie** and **o** to **ue**.
Preterit: third person, singular and plural, changes **e** to **i** and **o** to **u**.
Present Subjunctive: all persons change **e** to **ie** and **o** to **ue**, except the first and second persons plural, which change **e** to **i** and **o** to **u**.
Imperfect Subjunctive: all persons change **e** to **i** and **o** to **u**.
Imperative: all persons except the second person plural change **e** to **ie** and **o** to **ue**, and first person plural changes **e** to **i** and **o** to **u**.
Present Participle: changes **e** to **i** and **o** to **u**.

Infinitive	Indicative Present	Indicative Preterit	Imperative	Subjunctive Present	Subjunctive Imperfect
sentir	siento	sentí	——	sienta	sintiera (-iese)
(*to feel*)	sientes	sentiste	siente	sientas	sintieras
	siente	sintió	sienta	sienta	sintiera
Present	sentimos	sentimos	sintamos	sintamos	sintiéramos
Participle	sentís	sentisteis	sentid	sintáis	sintierais
sintiendo	sienten	sintieron	sientan	sientan	sintieran
dormir	duermo	dormí	——	duerma	durmiera (-iese)
(*to sleep*)	duermes	dormiste	duerme	duermas	durmieras
	duerme	durmió	duerma	duerma	durmiera
Present	dormimos	dormimos	durmamos	durmamos	durmiéramos
Participle	dormís	dormisteis	dormid	durmáis	durmierais
durmiendo	duermen	durmieron	duerman	duerman	durmieran

Other verbs that follow the same pattern are:

advertir	*to warn*	mentir	*to lie*
arrepentir(se)	*to repent*	morir	*to die*
consentir	*to consent, to pamper*	preferir	*to prefer*
convertir(se)	*to turn into*	referir	*to refer*
divertir(se)	*to amuse oneself*	sugerir	*to suggest*
herir	*to wound, to hurt*		

Type II: The -ir Stem-changing Verbs

The verbs in the second category are irregular in the same tenses as those of the first type. The only difference is that they only have one change: **e** to **i** in all irregular persons.

Infinitive	Indicative		Imperative	Subjunctive	
	Present	*Preterit*		*Present*	*Imperfect*
pedir	pido	pedí	——	pida	pidiera (-iese)
(*to ask for,*	pides	pediste	pide	pidas	pidieras
to request)	pide	pidió	pida	pida	pidiera
Present	pedimos	pedimos	pidamos	pidamos	pidiéramos
Participle	pedís	pedisteis	pedid	pidáis	pidierais
pidiendo	piden	pidieron	pidan	pidan	pidieran

Verbs that follow this pattern are:

competir	*to compete*	reír(se)	*to laugh*
concebir	*to conceive*	reñir	*to fight*
despedir(se)	*to say good-bye*	repetir	*to repeat*
elegir	*to choose*	seguir	*to follow*
impedir	*to prevent*	servir	*to serve*
perseguir	*to pursue*	vestir(se)	*to dress*

Verbos de cambios ortográficos

Some verbs undergo a change in the spelling of the stem in some tenses, in order to keep the sound of the final consonant. The most common ones are those with the consonants **g** and **c**. Remember that **g** and **c** in front of **e** or **i** have a soft sound, and in front of **a, o,** or **u** have a hard sound. In order to keep the soft sound in front of **a, o,** or **u**, we change **g** and **c** to **j** and **z**, respectively. And in order to keep the hard sound of **g** or **c** in front of **e** and **i**, we add a **u** to the **g** (**gu**) and change the **c** to **qu.** The most important verbs of this type that are regular in all the tenses but change in spelling are the following.

1. Verbs ending in **-gar** change **g** to **gu** before **e** in the first person of the preterit and in all persons of the present subjunctive.

   pagar   *to pay*
   Preterit: pagué, pagaste, pagó, etc.
   Imperative: paga, pague, paguemos pagad, paguen
   Pres. Subj.:   pague, pagues, pague, paguemos, paguéis, paguen

   Verbs with the same change: **colgar, jugar, llegar, navegar, negar, regar, rogar.**

2. Verbs ending in **-ger** or **-gir** change **g** to **j** before **o** in the first person of the present indicative and before **a** in all the persons of the present subjunctive.

proteger	*to protect*
Pres. Ind.:	protejo, proteges, protege, etc.
Imperative:	protege, proteja, protejamos, proteged, protejan
Pres. Subj.:	proteja, protejas, proteja, protejamos, protejáis, protejan

Verbs with the same pattern: **coger, corregir, dirigir, escoger, exigir, recoger.**

3. Verbs ending in **-guar** change **gu** to **gü** before **e** in the first person of the preterit and in all persons of the present subjunctive.

averiguar	*to find out*
Preterit:	averigüé, averiguaste, averiguó, etc.
Imperative:	averigua, averigüe, averigüemos, averiguad, averigüen
Pres. Subj.:	averigüe, averigües, averigüe, averigüemos, averigüéis, averigüen

The verb **apaciguar** has the same changes as above.

4. Verbs ending in **-guir** change **gu** to **g** before **o** in the first person of the present indicative and before **a** in all persons of the present subjunctive.

conseguir	*to get*
Pres. Ind.:	consigo, consigues, consigue, etc.
Imperative:	consigue, consiga, consigamos, conseguid, consigan
Pres. Subj.:	consiga, consigas, consiga, consigamos, consigáis, consigan

Verbs with the same change: **distinguir, perseguir, proseguir, seguir.**

5. Verbs ending in **-car** change **c** to **qu** before **e** in the first person of the preterit and in all persons of the present subjunctive.

tocar	*to touch, to play (a musical instrument)*
Preterit:	toqué, tocaste, tocó, etc.
Imperative:	toca, toque, toquemos, tocad, toquen
Pres. Subj.:	toque, toques, toque, toquemos, toquéis, toquen

Verbs that have the same pattern: **atacar, buscar, comunicar, explicar, indicar, pescar, sacar.**

6. Verbs ending in **-cer** or **-cir** preceded by a consonant change **c** to **z** before **o** in the first person of the present indicative and before **a** in all persons of the present subjunctive.

torcer	*to twist*
Pres. Ind.:	tuerzo, tuerces, tuerce, etc.
Imperative:	tuerce, tuerza, torzamos, torced, tuerzan
Pres. Subj.:	tuerza, tuerzas, tuerza, torzamos, torzáis, tuerzan

Verbs that have the same change: **convencer, esparcir, vencer.**

7. Verbs ending in **-cer** or **-cir** preceded by a vowel change **c** to **zc** before **o** in the first person of the present indicative and before **a** in all persons of the present subjunctive.

conocer	*to know, to be acquainted with*
Pres. Ind.:	conozco conoces, conoce, etc.
Imperative:	conoce, conozca, conozcamos, conoced, conozcan
Pres. Subj.:	conozca, conozcas, conozca, conozcamos, conozcáis, conozcan

Verbs that follow the same pattern: **agradecer, aparecer, carecer, entristecer** (*to sadden*), **establecer, lucir, nacer, obedecer, ofrecer, padecer, parecer, pertenecer, reconocer, relucir.**

8. Verbs ending in **-zar** change **z** to **c** before **e** in the first person of the preterit and in all persons of the present subjunctive.

rezar	*to pray*
Preterit:	re**c**é, rezaste, rezó, etc.
Imperative:	reza, re**c**e, re**c**emos, rezad, re**c**en
Pres. Subj.:	re**c**e, re**c**es, re**c**e, re**c**emos, re**c**éis, re**c**en

Verbs that have the same pattern: **abrazar, alcanzar, almorzar, comenzar, cruzar, empezar, forzar, gozar.**

9. Verbs ending in **-eer** change the unstressed **i** to **y** between vowels in the third persons singular and plural of the preterit, in all persons of the imperfect subjunctive, and in the present participle.

creer	*to believe*
Preterit:	creí, creíste, creyó, creímos, creísteis, creyeron
Imp. Subj.:	creyera(ese), creyeras, creyera, creyéramos, creyerais, creyeran
Pres. Part.:	creyendo
Past Part.:	creído

Leer and **poseer** follow the same pattern.

10. Verbs ending in **-uir** change the unstressed **i** to **y** between vowels (except **-quir**, which has the silent **u**) in the following tenses and persons.

huir	*to escape, to flee*
Pres. Ind.:	huyo, huyes, huye, huimos, huís, huyen
Preterit:	huí, huiste, huyó, huimos, huisteis, huyeron
Imperative:	huye, huya, huyamos, huid, huyan
Pres. Subj.:	huya, huyas, huya, huyamos, huyáis, huyan
Imp. Subj.:	huyera(ese), huyeras, huyera, huyéramos, huyerais, huyeran
Pres. Part:	huyendo

Verbs with the same change: **atribuir, concluir, constituir, construir, contribuir, destituir, destruir, disminuir, distribuir, excluir, incluir, influir, instruir, restituir, sustituir.**

11. Verbs ending in **-eír** lose one **e** in the third persons singular and plural of the preterit, in all persons of the imperfect subjunctive, and in the present participle.

reír	*to laugh*
Preterit:	reí, reíste, rio, reímos, reísteis, rieron
Imp. Subj.:	riera(ese), rieras, riera, riéramos, rierais, rieran
Pres. Part.:	riendo

Sonreír and **freír** have the same pattern.

12. Verbs ending in **-iar** add a written accent to the **i**, except in the first and second persons plural of the present indicative and subjunctive.

fiar(se)	*to trust*
Pres. Ind.:	(me) fío, (te) fías, (se) fía, (nos) fiamos, (os), fiáis, (se) fían
Pres. Subj.:	(me) fíe, (te) fíes, (se) fíe, (nos) fiemos, (os) fiéis, (se) fíen

Other verbs that follow the same pattern: **ampliar, criar, desviar, enfriar, enviar, guiar, telegrafiar, vaciar, variar.**

13. Verbs ending in **-uar** (except **-guar**) add a written accent to the **u,** except in the first and second persons plural of the present indicative and subjunctive.

actuar	*to act*
Pres. Ind.:	actúo, actúas, actúa, actuamos, actuáis, actúan
Pres. Subj.:	actúe, actúes, actúe, actuemos, actuéis, actúen

Verbs with the same pattern: **acentuar, continuar, efectuar, exceptuar, graduar, habituar, insinuar, situar.**

14. Verbs ending in **-ñir** lose the **i** of the diphthongs **ie** and **ió** in the third persons singular and plural of the preterit and all persons of the imperfect subjunctive. They also change the **e** of the stem to **i** in the same persons.

teñir	*to dye*
Preterit:	teñí, teñiste, tiñó, teñimos, teñisteis, tiñeron
Imp. Subj.:	tiñera(ese), tiñeras, tiñera, tiñéramos, tiñerais, tiñeran

Verbs that follow the same pattern: **ceñir, constreñir, desteñir, estreñir, reñir.**

Verbos irregulares de uso frecuente

adquirir	*to acquire*
Pres. Ind.:	adquiero, adquieres, adquiere, adquirimos, adquirís, adquieren
Pres. Subj.:	adquiera, adquieras, adquiera, adquiramos, adquiráis, adquieran
Imperative:	adquiere, adquiera, adquiramos, adquirid, adquieran

andar	*to walk*
Preterit:	anduve, anduviste, anduvo, anduvimos, anduvisteis, anduvieron
Imp. Subj.:	anduviera (anduviese), anduvieras, anduviera, anduviéramos, anduvierais, anduvieran

caber   *to fit, to have enough room*
Pres. Ind.:   quepo, cabes, cabe, cabemos, cabéis, caben
Preterit: cupe, cupiste, cupo, cupimos, cupisteis, cupieron
Future: cabré, cabrás, cabrá, cabremos, cabréis, cabrán
Conditional: cabría, cabrías, cabría, cabríamos, cabríais, cabrían
Imperative: cabe, quepa, quepamos, cabed, quepan
Pres. Subj.:   quepa, quepas, quepa, quepamos, quepáis, quepan
Imp. Subj.:   cupiera (cupiese), cupieras, cupiera, cupiéramos, cupierais, cupieran

caer   *to fall*
Pres. Ind.:   caigo, caes, cae, caemos, caéis, caen
Preterit: caí, caíste, cayó, caímos, caísteis, cayeron
Imperative: cae, caiga, caigamos, caed, caigan
Pres. Subj.:   caiga, caigas, caiga, caigamos, caigáis, caigan
Imp. Subj.:   cayera (cayese), cayeras, cayera, cayéramos, cayerais, cayeran
Past Part.:   caído

conducir   *to guide, to drive*
Pres. Ind.:   conduzco, conduces, conduce, conducimos, conducís, conducen
Preterit: conduje, condujiste, condujo, condujimos, condujisteis, condujeron
Imperative: conduce, conduzca, conduzcamos, conducid, conduzcan
Pres. Subj.:   conduzca, conduzcas, conduzca, conduzcamos, conduzcáis, conduzcan
Imp. Subj.:   condujera (condujese), condujeras, condujera, condujéramos, condujerais, condujeran
   (*All verbs ending in* **-ducir** *follow this pattern.*)

convenir   *to agree* (See **venir**)

dar   *to give*
Pres. Ind.:   doy, das, da, damos, dais, dan
Preterit: di, diste, dio, dimos, disteis, dieron
Imperative: da, dé, demos, dad, den
Pres. Subj.:   dé, des, dé, demos, deis, den
Imp. Subj.:   diera (diese), dieras, diera, diéramos, dierais, dieran

decir   *to say, to tell*
Pres. Ind.:   digo, dices, dice, decimos, decís, dicen
Preterit: dije, dijiste, dijo, dijimos, dijisteis, dijeron
Future: diré, dirás, dirá, diremos, diréis, dirán
Conditional: diría, dirías, diría, diríamos, diríais, dirían
Imperative: di, diga, digamos, decid, digan
Pres. Subj.:   diga, digas, diga, digamos, digáis, digan
Imp. Subj.:   dijera (dijese), dijeras, dijera, dijéramos, dijerais, dijeran
Pres. Part.:   diciendo
Past Part.:   dicho

detener   *to stop, to hold, to arrest* (See **tener**)

elegir *to choose*
Pres. Ind. elijo, eliges, elige, elegimos, elegís, eligen
Preterit: elegí, elegiste, eligió, elegimos, elegisteis, eligieron
Imperative: elige, elija, elijamos, elegid, elijan
Pres. Subj.: elija, elijas, elija, elijamos, elijáis, elijan
Imp. Subj.: eligiera (eligiese), eligieras, eligiera, eligiéramos, eligierais, eligieran

entender *to understand*
Pres. Ind.: entiendo, entiendes, entiende, entendemos, entendéis, entienden
Imperative: entiende, entienda, entendamos, entended, entiendan
Pres. Subj.: entienda, entiendas, entienda, entendamos, entendáis, entiendan

entretener *to entertain, to amuse* (See **tener**)

estar *to be*
Pres. Ind.: estoy, estás, está, estamos, estáis, están
Preterit: estuve, estuviste, estuvo, estuvimos, estuvisteis, estuvieron
Imperative: está, esté, estemos, estad, estén
Pres. Subj.: esté, estés, esté, estemos, estéis, estén
Imp. Subj.: estuviera (estuviese), estuvieras, estuviera, estuviéramos, estuvierais, estuvieran

extender *to extend, to stretch out* (See **entender**)

haber *to have*
Pres. Ind.: he, has, ha, hemos, habéis, han
Preterit: hube, hubiste, hubo, hubimos, hubisteis, hubieron
Future: habré, habrás, habrá, habremos, habréis, habrán
Conditional: habría, habrías, habría, habríamos, habríais, habrían
Pres. Subj.: haya, hayas, haya, hayamos, hayáis, hayan
Imp. Subj.: hubiera (hubiese), hubieras, hubiera, hubiéramos, hubierais, hubieran

hacer *to do, to make*
Pres. Ind.: hago, haces, hace, hacemos, hacéis, hacen
Preterit: hice, hiciste, hizo, hicimos, hicisteis, hicieron
Future: haré, harás, hará, haremos, haréis, harán
Conditional: haría, harías, haría, haríamos, haríais, harían
Imperative: haz, haga, hagamos, haced, hagan
Pres. Subj.: haga, hagas, haga, hagamos, hagáis, hagan
Imp. Subj.: hiciera (hiciese), hicieras, hiciera, hiciéramos, hicierais, hicieran
Past Part.: hecho

imponer *to impose, to deposit* (See **poner**)

introducir *to introduce, to insert, to gain access* (See **conducir**)

ir *to go*
Pres. Ind.: voy, vas, va, vamos, vais, van
Imp. Ind.: iba, ibas, iba, íbamos, ibais, iban
Preterit: fui, fuiste, fue, fuimos, fuisteis, fueron

Imperative:	ve, vaya, vayamos, id, vayan
Pres. Subj.:	vaya, vayas, vaya, vayamos, vayáis, vayan
Imp. Subj.:	fuera (fuese), fueras, fuera, fuéramos, fuerais, fueran

jugar   *to play*
Pres. Ind.:	juego, juegas, juega, jugamos, jugáis, juegan
Imperative:	juega, juegue, juguemos, jugad, jueguen
Pres. Subj.:	juegue, juegues, juegue, juguemos, juguéis, jueguen

obtener   *to obtain* (See **tener**)

oir   *to hear*
Pres. Ind.:	oigo, oyes, oye, oímos, oís, oyen
Preterit:	oí, oíste, oyó, oímos, oísteis, oyeron
Imperative:	oye, oiga, oigamos, oíd, oigan
Pres. Subj.:	oiga, oigas, oiga, oigamos, oigáis, oigan
Imp. Subj.:	oyera (oyese), oyeras, oyera, oyéramos, oyerais, oyeran
Pres. Part.:	oyendo
Past Part.:	oído

oler   *to smell*
Pres. Ind.:	huelo, hueles, huele, olemos, oléis, huelen
Imperative:	huele, huela, olamos, oled, huelan
Pres. Subj.:	huela, huelas, huela, olamos, oláis, huelan

poder   *to be able*
Pres. Ind.:	puedo, puedes, puede, podemos, podéis, pueden
Preterit:	pude, pudiste, pudo, pudimos, pudisteis, pudieron
Future:	podré, podrás, podrá, podremos, podréis, podrán
Conditional:	podría, podrías, podría, podríamos, podríais, podrían
Pres. Subj.:	pueda, puedas, pueda, podamos, podáis, puedan
Imp. Subj.:	pudiera (pudiese), pudieras, pudiera, pudiéramos, pudierais, pudieran
Pres. Part.:	pudiendo

poner   *to place, to put*
Pres. Ind.:	pongo, pones, pone, ponemos, ponéis, ponen
Preterit:	puse, pusiste, puso, pusimos, pusisteis, pusieron
Future:	pondré, pondrás, pondrá, pondremos, pondréis, pondrán
Conditional:	pondría, pondrías, pondría, pondríamos, pondríais, pondrían
Imperative:	pon, ponga, pongamos, poned, pongan
Pres. Subj.:	ponga, pongas, ponga, pongamos, pongáis, pongan
Imp. Subj.:	pusiera (pusiese), pusieras, pusiera, pusiéramos, pusierais, pusieran
Past Part.:	puesto

querer   *to want, to wish, to love*
Pres. Ind.:	quiero, quieres, quiere, queremos, queréis, quieren
Preterit:	quise, quisiste, quiso, quisimos, quisisteis, quisieron
Future:	querré, querrás, querrá, querremos, querréis, querrán

Conditional:	querría, querrías, querría, querríamos, querríais, querrían
Imperative:	quiere, quiera, queramos, quered, quieran
Pres. Subj.:	quiera, quieras, quiera, queramos, queráis, quieran
Imp. Subj.:	quisiera (quisiese), quisieras, quisiera, quisiéramos, quisierais, quisieran

resolver   *to decide on, to solve*

Pres. Ind.:	resuelvo, resuelves, resuelve, resolvemos, resolvéis, resuelven
Imperative:	resuelve, resuelva, resolvamos, resolved, resuelvan
Pres. Subj.:	resuelva, resuelvas, resuelva, resolvamos, resolváis, resuelvan
Past Part.:	resuelto

saber   *to know*

Pres. Ind.:	sé, sabes, sabe, sabemos, sabéis, saben
Preterit:	supe, supiste, supo, supimos, supisteis, supieron
Future:	sabré, sabrás, sabrá, sabremos, sabréis, sabrán
Conditional:	sabría, sabrías, sabría, sabríamos, sabríais, sabrían
Imperative:	sabe, sepa, sepamos, sabed, sepan
Pres. Subj.:	sepa, sepas, sepa, sepamos, sepáis, sepan
Imp. Subj.:	supiera (supiese), supieras, supiera, supiéramos, supierais, supieran

salir   *to leave, to go out*

Pres. Ind.:	salgo, sales, sale, salimos, salís, salen
Future:	saldré, saldrás, saldrá, saldremos, saldréis, saldrán
Conditional:	saldría, saldrías, saldría, saldríamos, saldríais, saldrían
Imperative:	sal, salga, salgamos, salid, salgan
Pres. Subj.:	salga, salgas, salga, salgamos, salgáis, salgan

ser   *to be*

Pres. Ind.:	soy, eres, es, somos, sois, son
Imp. Ind.:	era, eras, era, éramos, erais, eran
Preterit:	fui, fuiste, fue, fuimos, fuisteis, fueron
Imperative:	sé, sea, seamos, sed, sean
Pres. Subj.:	sea, seas, sea, seamos, seáis, sean
Imp. Subj.:	fuera (fuese), fueras, fuera, fuéramos, fuerais, fueran

suponer   *to assume* (See **poner**)

tener   *to have*

Pres. Ind.:	tengo, tienes, tiene, tenemos, tenéis, tienen
Preterit:	tuve, tuviste, tuvo, tuvimos, tuvisteis, tuvieron
Future:	tendré, tendrás, tendrá, tendremos, tendréis, tendrán
Conditional:	tendría, tendrías, tendría, tendríamos, tendríais, tendrían
Imperative:	ten, tenga, tengamos, tened, tengan
Pres. Subj.:	tenga, tengas, tenga, tengamos, tengáis, tengan
Imp. Subj.:	tuviera (tuviese), tuvieras, tuviera, tuviéramos, tuvierais, tuvieran

traer *to bring*
Pres. Ind.: traigo, traes, trae, traemos, traéis, traen
Preterit: traje, trajiste, trajo, trajimos, trajisteis, trajeron
Imperative: trae, traiga, traigamos, traed, traigan
Pres. Subj.: traiga, traigas, traiga, traigamos, traigáis, traigan
Imp. Subj.: trajera (trajese), trajeras, trajera, trajéramos, trajerais, trajeran
Pres. Part.: trayendo
Past Part.: traído

valer *to be worth*
Pres. Ind.: valgo, vales, vale, valemos, valéis, valen
Future: valdré, valdrás, valdrá, valdremos, valdréis, valdrán
Conditional: valdría, valdrías, valdría, valdríamos, valdríais, valdrían
Imperative: vale, valga, valgamos, valed, valgan
Pres. Subj.: valga, valgas, valga, valgamos, valgáis, valgan

venir *to come*
Pres. Ind.: vengo, vienes, viene, venimos, venís, vienen
Preterit: vine, viniste, vino, vinimos, vinisteis, vinieron
Future: vendré, vendrás, vendrá, vendremos, vendréis, vendrán
Conditional: vendría, vendrías, vendría, vendríamos, vendríais, vendrían
Imperative: ven, venga, vengamos, venid, vengan
Pres. Subj.: venga, vengas, venga, vengamos, vengáis, vengan
Imp. Subj.: viniera (viniese), vinieras, viniera, viniéramos, vinierais, vinieran
Pres. Part.: viniendo

ver *to see*
Pres. Ind.: veo, ves, ve, vemos, veis, ven
Imp. Ind.: veía, veías, veía, veíamos, veíais, veían
Preterit: vi, viste, vio, vimos, visteis, vieron
Imperative: ve, vea, veamos, ved, vean
Pres. Subj.: vea, veas, vea, veamos, veáis, vean
Imp. Subj.: viera (viese), vieras, viera, viéramos, vierais, vieran
Past Part.: visto

Apéndice C: Respuestas a las secciones ¿Están listos para el examen?

Lección 1

A. 1. desaparezco / aparezco / salgo   2. recuerdas / sueñas   3. sé / almuerzan / vuelven / veo   4. corrige / sugiere   5. reconozco / traduzco   6. advierte / muerde   7. entendemos / dice   8. digo / quepo   9. hago / pongo / voy / conduzco   10. empiezan / terminan   11. niega / Confiesa   12. dicen / despide / pienso

B. 1. sigue (continúa) estudiando   2. está visitando   3. siguen (continúan) enseñando   4. está pidiendo   5. estás haciendo   6. estoy sirviendo   7. seguimos (continuamos) hablando   8. está leyendo

C. 1. a mis padres   2. a mi perro   3. a nadie   4. un(a) secretario(a)   5. a mi cuñada / a mi suegra

D. 1. Sí, las conozco.   2. Sí, las hay.   3. Sí, te llamo mañana.   4. Sí, mis padres me visitan todos los días.   5. Sí, yo los tengo.   6. Sí, lo sé.   7. Sí, tu abuela nos conoce.   8. Sí, podemos hacerlo (lo podemos hacer) hoy.

E. 1. darles   2. le compro   3. me escribe   4. mandarnos   5. te hablan   6. le digo   7. traerle   8. prestarle

F. 1. Me baño y me visto.   2. Pensamos acostarnos temprano.   3. Se van de vacaciones.   4. Se quejan.   5. Dicen que te pareces a tu padre.   6. Nos encontramos en el café.   7. Me los pruebo.   8. Me voy a lavar (Voy a lavarme) la cabeza.

G. 1. papel   2. bromear   3. sentirse   4. apenas   5. además   6. triste   7. mandón   8. egoísta   9. deprimido   10. círculo   11. extrañar   12. cuidar   13. de buen humor   14. tomar

H. 1. 40   2. Mediterráneo   3. sur   4. Salamanca

Lección 2

A. 1. es / Es   2. son   3. están / están   4. está / están   5. es   6. es / está / Es   7. está / Está   8. es / es / estoy   9. está / está   10. es   11. es / es   12. Es   13. están   14. estoy / Están

B. 1. Nuestros horarios de clase están en el bolso de mano.   2. Mis padres son de Oaxaca.   3. Su título es de la Universidad de Guadalajara.   4. Tu (Su) examen está en el escritorio.   5. Una buena amiga mía es Amalia.

C. 1. Las mías son fáciles.   2. El mío es de Chihuahua.   3. No, yo no tengo los tuyos.   4. El nuestro es muy simpático también.   5. Las de ellos son por la tarde.

D. 1. Sí, puedo comprártelo (te lo puedo comprar).   2. Sí, se los pido.   3. Sí, me lo da.   4. Sí, pienso comprárselas (se las pienso comprar).   5. Sí, nos las va a dar (va a dárnoslas) hoy.

E. 1. El doctor Vega / la educación   2. mil / cien   3. médico / un médico excelente   4. La señorita Peña   los / a las   5. otro   6. La señora Soto / sombrero

F. 1. Ellos compraron los libros y los trajeron a la universidad.   2. Pidieron enchiladas y no las comieron. Se las dieron a su papá.   3. Ella lo supo, pero no dijo nada.   4. Nosotros fuimos al cine porque no tuvimos que trabajar.   5. Yo llegué a las ocho, pero no comencé a trabajar hasta las nueve.   6. Yo toqué las canciones que ellos eligieron.   7. Yo le hablé, pero ella no me oyó.   8. Yo no cupe en el coche y por eso no fui.   9. Yo vine y les di el dinero, pero ellos no compraron nada.   10. Ellos leyeron el artículo, pero yo no pude leerlo.   11. Teresa volvió a su casa a las diez y se acostó en seguida.   12. Carlos fue al teatro. Ellas prefirieron quedarse en su casa.

G. 1. prestaba   2. asistía   3. iba / veía   4. compraba   5. hacía   6. Eran   7. hablaba   8. salían

H. 1. cuenta   2. obligatoria   3. carrera   4. beca   5. visto / mantiene / promedio   6. mitad / curso   7. tardar   8. estudios   9. consejero(a)   10. puntual   11. facultad / derecho   12. residencia   13. tratar   14. contador / analista / trabajadora   15. entre

I. 1. cobre   2. la Ciudad de México   3. la pintura   4. escritor

Lección 3

A. 1. A Carlos le gusta más   2. Nos encantan   3. me duelen mucho los pies   4. te falta   5. les quedan

B. 1. era / vivía / hablaban   2. fueron   3. Hacía / llovía / llegó   4. dijeron / debía   5. encantaba / comía   6. Eran / empezó / terminó   7. estuve / terminé   8. vino / dolía

C. 1. quiso (pudo) / quería / supe / sabía / conocí / conocía / pude

D. 1. Ésa es la chica española de quien yo te hablé.
2. La señora cuyo hijo tuvo un accidente está triste.   3. El libro que compré ayer es muy interesante.   4. Vamos a visitar a los niños para quienes compramos los bates.
5. El anillo que compré en México es de oro.

E. 1. Hace seis horas que no como.   2. Hacía media hora que esperábamos cuando Ud. llegó (tú llegaste).   3. Hace un año que los jugadores vinieron a esta ciudad.

F. 1. aire   2. campaña   3. deporte   4. escalar   5. partido (juego)   6. lastimó   7. deportiva   8. perder   9. pesar / reñido   10. poco / tiempo   11. montar   12. hipódromo / caballos   13. esquí   14. Juegos   15. lucha

G. 1. Pacífico   2. 200   3. Santiago   4. Cuzco   5. Quito

Lección 4

A. 1. tanto tiempo / como   2. tantas reuniones   3. mejor que   4. menos de   5. mucho mayor que   6. el más alto de   7. más pequeña que   8. menor que   9. tanto como   10. inteligentísima

B. 1. para / por / por / para / para   2. Por / para   3. por / para   4. para / para   5. por / por / por / para   6. para / por   7. por / por   8. Por / por   9. para   10. Para / por

C. 1. vayamos   2. sean   3. disfruten   4. dejes / estén   5. dedique / trabajar   6. uses   7. digamos / mintamos   8. acostemos / levantemos   9. ponga / ayudar   10. brindar

D. 1. Es importante estudiar todos los días.   2. Es urgente ir al hospital.   3. Es conveniente que ella sepa conducir.   4. Es mejor viajar en pleno verano.   5. Es necesario que Uds. vengan a fines de enero.   6. Es preferible que nosotros compremos flores.

E. 1. Siento que tú no puedas ir a misa hoy.   2. Lamento que ella no vea los fuegos artificiales.   3. Me alegro de que Uds. estén libres hoy.   4. Ellos temen no tener tiempo.   5. Sergio siente que nosotros no vayamos con él.
6. Ellos se alegran de vivir por aquí.   7. Espero que Elsa venga pronto.   8. Temo que él no sepa dónde es la fiesta.
9. Espero que mi hijo pase más tiempo conmigo.

F. 1. pongan   2. lleves   3. preparen   4. esté   5. puedan   6. tengamos

G. 1. aquí / Reyes   2. Nochebuena / Navidad   3. Acción   4. tumba / velas   5. fuegos   6. Fin / brindamos   7. santa   8. lástima   9. parte / Día   10. pata / trébol   11. víspera   12. signo

H. 1. Bolivia   2. Paraná   3. guaraní   4. Asunción   5. *La misión*

Lección 5

A. 1. Háganlo ahora.   2. Léaselo a Mario.   3. No, no los compre.   4. No, no lo llamen ahora.   5. Póngase el abrigo.   6. Vaya al gimnasio.   7. No se lo digan a nadie.   8. Sí, evítelo.   9. Sí, bébanlos.   10. Levántese a las siete.

B. 1. Levantémonos a las seis.   2. Acostémonos a las once.   3. Bañémonos por la mañana.   4. Digámosle que necesita hacer ejercicio.   5. No, no se lo digamos.
6. Démoselo a Ernesto.

C. 1. Yo no creo que ellos eviten las grasas.   2. No es verdad que ella siempre camine mucho.   3. Yo dudo que Uds. puedan mejorar su salud.   4. Ellos creen que nosotros somos socios del club.   5. Yo no estoy seguro de que ellos vayan con Marta.   6. No es cierto que ellos tengan mucho estrés en el trabajo.

D. 1. tenga / tiene   2. pueda   3. sepa   4. siguen   5. conozca   6. quiera

E. 1. nos lleven   2. lleguen   3. tenemos   4. termine   5. podamos   6. vaya   7. haga

F. 1. alimentos   2. grasas   3. un pie   4. adelgazar   5. disminuir   6. joven   7. sano   8. calcio   9. apio (lechuga, rábano, pepino)   10. ají   11. repollo   12. estrés

G. 1. Ángel   2. petróleo   3. Caracas   4. Libertador   5. esmeraldas

Lección 6

A. 1. Ve / alquila / saca   2. Ven / hazme / cierra / abre   3. Habla / dile   4. Sé / préstame   5. Compra / compres   6. Siéntate / te sientes   7. Ten   8. Sal / salgas

B. 1. cerrada   2. despierta   3. resueltos   4. escritas   5. hechas

C. 1. hemos visto   2. había alquilado   3. nos habíamos matriculado   4. han llevado

D. 1. un viejo amigo   2. única mujer   3. un buen vino español   4. La profesora (maestra) misma   5. algunas pinturas muy interesantes

E. 1. anuncio   2. principiantes   3. eso   4. automático / cambios   5. batería   6. semáforo   7. chapa (placa)   8. grúa

F. 1. educativos   2. quince por ciento   3. Irazú
4. bananas / café / flores   5. San José

Lección 7

A. 1. dirá / tendremos   2. saldrá   3. habrá / podré
4. pondrán   5. cabremos / iremos   6. querrán / haré

B. 1. Estará en la fonda.   2. Se levantarán a las nueve.
3. Serán las once.   4. Costará quince mil dólares.
5. Vendrá el domingo.

C. haríamos / tendrías / podría / pasarían / viviría /
Sería

D. 1. Serían las diez.   2. Estaría en el cine.   3. Estaría
con Marisa.   4. Irían a la cafetería.

E. 1. habremos terminado   2. te habrás graduado
3. habrá encontrado   4. no habría pagado   5. no le
habrían dicho

F. 1. la frente   2. el lomo   3. la banda   4. el modo
5. la resta   6. la derecha   7. el guía   8. la loma   9. el
orden   10. el punto

G. 1. chistes   2. brindis   3. copa   4. abeja   5. discutiendo   6. ganas   7. cocido / término   8. cerveza
9. vino   10. sabido

H. 1. pequeño   2. Costa Rica   3. *lagos*   4. Copán
5. *la eterna primavera*

Lección 8

A. 1. Él les advirtió que usaran productos biodegradables.
2. Luis nos dijo que leyéramos las noticias sobre la
contaminación.   3. Ellos nos rogaron que no nos
uniéramos a las pandillas.   4. Él te aconsejó que
cooperaras con los demás.   5. Ellos me pidieron que
sacara la basura.   6. La profesora le aconsejó que hiciera
un esfuerzo por mejorar.

B. 1. trataran   2. tuviera   3. pidieran   4. estuvieran
5. reciclaran   6. pudiera

C. 1. hayan hecho   2. hubieran dado   3. hayas ofrecido
4. hubiera hecho   5. haya empezado   6. hubiera dado
7. hubieran permitido   8. lo hayan resuelto   9. hayamos
ido   10. se hayan puesto

D. 1. i   2. e   3. g   4. a   5. j   6. c   7. b   8. f   9. h
10. d

E. 1. treinta   2. mexicoamericanos   3. San Juan   4. son
5. cubanos

Lección 9

A. 1. trajera   2. veas   3. dé   4. hubiera sido   5. pueda
6. consiguiéramos   7. van   8. estar   9. tienen   10. haya
empezado   11. saliéramos   12. llegue   13. ganaron
14. hacer   15. escuchen

B. 1. a / de / a / a   2. a / a / a / a   3. de / a / en   4. de /
a / en   5. en / de / de   6. de / en   7. de / de   8. de / en
9. en / en   10. en

C. 1. casarse con / enamorado de   2. me acuerdo de
3. convenimos en / salir de   4. insisten en / encontrarse
con   5. Me alegro de / confíen en

D. 1. comer fruta   2. querían ir   3. Antes de ir
4. quería ver   5. sin terminar   6. yo lo oí entrar
7. No fumar   8. acaban de volver   9. Voy a empezar
(comenzar) a estudiar

E. 1. estrenan / actriz   2. mentira   3. mediados
4. enamorada   5. moda   6. pasos   7. grabar   8. reina
9. propaganda (publicidad)   10. siglo

F. 1. Argentina se conoce como "la tierra del tango".   2. Es
el Aconcagua.   3. Buenos Aires está situada a orillas del Río
de la Plata.   4. Las llaman porteñas.   5. En Argentina se
nota la influencia francesa, española, inglesa e italiana.

Lección 10

A. 1. Esa novela fue escrita por Cortázar.   2. Ese hospital
será construido en el 2005.   3. Ese libro ha sido
publicado por la Editorial Losada.   4. Los documentos
son firmados por el director.   5. Las cartas eran
traducidas por el Sr. Ruiz.

B. 1. se habla   2. se dice   3. se venden   4. se entra
5. se cierran   6. se puede

C. 1. se me rompieron   2. se nos pierden   3. se le
descompuso   4. se te olvidan   5. se les murió

D. 1. dio marcha atrás   2. pongo en duda   3. darle ánimo
4. te (le) dieron gato por liebre   5. entre la espada y la pared

E. 1. apartado   2. despidieron   3. coronilla   4. salario
5. puesto   6. Renunció / extranjero   7. programas
8. celular (móvil)   9. semanales   10. navegar

F. 1. La llaman "La Perla de las Antillas".   2. Las principales exportaciones son el azúcar y el tabaco.   3. Es la
sección antigua de San Juan, la capital de P.R.   4. Es una
antigua fortaleza de la época colonial.   5. La República
Dominicana y Haití son los dos países que comparten la
isla.   6. El deporte más popular en ese país es el béisbol.

Vocabulario

The Spanish-English Vocabulary contains all active and passive vocabulary that appears in the student text. Active vocabulary is identified by lesson number and includes words and expressions that appear in the vocabulary lists that follow the lesson-opening passages and in charts and word lists that are part of the grammar explanations. Passive vocabulary consists of words and expressions that are given an English gloss in **El mundo hispánico** and **Una tarjeta postal** sections, in **Lecturas periodísticas** readings, photo captions, exercises, activities, and authentic documents.

The English-Spanish Vocabulary contains only those words and expressions that are considered active.

Español—Inglés

A
a to, at, in, 9
  ¿—cuánto estamos hoy? what's the date today?, 10
  —eso de at about, 6
  —fin de que in order that, 5
  —fines de at the end of, 4
  —la larga in the long run, 10
  —la parrilla grilled
  —lo mejor perhaps, maybe, 1
  —más tardar at the latest, 2
  —mediados de around the middle of (*a month, a year*), 9
  —menos que unless, 5
  —menudo often, frequently, 1
  —pesar de que in spite of, 3
  —su vez in turn
  —tiempo on time, 6
  —través de through, via
abajo below, downstairs, 9
abogado(a) (*m., f.*) lawyer, 2
abordar to board, to approach, 2
abrazar to hug, to give a hug, 1
aburrido(a) bored, 1; boring, 2
acabar de (+ *inf.*) to have just (*done something*), 9
acampar to camp, 3
Acción de Gracias (*f.*) Thanksgiving
acerca de about, 6
acogedor(a) welcoming
aconsejar to advise, 4
acordarse (o → ue) (de) to remember, 1

acostar (o → ue) to put to bed, 1
acostarse (o → ue) to go to bed, 1
actor (*m.*) actor, 9
actriz (*f.*) actress, 9
actuar to act, to perform, 9
acumulador (*m.*) battery, 6
adelgazar to lose weight, 5
además besides, 1
aderezo (*m.*) dressing
administración de empresas (*f.*) business administration, 2
advertir (e → ie) to warn, 1
aficionado(a) (*m., f.*) fan, 3
afrontar to face
agarrar to take, 1
agencia de alquiler de automóviles (*f.*) car rental agency, 6
agente de policía (*m., f.*) policeman, policewoman, 7
agradecer to thank, 1
agravarse to become worse, 8
agregar to add, 9
aguafiestas (*m., f.*) spoilsport
ahora mismo right now, 5
ahorro (*m.*) saving
ají (*m.*) green pepper, 5
ajo (*m.*) garlic, 5
al a + el
  —aire libre outdoor(s), 3
  —día a day, 5
  —fin finally, 6
  —fin y al cabo after all, 10
  —menos at least, 8

  —pie de la letra exactly, to the letter, 10
  —vapor steamed
albóndiga (*f.*) meatball, 5
alcalde (*m.*) mayor, 8
alcaldesa (*f.*) mayor, 8
alcanzar to attain, to reach
alegato (*m.*) claim
alegre happy, glad, 1
alegrarse de to be glad, 4
algo por el estilo something like that, 10
alimenticio(a) related to food
alimento (*m.*) food, nourishment, nutrient, 5
alrededor around, 7
amable kind, polite, 1
amar to love, 1
ambiental environmental, 8
ambientalismo (*m.*) environmentalism
ambos(as) both
amistoso(a) friendly, 1
amor (*m.*) love, 1
amuleto (*m.*) amulet, 4
analista de sistemas (*m., f.*) systems analyst, 2
ancho (*m.*) width
anillo (*m.*) ring
animadamente lively, 7
anterior previous, 10
antes (de) que before, 5
anual yearly, 10

anuncio (*m.*)   ad, 6
añadir   to add, 9
Año Nuevo (*m.*)   New Year's Day, 4
aparecer (*conj. like* **parecer**)   to appear, 1
apartado de correos (*m.*)   post office box, 10
apartado postal (*m.*)   post office box, 10
apenas   barely, hardly, 1
apio (*m.*)   celery, 5
aportación (*f.*)   contribution
apoyado(a)   supported
apretar (**e → ie**)   to press
aprovechar   to take advantage of, 6
aquí hay gato encerrado   there's something fishy here, 10
árbitro (*m.*)   umpire, 3
archivar   to file, 10
—**(almacenar) información**   to store information, 10
archivo (*m.*)   file (electronic), 10
arma (*f.*)   weapon, 8
arrancar   to start (*a motor*), 6
arrepentirse (**e → ie**) (**de**)   to regret, to repent, 1
arriba   above, 9
arrodillarse   to kneel, 1
asalto (*m.*)   assault, hold-up, attack, 8
asar   to roast, to barbecue, 7
asegurado(a)   insured, 6
asesinar   to murder, 8
asesinato (*m.*)   murder, 8
asesino(a) (*m., f.*)   murderer, assassin, 10
así que   as soon as, 5; so, 10
asignatura (*f.*)   subject (*in school*), 2
asistencia (*f.*)   attendance, 2
asistir a   to attend, 2
aspirante (*m., f.*)   applicant, 10
atleta (*m., f.*)   athlete, 3
atraer (*cong. like* **traer**)   to attract
atreverse (**a**)   to dare, 1
atún (*m.*)   tuna, 7
aula (*f.*)   classroom, 2
aumentar   to increase, 5
aumento (*m.*)   raise, 10
aunque   although, 8
auto-adiestramiento (*m.*)   self-training
averiguar   to find out
avisar   to inform, to give notice, 7
ayuda financiera (*f.*)   financial aid

B

bacalao (*m.*)   cod, 7
bajar de peso   to lose weight, 5

bajo   under, 9
bajo(a)   short, 5
balompié (*m.*)   soccer, 3
baloncesto (*m.*)   basketball, 3
balsa (*f.*)   raft
banda (*f.*)   band, musical group, 7
bando (*m.*)   faction, party, 7
básquetbol (*m.*)   basketball, 3
basta   enough, 7
basura (*f.*)   garbage, trash, 8
bate (*m.*)   bat, 3
batería (*f.*)   battery, 6
beca (*f.*)   scholarship, 2
béisbol (*m.*)   baseball, 3
belleza (*f.*)   beauty
bellísimo(a)   beautiful
beneficio adicional (marginal) (*m.*)   fringe benefit, 10
besar   to kiss, to give a kiss, 1
bibliotecario(a) (*m., f.*)   librarian, 2
bien cocido(a)   well cooked (done), 7
bienvenido(a)   welcome, 7
bilingüe   bilingual, 10
blanco(a)   white, 7
bocadillo de paquete (*m.*)   packaged snack
bocado (*m.*)   bite, morsel, 7
boda (*f.*)   wedding, 1
bosque (*m.*)   forest
botiquín (*m.*)   first aid kit
boxeador(a) (*m., f.*)   boxer, 3
boxeo (*m.*)   boxing, 3
brécol (*m.*)   broccoli, 5
breve   brief
brillar   to glitter
brindar   to toast, 4; to share
brindis (*m.*)   toast, 7
bróculi (*m.*)   broccoli, 5
broma (*f.*)   practical joke, 4
bromear   to kid, to joke, 1
bruja (*f.*)   witch, 4
brujería (*f.*)   witchcraft, 4
brújula (*f.*)   compass
bucear   to scuba dive, 3
buen provecho   enjoy your meal, bon appétit, 7
burlarse (**de**)   to make fun of, 1

C

caber   to fit
cabeza (*m.*)   leader; (*f.*) head, 7
cada   each, 8
caerle bien a uno   to like, 1
caerle mal a uno   to dislike, 1
calcio (*m.*)   calcium, 5

caldo de frutas (*m.*)   punch
cálido(a)   hot (*climate*), 7
caliente   hot, 7
cámara lenta (*f.*)   slow motion, 9
cambiar   to change, 4
cambiar de actitud   to change one's attitude, 5
caminar   to walk, 5
caminata (*f.*)   hike
camioneta (*f.*)   van, 6
camote (*m.*)   yam
campaña electoral (*f.*)   electoral campaign, 8
campeón(-ona) (*m., f.*)   champion, 3
campeonato (*m.*)   championship, 3
campo (*m.*)   field, 6
canal (*m.*)   channel, 5
cantimplora (*f.*)   canteen
caña de pescar (*f.*)   fishing rod, 3
capital (*m.*)   money, capital; (*f.*) capital city, 7
carbohidratos (*m. pl.*)   carbohydrates, 5
cárcel (*f.*)   prison, jail, 8
carga (*f.*)   loading
cargar   to carry
cariño (*m.*)   love, 1
carnavales (*m. pl.*)   Mardi Gras, 4
carne molida (*f.*)   ground meat
carrera (*f.*)   career, course of study, 2; race, 3
—**de autos** (*f.*)   auto race, 3
—**de caballos** (*f.*)   horse race, 3
casarse (**con**)   to get married, 1; to marry, 9
cataratas (*f. pl.*)   falls
cebolla (*f.*)   onion, 5
cementerio (*m.*)   cemetery, 4
cera (*f.*)   wax
cercano(a)   nearby, 4
cerdo (*m.*)   pork, 7
cerveza (*f.*)   beer, 7
chapa (*f.*)   license plate, 6
charlar   to chat
chiste (*m.*)   joke, 7
chocar   to collide, 6
chuleta (*f.*)   chop, 5
círculo (*m.*)   circle, 1
cita a ciegas (*f.*)   blind date
claro   of course, naturally, 1
clave   key
club automovilístico (*m.*)   auto club, 6
cocinar al horno   to bake, 7
cocinar al vapor   to steam, 7
coger   to take, 1
col (*f.*)   cabbage, 5

combustible (*m.*) fuel, 8
comentar to comment, 3
como since, 2; like, 9
comodidad (*f.*) comfort
compartir to share, 8
complejo(a) complex, 8
composición de textos (*f.*) word processing, 10
comprensivo(a) understanding, 1
comprometerse (con) to get engaged (to), 9
comprometido(a) engaged, 1
computación (*f.*) computer science, 2
computadora portátil (*f.*) lap top, notebook, 10
con ganas de willing
con las manos en la masa red-handed, 10
con tal de que provided that, 5
concordancia (*f.*) agreement
confeccionado(a) made
conferencia (*f.*) lecture, 2
confiar en to trust, 9
conocer to know, to be familiar with, 1
conocimiento (*m.*) knowledge, 6
conseguir (e → i) to get, to obtain, 10
consejero(a) (*m., f.*) adviser, counselor, 2
consumo (*m.*) consumption, 5
contador(a) público(a) (*m., f.*) certified public accountant, 2
contaminación (*f.*) pollution, 8
contar con (o → ue) to count on, 9
contento(a) happy, glad, 1
contratar to hire, 10
contrato (*m.*) contract, 10
convenir (*conj. like* **venir**) to be convenient, to suit, 1
    —en to agree on, 9
convertible convertible, 6
convertirse (e → ie) (en) to become, 5
cooperar to cooperate, 10
copa (*f.*) glass, goblet, 7
cordero (*m.*) lamb, 7
corregir (e → i) to correct, 1
correo (*m.*) mail
    —electrónico (*m.*) e-mail, 10
corte (*m.*) cut, style; (*f.*) court, 7
corto(a) short, 5
costarricense Costa Rican, 6
costumbre (*f.*) custom, habit, 1
cotidiano(a) daily
crecer to grow

crecimiento (*m.*) development
creer que sí (no) (not) to think so, 2
crianza (*f.*) upbringing, raising
cualquier cosa anything, 5
cualquiera que sea whatever it may be, 6
cuando when, 5
cuanto más the more
cucaracha (*f.*) roach
cuchillo de campo (*m.*) pocket knife
cuerpo (*m.*) body, 5
cuidar to take care of, 1
culpa (*f.*) guilt
cumbre (*f.*) top
cumplir to keep (*a promise*)
cura (*m.*) priest; (*f.*) healing, 7
cursiva (*f.*) italic
curso (*m.*) class, course of study, 2
cuyo(a) whose, 3

D

dar to give
    —ánimo to cheer up, 10
    —consejos to give advice, 1
    —en el clavo to hit the nail on the head, 10
    —fin to close
    —gato por liebre to deceive, to defraud, 10
    —lata to annoy, to pester, 5
    —marcha atrás to back up, 10
    —pasos to take steps, 8
    —un abrazo to hug, to give a hug, 1
    —un beso to kiss, to give a kiss, 1
darse cuenta de to realize, 3
de about, 6; of, from, with, in, 9
    —ascendencia... of ... descent, 8
    —buen (mal) humor in a good (bad) mood, 1
    —cambios mecánicos standard shift, 6
    —dos puertas two doors, 6
    —haberlo sabido had I known (it), 7
    —habla hispana Spanish speaking, 8
    —mala gana reluctantly, 10
    —manera (modo) que so, 1
    —quién whose, 3
    —vez en cuando once in a while, 5
debajo de below, underneath, 9
deber to owe
debido a due to
dejar de to fail (*to do something*), 8
dejar en paz to leave alone, 5
delincuencia (*f.*) delinquency, crime, 8

demasiados(as) too many, 2
demonio (*m.*) devil, demon, 4
demorar to take (*time*), 6
dentista (*m., f.*) dentist, 2
depender to depend, 8
deporte (*m.*) sport, 3
deportivo(a) related to sports, 3
deprimido(a) depressed, 1
derecha (*f.*) right (*direction*), 7
derecho (*m.*) right fielder; right, law, 7
derretir (e → i) to melt
desagüe (*m.*) sewer, drain, 8
desaparecer (*conj. like* **parecer**) to disappear, 1
desarrollado(a) developed
desarrollar to develop
desarrollo (*m.*) development
descansar to rest, 5
descapotable convertible, 6
descomponerse (*conj. like* **poner**) to break down, 10
desde since
desecho (*m.*) waste, 8
desempeñar un puesto to hold a position, 10
desfile (*m.*) parade, 9
desgrasado(a) skimmed
despacio slowly
despedir (e → i) to fire (*i.e., from a job*), 10
despensa (*f.*) pantry
desperdicio (*m.*) waste, 8
después de que after, 5
destacar to stand out
destreza (*f.*) skill
día (*m.*) day
    —de Acción de Gracias (*m.*) Thanksgiving, 4
    —de Canadá (*m.*) Canada Day, 4
    —de la Independencia (*m.*) Independence Day, 4
    —de la Madre (*m.*) Mother's Day, 4
    —de la Pascua Florida (*m.*) Easter, 4
    —de las Brujas (*m.*) Halloween, 4
    —de los Enamorados (*m.*) Valentine's Day, 4
    —del Padre (*m.*) Father's Day, 4
    —del Trabajo (*m.*) Labor Day, 4
diablo (*m.*) devil, demon, 4
diario(a) daily, 10
dieta balanceada (*f.*) balanced diet, 5
digital online
digno(a) de verse worth seeing
dime tell me, 4

dirigir to direct, to moderate, 8
disco duro (*m.*) hard drive, 10
discutir to discuss, to argue, 7
diseñar programas to design programs, 10
disfrutar (de) to enjoy, 4
disminuir to decrease, to lessen, 5
disponible available, 10
distinto(a) different, 8; separate
divorciarse to get a divorce, 1
documental (*m.*) documentary, 9
doler (o → ue) to hurt, 1
dominar to master
dondequiera que esté wherever I may be
dormir (o → ue) to sleep, 1
dormirse (o → ue) to fall asleep, 1
droga (*f.*) drug(s), 8
dulce fresh (*water*)
durar to last

E
echar to throw, 8
  —**de menos** to miss, to be homesick for, 1
  —**una mirada rápida** to scan, to skim
editor(a) (*m., f.*) editor, 9
editorial (*f.*) publishing company, (*m.*) editorial, 9
educación física (*f.*) physical education, 2
educar to educate, 8
educativo(a) educational, related to education, 2
egoísta selfish, 1
ejecutivo(a) (*m., f.*) executive, 10
ejercer to practice
ejercicio ligero (*m.*) light exercise, 5
elecciones (*f. pl.*) elections, 8
elegir (e → i) to choose, 1
elote (*m.*) tender corn
empatar to tie (*a score*), 3
empeorarse to become worse, 8
empleado(a) (*m., f.*) employee, 10
emplear to hire, 10
empleo (*m.*) job, 10
empresa (*f.*) business, 10
en at, in, on, inside, over, 9
  —**busca de** in search of
  —**caso de que** in case, 5
  —**cuanto** as soon as, 5
  —**cuanto a** as for, 9
  —**el acto** immediately, at once, right away, instantly, 10
  —**línea** online, 10

  —**lo alto de** on top of
  —**lugar de** instead of, 8
  —**pleno verano** in the middle of summer, 4
  —**realidad** in fact, 3
  —**regla** in order
  —**vez de** instead of, 8
  —**voz alta** aloud, 10
  —**voz baja** in a low voice, 10
enamorado(a) in love, 9
enamorarse de to fall in love with, 9
encabezado (*m.*) heading
encaje (*m.*) lace
encantador(a) charming, 9
encantar to love (*literally,* to delight), 3
encanto (*m.*) charm
encargar to order, 3
encender (e → ie) to light, to turn on, 1
enclenque (*m., f.*) sickly person, 3
encomiable praiseworthy
encontrarse (o → ue) con to meet (encounter), 9
enfadado(a) angry, 1
enfermero(a) (*m., f.*) nurse, 2
enfrentar(se) (con) to face
engañar to deceive
engaño (*m.*) deceit
engordar to gain weight, 5
enojado(a) angry, 1
enorgullecer to make proud
ensayar to rehearse
ensayo (*m.*) essay
entidad (*f.*) institution
entrar en to enter (*a place*), 9
entre between, 2; among
  —**la espada y la pared** between a rock and a hard place, 10
entrenador(a) (*m., f.*) trainer, coach, 3
entretener (*conj. like* tener) to entertain, 1
entrevista (*f.*) interview, 9
entusiasmado(a) enthused, excited, 1
envolver (o → ue) to wrap, 1
época (*f.*) time
equipo (*m.*) team, 3
es it is
  —**conveniente (conviene)** it is advisable, 4
  —**difícil** it is unlikely, 5
  —**dudoso** it is doubtful, 5
  —**de esperar** it's to be hoped, 6
  —**importante (importa)** it is important, 4
  —**(im)posible** it is (im)possible, 5

  —**(im)probable** it is (im)probable, 5
  —**lamentable** it's regrettable, 4
  —**una lástima** it's a pity, 4
  —**mejor** it is better, 4
  —**necesario** it is necessary, 4
  —**preferible** it is preferable, 4
  —**sorprendente** it's surprising, 4
  —**una suerte** it's lucky, 4
  —**urgente** it is urgent, 4
escalar to climb, 3
escáner (*m.*) scanner, 10
escaso(a) scarce
escoger to choose
escuchar to listen (to), 9
escuela primaria (elemental) (*f.*) grade school, elementary school, 2
escuela secundaria (*f.*) secondary school (*junior high school and high school*), 2
escuela tecnológica (*f.*) technical school, 2
esfuerzo (*m.*) effort, 10
especialización (*f.*) major, 2
espectáculo (*m.*) show, 9
esperanza (*f.*) hope
esperar to hope, 4
espinaca (*f.*) spinach, 5
esquí acuático (*m.*) waterskiing, 3
esquiar to ski, 3
esta vez this time, 2
establecer to establish
estadio (*m.*) stadium, 3
estadística (*f.*) statistic, 8
estar to be, 2
  —**de acuerdo** to agree, 2
  —**de buen (mal) humor** to be in a good (bad) mood, 2
  —**de vacaciones** to be on vacation, 2
  —**de viaje** to be (away) on a trip, 2
  —**de vuelta** to be back, 2
  —**en cama** to be sick in bed, 2
  —**en liquidación (venta)** to be on sale, 3
  —**hasta la coronilla de** to be fed up with, 10
estatura (*f.*) height
estrella (*f.*) star, 9
estrenar to show for the first time, 9
estrés (*m.*) stress, 5
estudios de posgrado (*m. pl.*) graduate studies
etapa (*f.*) stage
etiqueta (*f.*) label, 10
evitar to avoid, 5
exagerar to exaggerate, 5

examen (*m.*) **de mitad (mediados) de curso** midterm examination, 2
examen parcial (*m.*) midterm examination, 2
exigir to demand, 4
existir to exist, 2
extranjero (*m.*) abroad, 10
extrañar to miss, to be homesick for, 1

F

fábrica (*f.*) factory, 8
factoría (*f.*) factory, 8
facultad (*f.*) school, college (*division within a university*), 2
  —**de arquitectura** school of architecture, 2
  —**de ciencias económicas (comerciales)** school of business administration, 2
  —**de derecho** law school, 2
  —**de educación** school of education, 2
  —**de filosofía y letras** school of humanities, 2
  —**de ingeniería** school of engineering, 2
  —**de medicina** medical school, 2
  —**de odontología** dental school, 2
faltar to be lacking, to need, 3
  —**a** to miss, 3
farmacéutico(a) (*m., f.*) pharmacist, 2
fichero (*m.*) file (electronic), 10
fielmente faithfully
fijarse to notice, 6
fin de año (*m.*) New Year's Eve, 4
flor (*f.*) flower, 4
fonda (*f.*) inn, 7
fondo (*m.*) bottom, fund, 7
fracasar to fail, 8
freír (*cong. like* **reír**) to fry, 7
freno (*m.*) brake, 6
frente (*m.*) front, battlefront; (*f.*) forehead, 7
frecuentemente often, frequently, 1
frustrado(a) frustrated, 1
fuegos artificiales (*m. pl.*) fireworks, 4
fuente (*f.*) serving dish, 7
fuente de energía (*f.*) energy source, 5
fuera out, 6
funcionar to work, to function, 6
furgoneta van, 6
fútbol (*m.*) soccer, 3
fútbol americano (*m.*) football, 3

G

galleta (*f.*) cookie
ganar to win, 3
  —**peso** to gain weight, 5
gaseosa (*f.*) soft drink, 7
gastar to spend (*money*), 6
gasto (*m.*) expense, 10
gata (*f.*) jack (*Costa Rica*), 6
gato jack (*of a car*), 6
generar to generate
género (*m.*) genre
generoso(a) generous, 1
gente (*f.*) people, 4
  —**mayor** (*f.*) older people, 1
gimnasia (*f.*) gymnastics, 3
gimnasta (*m., f.*) gymnast, 3
ginebra (*f.*) gin, 7
girar to revolve
gobernador(a) (*m., f.*) governor, 8
gobierno (*m.*) government, 8
goma (*f.*) **pinchada (ponchada)** flat tire, 6
grabación (*f.*) recording
grabar to record, to tape, 9
grande big, great, 6
grasa (*f.*) fat, 5
gratis free, 8
grave serious, 8
grúa (*f.*) tow truck, 6
guante de pelota (*m.*) baseball mitt, 3
guardería (*f.*) nursery
guardia (*m.*) guard; (*f.*) security force, 7
guerra (*f.*) war
guía (*m.*) guide; (*f.*) guidebook, 7
guiso (*m.*) stew
gustar to like (*literally, to be pleasing to or to appeal to*), 3

H

hábito (*m.*) habit
habría there would be, 7
hace un tiempo some time ago, 4
hacer to do, to make
  —**caso** to pay attention, to obey, 5
  —**ejercicio** to exercise, 5
hacerse to become, 5
  —**(de) la vista gorda** to overlook, 10
  —**el (la) tonto(a)** to play dumb, 10
  —**preguntas** to hypothesize
  —**socio(a)** to become a member, 5
hacérsele a uno agua la boca to make one's mouth water, 10
haragán(-ana) lazy, 1
hasta que until, 5

hay que (+ *inf.*) one must, it is necessary to, 8
hecho (*m.*) fact
herradura (*f.*) horseshoe, 4
herramienta (*f.*) tool
hervir (e → ie) to boil, 7
hierro (*m.*) iron, 5
higo (*m.*) fig
hipódromo (*m.*) race track, 3
hogar (*m.*) home
hoja (*f.*) leaf, 8; sheet
hongo (*m.*) mushroom, 5
hora (*f.*) time, 2
horario de clases (*m.*) class schedule, 2
hornear to bake, 7
hoy en día nowadays
huelga (*f.*) strike, 8

I

identificar to identify, 8
impedir (e → i) to prevent, 1
imponer (*conj. like* **poner**) to impose, 1
incluir to include, 10
incluso even
indeseable undesirable
infancia (*f.*) childhood
informática (*f.*) computer science, 2
ingeniero(a) (*m., f.*) engineer, 2
ingresos (*m. pl.*) income
inolvidable unforgettable
insistir en to insist on, 9
intervenir (*conj. like* **venir**) to intervene, 1
ir to go, 1
  —**a parar** to end up, 7
irse to leave, to go away, 1

J

jefe(a) (*m., f.*) boss, 10
joven (*m., f.*) young man (woman), 4; young, 5
jubilación (*f.*) retirement, 10
juego (*m.*) game
Juegos Olímpicos (*m. pl.*) Olympic Games, 3
jugador(a) (*m., f.*) player, 3
junta (*f.*) meeting, (*Mex.*), 2
juntos(as) together, 2

L

la última vez the last time, 3
lácteo(a) dairy, containing milk
ladrón(ona) (*m., f.*) thief, burglar, 8
lago (*m.*) lake

lamentar to regret, 4
lanzar to release, 9
lastimar(se) to hurt (oneself), 3
lechuga (*f.*) lettuce, 5
lector(a) (*m., f.*) reader
letrero (*m.*) sign, 10
levantar to raise, to lift, 1
— **pesas** to lift weights, 5
levantarse to get up, 1
ley (*f.*) law, 8
libra (*f.*) pound, 5
libre free, 4
libremente freely
licencia (de conducir) (*f.*) driver's license, 6
ligado(a) tied
ligero(a) light
limpio(a) clean, 8
listo(a) smart, clever, ready, 2
llamar to call, 1
llamarse to be named, 1
llanta (*f.*) tire, 6
llegar tarde (temprano) to be late (early), 2
lleno(a) full, 5
llevar to take, 1
llevar a cabo to carry out, to take place
llevarse to carry off, 1
llevarse bien to get along, 1
lo mejor the best thing, 2
lo mismo the same thing, 1
lo que what, that which, 1
lo que pasa es que the truth of the matter is that, 5
lo siguiente the following, 5
locutor(a) (*m., f.*) announcer, speaker, commentator, 9
lograr to achieve, 12
loma (*f.*) hill, 7
lomo (*m.*) back of an animal, 7
longitud (*f.*) length
los (las) demás (*m., f.*) the others
lucha libre (*f.*) wrestling, 3

M

macizo(a) solid
madreselva (*f.*) honeysuckle
madrina (*f.*) godmother
maestro(a) (*m., f.*) teacher, 2
magia negra (*f.*) black magic, 4
mago(a) (*m., f.*) magician, 4
maíz (*m.*) corn, 4
mal de ojo (*m.*) evil eye, 4
malcriar to spoil, 1

malísimo(a) extremely bad, 2
malo(a) bad, sick, 2; mean, 6
mandar to order, 4
mandón(-ona) bossy, 1
manera (*f.*) way, 1
manga (*f.*) sleeve, 7
mango (*m.*) handle of a utensil; fruit, 7
mantener (*conj. like* **tener**) to maintain, to support, 1; to keep, 2
mantenerse (*conj. like* **tener**) to keep oneself, to stay, 5
— **en contacto** to keep in touch, 1
— **joven** to keep young, 5
maquinaria (*f.*) machinery, 10
marcar to score (*sports*), 3
mariposa (*f.*) butterfly
materia (*f.*) subject (*in school*), 2
materialista materialistic, 1
matrícula (*f.*) tuition, 2; registration, 6
matricularse to register, 2
mazorca (*f.*) ear of corn
mediano(a) average, middle, 9
médico(a) (*m., f.*) medical doctor, 2
medida (*f.*) measure
medio (*m.*) middle, half, 9; means
medio ambiente (*m.*) environment, 8
medio crudo(a) rare, 7
medir (e → i) to be . . . tall, to measure, 5
mejorar to improve, 3
memoria (*f.*) memory, 10
mensual monthly, 10
mente (*f.*) mind, 5
mentir (e → ie) to lie, 1
mentira (*f.*) lie, 9
mercadeo (*m.*) marketing, 10
mercancía (*f.*) merchandise
meta (*f.*) goal, 12
meterse to meddle, 1
mezcla (*f.*) mixture
mezclar to mix
microcomputadora (*f.*) lap top, notebook, 10
miel de abeja (*f.*) honey, 7
miembro (*m.*) member
mientras while
mimar to pamper, 1
misa (*f.*) mass (*Catholic*), 4
Misa del Gallo (*f.*) Midnight Mass, 4
miseria (*f.*) poverty, 8
mismo(a) oneself, same, 6
mochila (*f.*) backpack
moda (*f.*) fashion, 7

modo (*m.*) way, 1; manner, 7
mondongo (*m.*) tripe and beef knuckles, 7
montaña (*f.*) mountain, 3
montar a caballo to ride on horseback, 3
moro(a) Moorish
morder (o → ue) to bite, 1
morirse (o → ue) de hambre to die of hunger, to starve to death, 5
mostaza (*f.*) mustard
mostrar (o → ue) to show, 1
muchísimo a lot, a great deal, 2

N

nacer to be born, 8
nacimiento (*m.*) manager, nativity scene, 4
nadador(a) (*m., f.*) swimmer, 3
nadar to swim, 3
natación (*f.*) swimming, 3
naturalmente of course, naturally, 1
navegar la red to surf the net, 10
negar (e → ie) to deny, 1
negocio (*m.*) business
nene (*m.*) little child
nervioso(a) nervous, 1
neumático (*m.*) tire, 6
ni aun not even, 8
niñera (*f.*) nanny
no no
— **más que** only, 4
— **ser para tanto** not to be that important, 4
— **tener pelos en la lengua** to be outspoken, to be frank, 10
— **va a haber** there's not going to be, 1
— **ver la hora de** not to be able to wait to, 4
Nochebuena (*f.*) Christmas Eve, 4
nombrar to name, 9
noreste northeast
nostálgico(a) homesick, 1
nota (*f.*) grade, 2
noticia (*f.*) piece of news, news item, 1
noticias (*f. pl.*) news, 9

O

obedecer to obey, 1
obligatorio(a) mandatory, 2
obra (*f.*) work (*of art*), 4
ojalá if only, it's to be hoped, 4
Olimpiadas (*f. pl.*) Olympic Games, 3
olvidarse de to forget, 9

optimista optimistic, 1
orden (*m.*) order, method; (*f.*) order, command, 7
ordenador (*m.*) computer
—**portátil** (*m.*) lap top, notebook, 10
ordenar to order, 4
organizar to organize, 8
orilla (*f.*) shore
otra manera other way
oyente (*m., f.*) listener

P

padrino (*m.*) godfather, 1
página (*f.*) page, 3
país (*m.*) country (nation), 2
paisaje (*m.*) landscape
pájaro (*m.*) bird
pala (*f.*) shovel, 7
pálido(a) pale
palo (*m.*) stick, 7
pandilla (*f.*) gang, 8
pantalla (*f.*) screen, 9
papel (*m.*) role, 1
para by, for, in order to, by the standard of, considering, 4
—**eso** for that, 4
—**que** so that, 5
¿—**qué?** what for?, 4
—**siempre** forever, 4
parecer to seem, to appear, 1
parecerse to look like, 1
pariente (*m., f.*) relative, 1
parientes políticos (*m., f.*) in-laws
parte (*m.*) official communication; (*f.*) part, portion, 7
partido (*m.*) game, match, 3
pasado(a) last, 6
pasar to spend (*time*), 4
—**por (alguien)** to pick (someone) up, 2
paso (*m.*) step, 9
pastel (*m.*) pie, 5
pata de conejo (*f.*) rabbit's foot, 4
patinar to skate, 3
pauta (*f.*) guideline
pedir (e → i) to ask for, to request (*something*), 1
pelea (*f.*) fight, 3
peligro (*m.*) danger
pelota (*f.*) ball, 3
pena capital (*f.*) death penalty, 8
pena de muerte (*f.*) death penalty, 8
pensar (e → ie) (en) to think (about), 9
pepino (*m.*) cucumber, 5

pequeño(a) little, 7
perder (e → ie) to miss, 3
—**peso** to lose weight, 5
perderse (*algo*) (e → ie) to miss out on (*something*), 3
pérdida de tiempo (*f.*) waste of time
perezoso(a) lazy, 1
permitir to allow, 4
personas (*f. pl.*) people, 4
personas sin hogar (*f. pl.*) the homeless, 8
pertenecer to belong
pesar to weigh
pescar to fish, to catch a fish, 3
pesebre (*m.*) manger, nativity scene, 4
pesimista pessimistic, 1
petróleo (*m.*) oil, petroleum, 9
picante spicy, hot, 7
pie (*m.*) foot, 5
píldora (*f.*) pill, 6
pilote (*m.*) stake
pimiento verde (*m.*) green pepper, 5
pista de baile (*f.*) dance floor, 9
placa (*f.*) license plate, 6
plátano (*m.*) plantain, banana, 7
plato principal (*m.*) main course, 7
poblado (*m.*) village
pobre poor, unfortunate, 6
pobreza (*f.*) poverty, 8
poco(a) little (*quantity*), 7
poco a poco little by little, 8
poderoso(a) powerful
policía (*m.*) policeman; (*f.*) police organization, 7
polución (*f.*) pollution, 8
ponche (*m.*) punch, 7
poner to put, to place, 1
—**el grito en el cielo** to hit the roof, 10
—**en duda** to doubt, 10
—**en peligro** to endanger, 10
—**peros** to find fault, 10
ponerse to put on, 1; to become, 5
—**a** (+ *inf.*) to start, to begin (+ *inf.*), 9
—**a dieta** to go on a diet, 5
—**contento(a)** to be (become) happy, 1
—**de acuerdo** to come to an understanding, 2
—**de moda** to become fashionable, 9
—**en ridículo** to make a fool of oneself, 10
—**triste** to become sad, 7

por during, in, for, by, per, because of, on account of, on behalf of, in search of, in exchange for, through, around, along, by, 4
—**aquí** around here, 4
—**completo** completely, 4
—**desgracia** unfortunately, 4
—**ejemplo** for example, 2
—**eso** for that reason, that's why, 4
—**fin** at last, finally, 4
—**lo menos** at least, 4
—**lo regular** as a rule, 2
—**lo visto** apparently, 2
—**no tener (algo)** for the lack of (*something*), 10
—**poco se mata** he almost killed himself, 3
—**su cuenta** on their own, 2
—**suerte** luckily, fortunately, 4
—**supuesto** of course, naturally, 1
porteador (*m.*) bearer
postulante (*m., f.*) applicant, 10
postularse to run for, 8
precio (*m.*) price, 6
precisar to need, 10
preguntar to ask (*a question*), to inquire, to ask about (*someone*), 1
premio (*m.*) award, 9
prender to arrest
prensa (*f.*) press
preocupado(a) worried, 1
prepararse to get ready, 6
presupuesto (*m.*) budget
primer (segundo) tiempo (*m.*) first (second) half (*in game*), 3
primeros auxilios (*m. pl.*) first aid
principiante (*m., f.*) beginner, 6
prisión (*f.*) prison, jail, 8
probador (*m.*) fitting room, 5
probar (o → ue) to taste, to try, 1
probarse (o → ue) to try on, 1
productor(a) (*m., f.*) producer, 9
profesorado (*m.*) faculty, 2
programa de estudios (*m.*) study program, 2
programador(a) (*m., f.*) programmer, 2
prohibir to forbid, 4
promedio (*m.*) grade point average, 2
prometido(a) (*m., f.*) fiancé(e), 1
pronto soon, 4
propaganda (*f.*) advertising, promotional material, 2
propio(a) related, own, 2

proponer (*conj. like* **poner**)   to propose, 1
proporcionar   to furnish
protagonista (*m., f.*)   protagonist, 9
proteína (*f.*)   protein, 5
psicólogo(a) (*m., f.*)   psychologist, 2
publicidad (*f.*)   publicity, 9
pueblo (*m.*)   people, 4; town, 8
puede ser   it may be, 5
puerta (*f.*)   door, 7
puerto (*m.*)   port, 7
puesto (*m.*)   job, 10
pujante   vigorous
pulgada (*f.*)   inch, 5
pulverizador (*m.*)   spray, spray can, 8
punta (*f.*)   point, tip, 7
punto (*m.*)   dot, period, 7

Q

que   that, which, who, 3; que, 4
quedar   to have (*something*) left, 3
  —en   to agree to do something, 2
  —suspendido(a)   to fail (*a course*), 8
quedarse   to stay, to remain, 3
  —con   to keep, 1
quejarse (de)   to complain, 1
quemar   to burn
querer (e → ie)   to love, 1
querido(a)   dear, 4
quien   whom, that, who, 3
química (*f.*)   chemistry, 2
químico(a)   chemical, 8
quitar   to take away, 1
quitarse   to take off, 1
quizá(s)   perhaps, maybe, 1

R

rábano (*m.*)   radish, 5
raqueta (*f.*)   racket, 3
rascacielos (*m.*)   skyscraper
realista   realistic, 1
realizar   to do, to accomplish, 3; to make, 5
recibir   to get, to receive, 10
reciclar   to recycle, 8
rector(a) (*m., f.*)   president (*of a university*), 2
recuerdo (*m.*)   memory, 7; souvenir, 2
red (*f.*)   network
redondo(a)   round, 8
regla (*f.*)   rule, 5
rehacer (*conj. like* **hacer**)   to remake, to redo, 1
reina (*f.*)   queen, 9

reino (*m.*)   kingdom
reírse (e → i)   to laugh, 1
relleno(a)   stuffed, 7
remolacha (*f.*)   beet, 5
remolcador (*m.*)   tow truck, 6
remolcar   to tow, 6
renunciar   to resign, 10
reñido(a)   close (*game*), 3
repollo (*m.*)   cabbage, 5
reportaje (*m.*)   report, interview, 9
reposo (*m.*)   rest, 5
represa (*f.*)   dam
representación (*f.*)   skit
representar   to enact
requisito (*m.*)   requirement, 2
rescatar   to rescue, 8
rescate (*m.*)   rescue, ransom, 8
residencia universitaria (*f.*)   dormitory, 2
residuo (*m.*)   by-product, 8
resolver (o → ue)   to solve, 1
respetar   to respect, 1
resta (*f.*)   subtraction, 7
resto (*m.*)   rest, leftover, 7
resultar aplazado(a)   to fail
retiro (*m.*)   retirement, 10
reunión (*f.*)   meeting, 2
Reyes Magos (*m. pl.*)   Three Wise Men, 4
rezar   to pray, 5
rico(a)   tasty, delicious, 7
rincón (*m.*)   corner
riqueza (*f.*)   wealth
robo (*m.*)   robbery, burglary, 8
rogar (o → ue)   to beg, to plead, 4
ron (*m.*)   rum, 7
rosado(a)   rosé, 7

S

saber   to know (*a fact*) or (*by heart*), 1
sabroso(a)   tasty, delicious, 7
sacar   to get (*a grade*), 2; to take out
  —(conseguir) entradas   to buy (get) the tickets, 3
  —seguro   to take out insurance, 6
sagrado(a)   sacred
salario (*m.*)   salary, 10
salir (de)   to leave (*a place*), 9
salmón (*m.*)   salmon, 7
salón de clases (*m.*)   classroom, 2
salto (*m.*)   waterfall
salud (*f.*)   health, 5
¡Salud!   Cheers!, To your health!, 7
sangre (*f.*)   blood

sano(a)   healthy, 5
santo(a) (*m., f.*)   saint, 4
  —patrón(ona) (*m., f.*)   patron saint, 4
sardina (*f.*)   sardine, 7
satisfecho(a)   full, satisfied, 7
secuestrar   to kidnap, 8
seguro (*m.*)   insurance, 6
selva (*f.*)   forest, rain forest
semáforo (*m.*)   traffic light, 6
Semana Santa (*f.*)   Holy Week, 4
semanal   weekly, 10
sentado(a)   seated, 3
sentar (e → ie)   to seat, 1
sentarse (e → ie)   to sit down, 1
sentirse (e → ie)   to feel, 1; to regret, 4
señal (*f.*)   sign, 10
señalar   to point out
ser   to be, 2
  —puntual   to be punctual, 2
serio(a)   serious, 8
servir (e → i) (de)   to serve (as), 3
seta (*f.*)   mushroom, 5
show (*m.*)   show, 9
si   if
sí mismo(a) (*m., f.*)   himself, herself
sidra (*f.*)   cider, 4
siglo (*m.*)   century, 9
signo (*m.*)   sign, 10
  —del zodíaco (*m.*)   zodiac sign, 4
sin que   without, 5
sin qué ni para qué   without rhyme or reason, 4
sino   but (on the contrary), 4
sobrar   to be left over, 5
sobre   about, 1; on, 9
  —todo   above all, 7
sobrenombre (*m.*)   nickname
sobresalir   to stand out
socio(a) (*m., f.*)   member, 5; partner
solicitar   to apply, 10
solicitud (*f.*)   application, 2
solucionar   to solve, 8
soñar (o → ue)   to dream, 9
  —con   to dream about, 9
sorprenderse de   to be surprised
subrayar   to underline
suceso (*m.*)   event
suela (*f.*)   sole, 7
sueldo (*m.*)   salary, 10
suelo (*m.*)   ground, 7
sueño (*m.*)   sleep
suicidarse   to commit suicide, 1
superficie (*f.*)   area

suponer (*conj. like* **poner**) to suppose, 1
surgir to appear, 9

T

tacaño(a) cheap, stingy, 1
tal vez perhaps, maybe, 1
talar to cut down
taller de mecánica (*m.*) repair shop, 6
tan pronto (como) as soon as, 5
tanto(a) as much, 4
tantos(as) as many, 4
techo (*m.*) roof
tecnología punta (*f.*) state-of-the-art
tela (*f.*) cloth
telediario (*m.*) TV news, 9
teléfono móvil (celular) (*m.*) cellular phone, 10
telenoticias (*f.*) TV news, 9
telenovela (*f.*) soap opera, 9
televidente (*m., f.*) TV viewer, 9
temer to fear, 4
tener chispa to be witty, 10
tener en cuenta to keep in mind
tener ganas de to feel like, 7
tener presente to keep in mind
tensión nerviosa (*f.*) stress, 5
término medio medium-rare, 7
ternera (*f.*) veal, 7
tiburón (*m.*) shark
tiempo (*m.*) time, 2
  —extra (*m.*) overtime, 10
tienda de campaña (*f.*) tent, 3
tierra (*f.*) land
tinto(a) red, 7
título (*m.*) degree, 2
todavía yet, still, 6
todo tipo de all kinds of, 8
tomar to take, 1
  —en cuenta to keep in mind
  —parte en to take part in, 4

tonto(a) silly, dumb, 6
toronja (*f.*) grapefruit
tortuga (*f.*) tortoise
trabajador(a) hard-working
trabajador(a) social (*m., f.*) social worker, 2
trabajar medio día to work part time, 1
trabajo (*m.*) work, 4
tragar to swallow, 7
tranquilo(a) calm, tranquil, 1
transcurrido(a) elapsed
trasladar to move
tratar de to try to, 2
trébol de cuatro hojas (*m.*) four-leaf clover, 4
triste sad, 1
trucha (*f.*) trout, 7
tumba (*f.*) grave, 4
turnarse to take turns

U

últimamente lately, 5
último(a) last (*in a series*), 6
un a, an
  —día de estos one of these days, 1
  —par de a couple of, 1
  —poco a little, 1
  —rato a while, 1
una especie de a kind of, 4
único(a) only, 5; unique, 6
universidad estatal (*f.*) state university, 2
universidad privada (*f.*) private university, 2
universitario(a) (*m., f.*) college student, 2; (*adj.*) university, college, 2
unos(as) about (*with numbers*), 1

V

valer to be worth, 1
  —la pena to be worth it
válido(a) accepted, 6
vanidoso(a) vain, conceited, 1
varios(as) several, 1
vecino(a) (*m., f.*) neighbor
vela (*f.*) candle, 4
vencer to defeat, 3
vendedor(a) (*m., f.*) salesperson, 10
venta (*f.*) sale, 10
ventaja (*f.*) advantage, 2
verde green, not ripe, 2
vertedero (*m.*) disposal site, dump, 8
vestirse (e → i) to dress (oneself), to get dressed, 1
veterinario(a) (*m., f.*) veterinarian, 2
vez (*f.*) time (*in a series*), 2
vida (*f.*) life, 1
viejo(a) old, elderly, long-time, 6
vino tinto (*m.*) red wine, 7
violación (*f.*) rape, 8
Víspera de Año Nuevo (Fin de Año) New Year's Eve, 4
vitamina (*f.*) vitamin, 5
vivienda (*f.*) housing, 8
volver (o → ue) a (+ *inf.*) to do something again (over), 9
voz (*f.*) voice, 9

Y

¡Ya lo creo! I'll say!, 2
ya que since

Z

zanahoria (*f.*) carrot, 5

English—Spanish

A

a un, una
— **couple of** un par de, 1
— **day** al día, 5
— **great deal** muchísimo, 2
— **kind of** una especie de, 4
— **little** un poco, 1
— **lot** muchísimo, 2
— **while** un rato, 1
about sobre, 1; (*before a number*) unos(as), 1; (*with time*) a eso de, acerca de, de, sobre, 6
above arriba, 9
— **all** sobre todo, 7
abroad extranjero (*m.*), 10
accepted válido(a), 6
accomplish realizar, 3
act actuar, 9
actor actor (*m.*), 9
actress actriz (*f.*), 9
ad anuncio (*m.*), 6
add añadir, agregar, 9
advantage ventaja (*f.*), 2
advise aconsejar, 4
adviser consejero(a) (*m., f.*), 2
after después de, 2; después (de) que, 5
— **all** al fin y al cabo, 10
ago hace + *time* + que, 3
agree estar de acuerdo, 2
— **on** convenir (*conj. like* **venir**) en, 9
— **to do something** quedar en, 2
all kinds of toda clase de, 8
allow permitir, 4
along por, 4
aloud en voz alta, 10
although aunque, 8
amulet amuleto (*m.*), 4
angry enojado(a), enfadado(a), 1
announcer locutor(a) (*m., f.*), 9
annoy dar lata, 5
anything cualquier cosa, 5
apparently por lo visto, 2
appeal to gustar, 3
appear aparecer, 1; parecer, 1; surgir, 9
applicant aspirante (*m., f.*), postulante (*m., f.*), 10
application solicitud (*f.*), 2
apply solicitar, 10
argue discutir, 7

around por, 4; alrededor, 7
— **here** por aquí, 4
— **the middle of** (*a month, a year*) a mediados de, 9
as tan, 4
— **a rule** por lo regular, 2
— **for** en cuanto a, 9
— **many** tantos(as), 4
— **much** tanto(a), 4
— **soon as** tan pronto (como), en cuanto, así que, 5
assassin asesino(a) (*m., f.*), 8
assault asalto (*m.*), 8
at a, en, 9
— **about** a eso de, 6
— **last** por fin, 4
— **least** por lo menos, 4; al menos, 8
— **once** en el acto, 10
— **the end of** a fines de, 4
— **the latest** a más tardar, 2
athlete atleta (*m., f.*), 3
attack asalto (*m.*), 8
attend asistir a, 2
attendance asistencia (*f.*), 2
auto club club automovilístico (*m.*), 6
auto race carrera de autos (*f.*), 3
available disponible, 10
average mediano(a), 9
avoid evitar, 5
award premio (*m.*), 9

B

back (*of an animal*) lomo (*m.*), 7
back up dar marcha atrás, 10
bad malo(a), 2
bake cocinar al horno, hornear, 7
balanced diet dieta balanceada (*f.*), 5
ball pelota (*f.*), 3
banana plátano (*m.*), 7
band banda (*f.*), 7
barbecue asar, 7
barely apenas, 1
baseball béisbol (*m.*), 3
— **glove** guante de pelota (*m.*), 3
basketball baloncesto (*m.*), básquetbol (*m.*), 3
bat bate (*m.*), 3
battery acumulador (*m.*), batería (*f.*), 6
be ser, estar, 2
— **acquainted with** conocer, 1
— **away (on a trip)** estar de viaje, 2

— **back** estar de vuelta, 2
— **born** nacer, 8
— **convenient** convenir (*conj. like* **venir**), 1
— **familiar with** conocer, 1
— **fed up with** estar hasta la coronilla de, 10
— **frank** no tener pelos en la lengua, 10
— **glad about** alegrarse de, 4
— **happy** ponerse contento(a), 1
— **homesick for** extrañar, echar de menos, 1
— **in a good (bad) mood** estar de buen (mal) humor, 2
— **lacking** faltar, 3
— **late (early)** llegar tarde (temprano), 2
— **left over** sobrar, 5
— **named** llamarse, 1
— **on vacation** estar de vacaciones, 2
— **outspoken** no tener pelos en la lengua, 10
— **pleasing to** gustar, 3
— **punctual** ser puntual, 2
— **sick in bed** estar en cama, 2
— **surprised** sorprenderse, 4
— **witty** tener chispa, 10
— **worth** valer, 1
because of por, 4
become convertirse (e → ie) (en), hacerse, ponerse, 5
— **a member** hacerse socio(a), 5
— **fashionable** ponerse de moda, 9
— **happy** ponerse contento(a), 1
— **sad** ponerse triste, 7
— **worse** agravarse, empeorarse, 8
beer cerveza (*f.*), 7
beet remolacha (*f.*), 5
before antes (de) que, 5
beg rogar (o → ue), 4
beginner principiante (*m., f.*), 6
below abajo, bajo, debajo de, 9
besides además, 1
best thing lo mejor, 2
between entre, 2
— **a rock and a hard place** entre la espada y la pared, 10
big grande, 6
bilingual bilingüe, 10
bite morder (o → ue), 1; bocado (*m.*), 7

black magic magia negra (*f.*), 4
body cuerpo (*m.*)
boil hervir (e → ie), 7
bon appétit buen provecho, 7
bored aburrido(a), 1
boring aburrido(a), 2
boss jefe(a) (*m., f.*), 10
bossy mandón(ona), 1
bottom fondo (*m.*), 7
boxer boxeador(a) (*m., f.*), 3
boxing boxeo (*m.*), 3
brake freno (*m.*), 6
break down descomponerse (*conj. like* **poner**), 10
broccoli bróculi (*m.*), brécol (*m.*), 5
burglar ladrón(ona) (*m., f.*), 8
burglary robo (*m.*), 8
business empresa (*f.*), 10
business administration administración de empresas (*f.*), 2
but sino, 4
buy (get) tickets sacar (conseguir) entradas, 3
by por, para, 4
—**the standard of** para, 4
by-product residuo (*m.*), 8

C

cabbage repollo (*m.*), col (*f.*), 5
calcium calcio (*m.*), 5
call llamar, 1
calm tranquilo(a), 1
camp acampar, 3
Canada Day Día de Canadá (*m.*), 4
candle vela (*f.*), 4
capital capital (*m.*), 7
capital city capital (*f.*), 7
car rental agency agencia de alquiler de automóviles (*f.*), 6
carbohydrates carbohidratos (*m. pl.*), 5
career carrera (*f.*), 2
carrot zanahoria (*f.*), 5
carry off llevarse, 1
catch a fish pescar, 3
celery apio (*m.*), 5
cellular phone teléfono móvil (celular) (*m.*), 10
cemetery cementerio (*m.*), 4
century siglo (*m.*), 9
certified public accountant contador(a) público(a) (*m., f.*), 2
champion campeón(ona) (*m., f.*), 3
championship campeonato (*m.*), 3
change cambiar, 4
—**one's attitude** cambiar de actitud, 5

channel canal (*m.*), 5
charming encantador(a), 9
cheap tacaño(a), 1
cheer up dar ánimo, 10
Cheers! ¡Salud!, 7
chemical químico(a), 8
chemistry química (*f.*), 2
choose elegir (e → i), 1
chop chuleta (*f.*), 5
Christmas Eve Nochebuena (*f.*), 4
cider sidra (*f.*), 4
circle círculo (*m.*), 1
class curso (*m.*), 2
class schedule horario de clases (*m.*), 2
classroom aula (*f.*), salón de clases (*m.*), 2
clean limpio(a), 8
clever listo(a), 2
climb escalar, 3
close (*ref. to games*) reñido(a), 3
coach entrenador(a) (*m., f.*), 3
cod bacalao (*m.*), 5
college (*division within a university*) facultad (*f.*), 2; (*adj.*) universitario(a), 2
—**student** universitario(a) (*m., f.*), 2
collide chocar, 6
come to an understanding ponerse de acuerdo, 2
command orden (*f.*), 7; (*verb*) ordenar, mandar, 3
comment comentar, 3
commentator locutor(a) (*m., f.*), 9
commit suicide suicidarse, 1
complain quejarse (de), 1
completely por completo, 4
complex complejo(a), 8
computer science informática (*f.*), computación (*f.*), 2
conceited vanidoso(a), 1
considering para, 4
consumption consumo (*m.*), 5
contract contrato (*m.*), 10
convertible descapotable, convertible, 6
cooperate cooperar, 8
corn maíz (*m.*), 4
correct corregir (e → i), 1
Costa Rican costarricense (*m., f.*), 6
count on contar (o → ue) con, 9
country (*nation*) país (*m.*), 2
counselor consejero(a) (*m., f.*), 2
course of study carrera (*f.*), curso (*m.*), 2
court corte (*f.*), 7
crime delincuencia (*f.*), 8

cucumber pepino (*m.*), 5
custom costumbre (*f.*), 1
cut corte (*m.*), 7

D

daily diario(a), 10
dance floor pista de baile (*f.*), 9
dare atreverse (a), 1
dear querido(a), 4
death penalty pena capital (*f.*), pena de muerte (*f.*), 8
deceive dar gato por liebre, 10
decrease disminuir, 5
defeat vencer, 3
defraud dar gato por liebre, 10
degree título (*m.*), 2
delicious rico(a), sabroso(a), 7
delight encantar, 3
delinquency delincuencia (*f.*), 8
demand exigir, 4
demon demonio (*m.*), diablo (*m.*), 4
dental school facultad de odontología (*f.*), 2
dentist dentista (*m., f.*), 2
deny negar (e → ie), 1
depend depender, 8
depressed deprimido(a), 1
design programs diseñar programas, 10
detain detener (*conj. like* **tener**), 1
devil demonio (*m.*), diablo (*m.*), 4
die of hunger morirse (o → ue) de hambre, 5
direct dirigir, 8
directory guía (*f.*), 7
disappear desaparecer (*conj. like* **parecer**), 1
discuss discutir, 7
dislike caerle mal a uno, 1
disposal site vertedero (*m.*), 8
do realizar, 3
—**something again (over)** volver (o → ue) a (+ *inf.*), 9
documentary documental (*m.*), 9
door puerta (*f.*), 7
dormitory residencia universitaria (*f.*), 2
dot punto (*m.*), 7
doubt poner en duda, 10
drain desagüe (*m.*), 8
dream soñar (o → ue), 9
dream about (of) soñar (o → ue) con, 9
dress (oneself) vestirse (e → i), 1
driver's license licencia (de conducir) (*f.*), 6

drug(s) droga (*f.*), 8
dumb tonto(a), 6
dump vertedero (*m.*), 8
during por, 4

E

e-mail correo electrónico (*m.*), 10
each cada, 8
Easter Día de Pascua Florida (*m.*), 4
editor editor(a) (*m., f.*), 9
editorial editorial (*f.*), 9
educate educar, 8
educational educativo(a), 2
elections elecciones (*f. pl.*), 8
electoral campaign campaña electoral (*f.*), 8
elementary school escuela primaria (elemental) (*f.*), 2
employee empleado(a) (*m., f.*), 10
end up ir a parar, 7
endanger poner en peligro, 10
energy source fuente de energía (*f.*), 5
engaged comprometido(a), 1
engineer ingeniero(a) (*m., f.*), 2
enjoy disfrutar (de), 4
 —**your meal** buen provecho, 7
enough hasta, 7
enter ingresar (*e.g., a university*) 2; (*a place*) entrar en, 9
entertain entretener (*conj. like* **tener**), 1
enthused entusiasmado(a), 1
environment medio ambiente (*m.*), 8
environmental ambiental, 8
evil eye mal de ojo (*m.*), 4
exactly al pie de la letra, 10
exaggerate exagerar, 5
excited entusiasmado(a), 1
executive ejecutivo(a) (*m., f.*), 10
exercise hacer ejercicio, 5
exist existir, 2
expense gasto (*m.*), 10
extremely bad malísimo(a), 2

F

faction bando (*m.*), 7
factory fábrica (*f.*), factoría (*f.*), 8
faculty profesorado (*m.*), 2
fail fracasar, 8; (*a course*) quedar suspendido(a), 8; (*to do something*) dejar de, 8
fall asleep dormirse (o → ue), 1
fall in love with enamorarse de, 9
fan aficionado(a) (*m., f.*), 3
fashion moda (*f.*), 7
fat grasa (*f.*), 5

Father's Day Día del Padre (*m.*), 4
fear temer, 4
feel sentirse (e → ie), 6
 —**like** tener ganas de, 7
fiancé(e) prometido(a) (*m., f.*), 1
field campo (*m.*), 6
fight (*noun*) pelea (*f.*), 3; (*verb*) pelear(se), 7
file archivar, 10; archivo (*m.*), fichero (*m.*), 10
finally por fin, 4; al fin, 6
find fault poner peros, 10
fire (*from a job*) despedir (e → i), 10
fireworks fuegos artificiales (*m. pl.*), 4
first (second) half (*in a game*) primer (segundo) tiempo (*m.*), 3
fish pescar, 3
fishing rod caña de pescar (*f.*), 3
flat tire goma pinchada (ponchada) (*f.*), 6
flower flor (*f.*), 4
following lo siguiente, 5
food alimento (*m.*), 5
foot pata (*f.*), 8; pie (*m.*), 5
football fútbol americano (*m.*), 3
for por, para, 4
 —**example** por ejemplo, 2
 —**that** para eso, 4
 —**that reason** por eso, 4
 —**the lack of (something)** por no tener (*algo*), 10
forbid prohibir, 4
forehead frente (*f.*), 7
forever para siempre, 4
forget olvidarse de, 9
fortunately por suerte, 4
four-leaf clover trébol de cuatro hojas (*m.*), 4
free libre, 4; gratis, 8
frequently a menudo, frecuentemente, 1
friendly amistoso(a), 1
fringe benefit beneficio adicional (marginal) (*m.*), 10
from de, 9
front frente (*m.*), 7
frustrated frustrado(a), 1
fry freír (e → i), 7
fuel combustible (*m.*), 8
full lleno(a), 5; satisfecho(a), 7
function funcionar, 6
fund fondo (*m.*), 7

G

gain weight engordar, ganar peso, 5
game partido (*m.*), 3

gang pandilla (*f.*), 8
garbage basura (*f.*), 8
garlic ajo (*m.*), 5
generous generoso(a), 1
get conseguir (e → i), recibir, 10
 —**a divorce** divorciarse, 1
 —**a grade** sacar, 2
 —**along** llevarse bién, 1
 —**dressed** vestirse (e → i), 1
 —**engaged to** comprometerse con, 9
 —**married** casarse (con), 1
 —**ready** prepararse, 6
 —**up** levantarse, 1
gin ginebra (*f.*), 7
give dar
 —**a hug** abrazar, dar un abrazo, 1
 —**a kiss** besar, dar un beso, 1
 —**advice** dar consejos, 1
 —**notice** avisar, 7
glass vidrio (*m.*), 3; copa (*f.*), 7
go ir, 1
 —**away** irse, 1
 —**on a diet** ponerse a dieta, 5
 —**scuba diving** bucear, 3
 —**to bed** acostarse (o → ue), 1
goblet copa (*f.*), 7
godfather padrino (*m.*), 1
godmother madrina (*f.*), 1
governor gobernador(a) (*m., f.*), 8
grade nota (*f.*), 2
grade point average promedio (*m.*), 2
grade school escuela primaria (elemental) (*f.*), 2
grave tumba (*f.*), 4
great gran, 6
green verde, 2
green pepper ají (*m.*), pimiento verde (*m.*), 5
ground suelo (*m.*), 7
guard guardia (*m.*), 7
guide guía (*m.*), 7
guidebook guía (*f.*), 7
gymnast gimnasta (*m., f.*), 3
gymnastics gimnasia (*f.*), 3

H

habit costumbre (*f.*), 1
had I known de haberlo sabido, 7
half medio(a), 9
Halloween Día de las Brujas (*m.*), 4
handle of a utensil mango (*m.*), 7
happy alegre, contento(a), 1
hard drive disco duro (*m.*), 10
hardly apenas, 1

hard-working trabajador(a), 1
have just (done something) acabar de (+ *inf.*), 9
have (something) left quedar, 3
he almost killed himself por poco se mata, 3
head cabeza (*f.*), 7
healing cura (*f.*), 7
health salud (*f.*), 5
healthy sano(a), 5
hill loma (*f.*), 7
hire contratar, emplear, 10
hit the nail on the head dar en el clavo, 12
hit the roof poner el grito en el cielo, 10
hold a position desempeñar un puesto, 10
hold-up asalto (*m.*), 8
Holy Week Semana Santa (*f.*), 4
homeless personas sin hogar (*f.*), 8
homesick nostálgico(a), 1
honey miel de abeja (*f.*), 7
hope esperar, 4
horse race carrera de caballos (*f.*), 3
horseshoe herradura (*f.*), 4
hot caliente, cálido(a), picante, 7
housing vivienda (*f.*), 8
hug abrazar, dar un abrazo, 1
hurt doler (o → ue), 1
hurt (oneself) lastimar(se), 3

I

identify identificar, 8
if only ojalá, 4
I'll say! ¡ya lo creo!, 2
immediately en el acto, 10
impose imponer (*conj. like* **poner**), 1
improve mejorar, 3
in por, 4; a, de, en, 9
  —a good (bad) mood de buen (mal) humor, 1
  —a loud voice en voz alta, 10
  —a low voice en voz baja, 10
  —case en caso de que, 5
  —exchange for por, 4
  —fact en realidad, 3
  —love enamorado(a), 9
  —order that a fin de que, 5
  —order to para, 4
  —search of por, 4
  —spite of a pesar de, 3
  —the long run a la larga, 10
  —the middle of summer en pleno verano, 4
inch pulgada (*f.*), 5

include incluir, 10
increase aumentar, 5; (*noun*) aumento (*m.*), 10
Independence Day Día de la Independencia (*m.*), 4
inform avisar, 7
inn fonda (*f.*), 7
inside en, 19
insist on insistir en, 19
instantly en el acto, 10
instead of en lugar de, en vez de, 8
insurance seguro (*m.*), 6
insured asegurado(a), 6
intervene intervenir (*conj. like* **venir**), 1
interview (*noun*) entrevista (*f.*), reportaje (*m.*), 9; (*verb*) entrevistar, 11
iron hierro (*m.*), 5
it is es
  —a pity es (una) lástima, 4
  —advisable es conveniente (conviene), 4
  —better es mejor, 4
  —doubtful es dudoso, 5
  —important es importante (importa), 4
  —(im)possible es (im)posible, 5
  —(im)probable es (im)probable, 5
  —necessary es necesario, 4
  —necessary to hay que (+ *inf.*), 8
  —preferable es preferible, 4
  —urgent es urgente, 4
  —regrettable es lamentable, 4
  —surprising es sorprendente, 4
  —to be hoped es de esperar, ojalá, 4
  —unlikely es difícil, 5
it may be puede ser, 5

J

jack gato (*m.*), gata (*f.*) (*Costa Rica*), 6
jail cárcel (*f.*), prisión (*f.*), 8
joke bromear, 1; chiste (*m.*), 7

K

keep quedarse con, 1; guardar, 9; mantener (*conj. like* **tener**), 2
  —in touch mantenerse en contacto, 1
  —young mantenerse joven (*conj. like* **tener**), 5
kid bromear, 1
kidnap secuestrar, 8
kind amable, 1
kiss besar, dar un beso, 1
kneel down arrodillarse, 1
knowledge conocimiento (*m.*), 6

L

label etiqueta (*f.*), 10
Labor Day Día del Trabajo (*m.*), 4
lamb cordero (*m.*), 7
lap top ordenador (*m.*) (computadora (*f.*)) portátil, microcomputadora (*f.*), 10
last pasado(a), 6; (*in a series*) último(a), 6
last time la última vez, 3
lately últimamente, 5
laugh reírse (e → i), 3
law derecho (*m.*), 9; ley (*f.*), 8
law school facultad de derecho (*f.*), 2
lawyer abogado(a) (*m.*, *f.*), 2
lazy haragán(ana), perezosa(a), 1
leader cabeza (*m.*), 7
leave irse, 1; (*a place*) salir de, 9
  —alone dejar en paz, 5
lecture conferencia (*f.*), 2
leftover resto (*m.*), 7
lessen disminuir, 5
lettuce lechuga (*f.*), 5
librarian bibliotecario(a), (*m.*, *f.*), 2
license plate chapa (*f.*), placa (*f.*), 6
lie mentir (e → ie), 1; mentira (*f.*), 9
life vida (*f.*), 1
lift levantar, 1
  —weights levantar pesas, 5
light encender (e → ie), 1
light exercise ejercicio ligero (*m.*), 5
like caerle bien a uno, 1; (*verb*) gustar, 3; como, 9
listen (to) escuchar, 9
little (*quantity*) poco(a), pequeño(a), 7
  —by little poco a poco, 8
lively animadamente, 7
long-time viejo(a), 6
look like parecerse, 1
lose weight adelgazar, perder (bajar de) peso, 5
love amar, querer (e → ie), 1; encantar, 3; cariño (*m.*), amor (*m.*), 1
luckily por suerte, 4

M

magician mago(a) (*m.*, *f.*), 4
maintain mantener (*conj. like* **tener**), 1
major especialización (*f.*), 2
make realizar, 5
  —a fool of oneself ponerse en ridículo, 10
  —fun of burlarse (de), 1
  —one's mouth water hacérsele a uno agua la boca, 10

mandatory obligatorio(a), 2
manger nacimiento (*m.*), pesebre (*m.*), 4
manner modo (*m.*), 7
Mardi Gras Carnavales (*m. pl.*), 4
marry casarse con, 9
mass misa (*f.*), 4
match partido (*m.*), 3
materialistic materialista, 1
maybe a lo mejor, quizá(s), tal vez, 1
mayor alcalde (*m.*), alcaldesa (*f.*), 10
mean malo(a), 6
meatball albóndiga (*f.*), 5
meddle meterse, 1
medical doctor médico(a) (*m., f.*), 2
medical school facultad de medicina (*f.*), 2
medium-rare término medio, 7
meet encontrarse (o → ue) con, 9
meeting reunión (*f.*), junta (*Mex.*) (*f.*), 2
member socio(a) (*m., f.*), 5
memory recuerdo (*m.*), 7; memoria (*f.*), 10
method orden (*m.*), 7
middle medio (*m.*), 9; mediano(a), 9
Midnight Mass Misa del Gallo (*f.*), 4
mid-term examination examen de mitad (mediados) de curso, examen parcial (*m.*), 2
mind mente (*f.*), 5
miss echar de menos, 1; faltar (a), perder (e → ie), 3
—**out on (***something***)** perderse (e → ie) (algo), 3
moderate dirigir, 8
money capital (*m.*), 7
monthly mensual, 10
morsel bocado (*m.*), 7
Mother's Day Día de la Madre (*m.*), 4
mountain montaña (*f.*), 3
murder (*noun*) asesinato (*m.*), 8; (*verb*) asesinar, 8
murderer asesino(a) (*m., f.*), 8
mushroom hongo (*m.*), seta (*f.*), 5
musical group banda (*f.*), 7

N

name nombrar, 9
nativity scene nacimiento (*m.*), pesebre (*m.*), 4
naturally por supuesto, claro, naturalmente, 1
nearby cercano(a), 4
need faltar, 3; precisar, 10
nervous nervioso(a), 1

New Year's Day Año Nuevo (*m.*), 4
New Year's Eve Fin de Año (*m.*), Víspera de Año Nuevo (*f.*), 4
news noticias (*f.*), 9
—**item** noticia (*f.*), 1
not even ni aun, 8
not to be able to wait to no ver la hora de, 4
not to be that important no ser para tanto, 4
notebook computer ordenador (*m.*) (computadora (*f.*)) portátil, microcomputadora (*f.*), 10
notice fijarse, 6
nourishment alimento (*m.*), 5
nurse enfermero(a) (*m., f.*), 2
nutrient alimento (*m.*), 5

O

obey obedecer, 1; hacer caso, 5
of de, 9
—**course** por supuesto, claro, naturalmente, 1
—**. . . descent** de ascendencia..., 8
official communication parte (*m.*), 7
often a menudo, frecuentemente, 1
old viejo(a), 6
older people gente mayor (*f.*), 1
Olympic Games Juegos Olímpicos (*m. pl.*), Olimpiadas (*f. pl.*), 3
on sobre, en, 9
—**account of** por, 4
—**behalf of** por, 4
—**their own** por su cuenta, 2
—**time** a tiempo, 6
one must hay que (+ *inf.*), 8
one of these days un día de estos, 1
onion cebolla (*f.*), 5
only no más que, 4; único(a), 5
optimistic optimista, 1
order (*verb*) mandar, ordenar, 4; (*noun*) order (*m., f.*), 7
organize organizar, 8
out fuera, 6
outdoor(s) al aire libre, 3
over en, 9
overlook hacer(se) (de) la vista gorda, 10
overtime tiempo extra (*m.*), 10
own propio(a), 2

P

page página (*f.*), 3
pamper mimar, 1
parade desfile (*m.*), 9
part parte (*f.*), 7

party bando (*m.*), 7
patron saint santo(a) patrón(ona) (*m., f.*), 4
pay attention hacer caso, 5
people gente (*f.*), personas (*f. pl.*), pueblo (*m.*), 4
per por, 4
perform actuar, 9
perhaps a lo mejor; quizá(s), tal vez, 1
period época (*f.*), 8; punto (*m.*), 7
pessimistic pesimista, 1
pester dar lata, 5
pharmacist farmacéutico(a) (*m., f.*), 2
physical education educación física (*f.*), 2
pick (someone) up pasar por (alguien), 2
pie pastel (*m.*), 5
piece of news noticia (*f.*), 1
place (*verb*) poner, 1; lugar (*m.*), 2
plantain plátano (*m.*), 7
play dumb hacerse el (la) tonto(a), 10
player jugador(a) (*m., f.*), 3
plead rogar (o → ue), 4
point punta (*f.*), 7
police (organization) policía (*f.*), 7
policeman policía (*m.*), 7
policewoman agente de policía (*f.*), 7
polite amable, 1
pollution contaminación (*f.*), polución (*f.*), 8
poor pobre, 6
pork cerdo (*m.*), 7
port puerto (*m.*), 7
portion parte (*f.*), 7
post office box apartado postal (de correos) (*m.*), 10
pound libra (*f.*), 5
poverty miseria (*f.*), pobreza (*f.*), 8
practical joke broma (*f.*), 4
president (*of a university*) rector(a) (*m., f.*), 2
prevent impedir (e → i), 1
previous anterior, 10
price precio (*m.*), 6
priest cura (*f.*), 7
prison cárcel (*f.*), prisión (*f.*), 8
private university universidad privada (*f.*), 2
producer productor(a) (*m., f.*), 9
programmer programador(a) (*m., f.*), 2
propose proponer (*conj. like* **poner**), 1
protagonist protagonista (*m., f.*), 9
protein proteína (*f.*), 5
provided that con tal de que, 5
psychologist psicólogo(a) (*m., f.*), 2

publicity publicidad (*f.*), 9
publishing company editorial (*f.*), 9
punch ponche (*m.*), 7
put poner, 1
   —on ponerse, 1
   —to bed acostar (o → ue), 1

Q

queen reina (*f.*), 9

R

rabbit's foot pata de conejo (*m.*), 4
race carrera (*f.*), 3
race track hipódromo (*m.*), 3
racket raqueta (*f.*), 3
radish rábano (*m.*), 5
raise levantar, 1
ransom rescate (*m.*), 8
rape violación (*f.*), 8
rare medio crudo, 7
ready listo(a), 2
realistic realista, 1
realize darse cuenta (de), 3
record (*noun*) disco (*m.*), 4; (*verb*) grabar, 9
recycle reciclar, 8
red-handed con las manos en la masa, 10
red wine vino tinto (*m.*), 7
redo rehacer (*conj. like* **hacer**), 1
register matricularse, 2
registration matrícula (*f.*), 6
regret arrepentirse (e → ie) (de), 1; lamentar, sentir (e → ie), 4
related propio(a), 2
related to sports deportivo(a), 3
relative pariente (*m., f.*), 1
release lanzar, 9
reluctantly de mala gana, 10
remain quedarse, 3
remake rehacer (*conj. like* **hacer**), 1
remember acordarse (o → ue) (de), 1
repair shop taller de mecánica (*m.*), 6
repent arrepentirse (e → ie) (de), 1
report informe (*m.*), 8; reportaje (*m.*), 9
request (*something*) pedir (e → i), 1
requirement requisito (*m.*), 2
rescue (*noun*) rescate (*m.*), 8; (*verb*) rescatar, 8
resign renunciar, 10
respect respetar, 1
rest (*noun*) reposo (*m.*), 5; resto (*m.*), 7; (*verb*) descansar, 5
retirement jubilación (*f.*), retiro (*m.*), 10

reunion reunión (*f.*), 1
ride on horseback montar a caballo, 3
right derecho (*m.*), 7; (*direction*) derecha (*f.*), 7
right away en el acto, 10
right now ahora mismo, 5
roast asar, 7
robbery robo (*m.*), 8
role papel (*m.*), 1
rosé rosado(a), 7
round redondo(a), 8
rule regla (*f.*), 5
rum ron (*m.*), 7
run for postularse (para), 8

S

sad triste, 1
saint santo(a) (*m., f.*), 4
salary salario (*m.*), sueldo (*m.*), 10
sale venta (*f.*), 10
salesperson vendedor(a) (*m., f.*), 10
salmon salmón (*m.*), 7
same mismo(a), 6
   —thing lo mismo, 1
sardine sardina (*f.*), 7
satisfied satisfecho(a), 7
scanner escáner (*m.*), 10
scholarship beca (*f.*), 2
school (*division within a university*) facultad (*f.*), 2
   —of architecture facultad de arquitectura (*f.*), 2
   —of business administration facultad de ciencias económicas (comerciales) (*f.*), 2
   —of education facultad de educación (*f.*), 2
   —of engineering facultad de ingeniería (*f.*), 2
   —of humanities facultad de filosofía y letras (*f.*), 2
score marcar (*in sports*), 3
screen pantalla (*f.*), 9
seat sentar (e → ie), 1
seated sentado(a), 3
secondary school escuela secundaria (*f.*), 2
security force guardia (*f.*), 7
seem parecer, 1
selfish egoísta, 1
serious grave, serio(a), 8
serve (as) servir (e → i) (de), 3
serving dish fuente (*f.*), 7
several varios(as), 1
sewer desagüe (*m.*), 8
short bajo(a); corto(a), 5

shovel pala (*f.*), 7
show mostrar (o → ue), 1; enseñar, 3; (*on TV*) dar, 11; espectáculo (*m.*), 9
   —for the first time estrenar, 9
sick malo(a), 2
sickly person enclenque (*m., f.*), 3
sign letrero (*m.*), señal (*f.*), signo (*m.*), 10
silly tonto(a), 6
sit down sentarse (e → ie), 1
skate patinar, 3
ski esquiar, 3
sleep dormir (o → ue), 1
sleeve manga (*f.*), 7
slow motion cámara lenta (*f.*), 9
smart listo(a), 2
so de manera (modo) que, 1; así que, 10
   —that para que, 5
soap opera telenovela (*f.*), 9
soccer fútbol (*m.*), balompié (*m.*), 3
social worker trabajador(a) social (*m., f.*), 2
soft drink gaseosa (*f.*), 7
sole suela (*f.*), 7
solve resolver (o → ue), 1; solucionar, 8
something like that algo por el estilo, 10
soon pronto, 4
Spanish speaking de habla hispana, 8
speaker locutor(a) (*m., f.*), 9
spend (*time*) pasar, 4; (*money*) gastar, 6
spinach espinaca (*f.*), 5
spoil malcriar, 1
sport deporte (*m.*), 3
spray pulverizador (*m.*), 8
spray can pulverizador (*m.*), 8
stadium estadio (*m.*), 3
standard shift de cambios mecánicos, 6
star estrella (*f.*), 9
start (*a motor*) arrancar, 6
starve to death morirse (o → ue) de hambre, 5
state university universidad estatal (*f.*), 2
statistic estadística (*f.*), 8
stay quedarse, 3; mantenerse (*conj. like* **tener**), 5
steam cocinar al vapor, 7
step paso (*m.*), 9
stick palo (*m.*), 7
still todavía, 6
stingy tacaño(a), 1
stop detener (*conj. like* **tener**), 1

store information   archivar (almacenar) información, 10
stress   estrés (*m.*), tensión nerviosa (*f.*), 5
strike   huelga (*f.*), 8
study program   programa de estudios (*m.*), 2
stuffed   relleno(a), 7
style   corte (*m.*), 7
subject   (*in school*) materia (*f.*), asignatura (*f.*), 2
subtraction   resta (*f.*), 7
suit   convenir (*conj. like* **venir**), 1
support   mantener (*conj. like* **tener**), 1
suppose   suponer (*conj. like* **poner**), 1
surf the net   navegar la red, 10
swallow   tragar, 7
swim   nadar, 3
swimmer   nadador(a) (*m., f.*), 3
swimming   natación (*f.*), 3
systems analyst   analista de sistemas (*m., f.*), 2

T

take   agarrar, coger, llevar, tomar, 1
   —advantage of   aprovechar, 6
   —away   quitar, 1
   —care of   cuidar, 1
   —off   quitarse, 1
   —out insurance   sacar seguro, 6
   —part in   tomar parte en, 4
   —steps   dar pasos, 8
   —time   demorar, 6
   —turns   turnarse
tape   grabar, 9
taste   probar (o → ue), 1
tasty   rico(a), sabroso(a), 7
teacher   maestro(a) (*m., f.*), 2
team   equipo (*m.*), 3
technical school   escuela tecnológica (*f.*), 2
tell me   dime, 4
tent   tienda de campaña (*f.*), 3
than   que, 4
Thanksgiving   Día de Acción de Gracias (*m.*), 4
that   que, 3
   —which   lo que, 1; quien, 3
that's why   por eso, 4
the truth of the matter is that. . .   lo que pasa es que..., 5
there would be   habría, 7
there's not going to be   no va a haber, 1
there's something fishy here   aquí hay gato encerrado, 10

thief   ladrón(-ona) (*m., f.*), 8
think about   pensar (e → ie) en, 9
think so (not)   creer que sí (no), 2
this time   esta vez, 2
this way   por aquí, 4
Three Wise Men   Reyes Magos (*m. pl.*), 4
through   por, 4
throw   tirar, 8; echar, 8
tie   (*a score*) empatar, 3
time   hora (*f.*), tiempo (*m.*), (*in a series*) vez (*f.*), 2
tip   punta (*f.*), 7
tire   llanta (*f.*), neumático (*m.*), 6
to   a, 9
   —the letter   al pie de la letra, 10
   —toast   brindar, 4; brindis (*m.*), 7
   —your health!   ¡Salud!, 7
together   juntos(as), 2
too many   demasiados(as), 2
tow   remolcar, 6
   —truck   grúa (*f.*), remolcador (*m.*), 6
town   pueblo (*m.*), 8
traffic light   semáforo (*m.*), 6
trainer   entrenador(a) (*m., f.*), 3
tranquil   tranquilo(a), 1
trash   basura (*f.*), 8
tripe and beef knuckles   mondongo (*m.*), 7
trout   trucha (*f.*), 7
trust   confiar en, 9
try   probar (o → ue), 1; tratar de, 2
   —on   probarse (o → ue), 1
tuition   matrícula (*f.*), 2
tuna   atún (*m.*), 7
turn on   (*lights*) encender (e → ie), 1
TV news   telediario (*m.*), telenoticias (*f.*), 9
TV viewer   televidente (*m., f.*), 9
two door   de dos puertas, 6

U

umpire   árbitro (*m.*), 3
under   bajo, 9
understanding   comprensivo(a), 1
unfortunate   pobre, 6
unfortunately   por desgracia, 4
unique   único(a), 6
university   (*adj.*) universitario(a), 2
unless   a menos que, 5
until   hasta que, 5

V

vain   vanidoso(a), 1
Valentine's Day   Día de los Enamorados (*m.*), 4

van   camioneta (*f.*), furgoneta (*f.*), 6
veal   ternera (*f.*), 7
veterinarian   veterinario(a) (*m., f.*), 2
vitamin   vitamina (*f.*), 5
voice   voz (*f.*), 9

W

walk   caminar, 5
warn   advertir (e → ie), 1
waste   desecho (*m.*), desperdicio (*m.*), 8
water skiing   esquí acuático (*m.*), 3
way   manera (*f.*), modo (*m.*), 1
weapon   arma (*f.*), 8
wedding   boda (*f.*), 1
weekly   semanal, 10
weight   peso (*m.*), 5
welcome   bienvenido(a), 7
well cooked (done)   bien cocido(a), 7
what   lo que, 1
what for?   ¿para qué?, 4
What date is today?   ¿A cuánto estamos hoy?, 10
whatever it may be   cualquiera que sea, 6
when   cuando, 5
which   que, 3
white wine   vino blanco (*m.*), 7
who   que, 3
whom   quien, 3
whose   cuyo(a), de quién, 3
win   ganar, 3
witch   bruja (*f.*), 4
witchcraft   brujería (*f.*), 4
with   de, 9
without   sin que, 5
   —rhyme or reason   sin qué ni para qué, 4
word processing   composición de textos (*f.*), 10
work   funcionar, 6
   —part time   trabajar medio día, 1
worried   preocupado(a), 1
wrap   envolver (o → ue), 1
wrestling   lucha libre (*f.*), 3

Y

yearly   anual, 10
yet   todavía, 6
young   joven, 5

Z

zodiac sign   signo del zodíaco (*m.*), 4

Índice

Credits

Text Credits

Photo and Art Credits

Video Credits